KNAUR

Von Pierre Martin sind bereits folgende Titel:
Madame le Commissaire und der verschwundene Engländer
Madame le Commissaire und der Tod des Polizeichefs
Madame le Commissaire und das geheimnisvolle Bild

Über den Autor:
Hinter dem Pseudonym Pierre Martin verbirgt sich ein Autor, der sich mit Romanen, die in Frankreich und in Italien spielen, einen Namen gemacht hat. Für seine Hauptfigur Madame le Commissaire hat er sich eine neue Identität zugelegt.

PIERRE MARTIN

Madame le Commissaire

und die späte Rache

EIN PROVENCE-KRIMI

KNAUR

Besuchen Sie uns im Internet:
www.knaur.de

FSC
www.fsc.org
MIX
Papier aus verantwortungsvollen Quellen
FSC® C083411

Vollständige Taschenbuchausgabe März 2018
Knaur Taschenbuch

Ein Imprint der Verlagsgruppe
Droemer Knaur GmbH & Co. KG, München.

Redaktion: Dr. Gisela Menza
Covergestaltung: ZERO Werbeagentur, München
Coverabbildung: © Melody King / Arcangel Images; FinePic®, München
Satz: Adobe InDesign im Verlag
Druck und Bindung: CPI books GmbH, Leck
ISBN 978-3-426-52111-3

8 7

Le cœur a ses raisons que la
raison ne connaît point.

Das Herz hat seine Gründe,
die der Verstand nicht kennt.

Blaise Pascal
(17. Jh.)

1

Zu napoleonischen Zeiten konnte einem Mörder die Todesstrafe erlassen werden, wenn ihm zur Tat der Mistral den Geist verwirrt hatte. Und wenn ein Kind gezeugt wurde, während draußen bei sternenklarer Nacht der provenzalische Sturmwind an den Fensterläden rüttelte, dann fürchtete der Volksmund, dass es schwachsinnig werden könnte.

Isabelle Bonnet gingen Geschichten wie diese durch den Kopf, als sie wach im Bett lag und dem Pfeifen, Heulen und Scheppern lauschte. Sie verstand, warum der alte Georges den Mistral *vent du fada* genannt hatte – den Wind, der einen verrückt machen konnte. *Le vieux Georges,* der viel Unsinn geredet hatte und mittlerweile verstorben war, hatte in diesem Punkt recht gehabt: Der Wind konnte einen wirklich in den Wahnsinn treiben. Vor allem, wenn man wie Isabelle sowieso unter Schlafstörungen litt, auch ohne Mistral oft Kopfschmerzen hatte und des Nachts von einer inneren Unruhe geplagt wurde. Das alles waren Folgen eines Sprengstoffanschlags, dem sie vor einiger Zeit in Paris zum Opfer gefallen war. Aber das war eine andere Geschichte. Daran wollte sie heute Nacht nicht denken.

Paris? Dort hatte es keinen Mistral gegeben – trotzdem wollte sie nicht mehr zurück in die Stadt an der Seine, in der sie so lange gelebt hatte. Um keinen Preis. Sie hatte sich entschieden, in Fragolin zu bleiben, jenem kleinen Ort im südfranzösischen Département Var, wo sie ihre Kindheit verbracht hatte und in den sie nach dem Attentat zurückgekehrt war. Hier wollte sie fortan leben, dafür hatte sie ihre Karriere bei der *Police nationale* an den Nagel gehängt. Sie hatte es noch keine Sekunde bereut. Selbst jetzt nicht, da ihr der Mistral den Schlaf raubte.

Isabelle schlug die Decke zur Seite, stand auf und trat ans Fenster. Draußen war es noch dunkel. Der Sternenhimmel war von einer unglaublichen Intensität – der Mistral hatte jeden Schleier weggeblasen, weit weg, hinaus aufs Meer. Es hatte deutlich abgekühlt. Irgendwas peitschte in den Böen gegen das geschindelte Dach. Das war tatsächlich zum Verrücktwerden. Sie zog sich Jeans an, ein T-Shirt, Sneakers und eine Fleecejacke. Dann verschloss sie die Tür ihrer kleinen Dachgeschosswohnung, lief die schmale Treppe hinunter und durch die menschenleeren Gassen zu ihrem geparkten Auto. Auf ihrer Kühlerhaube lag der abgebrochene Zweig einer Platane. Sie lächelte. Ihrem alten Renault konnte das egal sein, der war Schlimmeres gewöhnt. Im Pariser Straßenverkehr herrschten rauhe Sitten. Beulen und Kratzer gehörten zur Tagesordnung.

In Fragolin gab es Bewohner, die nur selten hinunter ans Meer fuhren. Vor allem die älteren konnten keinen Sinn darin erkennen. *Le vieux Georges* hatte sogar behauptet, in seinem ganzen langen Leben nie am Meer gewesen zu sein. Er kenne es nur als fernen blauen Streifen am Horizont, hatte er erzählt. Wenn in seiner Gegenwart jemand glamouröse Orte wie Saint-Tropez erwähnte, pflegte er verächtlich auf den Boden zu spucken – und auf den Schrecken einen Pastis zu bestellen. Im *arrière-pays,* im Hinterland der Côte d'Azur, ging zwar keiner so weit wie Georges, Gott sei seiner Seele gnädig, aber man schätzte sehr wohl die relative Abgeschiedenheit vom turbulenten Treiben an der Küste. Gleichwohl hatte man nichts dagegen, wenn Touristen den Weg nach Fragolin fanden, um hier ihr Geld auszugeben. Das war in Ordnung. Einige durften sogar über Nacht bleiben, halt so viele, wie es Fremdenzimmer gab – aber das waren nicht allzu viele.

Vielleicht lag es daran, dass Isabelle zwar in Fragolin geboren war, aber die meiste Zeit ihres Lebens zunächst in Lyon und dann in Paris verbracht hatte. Jedenfalls mochte sie es, hinunter ans Meer zu fahren. Allerdings versuchte auch sie dem Trubel aus dem Weg zu gehen. Sie kannte eine versteckte Bucht mit einem kleinen Sandstrand, zu der steile Stufen durch einen Wald mit Schirmpinien führten. Oder sie machte an der Halbinsel von Saint-Tropez eine Küstenwanderung auf dem *sentier littoral,* von der Plage de la Bonne Terrasse hinüber zum Leuchtturm, dann zum Cap Camaret, schließlich weiter über Felsen und durch unverbaute Natur, mit Blick auf das azurblaue Meer, soweit die Füße trugen und es die Zeit zuließ. Dagegen mied sie geflissentlich die nahe gelegenen Nobelstrände von Pampelonne. Das ausgelassene Partyleben an der Plage de Tahiti oder beim Club 55 machte sie nervös, das war ihr Ding nicht.

Isabelle hätte in dieser Nacht überall hinfahren können, zum Beispiel an einen Strand bei Le Lavandou, nach Cavalaire-sur-Mer oder Brégançon, aber weil sie kein konkretes Ziel hatte und die Straßen leer waren, fand sie sich plötzlich auf der Straße nach Saint-Tropez. Was wollte sie dort? Offenbar verwirrte der Mistral auch ihren Geist. Vor Saint-Tropez bog sie nach Süden auf die Nationalstraße D 93. Und jetzt? Ihr kam der Gedanke, dass die frühe Stunde eine gute Gelegenheit bot, eine Ausnahme zu machen – die Baie de Pampelonne. Wenn nicht jetzt, wann dann? Am Übergang von der Nacht zum Tag würde sie die Bucht für sich alleine haben. Sie könnte barfuß im Sand spazieren, sich vom Wind den Kopf durchlüften lassen und auf den Sonnenaufgang warten. Doch, das war eine gute Idee. Vielleicht etwas verrückt, aber bei Mistral waren verrückte Ideen ganz normal. Kurz entschlossen wählte sie eine der vielen kleinen Stichstraßen, die links zu den Stränden abgingen. Im Scheinwerferlicht fand sie den Weg zu einem verwaisten Parkplatz unter Pinien, durch deren Gipfel der Wind rauschte. Als sie über einen Pfad den Strand erreichte und auf die Schaumkronen des tosenden Meeres blickte, am Horizont die aufkommende Morgenröte, dachte sie, dass das hier unendlich viel schöner war, als bei schlagenden Fensterläden im Bett zu liegen und das Ende der Nacht herbeizusehnen.

Sie zog die Schuhe aus, lief über den Strand, fühlte den Sand zwischen den Zehen, blieb stehen, rollte die Hosenbeine hoch und ging dann am Wasser entlang, gerade so weit von der Brandung entfernt, dass nur ihre Füße nass wurden. Der Wind, der hier, vom Land kommend, aufs Meer stürzte, war in den Böen so heftig, dass sie Mühe hatte, ihr Gleichgewicht zu halten. Aber die Kopfschmerzen waren wie verflogen. Ihr linkes Bein, das oft schmerzte, tat nicht weh, auch nicht der Rücken. Isabelle begann zu lachen, erst verhalten, dann immer lauter. Es war keiner da, der sie hören und für wahnsinnig halten könnte. Es wäre ihr aber auch egal gewesen.

Sie kam an einer verlassenen Strandbar vorbei, mit einer Pergola, an der der Mistral rüttelte, mit einigen massiven Holztischen und Bänken. Sie setzte sich und blickte über das aufgewühlte Meer nach Osten, der aufgehenden Sonne entgegen. Hätte sie je daran gezweifelt, in diesem Moment wusste sie, dass sie alles richtig gemacht hatte. Sie hatte Paris den Rücken gekehrt – und damit ihrem vorigen Leben *adieu* gesagt. Sie war nicht mehr Chefin einer Spezialeinheit der *Police nationale*, sie würde nie mehr einen Einsatz leiten wie jenen am Arc de Triomphe, der alles verändert hatte. Keine Bombe mehr, die von Wahnsinnigen gezündet wurde, um den Präsidenten der Republik zu töten. Keine Jungs aus ihrem Team, die mit ihrem Leben dafür bezahlen mussten. Keine Notoperation und keine Intensivstation. Als Erinnerung blieben ihr die Verletzungen, die sie bei der Explosion davongetragen hatte, am Körper und an der Seele. Und das Kreuz der Ehrenlegion, das ihr der Präsident im Élysée-Palast verliehen hatte. Sie hatte das Kästchen mit dem *Grand-croix de la Légion d'Honneur* ganz tief in einem Umzugskarton versteckt, unter alten Jeans. Sie wollte es nie mehr sehen oder gar in die Hand nehmen. Sie dachte an ihre eigenwillige Entscheidung, zur Rekonvaleszenz in die Provence zu reisen, nach Fragolin, ihren Geburtsort, den sie schon fast vergessen hatte. Dass sie dort mit einem Kriminalfall konfrontiert wurde, war fast schon eine Ironie des Schicksals. Auf

Wunsch ihres obersten Chefs war sie in die Rolle einer Madame le Commissaire geschlüpft und hatte ordentliche Polizeiarbeit geleistet. Zu ihrer eigenen Überraschung hatte ihr das gutgetan, hatte sie sich währenddessen immer besser gefühlt, waren der Arc de Triomphe und die traumatischen Erlebnisse in immer weitere Ferne gerückt.

Und jetzt? Isabelle fuhr sich durch die vom Wind zerzausten Haare. Jetzt saß sie hier am Strand von Pampelonne – und in Paris wunderte sich Maurice Balancourt noch immer über ihre Entscheidung. Ihr großer Chef im Innenministerium, vor dem alle kuschten, der für sie aber wie ein väterlicher Freund war, hatte ihren Entschluss letztendlich akzeptiert. Wirklich verstanden hatte er ihn nicht, aber ihren Willen kopfschüttelnd zur Kenntnis genommen. Er schien immer noch zu hoffen, dass sie bald zur Besinnung kommen und ihre Karriere bei der *Police nationale* fortsetzen würde. Alle Türen stünden ihr offen. Aber Isabelle hatte diese Türen längst zugeschlagen. Sie wollte nicht mehr, *c'est fini!*

Lächelnd dachte sie daran, dass sie freiwillig das Gegenteil einer Karriere gemacht hatte. Sie hatte um Degradierung zu einer einfachen Kommissarin gebeten. Und sie hatte Maurice so lange bekniet, bis er eine Lösung gefunden hatte, wie sie ganz offiziell in Fragolin bleiben konnte. Mit einem Büro im Rathaus – ohne aktuelle Befugnisse. Denn für kleinere Verbrechen war die Gendarmerie zuständig, und bei größeren Delikten, die in die Zuständigkeit der *Police nationale* fielen, kam das Kommissariat in Toulon ins Spiel. Eigentlich müsste es in Fragolin noch einen *Chef de Police* geben, aber der letzte war schon vor Jahren dem

Alkohol verfallen, und der Bürgermeister hielt den Posten für überflüssig. Auf diese Weise vermied er das übliche Kompetenzgerangel mit der Gendarmerie. Sollte diese doch die Arbeit machen, dann hatte er seine Ruhe.

Erst vor einigen Tagen hatte Isabelle die Beurkundung erhalten. Jetzt leitete sie ganz offiziell als Madame le Commissaire ein Kommissariat für besondere Aufgaben. Eigentlich gab es so etwas nicht, ein solches Kommissariat war in der Organisationsstruktur der *Police nationale* nicht vorgesehen, aber Maurice Balancourt hatte es kraft seines Amtes einfach erfunden. Speziell und ausschließlich für Isabelle Bonnet, sozusagen als Dankeschön für ihre erbrachten Leistungen. Immerhin habe sie sich um die Nation verdient gemacht und fast mit ihrem Leben dafür bezahlt. Sie könne sich ja um alte, unaufgeklärte Fälle aus der Region kümmern, deren Akten in den Regalen verstaubten – wenn es denn solche Fälle überhaupt gebe. Und wenn nicht, sei das auch egal. Mit den antiquarischen Kriminalfällen, für die sich keiner mehr interessiere, komme sie weder Commandant Bastian vom Kommissariat in Toulon in die Quere noch Capitaine Briand von der Gendarmerie in Fragolin. Sie sei aus der Schusslinie. Ihr Tun oder Nichtstun interessiere keinen.

Isabelle stand auf und setzte ihren sturmumtosten Strandspaziergang fort. Es war mittlerweile so hell, dass sie die zusammengeklappten Liegestühle und verzurrten Schirme sah, die dem Mistral trotzten. Ein losgerissener Korb tanzte über den Strand und wirbelte ins Meer. Noch war sie tatsächlich alleine, jedenfalls war niemand zu sehen. Irgendwo da vorne war Saint-Tropez, da schliefen die

Nachtschwärmer gerade ihren Rausch aus. Die Yachten würden an ihren sicheren Plätzen im Hafen bleiben. Jedenfalls solange der Mistral blies. Sie hatte gelernt, dass man nie wissen konnte, wann ihm plötzlich die Kraft ausging. Man sagte, dass er mindestens drei Tage durchhalte oder sechs oder neun. Sie lachte. Als ob der Mistral zählen und durch drei dividieren könnte. Sie hob einen Stein auf und warf ihn in die Brandung. Sie würde also ein Kommissariat leiten, das außer ihr keine Mitarbeiter hatte und auch keine aktuellen Fälle. Eigentlich schwachsinnig. Irgendwie bizarr. Aber originell, das immerhin.

Sie stieg über einen Balken, der offenbar einen Strandabschnitt markierte. Sie überlegte, bald umzudrehen und zurückzulaufen, sich vom anbrechenden Morgen zu verabschieden, retour nach Fragolin zu fahren und sich im Bett zu verkriechen. Plötzlich stockte ihr Schritt. Sie blieb abrupt stehen. Von einer Sekunde auf die andere wusste sie, dass das mit dem Bett nicht so schnell klappen würde. Der Tag, der am Strand von Pampelonne so vielversprechend begonnen hatte, dieser Tag war versaut. Der Sturmwind konnte nichts dafür. Aber er konnte auch nicht helfen, denn es gab kein napoleonisches Gesetz mehr, das Mördern bei Mistral eine verminderte Schuldfähigkeit zubilligte.

2

Die Kollegen von der Polizei waren irritiert, dass zu nachtschlafender Zeit ausgerechnet eine Kommissarin die Leiche gefunden hatte. Eine Madame le Commissaire, die über keine aktuelle Dienstmarke verfügte, sich stattdessen mit einem respekteinflößenden Ausweis deklarierte, der direkt vom Élysée-Palast ausgestellt war. Die Beamten gaben es auf, den Bereich rund um das Opfer mit einem Absperrband zu sichern. Der Mistral machte alle diesbezüglichen Versuche zunichte. Außerdem hatte man den Strand zu dieser frühen Stunde für sich alleine, eine Absperrung war also gar nicht nötig. Die Spurensicherung trug weiße Schutzanzüge, die im Wind flatterten. Außerdem taten sie von Anfang an die Meinung kund, dass man eh nichts finde. Der Wind habe wie ein Sandstrahlgebläse alle möglichen Spuren vernichtet.

Isabelle stand teilnahmslos in zweiter Reihe und beobachtete die polizeilichen Aktivitäten. Das war für sie eine neue Erfahrung. Sie befand sich am Ort eines Gewaltverbrechens und hatte nichts damit zu tun. Sie war nicht zuständig, durfte keine Anweisungen geben, hatte keine Ermittlungen zu leiten. Vor dem Leichnam kniete ein Pathologe. Er musste das Opfer nicht umständlich entkleiden, der Tote war bereits nackt. Isabelle fand, dass der ärztliche Gutachter einen ziemlich hilflosen Eindruck machte. Aber was sollte er auch feststellen? Der Mann war tot, das war offensichtlich.

Beim Warten auf die Polizei, die Isabelle mit ihrem *portable* verständigt hatte, hatte sie viel Zeit gehabt, den Toten zu betrachten. Aus gebotener Entfernung, schließlich wollte sie sich keinen Ärger einhandeln. Sie hatte schon viele Leichen gesehen, von denen manche grausam zugerichtet waren, aber diesen armen Kerl hatte es besonders übel erwischt. Ihm war zu wünschen, dass er beim entscheidenden »Eingriff« bereits tot gewesen war. Die Einschusslöcher in seiner haarigen Brust sprachen für diese Annahme. Die Gerichtsmedizin würde es noch genauer herausfinden, aber nicht hier, am Ort des Verbrechens. Wenn es denn überhaupt der Ort des Verbrechens war. Schleifspuren im Sand hatte sie keine gesehen, was angesichts des Mistrals nichts besagte. Der Mann war vielleicht fünfzig Jahre alt und deutlich übergewichtig, um nicht zu sagen fett. Aber das war nicht das Besondere an ihm, auch nicht das Unappetitliche. Ekelhaft war, dass der Mörder dem Opfer sein bestes Stück abgesäbelt und in den Mund gesteckt hatte. Das sah nicht gut aus, gar nicht gut. Ein junger Polizeibeamte hatte sich beim Anblick übergeben.

»Gehen Sie immer so spät in der Nacht am Strand spazieren?«, wurde sie von einem Beamten gefragt, der gleichzeitig versuchte die flatternden Blätter seines Notizblocks zu bändigen.

Isabelle fand die Frage ziemlich blödsinnig. Sie lächelte nachsichtig. »Es war nicht spät in der Nacht, sondern früh am Morgen«, präzisierte sie. »Nein, solche Spaziergänge zählen nicht zu meinen täglichen Gewohnheiten. Genau genommen bin ich heute zum ersten Mal am Strand von Pampelonne.«

»Tatsächlich? Warum gerade heute?«

Sie deutete auf die Pinien, die sich im Wind bogen. »Ich konnte nicht schlafen. Der Mistral, Sie verstehen.«
Er sah sie misstrauisch an. »Und deshalb fahren Sie von Fragolin den weiten Weg bis hierher an den Strand von Pampelonne? Das soll ich Ihnen glauben?«
»Werter Kollege«, antwortete Isabelle, »sind Sie mal in Paris während des Berufsverkehrs von Sacré-Cœur zum Bois de Boulogne gefahren? Das dauert entschieden länger, so gesehen war das ein Katzensprung.«
Er machte sich eine Notiz in seinen Block. Isabelle musste lächeln. Sie fragte sich amüsiert, ob der »werte Kollege« die Fahrzeit im Pariser Stoßverkehr überprüfen wollte. Viel Spaß dabei.
»Sie haben also zuvor keinen Hinweis auf eine Straftat bekommen?«, fuhr er fort. »Sie ermitteln auch in keinem Fall, der mit dem Toten in Verbindung steht? Und seine Identität ist Ihnen nicht bekannt?«
Langsam nervten Isabelle die Fragen. Sollte sie bei einem Mistral wieder mal wach liegen, würde sie im Bett bleiben, definitiv.
»Nein, kein Hinweis«, antwortete sie, »kein Fall, kein Identität, kein Garnichts. Ich bin per Zufall über die Leiche gestolpert. *C'est tout.*«
»Gestolpert?«
»Im übertragenen Sinne, nicht wirklich. Kann ich jetzt gehen? Sie wissen, wo Sie mich erreichen können?«
Der Kriminalbeamte nickte. »Im Rathaus von Fragolin, ja, habe ich notiert. Wusste gar nicht, dass es dort ein Kommissariat gibt.«
»Ist auch ganz neu«, sagte sie. »Aber ich kann Sie beruhigen, wir beschäftigen uns nicht mit aktuellen Fällen.«
»Nicht mit aktuellen Fällen? Das ist gut, sehr gut.

Isabelle verkniff sich einen Kommentar.
»Kann ich also gehen?«, fragte sie erneut.
»Natürlich können Sie das.« Er räusperte sich. »Gute Heimfahrt. Und passen Sie auf herumfliegende Gegenstände auf. Mit dem Mistral ist nicht zu spaßen. Wir sind damit vertraut, aber …«
Zum Abschied riss ihm der Wind den Block aus den Händen und beförderte ihn per Luftfracht hinaus aufs Meer. Der Kriminaler sah seinen Notizen fassungslos hinterher.

3

Nach ihrem Ausflug an die Baie de Pampelonne hatte sich Isabelle noch mal hingelegt und war tiefer eingeschlafen, als sie das vorgehabt hatte. Jetzt saß sie auf dem Bett und rieb sich verwundert die Augen. Es war so still und friedlich. Kein Pfeifen des Windes mehr, kein Klappern der Fensterläden, stattdessen eine fast schon unwirkliche Ruhe. Hatte sie alles nur geträumt? Den Mistral, ihren Strandspaziergang, die nackte Männerleiche und deren grausame Verstümmelung? Sie fuhr sich durch die Haare und spürte Sand an den Fingern. Mit der Zunge benetzte sie ihre Lippen und schmeckte Salz. Nein, natürlich hatte sie das alles nicht geträumt. Aber was war mit dem Mistral? Sie stand auf und öffnete ein Fenster. Der Himmel war immer noch blank geputzt und die Sicht von ungewöhnlicher Klarheit. An einem Fenster auf der Gasse gegenüber stand Marie-Claire und winkte ihr fröhlich zu. Sie hatte die alte Dame erst gestern beim Anstehen in der *Boulangerie-Pâtisserie* kennengelernt. Weil sie Nachbarn waren, hatten sie sich gleich geduzt. Marie-Claire hatte das provenzalische Olivenbrot empfohlen. Bestrichen mit Tapenade, schmecke es köstlich. Sie hatte recht gehabt.

»Bonjour, Isabelle, comment ça va?«

Natürlich ging es ihr gut, da doch der Spuk vorbei war.

Sie erwiderte den Gruß und lachte. Von wegen drei, sechs oder neun Tage – diesmal hatte der Mistral genau vier Tage gedauert und dann schlagartig aufgehört, als ob jemand aus der großen Windmaschine den Stecker gezogen hätte. Sie schaute auf die Uhr und stellte mit Erstaunen fest, dass der Tag schon weit fortgeschritten war. Hätte ihr Kommissariat geregelte Öffnungszeiten, würde es bald schon wieder schließen. *Pause de midi,* Mittagspause! Da traf es sich gut, dass sie gar nicht erst aufgesperrt hatte. Wozu auch? Sie hatte nichts zu tun. Dass sie sich um alte, unaufgeklärte Kriminalfälle kümmern sollte, war eine hübsche Idee. Aber noch hatte sie keinen auf ihrem Tisch. Also könnte sie genauso gut ins *Café des Arts* gehen, dort ein Croissant in den *café au lait* tunken und dazu die regionale Tageszeitung *Var-Matin* lesen. Vom Mord am Strand von Pampelonne würde nichts drinstehen, erst morgen. Außerdem ging es sie nichts an, hatte sie nicht zu interessieren. Auf dem Weg ins Badezimmer musste Isabelle lächeln. Na ja, vielleicht in einigen Jahren, wenn der Mord unaufgeklärt ins Archiv gewandert sein sollte. Dann wäre sie zuständig, aber erst dann.

Clodine setzte sich im Café zu Isabelle an den Tisch. Sie hatte in Fragolin einen kleinen Laden, in dem sie Mitbringsel für Touristen verkaufte, zum Beispiel herzförmige Seifen in Pastellfarben, die nach Lavendel oder Rosen dufteten. Jetzt hing ein Schild an ihrer Ladentür: *Fermé!*

Die beiden hatten sich seit ihrer Kindheit nicht mehr gesehen, zum ersten Mal wieder vor einigen Monaten, als Isabelle nach Fragolin gereist war, um sich hier eine Auszeit zu gönnen. Obwohl sie nicht unterschiedlicher sein könnten, hatten sie sich gleich gut verstanden. Dann hatte es eine Belastungsprobe gegeben, an der ihre Freundschaft fast zerbrochen wäre. Isabelle hatte Clodines Bruder des mehrfachen Mordes überführt. Aber das war eine andere Geschichte. Sie versuchten, nicht mehr darüber zu reden. Und Clodine war gescheit genug, nicht ihrer Freundin dafür die Schuld zu geben.

»Wie gefällt es dir in deiner neuen Wohnung?«, fragte sie.

»Die Wohnung gefällt mir total gut«, antwortete Isabelle. »Ich kann immer noch nicht glauben, dass das mein neues Zuhause sein soll, unter dem Dach, mit alten Balken, mit blauen Fensterläden – und einer Dusche, aus der oft nur kaltes Wasser kommt und in der ich mir regelmäßig den Kopf anstoße.«

»Das ist der Charme der Provence«, lachte Clodine. »Dafür hast du eine kleine Dachterrasse, du bist zu beneiden.«

»Stimmt, die ist ein Traum. Ich liebe die Terrasse, sie ist mein kleines Stück vom Paradies. Wenn ich mich aufs Geländer stelle, kann ich das Meer sehen.«

»Bist du verrückt?«

»Weißt du doch. Aber ich halte mich fest, an der Regenrinne.«

»Wie geht es Thierry?«

»Thierry Blès, dem Bürgermeister?«, fragte Isabelle mit Unschuldsmiene.

»Du kannst mich nicht für dumm verkaufen. Ihr seid immer noch zusammen, oder?«

»Wir verstehen uns gut.«

Clodine schmunzelte. »Ihr versteht euch sehr gut, richtig?«

»Mal mehr, mal weniger«, antwortete Isabelle sibyllinisch, »komm, lass uns das Thema wechseln.«

»Ungern, aber weil du meine beste Freundin bist: Was macht deine Arbeit?«

Isabelle hob die leeren Hände in die Luft und lachte. »Nichts, gar nichts. Wenigstens vorläufig. Aber ich hab's schwarz auf weiß. Das Kommissariat wird es weiter geben. Nur muss ich mich selber um die Beschaffung meiner Fälle kümmern.«

»Was heißt denn das?«

»Ich bin sozusagen die zuständige Kommissarin für Karteileichen. Die sind schon mumifiziert, keiner will sie mehr haben. Ich bekomme sie geschenkt, aber erst muss ich sie finden.«

»Lass dir Zeit damit. Du bist immer noch nicht fit. Was macht dein Bein?«

»Mein Bein? Ich hab zwei.«

»Du weißt schon.«

Isabelle strich sich verlegen die Haarlocke über die Narbe an der Stirn. »Besser, immer besser. Ab und zu vergesse ich, was geschehen ist.«

4

In der Eingangshalle des Rathauses blieb Isabelle vor der Gemäldegalerie mit den früheren Bürgermeistern stehen. Unter ihnen ihr Vater, der streng und ungemein würdig dreinblickte. Sie hatte ihn viel liebevoller in Erinnerung und entspannter. Aber er war schon lange tot, so lange, dass sie nicht mehr sagen konnte, wie er wirklich gewesen war. Im Rückblick verklärte sich vieles. Aber in einem Punkt war sie sich sicher: So streng hatte er sie nie angeschaut. Nicht einmal, als sie verbotenerweise am Feuerlöschteich gespielt, hineingefallen und fast ertrunken war.

Sie hauchte ihrem Vater einen Kuss zu und ging zum Büro, das ihr vor Monaten Thierry überlassen hatte, damit sie einen Mordfall aufklären konnte. Und einiges mehr. Sie schmunzelte, als sie im Gang neben der Tür das Messingschild sah – *Police nationale.* Darunter stand auf einem Pappkarton *Commission spéciale.*

Das Messingschild hatte Apollinaire im Touloner Kommissariat abgeschraubt. Sous-Brigadier Jacobert Apollinaire Eustache, ihr Assistent im vorangegangenen Fall. Ein Mann, der seine Eigenarten hatte, bevorzugt verschiedenfarbige Socken trug, so groß und hager war, dass er sich zusammenfalten musste, um in seinem 2CV hinter dem Lenkrad Platz zu finden, der zur Entspannung Kopfstände machte, die so schief waren wie der Turm von Pisa – und der Kakteen liebte. Dieser Kauz, der von vielen

Dingen des Lebens keine Ahnung hatte, gleichzeitig über ein verblüffendes Wissen verfügte, hatte ihr das Leben gerettet. Jetzt war er wieder in Toulon – unter der Fuchtel von Commandant Bastian, der nichts lieber tat, als ihn zu schikanieren. Aber der Commandant hatte versprochen, ihn nicht wieder in den Keller zu verdammen, ins Archiv. Dort hatte Apollinaire zuvor sein Dasein gefristet, und da wollte er nie mehr hin. Isabelle hatte ihm ihr Wort gegeben, dass ihm dieses Schicksal fortan erspart bleibe.

Sie betrachtete das von Apollinaire handgefertigte Pappschild mit der *Commission spéciale.* Nun, genau genommen stimmte das noch immer. Zugegeben, es klang etwas hochtrabend, aber in der Sache war es zutreffend. Sie würde Thierrys Sekretärin fragen, wo man ein Messingschild in Auftrag geben könnte.

Sie schloss das Büro auf. Alles stand noch da, wie sie es vor Wochen verlassen hatte. An der Wand hing ein Foto von Charles de Gaulle. Auch das war ein Einfall von Apollinaire gewesen. Der General gebe dem Kommissariat Autorität, hatte er gesagt. Auf diese Weise habe es etwas Staatstragendes. Auf die Idee, den aktuellen Präsidenten aufzuhängen, war er überhaupt nicht gekommen. Gut so. Bald gab es Neuwahlen.

Isabelle machte die Fenster auf und ließ frische Luft in den Raum. Sie entdeckte den vergessenen Kaktus, um den sich Apollinaire so liebevoll gekümmert hatte. Gott sei Dank kamen Kakteen über längere Zeit ohne Wasser aus. Sie holte eine Gießkanne.

Dann saß sie an ihrem Schreibtisch und dachte nach. Ganz schön einsam hier, kein Leben. Was war das für eine *Commission spéciale*, die nichts zu tun hatte? Es war ihr bewusst, dass sie die Situation selber verschuldet hatte. In

Paris könnte sie sich mit Arbeit zuschütten lassen, könnte Menschen herumkommandieren und von einem Termin zum nächsten hetzen. Aber genau das hatte sie nicht mehr gewollt. Vor allem wollte sie nicht mehr dafür verantwortlich sein, dass jemand in Gefahr geriet, weil sie eine Entscheidung getroffen hatte, womöglich eine falsche. Nein, diese Last wollte sie nicht mehr tragen. Aber das bedeutete nicht, dass sie in einem verwaisten Büro sitzen musste, keinen Fall zu bearbeiten und als einzigen Gesprächspartner einen Kaktus hatte.
Sie gab sich einen Ruck. Ihr Auftrag war es, alte Fälle auszukramen, die nie aufgeklärt wurden, wo die Täter frei herumliefen und längst nicht mehr glaubten, dass ihnen noch was passieren könnte. Isabelle schlug mit der flachen Hand auf den Tisch. Das war doch eine schöne Motivation: es denen zu zeigen, die dem Gesetz eine lange Nase gedreht hatten. Dabei gab es zwei Probleme. Erstens musste sie solche Fälle erst mal finden. Und zweitens durften sie nicht verjährt sein. Was sie zum ersten Problem brachte. Wo gab es solche Fälle? Sie sollten sich möglichst in relativer Nähe zugetragen haben. Das machte es nicht einfacher, die Provence war ein friedliches Stückchen Erde. Isabelle lächelte. Nun, das stimmte nicht ganz, davon hatte sie sich erst in der letzten Nacht überzeugen können.

Sie beugte sich unter den Tisch und schaltete den Computer ein. Weil das ein älteres Modell war und schon von der Forstbehörde ausrangiert wurde, setzte sich der Rechner mit lautem Gekreische des Ventilators in Gang. Das hörte sich an wie eine Kreissäge. Sie gab dem Computer einen Tritt. Das war zwar wenig fachmännisch, aber jetzt war

Ruhe. Könnte natürlich sein, dass sich der Ventilator nun vollends verabschiedet hatte. Das würde sie spätestens dann merken, wenn der Rechner wegen Überhitzung zu qualmen begann. Sie warf einen Blick zur Gießkanne – sie war sehr groß und fast voll. Ein möglicher Brand würde sich löschen lassen.

Sie drehte die Tastatur um. Dort hatte Apollinaire die Passwörter aufgeklebt. Ein Verfahren, das von einem hohen Sicherheitsbewusstsein zeugte. Schnell hatte sie sich in die Datenbank der *Police nationale* eingeloggt. Doch sehr viel weiter kam sie nicht. Es gab kein Verzeichnis mit unaufgeklärten Mordfällen in der Provence. Wäre auch zu schön gewesen. Und jetzt? Sie hatte für so etwas immer ihre Leute gehabt. Natürlich würde sie sich selber durchfinden, irgendwann, sie war ja nicht blöd. Aber das war nervig. Apollinaire hätte das im Handumdrehen erledigt. Er mochte zwar keine Computer, jedenfalls behauptete er das, aber es musste sich um eine Art Hassliebe handeln. Er schimpfte über die kindliche Einfalt der Programmierer, machte sich über unlogische Suchpfade und schwachsinnige Algorithmen lustig – und war bereits am Ziel.

Apollinaire, Apollinaire …

Ob er mit seiner Arbeit in Toulon glücklich war? So wie sie seinen Chef kannte, sprach nicht viel dafür. Commandant Bastian konnte ein ziemliches Ekel sein.

Isabelle dachte nicht länger nach. Sie nahm ihr *portable* und suchte nach der Telefonnummer von Sous-Brigadier Jacobert Apollinaire Eustache.

Ihr früherer Assistent freute sich so über ihren Anruf, dass er zunächst keinen zusammenhängenden Satz zustande brachte. Das passierte ihm häufig, wenn er aufgeregt war.

Da überschlugen sich seine Gefühle und Gedanken, galoppierten ihm so schnell davon, dass er ihnen verbal nicht folgen konnte. Es dauerte, bis er sie einholte. Sie musste lächeln. Apollinaires verhaspelte Freude war irgendwie anrührend. Sie wusste, dass sie ihm nur etwas Zeit geben musste, dann würde seine Sprache in geordnete Bahnen gelangen und sich der Sinn seiner Satzfragmente erschließen.
Später musste sie einige Male nachhaken, um schließlich von ihm bestätigt zu bekommen, was sie gleich gespürt hatte: Er war in seiner Arbeit kreuzunglücklich. Sein Chef Bastian hatte sich wirklich als linke Bazille erwiesen. Zwar hatte er Apollinaire nicht zurück ins Archiv verdammt, insoweit also Wort gehalten, allerdings war aus dem erhofften Einsatz im Außendienst auch nichts geworden. Stattdessen schien sein Schreibtisch in einer besseren Besenkammer zu stehen, wo er am Rechner irgendwelche schikanösen Statistiken erstellen musste, die kein Mensch brauchte. Apollinaire deutete an, dass er kurz davor stand zu kündigen. Innerlich habe er es bereits getan.
Isabelle sagte, dass er damit noch warten solle. Sie habe eine Idee. Ob er sich vorstellen könne, wieder für sie zu arbeiten, hier in Fragolin. Seine Antwort fiel so konfus aus, dass sie das als überschwenglichen Gefühlsausbruch interpretierte. Dabei bekam sie fast ein schlechtes Gewissen, denn das war soeben ein spontaner Einfall gewesen. Sie sagte, dass sie nichts versprechen könne, aber sie melde sich wieder.
Als Nächstes rief sie in Paris ihren obersten Vorgesetzten Maurice Balancourt an. Kein anderer kleiner Kommissar in Frankreich würde ihn so ohne weiteres an die Strippe bekommen.

»Hallo, chérie«, begrüßte er sie. »Hast du es dir anders überlegt? Kommst du doch zurück?«
»Nein, tut mir leid, deshalb rufe ich nicht an.«
»Hätte ich mir denken können. Du hattest schon immer einen Dickschädel«, brummelte er.
»Geht's dir gut?«, fragte sie, um die Stimmung etwas aufzulockern.
»Natürlich, mir geht's doch immer gut. Abgesehen davon, dass der Bordeaux heute Mittag Kork hatte und der Idiot von Koch die wunderbaren Lammkoteletts durchgebraten hat. Aber darüber komme ich hinweg.«
Isabelle lachte. »Da bin ich aber froh.«
»Nun sag schon, warum rufst du an, was kann ich für dich tun?«
»Ich hätte gerne eine Planstelle für einen Assistenten«, kam sie ohne Umschweife auf den Punkt.
»Genehmigt!«, antwortete er kurz und knapp.
»Danke«, sagte sie perplex. Sie hatte immerhin erwartet, dass er nach dem Grund fragen würde. Ob sie schon einen Fall in Arbeit habe oder so etwas Ähnliches.
»Wie ist das Wetter in der Provence?«, fragte er stattdessen.
»Wir hatten Mistral, aber der ist jetzt vorbei.«
»Ich hasse Mistral, davon bekomme ich Ohrensausen. Ein Grund mehr, in Paris zu leben, du wirst es schon noch merken. Die Vorstellung, dass das Leben im Süden eine einzige Wohltat sei, ist eine romantische Illusion. Vielleicht trifft das für Engländer zu, die stehen daheim den ganzen Tag im Regen und bekommen nichts Anständiges zu essen. Aber für einen Parisien ist der Gedanke völlig abwegig. Die Provence ist schön, um dort Urlaub zu machen, kein Zweifel, aber nicht, um dort das ganze Jahr zu verbringen.«

Wieder musste sie lachen. »Du gibst nicht auf, oder?«
»Ich wette zehn zu eins, dass du über kurz oder lang …«
»Schon verloren!«
»Abwarten, meine liebe Isabelle, abwarten. Gibt's noch was? Ich hab einen Termin beim Innenminister.«
»Nur noch eine klitzekleine Bitte. Ich hätte als Assistenten gerne den Sous-Brigadier aus Toulon, du weißt schon, der mir …«
»Geht in Ordnung«, unterbrach er sie. »Jacqueline hat seinen Namen. Ich sag ihr, dass sie dem Commandant in Toulon ein Fax mit der entsprechenden Dienstanweisung schickt. Das wär's dann, oder?«
»Maurice, ich liebe dich.«
»Wenn das meine Frau hört«, erwiderte er kichernd.
»Grüß sie von mir!«
»Mach ich, sie wird sich freuen. Pass auf dich auf. *Bonne journée!*«

Sie stand auf und streckte sich. Das war gut gelaufen. Allerdings hatte sie sich unbeabsichtigt in Zugzwang gebracht. Maurice würde nun erwarten, dass ihr kleines Kommissariat die Arbeit aufnahm. Eigentlich könnte es ihm egal sein, aber der Wunsch nach einem Assistenten dürfte seine Neugier geweckt haben. Irgendwann würde er anrufen, sich nach dem Wetter erkundigen und wie beiläufig fragen, woran sie gerade arbeite und wie sie vorankomme. Sie wollte ihn dann nicht enttäuschen. Isabelle massierte ihre Schläfen. Kurze Zeit später setzte sie sich wieder hin und wählte die Nummer von Commandant Bastian. Sie freute sich nicht darauf, aber es musste sein.
»Madame le Commissaire«, begrüßte er sie mit scheinheiliger Freundlichkeit. »Was verschafft mir die Ehre?«

Isabelle wusste, dass der Chef der Toulouner *Police nationale* sie auf den Tod nicht leiden konnte. Nie würde er ihr verzeihen, dass sie ihn beim letzten Fall ausgebootet hatte. Er fand es unerträglich, dass sie einen Sonderstatus genoss und von oberster Stelle gedeckt wurde. Er hasste sie schon deshalb, weil sie ihm seinen neuen Dienstwagen weggenommen hatte. Was nicht ihre, sondern Apollinaires Idee gewesen war, aber egal. Außerdem hatte Bastian den Wagen unbeschädigt zurückbekommen. Am schlimmsten aber war für den alten Macho, dass die freche Kommissarin eine Frau war. In seinem Weltbild konnte es nicht sein, dass Frauen im Beruf eigenverantwortlich handelten und noch dazu Erfolg hatten. Das war eine biologische Unmöglichkeit.

»Lieber Commandant Bastian«, antwortete sie mit nicht minder heuchlerischer Freundlichkeit, »Sie wissen ja, dass ich in Fragolin mit einem kleinen Kommissariat ansässig bleibe und mich alten, unaufgeklärten Fällen widmen werde.«

»Dabei wünsche ich Ihnen viel Vergnügen«, spöttelte er.

»Sie waren schon mal so freundlich, mir Ihren Sous-Brigadier Jacobert Apollinaire Eustache auszuleihen.«

»Gern geschehen.«

»Ich brauche wieder einen Assistenten …«

»Wozu? Zum Kaffeekochen?«, unterbrach er sie mit einem heiseren Gelächter.

»… und dachte da erneut an Monsieur Eustache«, fuhr sie unbeirrt fort. »Er hat hervorragende Arbeit geleistet.«

»Den kann ich nicht entbehren«, entgegnete Bastian, »da müssen Sie sich jemand anderen suchen.«

»Geht leider nicht. Sous-Brigadier Eustache fängt morgen bei mir an.«

»Da täuschen Sie sich gewaltig«, sagte Bastian.
»Ich hab keine Lust, mit Ihnen zu diskutieren …«
»Sehr vernünftig!«
»… deshalb bitte ich Sie, in den nächsten Stunden mal in Ihr Faxgerät zu schauen. Dort werden Sie eine entsprechende Anweisung aus Paris vorfinden. Ich danke Ihnen schon jetzt für Ihr Verständnis.«
Statt einer Entgegnung hörte sie nur heftiges Schnaufen. Wahrscheinlich hatte er einen roten Kopf. Und ganz sicher verstand er die Welt nicht mehr. Sie fragte sich, warum er sich das Leben so schwer machte? Sie war nicht auf Konfrontation aus, im Gegenteil, sie hätte nichts dagegen, mit ihm einvernehmlich zusammenzuarbeiten. Na ja, jedenfalls in der Theorie, gestand sie sich lächelnd ein, in der Praxis würde das wohl nicht funktionieren.
»Ich hätte noch eine Bitte. Würden Sie bitte Monsieur Eustache die Mappen mitgeben, die Sie für mich vorbereitet haben.«
»Welche Mappen?«
Na bitte, er hatte seine Stimme wiedererlangt, auch wenn sie sich etwas dünn anhörte.
»Die Mappen mit den unaufgeklärten Fällen.«
»Ach so, ja. Ich bin bisher noch nicht dazu gekommen.«
»Kein Problem, dann beauftragen Sie Eustache, die Mappen rauszusuchen. Im Archiv kennt er sich ja aus.«
»Noch heute?«
»Selbstverständlich.«
»Was wollen Sie mit dem alten Mist? Glauben Sie wirklich, dass Sie in der Lage sind, irgendeinen Fall aufzuklären, der Jahre zurückliegt und an dem sich meine besten Leute ihre Zähne ausgebissen haben?«
»Keine Ahnung. Möglich wäre es.«

»Dass ich nicht lache. Viele Akten werden es eh nicht sein. Wir haben eine exzellente Aufklärungsquote.«
»Das will ich nicht in Abrede stellen. Aber leider gibt es immer unaufgeklärte Fälle, nicht nur bei Ihnen, auch bei den anderen Kommissariaten im Département Var. Und meine Aufgabe ist es, diese Fälle einer erneuten Prüfung zu unterziehen. *C'est tout!*«
»Wie ich schon sagte, viel Spaß dabei.«
»Also, was ist mit den Ermittlungsakten?«
»Meinetwegen. Eustache soll sie raussuchen und Ihnen mitbringen.«
»Vielen Dank für die Kooperation.«
»Aber eines sage ich Ihnen …«
»Ja bitte?«
»Wenn sich dieser respektlose Lulatsch wieder meinen Dienstwagen schnappt, lasse ich ihn standrechtlich erschießen.«
Isabelle lächelte. »Das wird er nicht tun, versprochen.«
»Oder ich lege ihn unter die Guillotine.«
»Au revoir, mon Commandant.«

Unmittelbar nach dem Auflegen wählte sie die Nummer von Apollinaire und berichtete ihm von seiner »Versetzung«.
Der konnte sein Glück nicht fassen. Er versprach, alles zu ihrer vollen Zufriedenheit zu erledigen. Er bemächtige sich sogleich der in Frage kommenden Ermittlungsakten, wenn nötig, arbeite er die Nacht durch. Und morgen sei er pünktlich zum Dienstbeginn in Fragolin.
Isabelle bat ihn, sich morgen früh Zeit zu lassen. Einen offiziellen Dienstbeginn gebe es gar nicht. Sie schlafe aus

und frühstücke danach in Ruhe. Ach so, sie habe noch eine Anweisung. Er solle sich auf keinen Fall im Fuhrpark des Touloner Kommissariats bedienen. Ob er noch seinen alten 2CV habe? Sehr schön, dann solle er mit seinem Privatwagen kommen – in aller Ruhe.
À demain!

5

Sie hatte gut geschlafen. Kein Mistral hatte ihre Nachtruhe gestört. Die beruflichen Arrangements, die sie gestern getroffen hatte, gaben ihr ein gutes Gefühl. Also ließ es Isabelle am Morgen langsam angehen. Sie hatte sich vorgenommen, sich dem provenzalischen Lebensrhythmus anzupassen. Die Pariser Hektik war hier nicht nur fehl am Platz, sondern geradezu verpönt. Sie schlüpfte in ihre ausgetretenen Espadrilles. Clodine, die die leichten Sommerlatschen aus Baumwolle und mit der charakteristischen Jutesohle auch in ihrem Laden verkaufte, hatte ihr gestern erklärt, dass das Wort Espadrilles aus dem Provenzalischen stamme. Schon Grace Kelly alias Princesse Grace de Monaco und Sophia Loren hätten sie gerne getragen. Nun, da war sie ja in bester Gesellschaft. Sie lief die Treppe hinunter, um sich ums Eck eine Tageszeitung zu kaufen und in der *Boulangerie-Pâtisserie* frische Croissants.

Zurück in ihrer Wohnung, machte sie sich in einer Glaskanne einen traditionellen französischen Kaffee. In der *cafetière à piston* wird der Kaffee mit einem Stempel nach unten gedrückt. So mochte sie ihn am liebsten. Sie presste einige Orangen aus, dazu die Croissants und die regionale Tageszeitung *Var-Matin.* Dann balancierte sie ihr Frühstückstablett über die wacklige Wendeltreppe nach oben auf die Terrasse. Als sie schließlich gemütlich am kleinen Blechtisch saß und am Topf mit dem Rosmarin vorbei auf die Dächer von Fragolin blickte, da dachte sie, dass sie schon erhebliche Fortschritte gemacht hatte. Sie tunkte ein Croissant in den Kaffee und blätterte durch die Zeitung. Auf der Titelseite stand nichts von der Leiche am Strand von Pampelonne. Erstaunlich, aber vielleicht folgten die Redakteure den Wünschen der Tourismusbehörde, die es nicht mochte, wenn Verbrechen aus der Region groß herausgestellt wurden. Das schrecke Feriengäste ab und schade dem Geschäft. Wie sie wusste, vertrat auch Fragolins Bürgermeister Thierry Blès diese Auffassung.

Weiter hinten wurde sie fündig. Natürlich gab es kein Foto von der Leiche. Stattdessen wurde ein sympathisches Bild des Opfers gezeigt, wie es am Strand neben einer Strohhütte posierte. Raphaël Dubois, so hieß der bemitleidenswerte Mann, hatte einen Strandabschnitt gepachtet, wo er Liegen und Sonnenschirme verlieh. Er sei allseits beliebt gewesen und von fröhlichem Naturell. Umso unerklärlicher sei seine Ermordung. Der Text deutete an, dass seine Leiche übel zugerichtet war, ohne auf Details einzugehen. Auch dass er nackt war, wurde verschwiegen. Eine »Strandläuferin« habe den Toten in den frühen Morgenstunden gefunden. Isabelle musste schmunzeln, als sie las, dass diese Frau der Tat unverdächtig sei. Die Polizei tappe noch völlig im Dunkeln. Es gebe keine Zeugen. Auch fehle jeglicher Hinweis auf ein Motiv.

Sie legte die Füße auf einen Stuhl und rührte gedankenverloren im Kaffee. Nun, das mit dem Fehlen eines Motivs stimmte nicht ganz. Wer seinem Opfer das Gemächt abschnitt, hatte eine Botschaft. Die Entmannung deutete entschieden darauf hin, dass sich Raphaël Dubois mit seinem Sexualverhalten einen Feind gemacht hatte. Dem Täter reichte es nicht, ihn umzubringen. Er musste ihn noch auf grausame Weise verstümmeln. Welche Motive könnte es dafür geben? Ihr fielen gleich mehrere ein, mit der Eifersucht an erster Stelle. Vielleicht hatte Raphaël Dubois als Strandgigolo ein Verhältnis mit einer verheirateten Frau angefangen? Ihrem Ehemann oder Freund hatte dies nicht gefallen.

Sie glaubte sich zu erinnern, dass es in der griechischen Mythologie Beispiele für die gewaltsame Entmannung als Ausdruck totaler Entmachtung gab. Das wäre ein weiteres Motiv. Fast bedauerte es Isabelle, dass sie für den Fall nicht zuständig war, aber nur für einen kurzen Augenblick, dann war sie wieder froh, es nicht zu sein. So konnte sie in aller Ruhe auf der Terrasse frühstücken und Zeitung lesen. Es gab keinen Druck von der Staatsanwaltschaft, vom Untersuchungsrichter oder von den Medien. Das könnte der größte Vorteil sein, wenn man sich mit Kriminalfällen beschäftigte, die lange zurücklagen. Es gab keine Erwartung, von niemandem.

So hatte sie das bislang noch gar nicht gesehen. Sie nahm einen entspannten Schluck aus der Kaffeetasse. Blieb dennoch zu hoffen, dass sie mit Apollinaires Hilfe einen Fall aufstöberte, der die Beschäftigung lohnte. An die Möglichkeit, dass es keinen gab, im Zuständigkeitsbereich von Toulon nicht und auch anderswo im Département Var, an diese Eventualität mochte sie nicht denken. Erst recht nicht daran, dass sie bei der Aufklärung scheitern könnte. Bastian würde sich vor Freude nicht einkriegen und einen Kübel voller Häme über sie ausschütten. Dann würde sie noch bereuen, sich darauf eingelassen zu haben.

Sie stand auf und machte eine Yogaübung. Ommm … Ihr Atem ging ganz ruhig. Es gab keinen Grund, sich aufzuregen.

Eine halbe Stunde später schlenderte sie hinüber zum *Hôtel de ville.* Sie kam am Brunnen mit der Gedenktafel vorbei, die an die tapferen Kämpfer der Résistance erinnerte, überquerte den kopfsteingepflasterten Platz mit den Platanen und musste beim verwaisten Bouleplatz lächeln, weil sie hier schon einige schöne Stunden verbracht hatte. Sie war die einzige Frau, die von den Männern als Mitspielerin akzeptiert wurde. In Fragolin kam das einem Ritterschlag gleich. Zugereisten war die Teilnahme ohnehin verwehrt. Zu ihrem Glück war sie hier geboren, was letztlich den Ausschlag gegeben hatte. Jetzt galt es, das Privileg zu verteidigen und den Männern zu beweisen, dass Frauen gleichwertige Mitglieder der Gesellschaft waren – sogar beim Pétanque, wie das traditionelle Boulespiel in der Provence genannt wurde. In manch einen südfranzösischen Schädel wollte das nicht rein. Aber wenn sie mit einem guten Wurf die Kugel eines notorischen Machos traf und aus dem Spiel beförderte, dann klickte es vielleicht auch im Kopf. Besondere Hoffnung machte sie sich freilich nicht.

Isabelle sperrte ihr Büro auf, öffnete die Fenster, setzte sich an ihren Schreibtisch und fuhr mit der flachen Hand über die leere Arbeitsfläche. Sauber. Sie hatte den Tisch schon gestern abgewischt. Der Papierkorb war leer. Die Drahtkörbe für den Posteingang waren es auch. Sie hob den Telefonhörer ab, hörte das Freizeichen und legte wieder auf. Verdammt, war das trostlos. Sie startete ihren Computer. Selbst der Ventilator ließ sie im Stich, kein Kreischen – und kein Grund, dagegenzutreten.

Auf ihrem *portable* entdeckte sie eine Nachricht von Thierry. Er hieß sie im Rathaus willkommen und wünschte ihr einen schönen Arbeitstag. Idiot. Er hätte sich doch

persönlich herbemühen können. Wann hatte sie ihn das letzte Mal gesehen? Das war schon einige Tage her. Und einige Nächte. Dann fiel ihr ein, dass er nach Marseille gereist war, zu einer mehrtägigen Tagung der Bürgermeister der Region Provence-Alpes-Côte d'Azur. Na meinetwegen, er war entschuldigt und vielleicht doch kein Idiot.
Gerade wollte sie Thierry eine Antwort schicken, da hörte sie im Flur Lärm, irgendwas krachte gegen die Tür, dann drang ein lautes *Merde* zu ihr durch. Isabelle schmunzelte. Sie ahnte, wer für diese Ruhestörung verantwortlich war, eine Ruhestörung, die sie direkt herbeigesehnt hatte. Sie drehte sich zum Fenster und sah draußen einen alten 2CV stehen, mit aufgerolltem Dach und mit den Vorderrädern in einem Blumenbeet. Sie blickte wieder zum Eingang, verschränkte lächelnd die Arme über der Brust und wartete ab.
Jetzt ging die Tür auf, aber nur einen Spalt, und wurde dann mit einer Entschuldigung sofort wieder geschlossen.
»Pardon, excusez-moi.«
Nun wurde förmlich angeklopft.
Erst nach ihrem *»Entrez, s'il vous plaît«* wagte der Besucher einen zweiten Versuch.
Apollinaires Haare standen wirr vom Kopf, beim Zuknöpfen seiner Jacke hatte er sich mit den Löchern vertan. Mit rudernden Armen kam er auf sie zu. Weil er himmellang war und von hagerer Gestalt, sah es aus, als ob er gleich stürzen würde.
Um Schlimmeres zu verhindern, hob Isabelle die Hand.
»Arrête, stehen bleiben!«
Mit einem gewagten Bremsmanöver gehorchte er aufs Wort. Breit grinsend strahlte er sie an.
»Madame le Commissaire, ich melde mich zum Dienst.«

Hoffnungsvoll sah sie auf seine Socken. Mit Erleichterung stellte sie fest, dass er seiner alten Gewohnheit treu geblieben war und verschiedene Farben gewählt hatte – links rot, rechts gelb. Eine gewagte Kombination.
»Schön, Sie wiederzusehen. Ich freu mich«, sagte sie.
Er schlug sich theatralisch auf die Brust. »Und ich erst. Sie haben mich vor meinem sicheren Untergang bewahrt.«
Sie deutete hinaus auf den Flur. »Was ist da passiert?«
Er rückte verlegen seinen Krawattenknoten zurecht. »Pardon, ein kleines Missgeschick. Die Akten, Sie wissen schon, um die Sie mich gebeten hatten. Sie sind von der Sackkarre gerutscht.«
»So viele sind es, dass Sie eine Sackkarre brauchen?«
»Doch, doch, es sind einige. Ich hatte ja keine Zeit, sie durchzusehen. Da habe ich vorsichtshalber alle Fälle mitgenommen, die in den letzten zwanzig Jahren nicht aufgeklärt wurden. Wobei ich mich auf Gewaltverbrechen und Kapitaldelikte konzentriert habe. Das war doch in Ihrem Sinne, oder?«
Sie schmunzelte. »Also keine gestohlenen Fahrräder oder geklaute Handtaschen?«
»Nein, natürlich nicht, hoffe ich jedenfalls. Es musste ja schnell gehen. Commandant Bastian hatte mich angewiesen, spätestens um Mitternacht das Kommissariat zu verlassen.«
Isabelle stand auf, ging zu Apollinaire und tat etwas, was völlig gegen ihre Natur war – sie umarmte ihn. Aber nur kurz, dann forderte sie ihn auf, die Akten hereinzubringen.

Eine Stunde später gab es auf dem Besprechungstisch verschiedene Stapel. Der ganz links war am kleinsten, aber am interessantesten. Sie musste an Bastians Worte von der hohen Aufklärungsquote denken. Wahrscheinlich hatte er sogar recht, aber im Lauf von zwei Jahrzehnten kam so einiges zusammen. Gott sei Dank. Es stellte sich heraus, dass in Toulon auch die unaufgeklärt abgelegten Fälle anderer Kommissariate der Region aufbewahrt wurden. Das machte es einfacher. Wobei Apollinaire darauf verwies, dass man im Onlinearchiv der *Police nationale* auf weitere »Karteileichen« stoßen könne. Er kümmere sich später darum.

Isabelle nickte. Aber weil sie nichts überstürzen müssten und da heute Apollinaires erster Arbeitstag war, sei es ihr ein Vergnügen, ihn zum Mittagessen einzuladen.

Sie schlossen das Büro ab. Mit Parteiverkehr war nicht zu rechnen, aber die Akten waren nicht für fremde Augen bestimmt. Apollinaire fuhr seinen 2 CV ordnungsgemäß auf den Parkplatz, dann liefen sie hinüber zum Bistro *Chez Jacques.* Als Tagesempfehlung standen auf der Schiefertafel *moules marinières,* frische Miesmuscheln. Außerdem gab es *magret de canard à l'orange,* Entenbrust in einer Rotwein-Orangen-Sauce.

Apollinaire schnalzte mit der Zunge – und bestellte beides. Isabelle entschied sich für einen Klassiker, den es hier immer gab, für eine *salade niçoise* mit in Öl eingelegten Anchovis, Kapern, Tomaten, hart gekochten Eiern und schwarzen Oliven.

Den Rosé gab es auch *au verre,* glasweise. Sie stieß mit Apollinaire auf ihre erneute Zusammenarbeit an. Isabelle sagte, dass sie sich auf ihn verlasse, sie brauche einen fähigen Assistenten. Auch wenn sie nicht wisse, was ihnen bevorstehe. Das Ganze sei ein Experiment mit ungewissem Ausgang. In ihrer früheren Tätigkeit sei sie es gewohnt gewesen, ganz in der Gegenwart zu leben und in die Zu-

kunft zu blicken. Die Zeiger der Zeit stattdessen zurückzudrehen, sich in Situationen zu versetzen, die schon lange zurücklagen, diesen Umgang mit der Vergangenheit habe sie nie gelernt.
Apollinaire zitierte Albert Einstein. Der habe argumentiert, dass die Unterscheidung zwischen Vergangenheit, Gegenwart und Zukunft nur eine besonders hartnäckige Illusion sei. Weil Einstein an Klugheit nicht zu übertreffen sei, habe er wohl recht. Folglich müsse sie sich keine Sorgen machen.
Sie musste lächeln. Warum überraschte es sie nicht, dass Apollinaire mit Einstein daherkam? Bastian hatte keine Ahnung, was sein Sous-Brigadier alles im Kopf hatte. Zugegeben, nicht alles war für den Beruf eines Polizeibeamten von Nutzen, aber manches eben doch.
Später fragte Apollinaire, wie lange Madame le Commissaire in Fragolin zu bleiben gedenke. Ob die Fortführung des Kommissariats von begrenzter Dauer sei.
Sie zuckte mit den Schultern. Sie wolle ihm nichts vormachen, deshalb könne sie keine verbindliche Antwort geben. Aber sie habe die Absicht, zu bleiben. Sie wolle ein anderes, ein neues Leben führen. Und sie hoffe, dass das kleine Büro der *Police nationale* Bestand haben könne. Vorläufig müssten sie sich keine Sorgen machen, weil sie ein klares Mandat aus Paris hätten.
Isabelle überlegte, wie ehrlich sie sein sollte. Apollinaire war ihr Untergebener, er musste nicht alles wissen. Auf das entscheidende Dilemma würde er allerdings von selber kommen. Folglich konnte sie es auch von sich aus ansprechen.
In weiterer Zukunft, fuhr sie fort, könne sich die Situation ändern. Theoretisch gebe es zwei gegensätzliche Szenari-

en, und beide seien nicht gut. Entweder sie scheiterten in ihrem Bemühen, alte Fälle aufzuklären. Dann komme spätestens nach der Pensionierung von Maurice Balancourt irgendjemand auf die Idee, diese merkwürdige Außenstelle in Fragolin zu schließen. Oder sie hatten Erfolg. Das sei zunächst gut, sogar sehr gut, rufe aber automatisch Neider auf den Plan. Schließlich hätte sie damit bewiesen, dass früher schlampig gearbeitet wurde. Sie mache sich also polizeiintern Feinde. Und die ließen fortan keine Gelegenheit aus, ihr Knüppel zwischen die Beine zu werfen. Sie sei dann zum Abschuss freigegeben – was auch keine gute Perspektive sei. Aber nicht annähernd so schlimm wie die Erfolglosigkeit. Deshalb hoffe sie, dass ihr Projekt gelingen möge.

Apollinaire hob den Daumen. Daran zweifle er keine Sekunde. Übrigens hätten die Venusmuscheln ganz hervorragend geschmeckt. Sie seien bereits Vergangenheit, stellte er grübelnd fest. Die Gegenwart sei der Rosé im Glas. Und die Zukunft die Entenbrust. Albert Einstein habe mit der Relativität der Zeit definitiv recht. Den Knoblauch in der Weißweinsauce der Venusmuscheln rieche man bei ihm noch nach Stunden. Der Duft reiche also von der Vergangenheit in die Zukunft. Umgekehrt sei die Entenbrust dann schon wieder Vergangenheit.

Isabelle schüttelte leise lächelnd den Kopf. Die Gedankengänge ihres Assistenten waren gelegentlich etwas eigenwillig. Aber das gehörte zu seiner Persönlichkeit. Sie wusste nicht wirklich, was er ihr sagen wollte. Vielleicht wusste er es selber nicht. Immerhin verströmte er dabei eine gehörige Portion Optimismus. Diese Zuversicht konnte sie brauchen.

6

Der Überfall auf ein Juweliergeschäft in Cannes las sich spannend. Vor sechs Jahren wurde nicht nur die Inhaberin erschossen, sondern auch eine prominente Kundin aus dem Filmgeschäft. Isabelle fand, dass bei der Ermittlung grobe Fehler gemacht wurden. Auch wäre es möglich, dass mittlerweile einige der gestohlenen Schmuckstücke irgendwo aufgetaucht waren. In diesem Fall ließe sich womöglich ihre Spur zurückverfolgen. Sie dachte eine Weile nach, dann legte sie die Mappe zur Seite. Es sprach alles für einen bandenmäßig durchgeführten Überfall. Solche Gangs gehörten leider zur Côte d'Azur wie in Cannes die Palmen zur Croisette. Die Mitglieder waren gewiss längst in alle Winde zerstreut, nicht mehr am Leben oder im Gefängnis. Es machte wenig Sinn, diesen Fall neu aufzurollen. Leider.
Auch Apollinaire saß an seinem Schreibtisch. Mit der einen Hand blätterte er in Untersuchungsprotokollen, mit der anderen hackte er auf die Tastatur seines Computers ein. Dazu summte er die Marseillaise.
In die nächste Mappe warf Isabelle nur einen kurzen Blick. Aus einer Villa bei Cavalaire hatte man vor einigen Jahren eine wertvolle Kunstsammlung gestohlen. Gemälde von Cézanne, Renoir, Picasso … Die polizeilichen Ermittler glaubten an einen Versicherungsbetrug, konnten es aber nicht beweisen. Die Kollegen hatten sich richtig reingehängt, da würde ein zweiter Versuch nichts bringen. Also auch auf die Seite.

Sie wollte gerade aufstehen, um enttäuscht nach Hause zu gehen, da stieß Apollinaire einen Pfiff aus.
»*Et voilà,* das könnte was sein.« Er drehte sich auf seinem Bürostuhl in Richtung Isabelle und hielt dabei einen roten Aktendeckel in die Höhe. »Ist zwar zehn Jahre her, aber der Fall hat sich hier zugetragen.«
Sie sah ihn fragend an. »Was heißt hier?«
»Na ja, nicht hier im Rathaus, aber immerhin in Fragolin, das heißt in einem angrenzenden Wald. Ein bestialischer Mord, unaufgeklärt.«
»Wirklich? Hier in unserem beschaulichen Fragolin? Ich hab nie was von einem grausamen Mord gehört. Ich dachte, unser letzter Fall sei die große Ausnahme gewesen. Aber sonst passiert hier doch nichts?«
Apollinaire stand auf und brachte ihr die Mappe. Sie war nicht dicker als viele andere, aber sie hatte es in sich. Gleich beim Öffnen fiel ihr ein Foto des Opfers vom Tatort entgegen. Auf den ersten Blick sah sie, dass Apollinaire nicht übertrieben hatte. »Bestialisch« war eine zutreffende Beschreibung. Bei dem Toten handelte es sich um einen Mann. Er lag mit dem Rücken auf dem Waldboden. In seinem Brustkorb steckte eine große Mistgabel, mit den scharfen Zinken so tief in seinen Torso gerammt, dass diese wohl unten bis ins Erdreich reichten. Jedenfalls stand der hölzerne Schaft ziemlich gerade in die Höhe, wie es schien, ganz stabil – obwohl die Leiche erst Tage nach der Tat gefunden wurde. Letzteres entnahm sie beim Überfliegen dem Protokoll. Offenbar hatte der Täter mit der Mistgabel mehrfach auf das Opfer eingestochen. Nach Ansicht der Gerichtsmedizin waren schon die ersten Attacken tödlich gewesen, weil dabei das Herz getroffen wurde. Ein weiterer Stoß war in den Unterleib erfolgt. Der Mörder

musste rasend vor Wut gewesen sein oder ein pathologischer Irrer. Wahrscheinlich beides.
Apollinaire sah seiner Chefin über die Schulter. »Der Tote war ein rechtschaffener Bürger des Ortes«, sagte er. »Nach Aussage aller Zeugen hatte er keine Feinde. Man hat nicht die geringste Spur gefunden, die zu einem Täter führen könnte. Es gab kein Motiv und keinen Verdächtigen. Die Ermittlungen waren ein totaler Schuss in den Ofen. Irgendwann haben unsere Kollegen aufgegeben.«
»Vielleicht war es ein Verrückter, der durch die Wälder streifte und sich seine Opfer nach dem Zufallsprinzip aussuchte?«, spekulierte Isabelle.
Apollinaire verzog das Gesicht. »Das war auch die abschließende These der Ermittler. Aber es hat in der näheren oder weiteren Umgebung nie eine vergleichbare Tat gegeben. Weder vorher noch nachher.«
»Kann ich mir auch nicht wirklich vorstellen. Wer läuft schon mit einer Mistgabel durch einen Wald mit Korkeichen und hält nach einem x-beliebigen Opfer Ausschau, um es dann bestialisch niederzumetzeln? Es gibt viele Irre auf der Welt, aber das ist doch reichlich weit hergeholt.«
»Meine ich auch.«
Isabelle blätterte durch die Unterlagen. »Wie es scheint, haben die Kollegen sorgfältig gearbeitet.«
»Schade, das wäre nicht gut.«
»Aber sie müssen was übersehen haben. Es gibt immer eine Spur.«
»Doch nach fast zehn Jahren ist sie weg, wenn es sie überhaupt gegeben hat.«
Isabelle zuckte mit den Schultern. »Möglich, aber nicht sicher. Jedenfalls sieht das nach einem interessanten Fall aus. Apollinaire, da haben Sie einen guten Griff getan. Der

Tote wird nichts dagegen haben, wenn wir uns erneut auf die Suche nach seinem Mörder machen. Es gibt Taten, die sollten nicht ungesühnt bleiben, und diese ganz bestimmt nicht.«

»Was machen wir jetzt?«

»Feierabend«, antwortete Isabelle. »Wir gehen heim. Ich nehme die Mappe mit und sehe sie mir heute Abend genauer an. Morgen sage ich Ihnen, ob wir uns den Toten mit der Mistgabel wirklich vorknöpfen. Wissen Sie eigentlich, wo Sie schlafen? Soll ich in der *Auberge des Maures* anrufen und nach einem Zimmer fragen?«

Apollinaire zupfte verlegen an seinem Hemdsärmel.

»Nein, sehr freundlich, ist nicht nötig.«

Sie erinnerte sich an seinen letzten Aufenthalt in Fragolin und lächelte.

»Haben Sie noch Kontakt zu Shayana Hayet?«, fragte sie. Die tunesische Haushaltshilfe hatte er hier kennengelernt. Und obwohl sie eher klein und vollschlank war, also schon optisch ein Kontrastprogramm zu ihm, hatten sie sich gut verstanden.

»In gewisser Weise, ja, sozusagen, ich meine …«, stotterte er.

»C'est bon«, half ihm Isabelle aus der Bredouille. »Dann muss ich mir keine Sorgen machen.«

7

Am nächsten Morgen wurde sie von einem heftigen Klopfen an der Tür geweckt. Sie hatte bis spät in der Nacht die Akte mit dem Mordfall studiert und dazu Rotwein getrunken. Thierry würde ihr hoffentlich verzeihen. Das war sein Lieblingswein, recht teuer und besonderen Gelegenheiten vorbehalten. Aber sie hatte keine andere Flasche dagehabt.

Sie wühlte sich aus dem Bettlaken und öffnete.

»Isabelle, habe ich dich geweckt?«

Sie fuhr sich verschlafen durch die Haare.

»Sylvie, du bist es? Haben wir einen Termin?«

Die Physiotherapeutin, die auf medizinische Rehabilitation spezialisiert war und mit Isabelle zweimal in der Woche Übungen machte, um ihre Schmerzen im Bein zu lindern, die Schultern zu lockern und den Rücken zu stärken, lachte.

»Ja, aber ich kann gerne morgen wiederkommen.«

Isabelle hob hilflos die Hände. »Bleib hier und quäl mich. Hinterher bin ich vielleicht wach.«

»Das kann ich versprechen.« Sylvie stellte ihre Tasche ab. »Aber ich bin nicht hier, um dich zu quälen.«

»Doch, doch, du bist eine herzlose Sadistin. Womit fangen wir an?«

Eine halbe Stunde später drückte Sylvie eine flache Hand gegen Isabelles Rücken und zog sie gleichzeitig an ihrer Schulter.

»Da haben wir noch viel Arbeit vor uns«, stellte sie fest.
»Ich lauf nicht weg«, entgegnete Isabelle. »Sag mal, wie lange lebst du schon in Fragolin?«
»Seit meiner Geburt. Warum?«
»Kannst du dich an Jean-Luc Navet erinnern und an seine Ermordung vor etwa zehn Jahren?«
»Navet? Na klar, das war ganz schlimm. Den hat jemand übel zugerichtet. Es gibt Leute, die trauen sich bis heute nicht in den Wald, wo man ihn gefunden hat.«
»Wirklich?«
»Ja. *Le vieux Georges* hat behauptet, dass dort ein Menschen mordendes Monster haust.«
Isabelle lächelte. »Nach dem dritten Pastis hat der alte Georges viel behauptet. Was erzählt man sich sonst so?«
»Nichts, keiner redet mehr darüber. Ist lange her.«
»Wer könnte es gewesen sein?«
»Keine Ahnung. Irgendein Irrer, der aus der Nervenanstalt ausgebrochen ist? So, jetzt die andere Schulter.«
»Der fehlt doch nichts«, protestierte Isabelle.
»Doch, muss sein.«
»Was ist aus Navets Frau geworden?«
»Bernadette? Die lebt noch zu Hause, hat aber, glaube ich, Alzheimer. Warum interessiert dich das?«
»Nur so. Um mich von deinen blöden Übungen abzulenken.«
»Das soll ich dir glauben?«
»Na klar. Mir hat gestern jemand von dieser alten Geschichte erzählt. Da bin ich halt neugierig geworden. Du weißt ja, ich bin bei der Polizei, da springt man auf solche Themen an.«
Sylvie lachte. »Das solltest du dir schleunigst abgewöhnen. Wenn du ganz gesund werden willst, musst du dich

mit den schönen Dingen des Lebens beschäftigen. Davon gibt es hier genug.«
»Wenn du mich nicht vorher zum Krüppel machst.«
»Im Gegenteil, ganz im Gegenteil. So, und jetzt die Hüfte.«

Auf dem Weg ins Büro ging sie an Clodines Laden *Aux saveurs de Provence* vorbei, machte ihr ein Kompliment zur neuen Schaufenstergestaltung und verabredete sich mit ihr zum Mittagessen. Sie kaufte eine Ausgabe des *Var-Matin* und steckte sie zur Mordakte in die mitgeführte Einkaufstüte der *Galeries Lafayette.* Schließlich betrat sie ihr Büro, wo Apollinaire gerade damit befasst war, ihren Computer auseinanderzuschrauben.
»Irgendwas stimmt nicht mit dem Gehäuselüfter«, sagte er. »Ich glaub, der ist kaputt.«
Isabelle nickte. »Ich wollte die Kiste schon aus dem Fenster werfen.«
»Können wir immer noch machen. Aber erst versuche ich ihn zu reparieren. Wie ist Ihre Entscheidung?«
Sie wusste, dass er mit dieser Frage das Thema wechseln wollte. »Ich denke, wir probieren es. Ich glaub nicht an einen verrückten Killer, der zufällig des Weges kam.«
Er stellte den Computer zurück auf den Boden. »Ich mach später weiter. Er geht auch ohne Gehäuse, wahrscheinlich sogar besser, weil die Hardware nicht so heiß wird. Und jetzt?«
Isabelle breitete auf ihrem Schreibtisch die Fotos vom Mordopfer am Tatort aus.
»Die Kollegen haben versucht herauszubekommen, wo die Mistgabel gekauft wurde. Sie war nagelneu. Dummerweise gibt's dieses Modell an jeder Ecke. Also Fehlanzeige. Wir

sollten uns im persönlichen Umfeld von Jean-Luc Navet umhören, mit den Leuten reden, mit Verwandten und Freunden. Leider scheint seine Frau unter Alzheimer zu leiden.«
»Und was sagen wir, wenn wir nach dem Grund unserer Neugier gefragt werden?«
»Da müssen wir uns noch eine harmlose Ausrede ausdenken.«
»Monsieur Navet könnte vor seinem Tod falsch geparkt haben«, schlug er vor.
Isabelle lachte. »Ja, oder so ähnlich. Apollinaire, mir ist da was auf den Fotos aufgefallen.«
Er beugte sich nach vorne. »Er hat abstehende Ohren.«
»Sie sind schon ganz nah dran. Schauen Sie auf seine Stirn.«
»Die ist verschmiert, irgendwie verdreckt. Ja, das ist komisch, wo er doch auf dem Rücken liegt und von vorne abgestochen wurde.«
»Das ist kein Dreck. In den Polizeiakten steht, dass in der Laboruntersuchung auf der Stirn des Mordopfers Farbpigmente identifiziert wurden.«
»Komisch. Vielleicht eine Art Sonnencreme?«
»Ganz bestimmt nicht. Die Kriminaltechniker schreiben, dass es sich um die Spuren eines Filzstifts handeln könnte. Möglicherweise habe der Täter dem Opfer etwas auf die Stirn gemalt, aber das sei nicht mehr zu erkennen gewesen. Womöglich hätten ihn Waldtiere abgeschleckt.«
»Schade, das wäre interessant.«
»Meine ich auch.«
»Man müsste den Ausschnitt vergrößern.«
»Wer könnte das machen?«
»Ihr Assistent, der könnte das machen«, antwortete Apollinaire. »Wir sind zwar miserabel ausgestattet, aber wir verfügen über einen Scanner.«

Minuten später hatte er das Bild auf seinem Screen. Mit der Zoomfunktion holte er die Stirn näher ran.
Isabelle schüttelte den Kopf. »Das ist total verpixelt, da erkennt man nichts. Das können wir vergessen.«
»Noch nicht, schließlich gibt es Bildbearbeitungsprogramme. Muss ich aber erst runterladen. Geben Sie mir etwas Zeit, ich schau mal, was sich machen lässt.«
Sie klopfte ihm auf die Schulter. »Nur zu, ich werfe so lange einen Blick in die Zeitung.«

Ein Galadinner in Monaco mit viel Prominenz, eine Skulpturenausstellung an der Promenade des Anglais in Nizza, ein stundenlanger Stau bei einer Baustelle auf der Autobahn bei Mandelieu … – im *Var-Matin* stand heute nichts, was sie besonders interessierte. Der Mord am Strand von Pampelonne fand keine Erwähnung mehr. Dafür wurde ausführlich über einen ehemaligen Präsidenten der Republik berichtet, der die Kühnheit besessen hatte, sich an einem öffentlichen Strand bei Cavalière in Badehose unters gemeine Volk zu mischen. Da war ja sogar die Skulpturenausstellung aufregender.
»So, ich hab's«, befreite sie Apollinaire von ihrer Lektüre. Er reichte ihr einen Ausdruck, der tatsächlich eine erstaunliche Qualität aufwies. Erst ging sie ganz nah ran, dann hielt sie das Blatt mit ausgestreckten Armen von sich weg, um schließlich ein Auge zuzukneifen.
»Wenn das wirklich die Spuren eines Filzstifts sein sollten, kann ich beim besten Willen nicht erkennen, was das darstellen könnte. Rechts von der Mitte, das könnte ein Kreis sein. Aber der Rest, keine Ahnung. Schade, dass die Leiche erst so spät gefunden wurde. Wirklich schade. Würde mich schon sehr interessieren, was der Mörder seinem

Opfer auf die Stirn gemalt hat. Vorausgesetzt, wir liegen mit der Vermutung richtig.«

»Vielleicht ein stilisierter Totenkopf? Mit zwei gekreuzten Knochen?«

»Nein, das passt nicht, ist viel zu breit, außerdem würde das keinen Sinn machen. Einem Toten einen Totenkopf auf den Kopf zu malen, das wäre ja fast schon surrealistisch.«

»Oder sind das Buchstaben?«

»Könnte sein«, sagte Isabelle. »Dann wäre der Kreis ein O.«

»Hmmm.«

»Und links ein M?«

Apollinaire wiegte den Kopf. »Glaube ich nicht. Aber lassen Sie mich noch was am Computer versuchen. Heute gibt es Möglichkeiten, die unsere Kollegen vor zehn Jahren noch nicht hatten. Zum Beispiel Programme zur optischen Zeichen- und Schrifterkennung.« Er ging zurück zu seinem Computer. »Wird aber etwas dauern.«

Isabelle sah auf die Uhr. »Ich bin zum Mittagessen verabredet.«

»Das passt gut. Ich probiere in der Zeit etwas herum. Hab sowieso keinen Hunger.«

»Viel Erfolg, *bonne chance!*«

8

Als sie am frühen Nachmittag zurück ins Büro kam, lag Apollinaire der Länge nach hingestreckt auf seinem Schreibtisch. Seine Füße ragten darüber hinaus und ruhten auf einer Stuhllehne.

»Muss ich mir Sorgen machen?«, fragte sie.

Er öffnete die Augen und stand erschrocken auf. »Pardon, Madame«, entschuldigte er sich, »ich habe Probleme mit den Bandscheiben.«

Sie lächelte. »Und Sie meinen, das hilft?«

»Ich hoffe, aber es soll nicht wieder vorkommen. Ich habe Sie noch nicht zurückerwartet.«

»Wenn es Ihnen guttut, habe ich nichts dagegen. Vielleicht sollten Sie das nächste Mal absperren. Etwaige Besucher könnten irritiert sein.«

»Absperren, sehr wohl, Sie haben ja so recht. Ich danke Ihnen für Ihr Verständnis.«

Sein gerade noch bedrückter Gesichtsausdruck wich einem freudig erregten Grinsen.

Isabelle sah ihn fragend an. »Sagen Sie bloß, Sie haben …?«

»*Oui,* Madame. Das Rätsel ist gelöst.«

»Machen Sie es nicht so spannend.«

Er deutete auf seinen Monitor. Isabelle sah erwartungsvoll auf das Bild, konnte aber keine Veränderung feststellen.

Er hob demonstrativ den Zeigefinger, sagte »Abrakadabra« und drückte auf eine Taste. Wie von magischer Hand ergänzten sich die verschmierten Spuren auf der Stirn des

Toten, Lücken wurden geschlossen, Buchstaben plötzlich erkennbar.

»Da fehlt nur der letzte Buchstabe«, flüsterte Isabelle ergriffen.

»Ja, das R fehlt, das wurde wohl völlig abgewaschen.«

»*Violeur*«, las sie laut vor, jeden Buchstaben einzeln betonend.

»Vergewaltiger«, wiederholte Apollinaire.

Er ließ die beiden Bilder hin und her springen, vor und nach der Schriftergänzung.

»Das kann nichts anderes heißen«, sagte sie. »Jetzt, da man es weiß, scheint es ganz klar.«

»Damit hätten wir ein Motiv, finden Sie nicht?«

»Zumindest wissen wir, dass der Mörder Jean-Luc Navet der Vergewaltigung bezichtigte, anders lässt sich das ja kaum interpretieren. Womit wir einen riesigen Erkenntnissprung gemacht haben, und das knapp zehn Jahre nach der Tat. Ich bin beeindruckt. Apollinaire, Sie haben sich einen Orden verdient.«

»Ich hätte lieber einen anderen Bürostuhl, dieser hier ist für meine Bandscheiben eine Katastrophe.«

»Ich werde einen beantragen«, versprach Isabelle.

»Mein Rücken dankt es Ihnen. Wie geht's weiter?«

»Jetzt muss ich erst mal nachdenken. Mit Vergewaltigungsdelikten wurde ich in meiner früheren Tätigkeit nie konfrontiert. Wir wissen, dass Monsieur Navet ein nach außen unbescholtener Bürger war.«

»Was nichts zu besagen hat.«

»Nein, hat es nicht. Soviel ich weiß, gibt es bei Vergewaltigungen eine extrem hohe Dunkelziffer. Viele vergewaltigte Frauen scheuen sich, die Tat anzuzeigen, weil sie nicht als Vergewaltigungsopfer gebrandmarkt werden wollen. Erst recht nicht in einer Gemeinschaft wie Fragolin, wo jeder jeden kennt.«

»Aber den Navet hat auch jeder gekannt«, sagte Apollinaire. »Laut Ermittlungsakte hat keiner schlecht über ihn geredet.«

»Unterstellt, dass er wirklich mal eine Frau vergewaltigt hat, ist er halt nicht erwischt worden.«

»Wer hat ihn dann umgebracht?«

»Ihr Vater, ihr Bruder, ihr Ehemann? Jedenfalls war die betreffende Person voller Hass und blinder Wut, sonst hätte sie nicht so oft und brutal zugestochen. Und das von vorne, was dafür sprechen könnte, dass sich der Täter und Navet gekannt haben.«

»Er hat nicht versucht davonzulaufen«, stellte Apollinaire fest, »sonst wäre er von hinten niedergestochen worden.«

»Wie auch immer, das ist unser Fall, auf ihn werden wir uns konzentrieren. Wir sind schon jetzt einen entscheidenden Schritt weiter als die damaligen Ermittler. Wir wissen, in welche Richtung wir recherchieren müssen. Ich denke, wir haben eine gute Chance.«

9

Madame Navet?«, fragte Isabelle, als nach mehrfachem Läuten endlich aufgemacht wurde. Die Frau hatte ein geblümtes Kleid an, die Haare nach oben gesteckt – und trug zwei unterschiedliche Schuhe. Isabelle dachte, dass das nichts zu besagen hatte, Apollinaire wäre das auch zuzutrauen, dennoch stimmte sie die Beobachtung wenig hoffnungsvoll. Ihre Physiotherapeutin hatte von Alzheimer gesprochen. Hoffentlich in keinem fortgeschrittenen Stadium.

Die Frau blickte auf das Namensschild an ihrer Wohnungstür, dann nickte sie. »Ja, das bin ich. Und wer sind Sie?«

»Mein Name ist Bonnet, ich möchte mich mit Ihnen über Ihren verstorbenen Mann unterhalten. Wäre schön, wenn Sie sich ein paar Minuten Zeit nehmen könnten.«

Bernadette Navet sah sie mit großen Augen an. »Mein Mann ist verstorben?«

O Gott, das ging ja gut los. Trotzdem wollte Isabelle noch keinen Rückzieher machen.

»Darf ich reinkommen?«

»Natürlich dürfen Sie, Sie machen einen sympathischen Eindruck.«

Isabelle folgte der Frau ins Wohnzimmer. Sie stellte fest, das alles sehr ordentlich war und aufgeräumt. Entweder kam sie noch gut zurecht, oder sie hatte jemanden, der ihr half.

Isabelle blieb vor einem Kaminsims stehen und betrachtete die aufgestellten Bilder. In der Mitte ein großes Foto, auf dem sie unschwer Jean-Luc Navet erkannte. Eine Kopie war in den polizeilichen Ermittlungsakten. Daneben wohl das Hochzeitsfoto der beiden. Aus einem Bilderrahmen sah ihr ein Hund entgegen. Dann ein Bild, auf dem sich Bernadette und eine Frau, die ihr ähnlich sah, in den Armen hielten. Außerdem ein Gruppenfoto mit Jean-Luc in der Mitte und drei lachenden Männern. Und einige offensichtlich ältere Bilder, wahrscheinlich von Eltern und Großeltern.
»Das ist ein nettes Bild Ihres Mannes.« Isabelle deutete auf das große Foto.
Bernadette nickte. »Ja, ein netter Mann«, sagte sie bestätigend.
»Wie lange ist er schon tot?«
»Er ist nicht tot, wie kommen Sie denn darauf?«
Oje, das würde nichts werden.
»Und die Frau hier, auf dem Foto mit Ihnen?«
»Die kennen Sie nicht? Das ist doch meine Schwester Florence.«
»Sie sieht Ihnen ähnlich.«
»Ja, das sieht ihr ähnlich.«
»Und der Hund?«
»Asterix. Das war ein ganz Lieber. Ist leider schon im Hundehimmel.«
»Tut mir leid«.
Dass der Hund tot war, das wusste Bernadette, aber von ihrem Mann glaubte sie, dass er noch lebte. Isabelle verließ der Mut. Es würde keinen Sinn machen, sie länger zu befragen. Außerdem konnte sie sich ja wohl kaum danach erkundigen, ob ihr Mann mal jemanden vergewaltigt hätte.

»Lebt Ihre Schwester Florence in Fragolin?«, fragte Isabelle. Sie konnte sich nicht erinnern, dass ihr Name in den Protokollen erwähnt wäre. Womöglich hatte man die Schwester nicht befragt.

»In Fragolin? Nein, natürlich nicht. Sie wohnt in Hyères, kommt mich aber zweimal die Woche besuchen und macht mir den Haushalt. Florence ist ein Schatz.«

»Das ist wirklich lieb von ihr. Ich würde sie gerne kennenlernen. Wann kommt sie wieder?«

»Ich glaube morgen. Doch, doch, ganz sicher morgen. Oder gestern? Nein, morgen.«

»Dann schau ich morgen mal vorbei. Um wie viel Uhr kommt sie normalerweise?«

»Am Vormittag, so um sechzehn Uhr, nach ihrer Arbeit.«

Isabelle reichte ihr die Hand.

»Dann darf ich mich verabschieden. Wir sehen uns morgen wieder.«

»Aber gerne. War nett, Sie kennenzulernen.«

Zurück auf der Straße, blieb Isabelle stehen und sah nach oben. Bernadette winkte ihr zum Abschied aus einem Fenster zu. Die Frau war wirklich lieb. Vielleicht musste sie einem gar nicht leidtun? Sie schien in ihrer verworrenen Welt glücklich zu sein. Wenn ihre Schwester Florence sich tatsächlich so nett um sie kümmerte, dann ging es ihr für den Augenblick recht gut. Kaum vorstellbar, dass eine so sanftmütige Frau einen Mann hatte, der sich zu einer Vergewaltigung hatte hinreißen lassen. Im selben Atemzug wusste Isabelle, dass das natürlich Unfug war. Erstens konnte man von der Frau nicht auf ihren Mann schließen, und zweitens kannte man die Hintergründe nicht.

Sie winkte zurück. Dann machte sie sich auf den Heimweg. Sie hatte vergessen, sich nach dem Nachnamen der

Schwester zu erkundigen. Auch in ihrem Kopf gab es also leichte Aussetzer. Hatte sie die schon früher gehabt oder erst seit der Explosion, bei der sie fast draufgegangen wäre? Oder war das ganz normal, dass man mal was vergaß? Sie entschied sich für Letzteres. Und sie nahm sich vor, morgen um sechzehn Uhr nach Bernadettes Schwester zu schauen. Den diesbezüglichen »Vormittag« strich sie leise lächelnd aus ihrem Gedächtnisprotokoll.

10

Kulinarisch begann der Abend vielversprechend: *Friture de fleurs de courgettes.* Isabelle stand mit Thierry Blès in seiner Küche und sah ihm zu, wie er die Zucchiniblüten in den vorbereiteten Teig tauchte, sie abtropfen ließ und dann im heißen Öl frittierte. Er tat das mit einer entspannten Routine, hatte ein Glas Wein neben dem Herd stehen und erzählte ihr von der Bürgermeistertagung in Marseille. Das sei öde und langweilig gewesen. Verlorene Zeit, aber ein Pflichttermin, gerade für den Vertreter einer kleinen Gemeinde wie Fragolin. Marseille sei fast eine Millionenstadt. Nizza, Toulon und Aix-en-Provence hätten alle über hunderttausend Einwohner, da sei die Gefahr groß, dass man von diesen Schwergewichten der Region Provence-Alpes-Côte d'Azur ins Abseits gedrängt würde. Er nahm die gebackenen Zucchiniblüten aus der Pfanne, legte sie auf Küchenkrepp, träufelte Balsamico drüber und bestreute sie mit grobem Meersalz.

Aber er mache sich nichts vor, fuhr er fort, seine Teilnahme an der Konferenz habe nichts daran geändert, dass genau das wieder passiere. Gemeinden wie Fragolin seien zwar das Herz und die Seele der Region, aber kommunalpolitisch würden sie keine Rolle spielen, auch was Fördergelder betreffe und dergleichen. Eh bien, das sei schon immer so gewesen.

Er drapierte die goldbraunen Zucchiniblüten auf zwei Teller und klemmte sich eine Flasche Wein unter den Arm.

Isabelle nahm die Gläser. Sie gingen hinaus auf Thierrys Terrasse und setzten sich an den Tisch.
»Und, was war bei dir?«, fragte er nach der ersten Zucchiniblüte.
»Ich bin über eine Leiche gestolpert.«
Er lachte. »Wirklich? Ist das so eine Marotte von dir? Ich bin noch nie über eine Leiche gestolpert.«
»Frühmorgens, am Strand von Pampelonne …«
»Ach, du warst das? Ich hab davon in der Zeitung gelesen. Was machst du so früh am Strand?«
»Der Mistral, ich konnte nicht schlafen.«
Er sah sie ungläubig an. »Und da fährst du runter ans Meer und gehst spazieren? So was Verrücktes fällt nur dir ein.«
»Das nächste Mal bleibe ich im Bett, das kannst du mir glauben.«
»Aber du hast mit dem Fall nichts zu tun, oder? Das machen deine überforderten Kollegen.«
»Ich weiß nicht, ob sie überfordert sind. Aber du hast recht, ich hab nichts damit zu tun.«
»Na Gott sei Dank, dann hast du morgen Nachmittag Zeit zum Boule. Jules kommt auch.«
»Ich freu mich schon drauf, euch Männern die Hosen runterzuziehen.«
»Wie bitte?«
»Was gibt's zur Hauptspeise?«
»Nichts mehr, das war's!«
»Bist du beleidigt? Das kannst du mir nicht antun. Jetzt habe ich erst richtig Hunger.«
»So ein Pech, das habe ich nicht gewusst.«
Isabelle zeigte ihm einen Vogel. »Ich hab doch gesehen, dass du was im Backofen hast.«

»Ach so, du meinst das Kartoffelgratin. Hätte ich fast vergessen.« Er sah auf die Uhr. »Müsste bald fertig sein. Höchste Zeit für die Lammkoteletts.«
»Hoffentlich gelingen sie dir besser als dem Koch von Maurice.«
»Maurice Balancourt? Der Arme, hat er etwa schlecht gegessen? Meine Koteletts sind bereits perfekt mariniert. Müssen nur noch auf den Grill. Das geht ruckzuck.«

Isabelle wischte sich mit einer Serviette die Lippen ab und hob das Weinglas. »Die Lammkoteletts waren wunderbar. Ein Lob auf den Koch.«
»*Merci,* aber das war ja nun wirklich kein Kunststück. Die Zubereitung von Lammkoteletts lernt man in der Provence schon in der Vorschule.«
»In Paris lernt man in der Vorschule, wie man über die Champs-Élysées geht, ohne überfahren zu werden.«
»Deshalb möchte ich um keinen Preis in Paris leben. Apropos, warum hast du mit dem allmächtigen Maurice Balancourt gesprochen?«
»Weil ich wieder meine Arbeit aufnehme und dafür einen Assistenten brauche.«
Thierry lachte. »Doch nicht etwa?«
»Doch, ganz genau!«
Er nickte. »Das hast du richtig gemacht. Apollinaire ist zwar etwas speziell, aber ein guter Kerl.«
»Ein guter Kerl? Ja, das ist er.« Sie schmunzelte. »Und er trägt immer noch verschiedenfarbige Socken.«
»Da bin ich beruhigt. Wobei soll dir Apollinaire assistieren?«
»Ich bin auf einen alten Fall gestoßen. Ein Mord, der nie aufgeklärt wurde.«

»Eine weitere Leiche, über die du gestolpert bist? Das scheint wirklich eine Leidenschaft von dir zu sein.«
»Liegt aber knapp zehn Jahre zurück. Kannst du dich an Jean-Luc Navet erinnern?«
»Oje, natürlich. Den Jean-Luc hat irgendein Wahnsinniger übel zugerichtet. Du willst doch nicht allen Ernstes diese alte Geschichte ausgraben?«
»Ich bin schon dabei.«
»Das kannst du vergessen. Die Polizei hat sich damals wirklich reingehängt und nichts rausbekommen. Seitdem sind viele Jahre vergangen, niemand spricht mehr darüber, keiner will mehr daran denken. Das hat uns damals alle geschockt. Ein brutaler Mord an einem braven Bürger. In unserem Fragolin. Unvorstellbar.«
Sie sah ihn nachdenklich an. »War er wirklich so brav?«
Thierry zuckte mit den Schultern. »So viel oder so wenig wie alle hier. Er war Dachdecker, sicher hat er mal schwarz kassiert. Aber er ist jeden Sonntag in die Kirche gegangen, daran erinnere ich mich.«
»Kann ich dich mal was im Vertrauen fragen?«
Er sah sie verständnislos an. »Du kannst mich alles im Vertrauen fragen, ist doch klar. Magst du zur Verdauung einen Calavados?«
»Aus der Normandie? Dann schon lieber was aus der Provence.«
»Ich hätte einen *marc de Provence* anzubieten.«
»Sehr gerne. Um auf meine Frage zurückzukommen, mich würde interessieren, ob es in Fragolin mal einen Vergewaltigungsfall gegeben hat?«
»Vergewaltigung? Du kannst vielleicht Fragen stellen. Ich glaub, ich hol uns erst mal den Schnaps.«
»Kannst du im Anschluss gleich machen. Also?«

Er schüttelte den Kopf. »Nein, da muss ich dich enttäuschen. Einen solchen Fall hat es bei uns nie gegeben, das wüsste ich. Vielleicht vor hundert Jahren oder im Krieg, aber nicht in unserer Zeit, ganz bestimmt nicht.«
»Zumindest ist keine Vergewaltigung bekannt geworden«, schränkte Isabelle ein.
»Ja, oder so. Was hat das mit Jean-Luc zu tun?«
»Du musst das für dich behalten, versprochen?«
»Ich bin nicht nur Bürgermeister, sondern Anwalt und Notar. Wenn ich nicht schweigen könnte, hätte ich meinen Beruf verfehlt. Nun sag schon!«
»Navets Mörder hat ihn der Vergewaltigung bezichtigt. Offenbar handelte es sich um einen Racheakt.«
»Der Vergewaltigung bezichtigt? Woher willst du das wissen?«
»Der Täter hat auf der Stirn des Toten eine Nachricht hinterlassen. Sie war unleserlich, aber heute gibt es Computerprogramme, die können so was dechiffrieren. Apollinaire kennt sich damit aus. Auf Navets Stirn stand geschrieben, dass er ein Vergewaltiger sei, ein *violeur.*«
»Ist nicht wahr? Jetzt brauch ich wirklich einen Tresterbrand.«
Thierry stand auf und kam wenig später mit zwei gut gefüllten Schwenkern wieder.
»Jean-Luc Navet ein Vergewaltiger? Das kann nicht sein. Wen um Himmels willen soll er denn vergewaltigt haben?«
»Das ist eine gute Frage. Ist er anderen Frauen nachgestiegen?«
»Keine Ahnung. Ist lange her, und so gut gekannt habe ich ihn nun auch wieder nicht. Aber wie gesagt, er war regelmäßig in der Kirche.«

»Auch Sünder gehen in die Kirche, sonst hätten sie ja nichts zu beichten.«

»Ich weiß, das ist kein Argument. Vielleicht hat er ein bisschen geflirtet, das mag sein, das machen viele Männer.«

»Sogar du.«

Er grinste. »Ja, sogar ich, am liebsten mit dir. Aber das ist keine strafbare Handlung.«

»Nein, ist es nicht. In unserem Fall sogar durchaus erwünscht.«

»Oh, das hör ich gerne, der Abend ist gerettet.«

»Hast du noch ein Dessert?«

»Da schaut's schlecht aus. Höchstens Vanilleeis aus dem Tiefkühlfach. Dazu Erdbeeren. Und Sahne zum Schlagen müsste ich auch noch haben.«

»Das klingt doch gut. Trotzdem, könntest du dich bitte mal umhören?«

»Ob Jean-Luc eventuell eine Frau vergewaltigt hat? Ist nicht dein Ernst, das kann ich nicht machen.«

»Nein, natürlich nicht. Ich meine, es wäre interessant zu wissen, ob es vor über zehn Jahren vielleicht doch irgendwo eine Vergewaltigung gegeben hat oder ein Gerücht oder was weiß ich.«

»Da schlage ich lieber die Sahne. Ist einfacher und entschieden ungefährlicher.«

11

Isabelle stöberte im Onlinearchiv der *Police nationale* nach Vergewaltigungen, die vor rund zehn Jahren im weiteren Umfeld der Côte d'Azur aktenkundig geworden waren. Natürlich wurde sie fündig, aber nicht wirklich, denn in vielen Fällen waren die Vergewaltiger namentlich bekannt und zur Anzeige gebracht, oder die Delikte hatten sich an Orten zugetragen, wo ein Dachdecker aus Fragolin als Täter nicht in Frage kam – zum Beispiel auf einer luxuriösen Motoryacht im Hafen von Saint-Tropez. Frustriert nahm sie sich einige Zeitungsarchive vor, auch ohne Resultat. Was hatte sie erwartet? Schon Apollinaire hatte die Suche betrieben. Er hatte es auch in den Archiven der *Police municipale* versucht und bei der *Gendarmerie nationale.* Er hatte eine Liste mit einigen Fällen ausgedruckt und ihr auf den Schreibtisch gelegt, jeweils mit einem handschriftlichen Vermerk, warum sie nicht ins Bild passten. Leider hatte er in jedem Punkt recht.

Jetzt war er irgendwo im Rathaus unterwegs, um eine neue Kartusche für den Drucker zu organisieren. Nein, so würden sie nicht weiterkommen. Das war planloses Rumstochern im Nebel der Vergangenheit – mit diffusem Zeitfenster und unklarer Ortsangabe. Die einzige Chance würde wohl darin bestehen, mehr über Jean-Luc Navet herauszubekommen. Sie würde heute Nachmittag seine Schwägerin Florence befragen. Hoffentlich war sie da.

Vielleicht brachte Thierry was in Erfahrung, irgendein Gerücht, das zu verfolgen sich lohnen könnte. Und sie sollte mal mit Clodine reden. Ihre Freundin war eine unerschöpfliche Quelle für Tratsch und Klatsch. Normalerweise würgte Isabelle entsprechende Gespräche sofort ab. Sie war nun wirklich nicht an den kleinen Skandalen und Affären ihrer Mitbürger interessiert. Das war zum Gähnen langweilig. Aber jetzt hatte sie einen Grund, mal genauer zuzuhören. Vor allem, wenn sich ihre Freundin an Navet erinnern sollte.

Der Klingelton ihres *portable* riss sie aus den Gedanken. »Isabelle, mein Schatz, ich bin's«, meldete sich die Sekretärin von Maurice Balancourt.

»Hallo, Jacqueline, schön, dich zu hören. Geht's dir gut?«

»Nicht so gut wie dir. Ich wär jetzt auch gerne in der Provence.«

»Komm mich halt mal besuchen.«

»Ist das eine Einladung?«

»Natürlich.«

»Das war leichtsinnig. Sobald ich einige Tage freihabe, setz ich mich in den TGV, wirst schon sehen.«

»Ich freu mich. Aber deshalb rufst du nicht an, oder?«

»*Mais non,* der Alte will dich sprechen.«

»Hab's mir gedacht, kannst mich verbinden.«

»Madame le Commissaire«, bellte Balancourt statt einer Begrüßung ins Telefon. Dann lachte er. »Ich muss mich erst daran gewöhnen. Meine Isabelle, Madame le Commissaire! *C'est drôle.*«

»Was ist daran lustig?«

»Na ja, du weißt schon. Alles gut da unten im sonnigen Süden? Wühlst du in alten Akten? Lass das deinen Assistenten machen, fahr heute Nachmittag an einen Strand und geh schwimmen.«

»Du rufst mich an, um mir diesen Ratschlag zu geben?«

»Warum nicht? Mir liegt dein Wohlergehen am Herzen.«

»Das glaube ich dir. Aber deswegen rufst du nicht an.«

»Nicht nur, ich gebe es zu. Hast du schon einen Fall, an dem du arbeitest?«

»Ja, ein unaufgeklärter Mord hier in Fragolin. Liegt schon zehn Jahre zurück.«

»Sehr schön, gratuliere. Nach zehn Jahren kann man sich bei den Ermittlungen Zeit lassen, da wäre übertriebene Hektik fehl am Platz.«

»Jetzt rück schon raus!«

»Alors«, Balancourt hüstelte, »ich hätte da einen kleinen Nebenjob für dich. Interessiert?«

»Hab ich eine Wahl?«

»Du kannst ablehnen, aber ich wüsste nicht, warum. Wäre eine nette Abwechslung für dich. Also, ich würde dir gerne jemanden nach Fragolin schicken, der dort einige Tage Urlaub machen möchte. Ziemlich genau sechsundzwanzig Tage. Dann reist er wieder ab.«

Isabelle runzelte die Stirn. »Was soll ich dabei? Ein Hotelzimmer besorgen? Das ist schnell erledigt.«

»Ich dachte eher an eine Ferienwohnung, aber das überlasse ich dir. Ich würde dich bitten, auf unseren Gast ein Auge zu haben, wenn du verstehst, was ich meine.«

»Nein, verstehe ich nicht. Der Gast ist ein Mann, richtig?«

»Ja, definitiv. Ich möchte, dass du auf ihn aufpasst.«

»Kann er das nicht alleine?«

»Vermutlich denkt er das, aber darauf können wir uns nicht verlassen.«

»Ich ahne was, und was ich ahne, gefällt mir nicht.«

»Ganz einfach, es wird nichts passieren, glaub mir.«
Jetzt musste Isabelle doch lachen. »Ich habe gelernt, dir in diesem Punkt nicht zu glauben. Es ist noch nicht so lange her, da hast du dich ganz ähnlich angehört.«
»Zugegeben, da habe ich mich getäuscht, kann mal passieren. Der Mann heißt Pierre Leclerc.«
»Ein dümmerer Name ist euch nicht eingefallen?«
Sie hörte Balancourt kichern. »Doch, aber den haben wir nicht genommen. Also, dieser Pierre Leclerc ist Kronzeuge in einem wichtigen Mordprozess. Er muss in genau sechsundzwanzig Tagen vor Gericht erscheinen, hier in Paris. Es wäre uns sehr gelegen, wenn er in der Zwischenzeit nicht umgebracht würde. Also dachte ich, es wäre eine gute Idee, ihn in einem kleinen Ort in der Provence zu verstecken, wo zufällig eine Isabelle Bonnet lebt, die in ihrem früheren Leben schon mal Personenschützerin des Präsidenten war. Das ist doch ein genialer Einfall, findest du nicht?«
»Zeugenschutzprogramm, hier in Fragolin? Ich weiß nicht, ob das ein genialer Einfall ist.«
»Doch, ganz sicher. Der Einfall stammt von mir, er muss also genial sein. Du tust einfach so, als ob das ein alter Bekannter wäre, dem du so viel von Fragolin vorgeschwärmt hast, dass er dort mal Urlaub machen möchte.«
»Gleich so lange? Der muss ganz schön verrückt sein. Außerdem, was ist das für ein Mensch? Zu meinen sogenannten alten Bekannten zählen keine kriminell veranlagten Kleinganoven.«
»Isabelle, da liegst du falsch, vertrau mir, das passt schon. Er wird morgen in wechselnden Fahrzeugen an die Côte d'Azur gebracht. Jacqueline mailt dir die genaue Beschreibung eines Parkplatzes an der A 57 und die Uhrzeit. Dort wirst du unseren Freund übernehmen. Einverstanden?«

Isabelle dachte, dass das die übelste Überrumpelung war, die sich Maurice Balancourt in ihrem langen gemeinsamen Berufsleben erlaubt hatte. Aber sie mochte ihn von ganzem Herzen und hatte ihm so viel zu verdanken.
»Du bist ein altes Schlitzohr, hast bereits alles geplant. Was bleibt mir übrig? Okay, ich bin einverstanden. Aber du versprichst mir, dass wirklich niemand, niemand weiß, wo sich der Mann in den nächsten Wochen aufhält. Außer Jacqueline natürlich.«
»Ist doch klar. Du musst nur ein wenig aufpassen und die Augen offen halten, *c'est tout.* Kein Mensch wird ihn dort suchen. Parallel kannst du in Ruhe an deinem Fall arbeiten.«
»Aber er ist ein Krimineller?«
»Nein, ist er nicht. Er war nur zur falschen Zeit am falschen Ort.«
»Warum glaubst du, dass er gefährdet ist?«
Balancourt räusperte sich. »Lass es mich so sagen, der Angeklagte sitzt in Untersuchungshaft, aber er hat viele Freunde, die zur Gewalttätigkeit neigen. Und er kann nur verurteilt werden, wenn unser Zeuge vor Gericht aussagt.«
»Aber du willst mir nicht verraten, worum es geht?«
»Besser nicht. Du kennst unsere Bestimmungen. Sei ganz entspannt, das ist ein Spaziergang. Am besten bleibt Leclerc die ganze Zeit in Fragolin, da ist er sicher.«
»Hoffentlich sieht er das genauso, zwingen kann ich ihn wohl nicht.«
»Aber überreden, das kannst du. Ach so, und noch was …«
»Ja?«
»Nimm morgen deine Dienstwaffe mit. Vielleicht kann dir dein Sous-Brigadier aus dem Waffenschrank in Toulon noch was Handfesteres besorgen. Nur zur Sicherheit.«

»Was man halt so bei einem Spaziergang dabeihat«, sagte Isabelle mit spöttischem Unterton.
Balancourt lachte. »Ganz genau. Habt eine schöne Zeit miteinander. Und viel Erfolg bei deinem Mordfall. *Au revoir, chérie!*«
»*Au revoir,* du altes Ekel.«
»Ich hab's gehört. *Bonne journée!*«

12

Apollinaire rieb sich zufrieden die Hände. Der Drucker funktioniere wieder, erklärte er. Zwar habe die Kartusche aus dem Bürgermeisterbüro nicht wirklich gepasst, weil irgendein überflüssiges Plastikteil im Weg war, aber er habe selbiges abgebrochen und etwas herumgefeilt. Er sei ein großer Anhänger der konstruktiven Zerstörung. Damit ließen sich sogar die eingebauten Tücken der Drucker- und Kartuschenhersteller überlisten. Und auch sonst im Leben mache es gelegentlich Sinn, in einer ausweglosen Situation erst mal alles kaputt zu machen, um mit schöpferischer Energie von vorne zu beginnen …

Isabelle, die mit ihren Gedanken woanders war, unterbrach ihn. »Apollinaire, Sie müssen bitte etwas für mich erledigen. Laut Anweisung aus Paris muss in jeder Außenstelle der *Police nationale* eine vollautomatische Waffe vorhanden und einsatzbereit sein. Auch bei uns in Fragolin.«

»Welcher Bürohengst hat sich denn diesen Blödsinn ausgedacht?«, empörte sich Apollinaire. »Wir ziehen doch nicht in den Krieg?«

Isabelle lächelte. »Sie haben recht, das ist natürlich völliger Unfug. Trotzdem, fahren Sie bitte heute Nachmittag nach Toulon und akquirieren dort eine Maschinenpistole mit Munition. Überzeugen Sie sich vom einwandfreien Zustand der Waffe. Wenn es Schwierigkeiten gibt, sagen Sie Ihrem zuständigen Kollegen, er soll mich oder besser gleich im Büro von Balancourt in Paris anrufen.«

»Uups, das traut er sich nicht.«
»Umso besser. Ich werde später bei Navets Witwe vorbeischauen. Mit etwas Glück treffe ich dort ihre Schwester Florence. Ich hoffe, sie kann mir etwas mehr über Jean-Luc Navet erzählen, über seinen Charakter und über seine Vorlieben.«
»Ich wünsche Ihnen viel Erfolg. Ist Ihnen eigentlich aufgefallen, dass wir keinen Dienstwagen haben? Ein Kommissariat mit Maschinenpistole und Kopierer, aber ohne Auto. Das ist schon ein bisschen seltsam, finden Sie nicht?«
»Ja, das ist etwas speziell, aber gerade das gefällt mir an unserem Kommissariat. Wir sind eben anders.«
»Sie wissen, dass mein 2CV wenig zuverlässig ist und für Verfolgungsjagden ziemlich ungeeignet«, gab er zu bedenken.
Wieder musste sie lächeln. »Was für Verfolgungsjagden? Ich glaube kaum, dass wir in die Verlegenheit kommen werden.«
»Schade, dann eben nicht. Aber ein Einsatzfahrzeug würde dennoch Sinn machen. Sie sind mir nicht böse, wenn ich feststelle, dass Ihr Renault auch schon bessere Tage gesehen hat.«
»Tja, da kann ich nicht widersprechen.«
»Ein offizielles Fahrzeug der Polizei verschafft uns Autorität. Außerdem müssen wir sonst unsere privat gefahrenen Kilometer abrechnen. Das ist ein unnötiger Verwaltungsaufwand.«
»Mag sein, aber wie Sie wissen, ist das Thema Dienstwagen in Toulon tabu. Commandant Bastian hat angedroht, Sie standrechtlich erschießen zu lassen, wenn Sie erneut …«
Apollinaire faltete entschuldigend die Hände. »Nein, natürlich nicht seinen Luxus-Citroën, das würde ich nicht

ein zweites Mal wagen. Aber falls ich irgendeine alte Karre mit Blaulicht finden würde, die man uns freiwillig überlässt, hätten Sie nichts dagegen, oder?«

»Nein, hätte ich nicht. Aber nur unter der Voraussetzung, dass es keinen Ärger gibt.«

»Keinen Ärger, versprochen.«

Isabelle war sich nicht sicher, ob sie sich darauf verlassen könnte. Es wäre kein Problem, einen Dienstwagen aus Paris anzufordern. Sie hatte nur noch nicht daran gedacht. Bisher ließen sich ihre polizeilichen Ermittlungen zu Fuß erledigen. Aber er konnte es ja mal versuchen, wenn es ihm Freude bereitete. Und was die Autorität betraf, hatte er sicherlich recht. Ein Sonderermittlungsteam, das im alten 2CV oder Renault vorfuhr, trüge eher zur Belustigung der Menschen bei.

Sie verließ mit Apollinaire das Büro, sperrte ab, wünschte ihm eine gute Fahrt und spazierte zur *Auberge des Maures.* Die Rezeption war verwaist, und so betätigte sie die bereitstehende Glocke. Schließlich kam die dicke Concierge herbeigeschlurft, müde dreinblickend und etwas kurzatmig. Aber sie strahlte, als sie Isabelle erkannte. Schön, sie wiederzusehen. Schade, dass Madame nicht mehr im Haus wohne. Sie sei der liebste Gast gewesen. Ob es ihr denn gutgehe?

Isabelle blieb nichts anderes übrig, als sich auf eine kleine Konversation einzulassen. Sie war im Begriff, auch das zu lernen: dass nämlich ein kleines, freundliches Gespräch über Belanglosigkeiten in der Provence keine Zeitverschwendung darstellte, sondern zur Lebensart gehörte. Aber irgendwann schaffte sie es doch, die entscheidende Frage zu stellen, ob für einen Zeitraum von

einigen Wochen ein Zimmer verfügbar sei, für einen Feriengast.
Zu ihrem größten Bedauern musste die Concierge verneinen. Sie seien komplett ausgebucht, was natürlich prinzipiell schön sei und ihren Arbeitsplatz sichere, aber in ihrem Fall ausgesprochen betrüblich. Ob Madame Lust auf einen *liqueur de verveine* habe, fragte sie. Ein kleines Gläschen zum Trost.
Isabelle lehnte dankend ab. Ganz so weit war sie nun doch nicht mit ihrer Anpassung an die provenzalische Lebensart. Außerdem brauchte sie ganz dringend eine Unterbringung für ihren ungebetenen Gast aus Paris. So lange war Maurice' Anruf noch nicht her, aber sie hatte in der Zwischenzeit schon unzählige Male verflucht, dass sie sich hatte breitschlagen lassen. Er schaffte es immer wieder, sie zu überrumpeln. Und sie war so verrückt, einzuwilligen. Wie blöd war das denn? Jetzt bekam sie einen Zeugen an die Backe, auf den sie aufpassen musste, dem nichts passieren durfte. Wenn der gute Mann wirklich gefährdet war, dann war das ein Witz. Sie konnte sich ja kaum Tag und Nacht vor sein Zimmer setzen – ganz diskret, mit einer Maschinenpistole im Schoß. Natürlich war sich darüber auch Maurice im Klaren. Offensichtlich ging er davon aus, dass die gewaltbereiten Freunde des Angeklagten nie und nimmer auf die Idee kämen, den Zeugen in diesem verschlafenen Nest in der Provence zu suchen. Hoffentlich hatte er recht. Es kam also darauf an, dass der Mann möglichst unauffällig auftrat und tat, was sie ihm sagte. Sie hoffte inständig, dass das hinhaute. Sie hatte keine Lust, Kindermädchen zu spielen, und erst recht wollte sie nicht in die Rolle eines Bodyguards schlüpfen. Sie hatte das lange genug gemacht, um zu wissen, dass sie davon die Nase voll hatte.

Isabelle ging hinüber zu Clodine, die gerade einen Korb mit selbstgedrehten Kerzen dekorierte.
»Na, wie gehen die Geschäfte?«, fragte sie.
»Fünf Postkarten, zwei Flaschen Olivenöl und ein Strohhut. Aber in einer halben Stunde soll ein Bus mit japanischen Touristen kommen. Ob die meine Kerzen mögen?«
»Ich will dich nicht aufhalten. Nur eine kurze Frage. Ich bekomme Besuch aus Paris und brauche für den Menschen eine Ferienwohnung. Hast du eine Ahnung, wo eine frei ist?«
Clodine sah sie interessiert an. »Mann oder Frau?«
»Spielt das eine Rolle? Gibt es Ferienwohnungen nur für Frauen oder Männer?«
Clodine lachte. »Nein, natürlich nicht, ich war nur neugierig. Lass mich überlegen.«
»Ist schwierig momentan, ich weiß. In der *Auberge* ist auch nichts frei.«
»Doch, ich hab eine Idee. Ich glaube, die Alberts haben gerade eine Absage bekommen. Ich ruf gleich mal an. Ab wann brauchst du die Wohnung?«
»Ab morgen. Für einen allein reisenden Mann, damit auch das geklärt ist.«
Clodine drohte ihr spielerisch mit dem Finger. »So, so, habe ich es mir doch gedacht.«
»Quatsch, das ist nicht so. Ich kenne den kaum, ist der Freund eines Freundes.«

Wenige Minuten später hatte Isabelle die Zusage. Sie bedankte sich und verschob die Fragen, die sie Clodine zu Jean-Luc Navet stellen wollte, auf morgen. Zunächst musste sie die Wohnung in Augenschein nehmen und prüfen, ob sie für den Zweck geeignet war.

Wie sich herausstellte, war sie nicht allzu weit von ihrer eigenen entfernt. Auch sonst war sie ganz ähnlich, im obersten Stock mit einer kleinen, ausgeschnittenen Dachterrasse, die nicht einsehbar war. Die Eingangstür zum Treppenhaus war massiv und hatte ein Sicherheitsschloss. Das alles war entschieden besser als etwa eine Gartenwohnung in einem frei stehenden Haus. Kein Zweifel, hier konnte man sich gut verkriechen. Der Mann konnte die Tage auf seiner Terrasse verbringen und die Nächte vor dem Fernseher und in seinem Bett. Sie würde für einen vollen Kühlschrank sorgen und am Morgen für frische Croissants und Zeitungen. Betreten der Straße verboten. Und in sechsundzwanzig Tagen würde sie ihn wieder in ein Auto verfrachten und auf irgendeinem Parkplatz den Kollegen aus Paris übergeben. Vielleicht hatte Maurice recht, und der Zeugenschutz war in diesem Fall ein Spaziergang? Ihr Verstand sagte, dass das durchaus so sein könnte. Aber ihr Bauchgefühl sagte etwas anderes.

13

Wieder stand sie in Navets Wohnung vor dem Kaminsims und den Bilderrahmen. Diesmal mit beiden Schwestern, mit Jean-Lucs Witwe Bernadette und mit ihrer Schwester Florence. Das große Foto von Jean-Luc, das Hochzeitsbild, der Hund Asterix, die beiden Schwestern in liebevoller Umarmung, Jean-Luc mit seinen Freunden, die Großeltern …

»Warum interessieren Sie sich für die Fotos?«, fragte Florence an Isabelle gerichtet. »Solche Bilder sind doch nur dazu da, die Vergangenheit zu verklären.«

»Das kannst du so nicht sagen«, protestierte Bernadette. »Asterix war ein ganz lieber Hund und unsere Großeltern die wunderbarsten Großeltern der Welt.«

»Ja, sicher waren sie das«, sagte Florence beruhigend.

»Und Jean-Luc ist ein großartiger Mann.«

Florence enthielt sich eines Kommentars, was Isabelle sehr wohl registrierte.

Bernadette nickte. »Ja, ja, ganz sicher. Wo bleibt er eigentlich?«

Florence nahm ihre Schwester am Arm. »Ich glaube, du solltest dich hinlegen und eine Weile ausruhen. In der Zeit plaudere ich ein wenig mit unserem Besuch. Hinterher mach ich die Wohnung fertig, und dann essen wir noch eine Kleinigkeit.«

Sie führte Bernadette hinaus, kam nach kurzer Zeit zurück und schloss die Wohnzimmertür.

»Jetzt können wir offen reden. Ehrlich gesagt, verstehe ich nicht, warum Sie überhaupt hier sind. Gibt es einen aktuellen Anlass, warum sich die Polizei wieder für den Mord an meinem Schwager interessiert?«

»Es gibt keinen aktuellen Anlass, nein. Aber wir nehmen uns momentan ältere Kriminalfälle vor, die nie aufgeklärt wurden. Das ist ein Programm der *Police nationale*. Der Mord an Jean-Luc Navet steht für mich an erster Stelle, noch dazu, weil er sich hier in Fragolin zugetragen hat.«

»Und Sie glauben, es hilft, wenn Sie sich alte Fotos auf dem Kamin anschauen?«

Isabelle dachte, dass Florence einen spröden Charme hatte.

»Es könnte helfen, wenn Sie mir etwas von Ihrem ermordeten Schwager erzählen. Was war er für ein Mensch?«

Florence zuckte mit den Schultern. »Ich hab ihn nicht besonders gemocht, deshalb hatte ich während ihrer Ehe nicht allzu viel Kontakt zu meiner Schwester. Aber jetzt, wo sie mich braucht, bin ich für sie da. Ist ja klar, das ist meine Menschenpflicht.«

»Warum haben Sie ihn nicht gemocht?«

»Ich kann's nicht sagen. Es gibt Menschen, die mag man, andere nicht. Es hat mir nicht gefallen, wie er mit meiner Schwester umgegangen ist. Er war so ein Macho vom alten Schlag, er hat bestimmt, wo es langgeht, er hat meine Schwester behandelt wie eine Leibeigene, hat ihr die Luft zum Atmen genommen. Aber sie hat es klaglos hingenommen. Sie müssen wissen, Bernadette hat eine herzensgute Seele, sie würde nie aufbegehren. Das hat er schamlos ausgenutzt. Ja, vielleicht habe ich ihn deshalb nicht gemocht.«

»War er Ihrer Schwester treu?«, fragte Isabelle.

»Warum fragen Sie das?«
»Nur so. Wie gesagt, ich will mir ein genaueres Bild von ihm machen.«
»Woher soll ich das wissen? Wir hatten ja kaum Kontakt. Aber vom Gefühl her möchte ich nicht ausschließen, dass er nebenraus gegangen ist. Er konnte Frauen so komisch ansehen, auch mich.«
»Komisch ansehen? So als ob er ihnen an die Wäsche gehen wollte?«
Florence nickte. »Ganz genau. Als Frau wissen Sie doch, wovon ich spreche, solche Männer gibt es. Ich mag sie nicht.«
»Ich auch nicht«, sagte Isabelle leise.
»Aber sein lüsterner Blick wird kaum erklären, warum er umgebracht wurde.«
»Das nicht, doch es hilft, mir ein Bild von ihm zu machen.«
Sie deutete auf das Foto mit seinen Freunden. »Was waren das für Kumpels?«
»Keine Ahnung. Ich glaube, sie haben in ihrer Jugend zusammen Fußball gespielt. Einige waren auf der Hochzeit, daran erinnere ich mich. Aber ich weiß nicht, wie sie heißen. Ist mir auch so was von egal. Nach Jean-Lucs Tod hat sich keiner bei Bernadette gemeldet, hat keiner gefragt, wie es ihr geht, ob man ihr helfen kann. So sind die Männer, blöde Egoisten.«
»Sind Sie verheiratet?«
Florence musste lächeln. »Jetzt haben Sie mich erwischt. Ja, ich bin verheiratet. Mein erster Mann war auch so ein Trottel, aber beim zweiten Versuch hat's geklappt. Gott sei Dank gibt es Ausnahmen, sind aber schwer zu finden. Und Sie? Sind Sie verheiratet?«

»Nein, es hat sich nie ergeben. Ich war vollauf damit beschäftigt, mich in einer Welt durchzusetzen, die von solch blöden Egoisten dominiert wird.«
»Hoffentlich haben Sie dabei einigen kräftig in den Hintern getreten.«
»Doch, davon können Sie ausgehen«, sagte Isabelle lachend. Diese Florence war vielleicht doch nicht so übel.
»Um auch was Positives über Jean-Luc zu sagen: Er war in seinem Beruf fleißig und hat immer genug Geld heimgebracht, um Bernadette ein sorgenfreies Leben zu ermöglichen. Auch hat er sich um die kleine Monique gekümmert, vor allem, als sie noch klein war.«
»Welche Monique?«, fragte Isabelle.
»Sie wissen nichts von Monique? Das war die Tochter von den beiden.«
»Auf dem Kaminsims steht kein Foto von ihr. Was ist mit ihr passiert? Ist sie tot?«
»Nein, sie lebt noch, jedenfalls soviel ich weiß. Aber Jean-Luc hat nie mehr von ihr geredet, und irgendwann hat auch Bernadette vergessen, dass sie mal eine Tochter hatte. Sie hat so viel vergessen, sogar das. Das ist für eine Mutter wohl das Schlimmste, was passieren kann.«
»Was ist mit Monique geschehen?«
»Ich bin ihre Patentante, ich müsste es wissen, aber ich weiß es nicht. Monique war, solange sie klein war, ein total liebes Mädchen, aber mit vierzehn, fünfzehn hat sie sich verändert, ist so eigenartig geworden, verstört und verschlossen. Man konnte kein vernünftiges Wort mehr mit ihr reden.«
»Und dann?«
»Mit sechzehn ist sie von zu Hause ausgerissen. Wir haben sie nie mehr gesehen.«

»Aber Sie wissen, was aus ihr geworden ist?«
»Sie hat sich schon nach kurzer Zeit gemeldet, aus Marrakesch. Dort hat sie einen Marokkaner geheiratet, blutjung, wie sie war, aber bei den Arabern gibt's das.«
»Die Eltern haben Monique nie mehr gesehen? Das ist ja schlimm«, sagte Isabelle, die sich wunderte, dass sie dieses Schicksal berührte.
»Für Jean-Luc war Monique gestorben. Deshalb gibt es auch nirgends ein Bild von ihr. Ab und zu hat Bernadette eine Postkarte aus Marokko bekommen, aber auch das schon lange nicht mehr. Wir haben Monique verloren. Es ist so, als ob sie nie da gewesen wäre.«
»In den Polizeiakten steht nichts von ihr«, stellte Isabelle fest.
»Warum auch? Eine Tochter, die es nicht mehr gibt, hat auch in Polizeiakten nichts zu suchen.«
»Wissen Sie ihren neuen Nachnamen?«
Florence überlegte. »Moment, ich glaube schon. Doch, ich hab's. Fayyad heißt sie heute, Monique Fayyad.«
»Würden Sie sie gerne wiedersehen?«
Florence wiegte den Kopf hin und her. »Wohl eher nicht. Wer weiß, was aus ihr geworden ist? Ich behalte sie lieber als kleines Mädchen in Erinnerung. Ich denke, sie ist auch für mich gestorben, damals, als sie ausgerissen ist und ihre Familie im Stich gelassen hat.«
Isabelle reichte Florence die Hand. »Ich darf mich verabschieden. Ich danke Ihnen für das offene Gespräch.«
»Ich fürchte, es hat Ihnen nicht weitergeholfen.«
»Das kann man nie wissen. Jedenfalls habe ich jetzt eine bessere Vorstellung von Jean-Luc Navet, das immerhin. Und ich weiß, dass sie mal eine Tochter hatten und wahrscheinlich traumatisiert wurden, als sie sich nach Ma-

rokko abgesetzt hat. Ach so, noch eine Frage. Hat Jean-Luc Navet nie versucht ihr nachzureisen und sie zurückzuholen?«

»Nein, hat er nicht. Wie gesagt, für ihn war sie gestorben.«

14

Noch zwei Stunden, dann musste sie sich auf dem Parkplatz an der A57 einfinden, um diesen Pierre Leclerc zu übernehmen, von dem sie nur eines mit Sicherheit wusste – dass das ganz gewiss nicht sein richtiger Name war. Isabelle war nicht nervös, das war sie selten, aber sie freute sich nicht auf den bevorstehenden Termin. Sie wartete, bis Apollinaire mal das Büro verließ, dann wickelte sie die Maschinenpistole, die er aus Toulon mitgebracht hatte, in eine vorbereitete Decke und brachte sie hinaus zu ihrem Renault, wo sie die Waffe auf den Rücksitz legte. Im Handschuhfach befand sich ihre Dienstpistole. Das Appartement war angemietet und der Kühlschrank gefüllt. Mehr konnte sie im Moment nicht tun.

Sie sah hinüber zu einem Peugeot mit Blaulicht auf dem Dach und der Aufschrift *Police.* Apollinaire hatte es tatsächlich geschafft und einen Dienstwagen akquiriert. Noch hatte sie aus Toulon keinen Protestanruf bekommen. Offenbar hatte er sein Versprechen gehalten und keinen Konflikt heraufbeschworen. Das Auto schaute gar nicht so schlecht aus, sah man mal von einer fehlenden Radkappe ab und von dem kaputten Glas am Blaulicht. Aber wie sie ihren Assistenten kannte, würde er diese geringfügigen Beeinträchtigungen auf wundersame Weise rasch beheben.

Zurück im Büro, bekam sie einen Anruf aus Saint-Tropez. Am Apparat war der Polizeibeamte, der sie am Strand von Pampelonne befragt hatte. Sie musste unwillkürlich daran denken, wie ihm sein Notizblock vom Mistral aus den Händen gerissen und hinaus aufs Meer geblasen wurde. Er informierte sie, dass ein Vernehmungsprotokoll unterwegs sei, das sie bitte unterzeichnen und zurückschicken möge.

Auf ihre Frage erklärte er, dass sie bei den Ermittlungen noch im Dunkeln tappen würden. Auch die Spurensicherung habe nichts herausgefunden, was weiterhelfen könne, es gebe keine Zeugen, der Tote habe sich in jüngerer Vergangenheit mit niemandem gestritten, jedenfalls sei kein Vorfall bekannt, und er habe keine Feinde gehabt.

Isabelle fragte, ob die Gerichtsmedizin noch irgendwas entdeckt habe. Die Verstümmelung des Opfers sei ja sehr rabiat durchgeführt worden.

Der Kollege verneinte. Es gebe nur so belanglose Hinweise, wie dass der Täter wohl Linkshänder gewesen sei et cetera. Damit könne man nicht wirklich was anfangen. Bleibe als wichtigster Anhaltspunkt natürlich die Entmannung des Opfers. Daraus ergebe sich die Frage, wer dafür ein Motiv haben könne. In diese Richtung würde weiter ermittelt, aber bislang erfolglos.

Apollinaire kam mit einem Kübel ins Büro und mit einem beeindruckenden Sortiment an Lappen und Schwämmen. Er erklärte, dass er die Putzkammer des Rathauses geplündert habe, um ihr neues Einsatzfahrzeug zu waschen. Eine Radkappe habe er auch schon organisiert, und ein Glas fürs Blaulicht sei bestellt.

»Das Auto ist ein Wolf im Schafspelz«, sagte er triumphierend. Es sei früher als Zivilfahrzeug getarnt gewesen und vom Rauschgiftdezernat eingesetzt worden. Der Motor sei frisiert. Aber die Hinterachse sei ausgeschlagen, und die Polster seien etwas verschlissen, weshalb man ihm den Wagen bereitwillig überlassen habe.

Isabelle nickte. »Dann ist ja alles gut. Sie können sich am Nachmittag ruhig dem Auto widmen. Ich nehme mir frei, um den Freund eines Freundes abzuholen. Er kommt aus Paris und will einige Wochen Urlaub machen, ausgerechnet hier in Fragolin.«

»Gleich einige Wochen?«

»Ich hab mich auch gewundert. Aber Pierre will sich mal so richtig erholen.«

Er sah sie skeptisch an. »Sie wirken nicht wirklich erfreut, oder täusche ich mich?«

»Nun, ich kenne ihn kaum und habe keine Lust, Reiseführerin zu spielen.«

»Sie können sich ja darauf rausreden, dass wir in einem wichtigen Kriminalfall ermitteln.«

»Gut, dass Sie mich daran erinnern. Wenn Sie mit dem Autowaschen fertig sind, könnten Sie mal im Computer nach einer Monique Fayyad forschen. Sie ist die Tochter von Jean-Luc und Bernadette Navet.«

Apollinaire runzelte die Stirn. »Eine Tochter? Davon stand nichts in den Akten.«

»Richtig. Sie ist vor vielen Jahren noch als Halbwüchsige von zu Hause nach Marokko ausgerissen, wo sie geheiratet hat. Die Eltern hatten fortan keinen Kontakt mehr zu ihr. In den Augen von Jean-Luc Navet war sie gestorben. Würde mich trotzdem interessieren, was aus ihr geworden ist.«

»Monique Fayyad, geborene Navet. Ich schau mal, ob ich was rausfinden kann. Jetzt wünsche ich Ihnen erst mal viel Vergnügen mit dem Freund Ihres Freundes.«
»Vielen Dank. Vielleicht hat er es sich anders überlegt und ist in Paris geblieben. Das wäre mir am liebsten.«

Wenige Minuten vor der vereinbarten Zeit rollte sie auf den Parkplatz an der Autobahn. Ein Wohnmobil stand da. Die zugehörige Familie saß davor an einem Klapptisch und machte Brotzeit. Ein Lastwagenfahrer pinkelte an die Leitplanke, zündete sich dann eine Zigarette an und kontrollierte die Reifen. Sah alles ziemlich unverdächtig aus. Sie nahm die Pistole aus dem Handschuhfach und steckte sie in ein Holster an ihrem Gürtel. Dann zog sie eine leichte Jacke darüber, so dass nichts zu sehen war. Alles musste unauffällig sein, so unauffällig wie möglich. Sie hoffte inständig, dass dieser Pierre Leclerc ähnlich harmlos aussah, wie sein Name nahelegte. Ein Allerweltsgesicht, mit biederen Klamotten aus dem Kaufhaus und einem zurückhaltenden Wesen. Das war ihre Wunschvorstellung von diesem Pierre Leclerc.
Isabelle stieg aus und begrüßte die Picknickfamilie an ihrem Wohnmobil. Der Lastwagenfahrer schnippte seine Zigarette über die Leitplanke, was hinsichtlich der Gefahr eines Waldbrandes im Süden Frankreichs eine Todsünde war, bestieg seinen Truck und fuhr los. Je weniger Zuschauer, umso besser. Noch eine Minute. Wie sie solche Übergaben kannte, liefen sie so ab, dass man die Uhr danach stellen konnte.
Zwei schwarze Limousinen mit getönten Scheiben fuhren auf den Parkplatz. Isabelle schluckte. Die Kollegen waren wohl von allen guten Geistern verlassen. Noch auffälliger ging es wohl kaum.

Aus dem ersten Auto stiegen zwei Männer in Anzügen und gingen auf Isabelle zu. Sie kannte sie nicht, das war gut so. Sie tauschten ein Codewort aus, das Isabelle heute Morgen von Jacqueline erhalten hatte. Sie warf einen Blick zum Wohnmobil. Immerhin hatten die Beamten ihre Autos so angehalten, dass die Familie vom Campingtisch nicht hersehen konnte.

Isabelle zeigte kurz ihre Dienstwaffe am Gürtel, dann nickte sie. Die Übergabe konnte erfolgen. Einer der beiden Männer gab ein Zeichen. Die Tür im Fond der zweiten Limousine öffnete sich. Dann stockte Isabelle der Atem.

Der Mann, der mit einem breiten Lächeln aus dem Auto stieg, war so unauffällig wie eine Giraffe auf der Place de la Concorde. Er war zwar nicht ganz so groß, aber kaum minder extravagant. Rote Bermudashorts, darüber ein knallbuntes Hawaiihemd, ein gelbes Sakko mit Einstecktuch – und Gummilatschen an den Füßen. Die Brille hatte dunkle Gläser, offenbar ließ er sich gerade einen Vollbart stehen, auf dem Kopf trug er einen Panamahut.

Der Paradiesvogel ging auf sie zu, ganz entspannt und sichtlich unbesorgt. Sie dachte, dass er ein gutes Gesicht hatte, fast schon aristokratisch, sein Händedruck war angenehm.

Isabelle war so verwirrt, dass sie sich nicht einmal vorstellte. Was andererseits sogar richtig war, denn noch waren die beiden Anzugträger in der Nähe. Die sollten möglichst wenig von ihr wissen. Einer reichte ihrem Gast eine große Reisetasche von Louis Vuitton, auch nicht gerade diskret. Ein kurzer Gruß zum Abschied, und die beiden Limousinen rauschten vom Parkplatz. Sie warf einen Blick zum Wohnmobil. Ein Kind kam mit einem Ball um die Ecke und winkte ihnen fröhlich zu. Leclerc winkte zurück und fragte Isabelle, ob er die Heckklappe ihres Autos öffnen dürfe, warf die Reisetasche hinein und nahm den Hut ab.

»Was ist?«, fragte er. »Wollen wir losfahren? Der Parkplatz ist zwar idyllisch, aber so toll nun auch wieder nicht.«

Die ersten Kilometer schwiegen sie beide. Isabelle musste zunächst die ersten Eindrücke verarbeiten, die nichts Gutes ahnen ließen. Schließlich fragte sie: »Was haben Sie sich dabei gedacht? Sie sind im Zeugenschutzprogramm. Da kommt es darauf an, möglichst unauffällig zu sein. Haben die Kollegen Ihnen das nicht gesagt?«

»Ihr Name ist Bonnet, richtig? Isabelle Bonnet. Monsieur Balancourt hat in den höchsten Tönen von Ihnen geschwärmt«, sagte er anstelle einer Antwort.

»Ja, das ist mein Name«, erwiderte sie kurz angebunden.

»Madame Bonnet«, fuhr er höflich fort, »Sie kennen mich nicht. Ich darf Ihnen versichern, dass mich noch nie ein Mensch mit Hawaiihemd und in Bermudashorts gesehen hat. Die Camouflage ist perfekt, glauben Sie mir.«

»Mag ja sein, aber unauffällig ist Ihre Kostümierung nicht gerade.«

»Das ist eine Frage der Betrachtung. Ich sehe mich als Tourist an der Côte d'Azur, soviel ich weiß, zwar etwas im Hinterland, aber immerhin. Hier ist das Auffällige die Norm, der Unauffällige macht sich verdächtig.«

Isabelle musste nun doch lächeln. »Auf Fragolin trifft das ganz und gar nicht zu.«

»Ist das der Ort, wo wir hinfahren? Fragolin? Klingt nett.«

»Wie heißt eigentlich unser gemeinsamer Freund, auf dessen Vermittlung Sie hier Urlaub machen?«, fragte sie. »Wäre gut, wenn wir uns abstimmen.«

»Keine Ahnung. Was halten Sie von Maurice Balancourt?«

»Das ist ein kühner Vorschlag.« Sie dachte kurz nach. »Aber nicht so schlecht. Einverstanden. Nächste Frage: Was sind Sie von Beruf?«

»Sie meinen nicht mich, sondern Pierre Leclerc, richtig?«

Isabelle nickte. »Natürlich meine ich Pierre Leclerc. Was Sie im wahren Leben machen, interessiert mich nicht.«

»Schade, würde gerne mit Ihnen darüber plaudern. Nun, was halten Sie von Kunstkritiker?«

»Was Normales fällt Ihnen wohl nicht ein. Verstehen Sie überhaupt was von Kunst?«

»Stellen Sie mich auf die Probe!«

»Wann und wo ist Matisse gestorben?«

»Matisse? Wer soll das sein?«

Isabelle schaute ihn kopfschüttelnd an. »Ich denke, wir müssen einen neuen Beruf suchen.«

Leclerc grinste. »Man kann Sie leicht auf den Arm nehmen. Henri Matisse, gestorben am 3. November 1954 in Cimiez bei Nizza. Ich liebe seinen blauen Akt, *Nu bleu, souvenir de Biskra.* Hängt leider in Baltimore, aber vielleicht besuchen wir mal sein Museum in Cimiez? Doch, das ist eine gute Idee. Ich danke Ihnen für die Anregung.«

»Nun gut, die Prüfung haben Sie bestanden, aber mal gerade so.«

»Sie haben Humor, das freut mich.«

»Aber aus dem Besuch in Cimiez wird nichts werden. Sie sind nicht hier, um Urlaub zu machen. Sie sind im Zeugenschutzprogramm der *Police nationale*, offenbar ist Ihr Leben in Gefahr, folglich werden Sie sich möglichst wenig in der Öffentlichkeit sehen lassen. Ich habe Ihnen in Fragolin ein hübsches Appartement besorgt. Dort werden Sie sich bevorzugt aufhalten. Also keine Ausflüge, das können Sie sich gleich abschminken.«

Leclerc sah sie lächelnd an. »Na so was, Sie können ja ganz schön energisch sein. Ich erinnere mich, dass Balancourt Ähnliches angedeutet hat, aber ich hatte gehofft, er übertreibt.«

»Monsieur Leclerc, ich bin für Ihre Sicherheit verantwortlich. Ich darf Ihnen verraten, dass ich mich um diese Aufgabe nicht gerissen habe. Aber jetzt müssen wir das gemeinsam durchziehen. Ich sagte *gemeinsam.* Sie verstehen?«

»Natürlich, mein Überleben liegt auch mir am Herzen.«

»Sehr schön, dann können wir gleich weitermachen. Ihre Bekleidung ist völlig inakzeptabel.«

»Wie bedauerlich, ich habe mir solche Mühe gegeben.«

»In diesem Aufzug werden Sie in Fragolin sofort zum Gesprächsthema. Das ist das Gegenteil von dem, was wir wollen. Haben Sie in Ihrer Reisetasche ein weniger buntes Hemd? Den gelben Blazer und den Panamahut lassen wir weg. Die Gummilatschen können Sie meinetwegen anbehalten. Am liebsten würde ich Sie auch etwas kleiner machen.«

»Na, na, jetzt gehen Sie aber zu weit.«

Isabelle lächelte. »Fangen wir mit dem Hemd an.«

»Okay, wenn Sie mal anhalten, ziehe ich mich um.«

»Die Straße nach Fragolin führt später durch Wälder, dort werden wir einen Stopp einlegen.«

»Einverstanden. Hinsichtlich meiner Lebensführung haben wir aber noch einigen Diskussionsbedarf. Ich werde mich in den nächsten Wochen ganz gewiss nicht permanent in einer Wohnung aufhalten. Dann hätte ich mich ja gleich in eine Gefängniszelle setzen können, um dort den Gerichtstermin abzuwarten.«

»Das wäre besser gewesen.«

Leclerc lachte. »Ja, für Sie, aber nicht für mich. Sie müssen wissen, ich habe einen ausgeprägten Freiheitsdrang.«

»Den Sie nicht mehr ausleben können, wenn Sie tot sind.«

»Da haben Sie selbstverständlich recht. Ich gebe zu, das ist aktuell ein gewisser Widerspruch.«

»Ich lege keinen großen Wert darauf«, sagte Isabelle nach einer kurzen Pause, »aber wir sollten uns duzen. Sie sind hier, weil Sie der Freund eines Freundes sind, da ist es natürlicher, wenn wir uns duzen.«

»Sie legen keinen Wert darauf, ich verstehe. Wäre ja auch etwas überstürzt, wir kennen uns ja kaum.«

»Ich bin die Isabelle.«

»*Enchanté,* und ich bin …«, er schnippte einige Male mit den Fingern, »ich bin der Pierre. Übrigens, Isabelle, fährst du immer so schnell Auto? Da bekomme ich es ja mit der Angst.«

Sie langte an den Rückspiegel. »Ich dachte, wir werden verfolgt«, sagte sie im Spaß.

»Wirklich?«

Mit einem Blick zur Seite stellte Isabelle fest, dass ihr entspannter Beifahrer einen Anflug von Nervosität erkennen ließ. Sie dachte, dass das eine gute Strategie sein könnte. Vielleicht musste man ihm gelegentlich etwas Angst einjagen, um ihn in seine Schranken zu weisen.

15

Am nächsten Morgen, genauer gesagt am späten Vormittag, saß Isabelle im Büro, vor sich eine Tasse Kaffee, die sie sich im Bürgermeisterbüro besorgt hatte. Das war ein weiteres Projekt. Ihr Kommissariat musste kaffeemaschinentechnisch so schnell wie möglich autark werden. Sie brauchte Koffein, um klar denken zu können. Deshalb war sie hier, um im Kopf Zusammenhänge herzustellen und Schlussfolgerungen zu ziehen. Ohne Kaffee war sie dazu nicht in der Lage – vor allem nach einer Nacht, in der sie wieder mal miserabel geschlafen hatte. Nur war diesmal nicht der Mistral schuld. Aber immerhin hatte sie der Versuchung widerstanden, sich zu nachtschlafender Zeit ins Auto zu setzen und irgendwo hinzufahren. Das letzte Mal hatte sie damit schlechte Erfahrungen gemacht. Sie war im Bett geblieben und hatte überlegt, ob alles so lief, wie sie sich das ausgemalt hatte. Die Antwort war ernüchternd: definitiv nein! Mit Pierre Leclerc hatte sie einen seltsamen Vogel unter ihren Fittichen, von dem sie nicht wusste, ob sein Leben wirklich in Gefahr war, in welchen Fall er verstrickt war und worauf sie achten musste. Vor allem ließ seine Kooperation zu wünschen übrig. Nun gut, sie hatten einen Deal geschlossen. Leclerc – in Gedanken bevorzugte sie seinen fiktiven Nachnamen – würde Fragolin nicht verlassen, das hatte er versprochen. Er hatte von Isabelle ein *portable* in Empfang genommen, mit dem er sie via Kurzwahl immer und zu jeder Zeit erreichen konnte, falls ihm was verdächtig vorkam oder er sich in Gefahr wähnte. Sie hatte ihm Bargeld gegeben, für Zeitungen, kleinere Einkäufe im *Magasin d'alimentation* oder in der *Boulangerie,* für einen Imbiss bei Jacques oder ein Glas Wein im *Café des Arts.* Er hatte keine Kreditkarten dabei, mit denen er zahlen und etwaige Verfolger auf seine Spur bringen könnte, nein, so blöd war er nicht. Wie er überhaupt alles andere als dumm war, ganz im Gegenteil, der Mann war blitzgescheit, außerdem kultiviert und gebildet. Aber auch respektlos und unbekümmert – was für einen Zeugen im Schutzprogramm kein Vorteil war und ihr die Arbeit erschwerte.

Sie zwang sich, Leclerc für einen Moment auszublenden. Ihre eigentliche Aufgabe bestand darin, alte Kriminalfälle aus der Versenkung zu holen. Mit dem Mord an Jean-Luc Navet hatten sie einen vielversprechenden Fall ausgegraben. Sie spürte, dass sie eine Chance hatten, Licht ins Dunkel der Ermittlungen zu bringen. Zugegeben, nur eine kleine Chance, nur eine klitzekleine, aber immerhin. Was waren die nächsten Schritte? Was war zu tun? Der Kaffee aus dem Bürgermeisterbüro war zu schwach, ihre kleinen grauen Zellen wurden davon nicht wach.

Die Tür ging auf. Mit Apollinaire kam Leben in die Bude, das tat gut. Rechts einfarbig grün und links rot kariert – seine Strümpfe sorgten für Schwung. Er stellte einen Karton ab, aus dem ein neues Glas für das defekte Blaulicht ragte. Na bitte, wenigstens das ging voran. Ihr Assistent zeigte einen Elan, der ihr momentan abging.

Er zog seine Uniformjacke aus und hängte sie über einen mitgebrachten Kleiderbügel von außen an den Schrank.

»Sie sehen müde aus«, stellte er fest.
Als ob sie das nicht selber wusste.
»Was macht Ihr Freund?«
»Pierre Leclerc? Wie gesagt, das ist nicht mein Freund, sondern der Freund eines Freundes.«
Er lachte. »Das sind die Schlimmsten.«
»Aber um auf Ihre Frage zu antworten: Ihm geht's gut, glaube ich jedenfalls.«
»Sind Sie noch am Schicksal dieser Monique interessiert?«, wollte er wissen.
»Der Tochter der Navets? Aber natürlich. Haben Sie was herausgefunden?«
»Ja und nein«, antwortete er. »Sie hat jahrelang in Marrakesch gelebt, war verheiratet und kinderlos. Aber wo sie jetzt ist, weiß ich nicht. Das Meldesystem in Marokko ist so löchrig wie ein altes Fischernetz.«
»War verheiratet? Ist sie es nicht mehr?«
»Jedenfalls nicht mit ihrem ersten Mann. Achmed Fayyad ist schon vor einiger Zeit verstorben. Er war noch keine dreißig.«
»Als junge Frau in einer fremden Kultur ohne Ehemann. Die Ausreißerin hat sich ihr Leben sicher anders vorgestellt.«
»Wäre sie mal besser in Frankreich geblieben.«
»Das konnte sie doch vorher nicht wissen«, sagte Isabelle, »vielleicht hat sie diesen Fayyad hier in Frankreich kennengelernt, hat sich in ihn verliebt und ist ihm in seine Heimat gefolgt. Eine romantische Geschichte, jedenfalls am Anfang.«
Apollinaire rutschte auf seinem Stuhl hin und her. »Na ja, irgendwie kann ich es verstehen. Ich hab ja auch eine romantische Beziehung mit dem Maghreb.«

»Sie meinen Shayana Hayet. Arbeitet sie noch in der *Auberge des Maures?*«

»Ja, sie macht die Zimmer. Sie bewohnt ein kleines Appartement. Ich schlafe vorübergehend bei ihr.«

»Ist doch schön, das freut mich.«

Apollinaire lockerte verlegen seinen Hemdkragen. »Ja, mich auch.«

»Sie erinnern sich an den Terroranschlag auf das Café Argana am Djemaa-el-Fna-Platz?«, fragte Isabelle.

»Natürlich. Wissen Sie, dass Djemaa-el-Fna im Arabischen so viel heißt wie Versammlung der Toten?«

»Makaber, nein, wusste ich nicht. Jedenfalls hatte ich damals mit der marokkanischen Polizeibehörde zu tun. Ich suche Ihnen später die Nummer meines Kontaktmanns raus. Vielleicht gibt es ihn noch. Sie könnten ihn mal anrufen und fragen, ob er den aktuellen Aufenthaltsort von Monique ermitteln kann.«

Apollinaire nickte. »Mache ich gerne. Aber Monique wird uns kaum helfen können. Sie war blutjung, als sie von zu Hause abgehauen ist. Zur Tatzeit hat sie schon Jahre in Marokko gelebt und keinen Kontakt zu ihren Eltern gehabt. Woher soll sie wissen, wer ihren Vater umgebracht haben könnte?«

»Da haben Sie leider recht. Trotzdem, ein Versuch ist es wert.«

Er öffnete den oberen Hemdknopf und sah sie fragend an. »Darf ich?«

Sie lächelte. »Meinetwegen können Sie gerne ohne Krawatte ins Büro kommen.«

Er löste erleichtert den Knoten und zog die Krawatte aus dem Kragen. »*Merci bien,* der Halsbinder stört die Durchblutung meines Kopfes.«

»Das hört sich nicht gut an.«
Apollinaire klopfte sich grinsend an die Stirn. »Na bitte, funktioniert schon besser. Prompt fällt mir ein, dass ich noch was herausgefunden habe.«
»Das wäre?«
»Kennen Sie das Mimosenfest in Bormes-les-Mimosas?«
»Nein, kenne ich nicht. Machen Sie es nicht so spannend.«
»Seit 1920 wird dort am dritten Sonntag im Februar der Frühlingsanfang mit einem Blumenkorso und mit einem großen Volksfest gefeiert. Eigentlich geht es dort gesittet zu, aber im selben Jahr, in dem einige Monate später Jean-Luc Navet umgebracht wurde, hat eine junge Frau Anzeige gegen unbekannt erstattet. Auf dem Nachhauseweg ist sie im Dunkeln überfallen und brutal vergewaltigt worden. Sie hat den Mann als groß und kräftig beschrieben, und er habe provenzalischen Dialekt gesprochen.«
Isabelle richtete sich ruckartig auf. »Wirklich? Und den Täter hat man nicht gefunden?«
»Nein, keine Spur. Ich bin bei meinen Onlinerecherchen im Polizeiarchiv durch Zufall darauf gestoßen. Sozusagen in der Ablage einer Ablage. Vergewaltigungen haben in der Ermittlungshistorie eine kurze Halbwertszeit.«
»Was nicht richtig ist«, empörte sich Isabelle. »Vergewaltigungsopfer dürfen nicht im hinterletzten Archiv verschwinden, sie haben einen Anspruch auf Gerechtigkeit.«
Apollinaire griff sich wieder an seinen Hemdkragen, aber diesmal nicht, weil er zu eng war. Das Thema behagte ihm nicht. »Natürlich, ich stimme Ihnen zu. Aber bei den Ermittlungen kommt oft nichts raus, gerade in Fällen, die so gelagert sind wie beim Mimosenfest. Und weil es andere,

dringlichere Fälle mit einer höheren Aufklärungsquote gibt und wir außerdem zu wenig Personal haben …«

»Sie müssen Ihre Kollegen nicht verteidigen«, unterbrach sie ihn mit einer beruhigenden Handbewegung, »das ist mir alles klar. Umso großartiger, dass Sie diese Vergewaltigung ausgegraben haben. Was meinen Sie, könnte das unser Jean-Luc Navet gewesen sein?«

Er zuckte ratlos mit den Schultern. »Wie sollen wir das nach so vielen Jahren herausfinden?«

Isabelle rieb sich die Nase. »Ich werde seine Schwägerin Florence fragen, ob Jean-Luc gerne zum Mimosenfest nach Bormes-les-Mimosas gefahren ist. Dann könnte ich mal mit dem Vergewaltigungsopfer sprechen. Außerdem sollten wir wissen, ob die junge Frau damals einen Freund oder Ehemann hatte. Gibt's einen Bruder, was ist der Vater für ein Typ? Neigt einer von ihnen zur Gewalt? Ist jemand vorbestraft?«

»Ich kümmere mich darum. Als Erstes checke ich, wo die Frau heute lebt.«

»Wir sollten uns nichts vormachen, die Chance, dass hier ein Zusammenhang besteht, ist klein, sehr klein.«

»Aber ausgeschlossen ist es nicht.«

»Nein, ist es nicht. Genau deshalb werden wir uns darum kümmern.«

16

An Clodines Laden hing das Schild *Fermé*! Sie saß mit Isabelle im Bistro *Chez Jacques* und erzählte ihr aufgeregt von einer Promihochzeit, die vor einigen Tagen in Saint-Tropez stattgefunden hatte. Irgendeine Schauspielerin, von der Isabelle noch nie etwas gehört hatte, die aber bei den Filmfestspielen in Cannes den Preis für die beste Nebendarstellerin gewonnen hatte. Diese *actrice* hatte einen bekannten Fußballer geheiratet, von dem sie ebenfalls noch nichts gehört hatte, der aber bei Olympique Marseille im Sturm spielte. Wieder einmal dachte Isabelle, dass ihre Freundin aus der Kindheit so gar nicht zu ihr passte. Aber vielleicht tat sie ihr gerade deshalb so gut. Clodine las mit großer Begeisterung Klatschzeitungen, in die Isabelle nie einen Blick werfen würde. Kamen sie dann zusammen, floss alles aus ihr heraus. Das war wie eine frische Dusche von Belanglosigkeiten, die einen auf andere Gedanken brachte. Sie erzählte vom Bruder ihres geschiedenen Mannes, der in Saint-Tropez einen gut gehenden Blumenladen habe. Er liefere unvorstellbar große Sträuße für die Yachten. Es gebe russische Kunden in Cannes oder Monaco, die ließen die Blumenarrangements schon mal vom Helikopter abholen. Und auch für diese Promihochzeit habe ihr Schwager die Blumendekorationen gestaltet. Geld habe keine Rolle gespielt. Vielleicht sei ihr kleiner Laden *Aux saveurs de Provence* doch nicht das Richtige. Clodine lachte. Ihre hübschen kleinen Seifen, die nach Lavendel und Rosen dufteten, habe noch nie jemand mit dem Helikopter abgeholt.

Isabelle bestellte *menthe à l'eau* und dachte, dass dies ein günstiger Augenblick wäre, das Thema zu wechseln.

»Clodine, ich wollte dich schon seit einiger Zeit was fragen.«

Clodine beugte sich interessiert nach vorne. Sie mochte es, gefragt zu werden, vor allem, wenn dabei was für ihre Neugier abfiel.

»Nur zu, was willst du wissen?«

»Kannst du dich an Jean-Luc Navet erinnern?«

»Jean-Luc? Aber natürlich, sogar ganz genau. Den armen Kerl hat irgendein perverses Schwein umgebracht. Und seine Bernadette ist danach verrückt geworden. Das kann man verstehen, sie tut mir leid, aber man kann ihr nicht helfen.«

»Ihre Schwester kümmert sich um sie.«

»Florence, ja, das tut sie, *Dieu merci.*«

»Gab es nach der Tat im Ort irgendwelche Gerüchte?«, fragte Isabelle.

»Gerüchte? Was für Gerüchte? Du meinst, wer ihn umgebracht haben könnte? Der alte Georges hat allen erzählt, dass im Wald ein Menschen mordendes Monster haust.«

Isabelle lachte. »Ich weiß, das hat mir schon meine Physiotherapeutin erzählt.«

»Sylvie? Die ist gut, findest du nicht?«

»Ja, sie liebt es, mich zu quälen. Aber zurück zu Jean-Luc. Es gab also niemanden, der in Fragolin der Tat verdächtigt wurde?«

Clodine sah sie entsetzt an. »Spinnst du? Das war doch keiner aus dem Dorf. Aber wir sind nun mal von dem *Massif des Maures* umgeben. Durch die Wälder streifen nicht nur brave Wanderer, sondern auch durchgeknallte Typen, denen man nicht alleine begegnen möchte. Jean-Luc hat wahrscheinlich Pilze oder Kastanien gesammelt, da muss ihm ein Wahnsinniger über den Weg gelaufen sein.«

»Der zufällig eine Mistgabel dabeihatte.«

»Ich sagte ja, ein Verrückter. Ich bin schon mal jemandem begegnet, der hatte ein Surfbrett dabei, mitten im Wald, weitab vom Meer. Als ich ihn darauf angesprochen habe, hat er was von einer möglichen Sintflut gefaselt. Isabelle, es gibt mehr Verrückte auf der Welt, als man sich vorstellen kann. Hätte er einen Feuerlöscher dabeigehabt, das hätte ich verstanden. Erst letztes Jahr hatten wir wieder einen schlimmen Waldbrand.«

Isabelle lächelte. Die Gespräche mit ihrer Freundin waren zwar wenig zielführend, aber immerhin unterhaltsam.

»Was war Jean-Luc für ein Mensch?«, fragte sie.

»Warum willst du das wissen?«

»Ich hab dir doch erzählt, dass ich mich für alte Kriminalfälle interessiere.«

»Und da bist du auf Jean-Luc gestoßen, verstehe. Wirst aber keinen Erfolg haben, selbst du nicht. Verrückte Einzeltäter, die einfach so jemanden abschlachten, gehen irgendwann selber drauf. Müssen nur mal an den Falschen geraten. Das weiß ich aus dem Fernsehen. Erst gestern habe ich einen Krimi von Besson gesehen …«

»Jean-Luc war ein kräftiger Mann, oder?«, unterbrach Isabelle.

»Das schon, aber gegen einen Verrückten hast du keine Chance. Bei Besson …«

»Hatten sie eine glückliche Ehe, Jean-Luc und seine Bernadette?«

Clodine überlegte kurz. »Ja, ich denke schon. Sie hat ihn sehr geliebt.«

»Und er?«

»Nun, er hat sie auch gemocht, ist doch klar.«

Isabelle erinnerte sich an die Worte von Bernadettes Schwester Florence.

»War er ein Macho?«, fragte sie.

»Macho? Er war halt ein Mann.«

»War er seiner Bernadette treu?«

»Du kannst Fragen stellen. Woher soll ich das wissen? Mit mir hatte er jedenfalls keine Affäre.«

Isabelle schmunzelte. »Damals warst du doch noch selber verheiratet, richtig?«

»Da hast du recht. Ich war meinem Mann auch immer treu. Er leider nicht, deshalb haben wir uns scheiden lassen.«

»Siehst du, das kommt vor.«

Clodine goss sich aus der Karaffe Wasser nach. »Jetzt sind wir aber vom Thema abgekommen«, stellte sie fest.

»Nicht unbedingt. Ich will mir von Jean-Luc Navet ein genaueres Bild machen. Könntest du dir vorstellen, dass er anderen Frauen nachgestiegen ist?«

Wieder dachte Clodine eine Weile nach, dann nickte sie. »Ja, das könnte ich mir vorstellen. Irgendwie hatte er einen geilen Blick. Aber da war er auch nicht anders als die meisten anderen. Er hat halt Frauen gerne mit den Augen ausgezogen, hat auch mal geschäkert, sie betatscht, aber auch nicht mehr.«

»Betatscht?«

»Na ja, ein Klaps auf den Hintern, ein scheinbar versehentliches Streifen der Brüste …«

»Aber hallo, das geht gar nicht.«

Clodine zuckte mit den Schultern. »Ist doch harmlos. Männer machen so was. Irgendwie schmeichelt das auch.

Das zeigt doch, dass man eine erotische Ausstrahlung hat. Ein hässliches Entchen wird nie betatscht, hätte es aber wahrscheinlich gerne.«

Isabelle schüttelte missbilligend den Kopf. »Ich glaube, da müssen wir mal ausführlicher darüber reden, aber nicht jetzt. Hast du schon was zu essen bestellt?«

»*Coq au vin,* geschmortes Hähnchen in Rotwein-Schalotten-Sauce.«

»Das ist mir zu viel. Ich nehme eine *salade pêcheur,* mit gebratenen Fischfilets und Meeresfrüchten. Außerdem steige ich jetzt auf Rosé um.«

»Mache ich auch.«

»Kanntest du eigentlich die Tochter der beiden?«, fragte Isabelle.

»Die kleine Monique?« Clodine legte die Stirn in Falten. »Stimmt, die habe ich schon völlig vergessen. Die ist von zu Hause ausgerissen. Das ist schon eine Ewigkeit her. Wo sie wohl lebt?«

»In Marokko, in Marrakesch.«

»Wirklich? Dort soll es schön sein, hoffentlich geht es ihr gut.«

»Ihr habt nie mehr was von ihr gehört?«

»Nein, nie mehr. Na ja, so ist das Leben. Darf ich zur Abwechslung mal dich was fragen?«

Isabelle lächelte und ahnte, was jetzt kommen würde.

»Was macht der Freund deines Freundes? Ich hab ihn noch gar nicht kennengelernt. Warum isst er nicht mit uns zu Mittag?«

»Er ist wohlbehalten eingetroffen. Die Wohnung gefällt ihm, vielen Dank für die Vermittlung. Aber was er jetzt so treibt, weiß ich nicht.«

Clodine sah über den Rand ihrer Sonnenbrille. »Ist er

groß und gut aussehend, trägt rote Bermudashorts und einen Strohhut?«
»Oje, wenn man vom Teufel spricht …«
»*Bonjour,* Isabelle, schön, dass ich dich treffe – und in so charmanter Begleitung.« Er nahm den Hut ab, gab Isabelle Küsschen auf die Wangen und Clodine die Andeutung eines Handkusses. »Darf ich mich zu euch setzen?«
»Alles andere wäre ein Affront«, sagte Clodine, die schon dabei war, einen Stuhl heranzuziehen.
»Pierre Leclerc, Clodine Cassien«, machte Isabelle die beiden miteinander bekannt. »Clodine hat dir die Wohnung vermittelt. Sie hat schon gefragt, ob du zufrieden bist.«
»*Absolument,* das Appartement ist in seiner provenzalischen Schlichtheit geradezu entzückend. Vielen Dank, ich bin überglücklich.«
Isabelle dachte, dass er etwas dick auftrug. Ob Clodine den spöttischen Unterton bemerkte?
»Das freut mich. Wenn ich noch was für Sie tun kann, lassen Sie es mich wissen.«
Nein, die Ironie war Clodine entgangen. Immerhin hatte er das bunte Hawaiihemd im Schrank gelassen und auch das gelbe Sakko. Offenbar gab er sich Mühe, jedenfalls ein bisschen. Auf den Panamahut hatte er nicht verzichtet.
»Was hat Sie auf die Idee gebracht, gerade in Fragolin Urlaub zu machen?«, fragte Clodine. »Sie sehen nicht so aus, als ob Sie gerne wandern.«
Leclerc lächelte. »Das sieht man mir an? Nun, vielleicht wird das meine neue Leidenschaft.«
»Aber warum dann? Sie bleiben länger als die meisten anderen Feriengäste.«
Isabelle überlegte, ob Leclerc bei der Beantwortung Hilfe

brauchte. Aber sie hatte spontan keine Erklärung parat, die zu ihm passte.

»Ich bin hier, um zu entspannen und zu lesen«, sagte er. »Lesen ist meine große Leidenschaft, aber ich komme nie dazu. Mein Leben ist einfach zu hektisch, lässt mir keine Zeit. Sie verstehen? Ich denke, Fragolin ist ein idealer Ort, um zu entschleunigen und zu lesen. Ja, das hoffe ich.«

Clodine nickte. »In Fragolin gehen die Uhren langsamer«, erwiderte sie, »das kann ich Ihnen bestätigen. Ab und zu bleibt die Zeit fast stehen. Ein bisschen mehr Tempo wäre mir dann ganz recht.«

»Jeder möchte etwas von dem, was er nicht hat«, sagte Leclerc.

»Was lesen Sie bevorzugt?«, fragte sie. »Ich persönlich liebe Krimis.«

Er warf Isabelle einen kurzen Blick zu und grinste. »Bitte sind Sie mir nicht böse, aber ich kann mit Krimis überhaupt nichts anfangen. Ich finde das Leben spannend genug. Nein, ich lese Bücher über Kunst, vor allem Biographien. Speziell interessiert mich die avantgardistische Kunst des 20. Jahrhunderts.«

Clodine sah ihn mit offenem Mund an. »Tatsächlich? Das ist ja faszinierend.«

Isabelle konnte nur mit Mühe ein Lachen unterdrücken. Wenn es etwas gab, wofür sich ihre Freundin überhaupt nicht interessierte, dann war das die avantgardistische Kunst des 20. Jahrhunderts. Sah man einmal von den Postkarten ab, die sie in ihrem Laden verkaufte, mit Motiven von Gauguin, Cézanne und van Gogh. Aber wenn jemand so gut aussah wie Leclerc, dann war Clodine flexibel. Nicht auszuschließen, dass sie sich heute Abend mit der abstrakten Malerei beschäftigte.

17

Auf dem Weg zum Büro dachte Isabelle, dass sich ihr ungebetener Gast recht vernünftig betragen hatte. Nun gut, es war ihm wohl nicht in die Wiege gelegt, unauffällig wie eine graue Katze durchs Leben zu schleichen, aber er hatte keinen großen Auftritt hingelegt, hatte noch etwas mit ihr und mit Clodine geplaudert und sich dann mit dem Hinweis zurückgezogen, dass er auf seiner Dachterrasse erst ein Nickerchen machen und dann ein vielversprechendes Buch über Georges Braque und seine frühe fauvistische Schaffensphase lesen wolle. Clodine hatte diesen Literaturhinweis mit einem nervösen Augenklimpern beantwortet – jetzt hatte sie noch was, was sie heute Abend im Internet recherchieren könnte.
Isabelle überlegte, dass es ihr nicht recht war, so gar nichts von ihrem Schützling zu wissen. In was für eine Mistgeschichte war Pierre Leclerc verwickelt? Wer könnte ihm nach dem Leben trachten? Wie hieß er wirklich?
Dass genau jetzt ihr *portable* klingelte und auf dem Display der Name Maurice Balancourt erschien, kam ihr fast übersinnlich vor. Aber das war typisch für Maurice, seine Anrufe kamen entweder zu einer denkbar ungünstigen Zeit, um sie auf dem falschen Fuß zu erwischen, oder sie erwiesen sich als pure Gedankenübertragung.
»Hallo, chérie, wollte nur mal fragen, wie es dir geht?«, bellte er ins Telefon.

»Könnte nicht besser gehen«, sagte sie. »Ich habe gerade ein Glas Rosé getrunken, in Gesellschaft eines gewissen Herrn, der sich heute Nachmittag mit einem Buch über Georges Braque beschäftigen möchte.«

»*Très bien,* dein Gast ist überaus kunstsinnig, das hast du also schon herausgefunden.«

»Scheint so. Stellt sich die Frage, wie man als Kunstliebhaber ins Zeugenschutzprogramm kommt?«

»Eine gute Frage. Aber du kennst unsere Vorschriften.«

»Ich pfeife auf die Vorschriften. Ich will wissen, wer Pierre Leclerc wirklich ist und wer ihm womöglich nach dem Leben trachtet. Das würde meine Arbeit mächtig vereinfachen«, platzte es aus Isabelle heraus.

Sie hörte, wie ihr oberster Chef hustete. Es dauerte, bis er wieder Luft zum Sprechen hatte. »Isabelle, meine Liebe, ich werde darüber nachdenken. Aber zum gegenwärtigen Zeitpunkt möchte ich nichts sagen. Glaub mir, so ist es für dich besser. Jedenfalls wirst du mir wohl zustimmen, dass der Mann nicht unangenehm ist und gute Umgangsformen hat. Hoffentlich tut er, was du ihm sagst.«

»Da habe ich meine Zweifel«, entgegnete Isabelle, indem sie nur auf den letzten Punkt einging. »Er hat seinen eigenen Kopf und verkennt den Ernst der Lage.«

»Der Ernst der Lage ist ihm bewusst, ganz sicher sogar, aber er ist ein Bonvivant und Freigeist. Solche Menschen sind schwer zu disziplinieren.«

»Aber er macht Fortschritte«, gab sie zu, »er trägt kein Hawaiihemd mehr.«

»Sagtest du Hawaiihemd?« Maurice bekam einen Lachanfall. »Pierre Leclerc im Hawaiihemd, das würde ich gerne sehen. Ich hab noch eine ganz andere Frage. Was macht dein Kriminalfall, an dem du dran bist?«

»Steht kurz vor der Aufklärung.«
»Wirklich?«
»Nein, war ein Spaß. Ich bin noch ganz am Anfang. Keine Ahnung, was dabei herauskommt.«
»Warten wir es ab. Sag mal, seit wann gehst du in aller Herrgottsfrüh am Strand spazieren?«, fragte er unvermittelt. »Genauer gesagt, am Strand von Pampelonne.«
»Woher weißt du das?«, fragte sie verblüfft zurück.
»Ich weiß alles, meine Liebe, schon vergessen?«
»Das war Zufall, ich konnte nicht schlafen.«
»Und da stolperst du einfach so über eine Leiche?«
»War nicht zu vermeiden, sie lag im Weg.«
»Ach so, na dann, ich verstehe.«
»Können wir Schluss machen? Ich steh vor meiner Bürotür und muss den Schlüssel rauskramen.«
»Natürlich. War wieder mal nett, mit dir zu plaudern. Pass auf dich auf und mach dir keinen Kopf. Glaub mir, alles ist gut. Und wenn dir langweilig wird, dann geh mit Pierre Leclerc zum Essen, auf Staatskosten.«
»Um mit ihm über Georges Braque zu reden?«
Maurice lachte. »Wenn dir nichts Besseres einfällt, meinetwegen. *Au revoir*, chérie!«

Auf ihrem Schreibtisch lag ein Umschlag mit dem Wappen der *Police nationale*. Sie schlitzte ihn auf und entnahm ihm das angekündigte »Vernehmungsprotokoll« aus Saint-Tropez. Man konnte es ja kaum so nennen, denn sehr viel mehr als Angaben zu ihrer Person, zum Fundort der Leiche an der Plage de Pampelonne und zur Uhrzeit war dem Papier nicht zu entnehmen. Sie musste unterzeichnen, dass alles seine Richtigkeit hatte, dass sie über keine weiterführenden Informationen zum Opfer oder zum Tather-

gang verfügte, außerdem keine der Tat verdächtige Person gesehen hatte. Isabelle schmunzelte. Das konnte sie unbedenklich unterschreiben. Vielleicht hatten die Kollegen mit Paris Kontakt aufgenommen und über diese merkwürdige Kommissarin Isabelle Bonnet Erkundigungen eingezogen? Das würde erklären, wie Maurice Balancourt von diesem Zwischenfall erfahren hatte. Na egal, alles musste seine Ordnung haben.
Sie lehnte sich zurück und verschränkte die Hände hinter dem Kopf. In der Schulter tat das weh, aber nicht mehr so schlimm wie noch vor wenigen Wochen. Die Physiotherapie half offensichtlich. Sie dachte, dass sie mehr für ihre Fitness tun musste. Im gleichen Maße, wie die Schmerzen nachließen, sollte sie wieder ein leichtes Training aufnehmen. Früher hatte sie sich fast täglich im Studio ausgepowert, hatte auf Sandsäcke eingeboxt und auf dem Laufband geschwitzt. Und heute? Die größte Anstrengung war die Treppe hinauf in ihre Dachwohnung. Dazu gelegentliche Kniebeugen und Liegestütze. Und das Boulespiel mit Thierry und seinen Freunden. Einer von ihnen war fast neunzig, konnte kaum mehr gehen und hatte eine Brille mit Gläsern so dick wie Flaschenböden. Aber er spielte nicht schlecht – als Vorbild taugte er dennoch wenig. Sie beschloss, gleich morgen anzufangen. Egal was, ob Schwimmen im Meer, ob Joggen oder Schattenboxen. Gerne auch im Wechsel. Aber auf jeden Fall irgendein tägliches Training, das musste sein.
Warum war es so schwer, Vorsätze in die Tat umzusetzen? Sie war dabei schon häufiger gescheitert. Nicht im Beruf, da war sie ausgesprochen diszipliniert gewesen, aber im privaten Umfeld. Was hatte sie da schon alles ändern wollen? Aber meist ist nichts daraus geworden.

Sie massierte sich ihren Oberschenkel und dachte, dass sie doch gerade den Gegenbeweis antrat. Aus dem Hamsterrad der Karriere auszubrechen, um hier in Südfrankreich ein vergleichsweise beschauliches Dasein zu führen und nach dem Sinn des Lebens zu suchen, das war ein gewaltiger Vorsatz – und sie hatte es geschafft, ihn in die Tat umzusetzen. Na also, so schlecht war sie gar nicht. Da würde es auch mit dem Fitnesstraining klappen.
Sie steckte das unterschriebene »Vernehmungsprotokoll« zurück in den Umschlag. Im Bürgermeisterbüro gab es sicherlich Briefmarken. Aber das hatte Zeit. Ob die Kollegen schon was herausgefunden hatten? Sie erinnerte sich an den Namen des Opfers – Raphaël Dubois. Seines Zeichens Vermieter von Liegestühlen und Sonnenschirmen. Was machte so jemand im Winter? Andere Frage: Warum lag er nackt am Strand? Warum hatte ihm der Täter sein bestes Stück abgeschnitten und in den Mund gesteckt? Hatte Raphaël Dubois perverse sexuelle Leidenschaften? Hatte er ein Verhältnis mit einer verheirateten Frau, deren Mann keinen Spaß verstand? Es gab viele Motive, die in Frage kamen. Jedenfalls hatte der Täter eine Botschaft hinterlassen. Eine Nachricht, die brutal abgefasst war und ekelerregend – und die trotzdem viele Interpretationen zuließ. Da hatte der Mörder von Jean-Luc Navet eine klarere Aussage getroffen – er hatte ihn der Vergewaltigung bezichtigt. Vergewaltigung? Nun, auch das könnte bei dem Toten von Pampelonne sein Verhängnis gewesen sein. Womöglich hatte auch er eine Frau vergewaltigt, und sein makabrer Tod war der Preis, den er dafür bezahlen musste. So gesehen waren die beiden Fälle gar nicht so verschieden. Einerseits, andererseits natürlich doch. Vor allem lagen sie zehn Jahre auseinander.

Isabelle dachte, dass es in ihrem Kopf oft recht wirr zuging. War das früher auch so gewesen? Nein, da war sie für ihre logischen Schlussfolgerungen berühmt und berüchtigt gewesen, für ihre klare Analyse, für rationale Entscheidungen. Jean-Luc Navet und Raphaël Dubois? Die beiden Fälle hatten nun wirklich nichts miteinander zu tun. Welche Gemeinsamkeiten könnte es geben? Womöglich waren beide Opfer Vergewaltiger? Nun, das könnte sein, rein hypothetisch. Wenn Jean-Luc Navet noch leben würde, wären sie ungefähr im gleichen Alter. Na und?
Isabelle stand auf. So ein Blödsinn. Wäre da nicht plötzlich so ein komisches Bauchgefühl. Moment mal, da gab es noch eine Gemeinsamkeit. Ihr Kollege aus Saint-Tropez hatte erwähnt, dass der Mörder wohl Linkshänder gewesen sei. Sie holte die Akte mit dem Mord an Jean-Luc Navet. Richtig, auch in seinem Fall hatte die Gerichtsmedizin festgestellt, dass der Täter Linkshänder gewesen sei. Sogar definitiv, was aus dem Winkel der vielen Einstiche mit der Mistgabel hervorging. Linkshänder? Mindestens jeder zehnte Mensch war Linkshänder, wahrscheinlich waren es noch viel mehr.
Unkonzentriert und gedankenverloren blätterte sie im Protokoll mit dem Mord an Jean-Luc Navet. Gerade wollte sie die Mappe zuschlagen, da stolperte sie plötzlich über eine Stelle, der sie bislang keine Beachtung geschenkt hatte. Aus unerfindlichen Gründen wurde erwähnt, dass zum Tatzeitpunkt ein heftiger Mistral geweht hatte. Isabelle schluckte. Sie sah sich am Strand von Pampelonne stehen, sie glaubte den Sturmwind zu hören, sah das aufgepeitschte Meer und hörte das Brausen in den Pinien. Mistral, sowohl bei Navet als auch bei Dubois … Linkshänder … Vergewaltigung …

Isabelle riss sich zusammen. War sie jetzt von allen guten Geistern verlassen? Die beiden Morde hatten nichts, aber auch gar nichts miteinander zu tun. Vielleicht sollte sie sich doch in psychiatrische Behandlung begeben? Sobald Apollinaire die Adresse hatte, würde sie zu dieser Frau fahren, die im Frühjahr vor einer Dekade nach dem Blumenfest in Bormes-les-Mimosas vergewaltigt worden war. Mit ihr würde sie sprechen, auch wenn sie sich nicht viel davon erwartete.

18

Von Apollinaire waren nur seine Beine zu sehen, rechts eine grüne, links eine pinkfarbene Socke. Er lag unter Isabelles Schreibtisch und verschraubte das Gehäuse ihres Computers. Zuvor hatte er einen neuen Lüfter eingebaut. Warum er seine Bastelarbeit im Liegen verrichtete, statt den Computer auf den Tisch zu stellen, entzog sich ihrem Verständnis. Aber weil er dafür sicherlich eine ebenso extravagante wie logisch zwingende Erklärung hatte, sparte sie sich die Frage nach dem Warum. Stattdessen setzte sie sich auf das Fensterbrett, betrachtete den Kaktus und dachte nach. Dann holte sie das Telefon und rief Jean-Luc Navets Schwägerin Florence an. Sie hatte Glück, sie war zu Hause.

Isabelle kam schnell auf den Grund ihres Anrufs zu sprechen. Sie fragte, ob ihr verstorbener Schwager gerne nach Bormes-les-Mimosas gefahren sei. Etwa zum Mimosenfest im Februar.

Warum sie das wissen wolle, erkundigte sich Florence, die Frage könne sie überhaupt nicht verstehen.

»Tun Sie mir bitte einen Gefallen und antworten einfach auf meine Frage!«, sagte Isabelle.

»Meinetwegen. Ja, er ist gerne und häufig nach Bormes gefahren. Soviel ich weiß, hatte er dort Freunde. Die haben zusammen Wein getrunken und Karten gespielt.«

»Kennen Sie deren Namen?«

»Nein, warum sollte ich?«

»Und was ist mit dem Mimosenfest? Könnten Sie sich vorstellen, dass er im Jahr seiner Ermordung dort gewesen war?«
»Natürlich kann ich mir das vorstellen. Mimosen waren ihm egal, aber Jean-Luc hat gerne gefeiert, am liebsten ohne seine Frau. Warum fragen Sie, haben Sie eine Spur?«
»Nicht wirklich«, antwortete Isabelle, »aber wir ermitteln in alle Richtungen.«
»Na gut, viel Erfolg dabei. Wollen Sie noch was wissen?«
»Nein, das war schon alles«, sagte Isabelle. »Vielen Dank für Ihre Auskunft. Bitte grüßen Sie sehr herzlich Ihre Schwester von mir.«
»Falls sie sich noch an Sie erinnert. *Au revoir.*«

Isabelle überlegte, dass es nicht lohnte, über Florence nachzudenken und über ihre Gleichgültigkeit, wenn es um ihren ermordeten Schwager ging. Viel interessanter war die Information, dass Jean-Luc Navet häufig in Bormes-les-Mimosas gewesen war. Sollte es da tatsächlich eine Verbindung geben?
Unter ihrem Schreibtisch gab es einen dumpfen Schlag. Apollinaire kam hervorgekrochen und hielt sich seinen Kopf.
»So, fertig. Der neue Lüfter ist so leise wie ein Schmetterling.«
»*Merci,* Apollinaire. Tut's weh?«
Er verzog das Gesicht. »Geht so. Ich frage mich gerade, warum ich den Computer für die Reparatur nicht auf den Tisch gestellt habe.«
Isabelle lächelte. Offenbar hatte er doch keine Erklärung dafür.
»Bezug nehmend auf Ihr soeben getätigtes Telefonat …«, fuhr er fort.

»Entspannen Sie sich!«, unterbrach sie ihn. »Mit mir müssen Sie nicht sprechen wie in einem Diktat fürs Protokoll.«
»Bien sur, naturellement«, verhaspelte er sich. *»Alors,* ich will sagen, dass ich den Namen und die Adresse des Vergewaltigungsopfers ermittelt habe. Außerdem habe ich mir erlaubt, für den morgigen Tag um elf Uhr einen Termin zu machen. Sie erwartet Ihren Besuch.«
»Sehr schön. Weiß sie, warum?«
»Nein, ich hielt es für besser, nichts zu sagen. Sie weiß nur, dass eine Madame le Commissaire kommt, die ihr einige Fragen stellen möchte.«
Sie nickte. »Gut so. Also morgen um elf.«
Er reichte ihr einen Zettel mit dem Namen und der Adresse.
»Valerie Fournier, wohnhaft in Cabasson. Das ist ganz in der Nähe von Bormes-les-Mimosas. Dort soll es einen schönen Strand geben.«
»Sie wissen, dass ich gerne schwimme?«
Er grinste. »Gerade deshalb erwähne ich den Strand, damit Sie Ihre Badetasche mitnehmen.«
Sie dachte, dass sie wirklich ein sehr spezielles Kommissariat leitete, wo ein Sous-Brigadier seiner Chefin empfahl, zu einer Vernehmung die Badesachen mitzunehmen.
»Um das Angenehme mit dem Nützlichen zu verbinden?«, fragte sie.
»Korrekt«, sagte er. »Ich persönlich mag es überhaupt nicht, im Meer zu schwimmen. Evolutionsbiologisch kommt der Mensch aus dem Wasser. Ich sehe keinen Sinn darin, ins Wasser zurückzukehren. Ganz abgesehen von den maritimen Gefahren.«
»Ich werde noch mal darüber nachdenken«, sagte sie im Spaß.

»Ach, noch was. Ich sollte doch nach rabiaten Verwandten unseres Vergewaltigungsopfers Ausschau halten. Valerie Fourniers Bruder ist wegen gefährlicher Körperverletzung vorbestraft.«

Isabelle sah ihn erstaunt an. »Wirklich?«

»Steht im Polizeicomputer.«

»Sollten wir echt auf der richtigen Spur sein? Ich glaub's nicht.« Mit den Fingern begann sie zu zählen. »Erstens, Jean-Luc war häufig in Bormes. Zweitens, er hat Frauen betatscht und hatte laut Florence und Clodine einen Blick, als ob er ihnen gleich an die Wäsche gehen wollte. Drittens, Valerie Fournier ist von einem kräftigen Mann vergewaltigt worden, mit provenzalischem Dialekt. Viertens, sie hat einen gewaltbereiten Bruder.«

»Und fünftens wurde Jean-Luc Navet wenige Monate später umgebracht«, ergänzte Apollinaire. »Der Tathergang würde zu einem wütenden Bruder passen, der seine Schwester rächen wollte.«

»Aber nur, weil etwas gut passt, muss es nicht stimmen. Wo lebt der Bruder?«

»In Marseille, die Adresse steht im System.«

»Vielleicht bade ich doch nicht und fahre gleich weiter.«

»Sie können ja auf der Rückfahrt schwimmen«, schlug er vor. »Zwischen Marseille und Bormes gibt es viele schöne Strände – Plage du Prado, Baie de Cassis, Clos des Plages.«

»Für einen überzeugten Nichtschwimmer kennen Sie sich gut aus.«

»Oh, gegen Strände habe ich nichts, ich gehe nur nicht ins Wasser.«

19

Je länger sie darüber nachdachte, desto klarer wurde ihr, dass sie Apollinaire einweihen musste. Sie konnte nicht nach Cabasson fahren und weiter nach Marseille, ohne etwas für die Sicherheit ihres Zeugen zu tun. Nun, genau genommen tat sie auch jetzt nicht viel dafür. Sie hoffte einfach, dass niemand auf die Idee käme, den Mann, der sich Pierre Leclerc nannte, ausgerechnet in Fragolin zu suchen. Außerdem sprießte sein Vollbart recht ordentlich, sein Aussehen dürfte sich bereits markant verändert haben. Aber dennoch könnte es ein Fehler sein, diesen Auftrag auf die allzu leichte Schulter zu nehmen. Was hatte Maurice Balancourt gesagt? »Du musst nur ein wenig aufpassen und die Augen offen halten, *c'est tout.*« Folglich erwartete er nicht, dass sie sich mit Leclerc irgendwo verschanzte, aber er setzte auf ihren siebten Sinn – von dem sie nicht wusste, ob sie noch über ihn verfügte. Früher hatte sie gespürt, wenn irgendwas nicht stimmte, konnte sie frühzeitig reagieren und Gegenmaßnahmen treffen. Aber wie sollte das bei Leclerc funktionieren? Dazu gab es in Fragolin einfach zu viele Fremde, die durch den Ort bummelten. Jeder von ihnen könnte auf der Suche nach Leclerc sein, falls es doch eine undichte Stelle geben sollte. Balancourt hatte sie beruhigt, nur er und Jacqueline wüssten vom Aufenthaltsort des Zeugen. Hoffentlich stimmte das. Dennoch konnte sie nicht einfach wegfahren und ihren Schutzbefohlenen alleine lassen.

»Apollinaire, wir müssen reden.«
Er sah sie erschrocken an. »Habe ich was falsch gemacht?«
Sie lachte. »Nein, alles gut. Aber ich brauche Ihre Unterstützung. Sie wissen ja von meinem Urlaubsgast.«
»Der Freund eines Freundes, ja, ich weiß.«
»Ich habe Ihnen nicht die Wahrheit gesagt.«
»Das dachte ich mir. Es gibt keine Dienstvorschrift, dass wir in unserem abgelegenen Kommissariat über eine Maschinenpistole verfügen müssen. So einen Blödsinn denken sich nicht einmal die Bürohengste in Paris aus.«
»Na ja, da wäre ich mir nicht so sicher. Zunächst müssen Sie mir versprechen, dass Sie niemandem, aber wirklich niemandem davon erzählen.«
»Versprochen, nicht einmal unter der Folter.«
»Dazu wird es hoffentlich nicht kommen«, sagte sie mit einem Lächeln. »Also, um es kurz zu machen, unser Feriengast heißt nicht Pierre Leclerc, er ist im Zeugenschutzprogramm, und ich soll auf ihn aufpassen.«
»C'est pas vrai?«
»Doch, das ist wahr. Wir haben ihn gute drei Wochen an der Backe, dann soll er unversehrt in Paris vor Gericht erscheinen.«
»Worum geht es?«, fragte Apollinaire. »In welcher Angelegenheit soll er aussagen?«
»Das würde ich auch gerne wissen. Jedenfalls habe ich den Auftrag direkt von Balancourt. Niemand kennt den aktuellen Aufenthaltsort unseres Zeugen. Mit etwas Glück hat er hier ein paar schöne Wochen, dann sind wir ihn wieder los.«
»Und wenn wir kein Glück haben?«
»Daran mag ich nicht denken. Apollinaire, es geht um Folgendes: Wenn ich morgen nach Cabasson fahre, um mit Valerie Fournier zu sprechen, anschließend nach Mar-

seille wegen ihres Bruders, dann müssen Sie in Bereitschaft sein, falls doch was passiert.«

»Verstanden. Aber ich kenne den Mann überhaupt nicht.«

»Das werden wir ändern. Ich gehe jetzt zu ihm. Er wird die Nummer Ihres *portable* bekommen, damit er sie anrufen kann, wenn er Hilfe braucht. Meine hat er sowieso. Später treffen wir uns im *Café des Arts,* ganz zufällig. Ich schicke Ihnen eine SMS, sobald wir da sind. Sie kommen dann einfach vorbeispaziert, und ich frage Sie, ob Sie sich kurz dazusetzen wollen. Wir quatschen etwas, dann verabschieden Sie sich. *D'accord?*«

Apollinaire nickte. »Folglich sollte ich ab jetzt meine Dienstwaffe bei mir führen, richtig?«

»Können Sie überhaupt schießen?«

»Die vorgeschriebenen Tests habe ich alle bestanden.« Er hüstelte verlegen. »Aber so gerade eben.«

»Na immerhin. Eine gute Schusstechnik war ja im Archiv kaum gefordert.«

»Sie müssen wissen, ich habe einen leichten Sehfehler. Aufgrund einer Krümmungsanomalie der Hornhaut ...«

»Das will ich nicht wissen«, unterbrach sie ihn, einen längeren Vortrag fürchtend. »Ich gehe jetzt unseren Monsieur Leclerc besuchen. Wir sehen uns später im Café.«

Im Treppenhaus oben angekommen, klopfte sie an die Tür der Ferienwohnung. Weil sich nichts tat, läutete sie. Wieder keine Reaktion. Aber sie hörte hinter der Tür leise Schritte.

»Ich bin's, Isabelle.«

Leclerc entriegelte erst das Sicherheitsschloss, dann den großen Querriegel, den Isabelle hatte nachrüsten lassen, schließlich das normale Schloss.

Er öffnete die Tür und sah sie stolz an. »Ich bin brav, oder? Alles doppelt und dreifach abgeschlossen, so wie du mir das aufgetragen hast, dabei gibt's bei mir gar nichts zu klauen.«

»Sehr gut. Sie machen Fortschritte.«

Sie dachte, dass Leclerc vielleicht doch ein wenig besorgt war und seine Lockerheit aufgesetzt. Das konnte ihr nur recht sein.

»Waren wir nicht beim Du?«, fragte er.

»Aber nicht, wenn wir alleine sind.«

»Sie sind ganz schön streng.« Sie durchquerten das Wohnzimmer und gelangten auf die Terrasse, wo Leclerc auf die Liege unter der Markise deutete. »Das ist momentan mein bevorzugter Aufenthaltsort.«

Zu ihrer Überraschung entdeckte sie ein aufgeschlagenes Buch über Vincent van Gogh und seine Zeit in der Provence. Ihr »Feriengast« hatte nicht geschwindelt, er las tatsächlich Biographien über die großen Künstler der modernen Malerei.

»Ich bin gerade bei dem Kapitel, wo sich van Gogh nach einem Streit mit Gauguin einen Teil seines rechten Ohres abschneidet. Er wird ohnmächtig ins Hospital von Arles gebracht. Das war im Jahr 1888.«

Isabelle sah ihn skeptisch an. »War es nicht das linke Ohr? Außerdem glaube ich nicht, dass er sich das Ohr selber abgeschnitten hat. Ich halte Paul Gauguin für den Täter.«

»Wenn Sie das so sagen, immerhin sind Sie die Kommissarin.«

»Gauguin ist unmittelbar nach der Tat abgereist. Das wirft kein gutes Licht auf ihn. Van Gogh hat noch am späten Abend sein abgeschnittenes Ohr einer Prostituierten zur Aufbewahrung gegeben. Das passt nicht zur Selbstverstümmelung im Absinthrausch.«

Leclerc klatschte freudig in die Hände. »Ich hätte nicht gedacht, dass Sie sich mit van Gogh auskennen.«

»Nur was die Geschichte mit seinem Ohr betrifft, sonst nicht. Nun ja, ich weiß, dass er sich nach diesem Zwischenfall freiwillig in die Nervenheilanstalt von Saint-Rémy begeben hat. Dort hat er fleißig gemalt, stimmt doch?«

»Ja, ja, das stimmt. Vor allem mein Lieblingsbild ist in Saint-Rémy entstanden, die Sternennacht. Sein Umgang mit der Farbe Blau, einfach grandios.«

Isabelle sah auf die Uhr. »Aber wie Sie sich denken können, bin ich nicht wegen van Gogh hier. Wir müssen einige Punkte besprechen. Erstens möchte ich, dass Sie mir alle zwei, drei Stunden eine SMS schicken. Ein einfaches *tout va bien* reicht mir.«

»Auch in der Nacht?«

»Natürlich nicht zur Schlafenszeit, aber sonst immer. Zweitens habe ich meinen Assistenten Apollinaire eingeweiht, er ist absolut vertrauenswürdig. Sie bekommen die Nummer seines *portable.* Wenn Ihnen irgendetwas seltsam vorkommt und Sie mich nicht erreichen können, dann rufen Sie ihn an.«

»Ich dachte, Sie sind rund um die Uhr für mich da?«

»Theoretisch schon, praktisch aber nicht. Morgen muss ich nach Marseille. Da bin ich etwas ab vom Schuss.«

»Ab vom Schuss? Eine unglückliche Wortwahl. Übrigens hat sich Gauguin in Marseille nach Tahiti eingeschifft.«

»Tatsächlich? Warum lesen Sie eigentlich Biographien über all diese Maler, wenn Sie sowieso alles wissen?«

»Nicht alles, meine Liebe, nicht alles, aber vieles.« Er grinste. »Immerhin bin ich Kunstkritiker, schon vergessen?«

»Pierre Leclerc ist Kunstkritiker«, erwiderte sie. »Im wirklichen Leben sind Sie es wohl nicht, hoffe ich jedenfalls, sonst hätten wir uns ja auf einen bescheuerten Deckmantel geeinigt.«

»Ich kann Sie beruhigen, den Beruf eines Kunstkritikers halte ich zwar für ehrenwert, aber für mich persönlich war er nie erstrebenswert.«

Isabelle sparte sich einen Kommentar. Sie beugte sich über das Geländer der Terrasse und sah hinunter auf die schmale Gasse, durch die sich gerade einige Rennradler über das Kopfsteinpflaster quälten. Vielleicht sollte man eine Videoüberwachung installieren, überlegte sie. Für Apollinaire sollte das kein Problem darstellen. Sie stieg auf einen Stuhl, dann auf das Geländer.

»Was machen Sie da? Wollen Sie sich umbringen?«

Isabelle kletterte auf das Dach. Die Neigung war nicht besonders steil, sie konnte sich mühelos auf den Schindeln fortbewegen. Sie lief hinauf zum Giebel. Von dort verschaffte sie sich einen Überblick. Dabei fand sie bestätigt, was sie vermutet hatte. Es sollte möglich sein, über die Dächer zu ihrer eigenen Terrasse zu gelangen. In den nächsten Tagen würde sie das mal ausprobieren. Sie machte kehrt und kletterte wieder zurück auf Leclercs Terrasse.

»Üben Sie für eine Neuverfilmung der *Dächer von Nizza?*«, fragte er.

»Alfred Hitchcock? Aber ich bin nicht Grace Kelly.«

»Und ich nicht Cary Grant, eigentlich schade.«

Wenige Minuten später saßen sie an einem der kleinen runden Tische vor dem *Café des Arts.* Sie hatte *menthe à l'eau* bestellt, Leclerc trank einen *absinthe* – im Angedenken an van Gogh.

Verabredungsgemäß kam Apollinaire vorbeigeschlendert. Sie machte ihn mit Leclerc bekannt und bat ihn, für einen Moment Platz zu nehmen.
Ihr entging nicht, dass Leclerc den Sous-Brigadier skeptisch betrachtete. So hatte er sich seinen »Polizeischutz« wohl nicht vorgestellt. Sie lächelte amüsiert. Ob sie ihm sagen sollte, dass Apollinaire ein schlechter Schütze war und beim schnellen Laufen schon mal über seine eigenen Füße stolperte?
»Hallo, Isabelle, schön, dich zu sehen.«
Sie hatte Thierry nicht bemerkt. Jetzt wurde es kompliziert.
»Darf ich vorstellen. Thierry Blès, der Bürgermeister dieses bezaubernden Ortes. Pierre Leclerc, ein Freund aus Paris.«
»Hab schon von Ihnen gehört«, sagte Thierry und reichte ihm die Hand. »Ich hoffe, Sie fühlen sich hier wohl?«
»Aber natürlich, ganz ausgezeichnet, wirklich entzückend, dieses Fragolin«, erwiderte Leclerc. Und auf Isabelle deutend: »Noch dazu in so charmanter Begleitung. Wie sollte es mir da schlechtgehen?«
Isabelle dachte, dass er sich diese Bemerkung in Thierrys Gegenwart besser verkniffen hätte. Apollinaire stand auf und verabschiedete sich. Thierry setzte sich auf den frei gewordenen Stuhl.
»Sie kennen Isabelle aus Paris?«, fragte er. »Wahrscheinlich recht gut, oder?«
Isabelle hielt die Luft an.
Leclerc schlug entspannt die Beine übereinander und nahm einen Schluck vom *absinthe.*
»Wir kennen uns nur flüchtig«, antwortete er, »aber immerhin sind wir uns häufiger begegnet. Ich bin der Freund eines gemeinsamen Freundes.«

Isabelle atmete wieder ruhig. Jetzt musste sie sogar innerlich lächeln. Sollte Thierry ein wenig eifersüchtig sein? Das wäre ja richtig lieb.
Thierry gab dem Ober ein Zeichen. »Ich nehme auch einen *absinthe.*«
»Maurice Balancourt«, sagte Isabelle.
Thierry sah sie verwirrt an. »Was hat Balancourt mit euch zu tun?«
Sie deutete auf Leclerc. »Sag's du ihm!«
»Maurice ist unser gemeinsamer Freund«, erklärte er.
Spätestens jetzt schien Thierry wirklich beruhigt. Und er war beeindruckt, denn es dürfte nicht viele Menschen geben, die von sich sagen durften, dass sie mit Balancourt befreundet waren. Sah man mal vom Innenminister ab und vom Präsidenten der Republik.
»Sind Sie in der Politik?«
Leclerc schüttelte entsetzt den Kopf. »Nein, um Gottes willen, ich bin Kunstkritiker. Aber können wir bitte das Thema wechseln, ich rede nicht gerne über mich. Schönes Wetter heute, finden Sie nicht?«
Thierry lachte. »Wir sind in der Provence, da haben wir immer schönes Wetter, zumindest zu dieser Jahreszeit. Ich würde Sie gerne mal zum Abendessen einladen. Wie wäre das?«
»Immer gerne«, sagte Leclerc. »Darf ich Isabelle mitbringen?«
Sie dachte, dass das Gespräch immer absurder wurde. Und der Gedanke an ein gemeinsames Abendessen mit den beiden gefiel ihr nicht. Es sei denn, sie würde Thierry ins Vertrauen ziehen. Immerhin war er der Bürgermeister, und er war zuverlässig. Andererseits hatte sie im Leben eines gelernt: Wenn etwas wirklich geheim war, dann sollte es das auch bleiben!

»Ob Sie Isabelle mitbringen dürfen?«, amüsierte sich Thierry. »Das ist lustig. Isabelle ist bei mir wie zu Hause, ohne sie geht gar nichts.«

Nein, auf diesen Abend freute sie sich nicht. Aber sie durfte die beiden auch nicht alleine lassen. Wer weiß, was für einen Blödsinn sie miteinander redeten.

»Die nächsten Tage geht's bei mir nicht«, sagte sie. »Aber dann finden wir bestimmt einen Termin.«

Leclerc strich sich durch seinen Bart. »Ich hab Zeit, ich hab immer Zeit, ich bin im Urlaub.«

»Warum sind die nächsten Tage schlecht?«, fragte Thierry. »Was hast du vor?«

»Morgen fahre ich nach Marseille.«

»Was tust du denn dort? Du magst doch gar keine Bouillabaisse.«

»Natürlich mag ich die«, protestierte sie, »nur neulich, die bei Jacques, die war ungenießbar.«

»Bist du noch auf der Suche nach Navets Mörder?«, fragte er. »Du lässt nicht locker, oder?«

Sie schmunzelte. »Ich hab doch gerade erst angefangen.«

Leclerc sah sie interessiert an. »Du suchst einen Mörder?«

»Warum nicht? Den Streit zwischen Gauguin und van Gogh werden wir nicht mehr klären können. Wäre außerdem verjährt. Da mache ich lieber Jagd auf einen Mörder. Das ist mein Beruf.«

Thierry runzelte die Stirn. »Van Gogh, Gauguin? Ich versteh nur Bahnhof.«

20

Jetzt hatte sie wieder keine Zeit gefunden zu joggen. Aber sie ärgerte sich nicht, denn sie hatte eine Nacht hinter sich, in der sie tief und fest geschlafen hatte, sogar länger als geplant. Das war mehr wert als eine schweißtreibende Runde auf den harten Pflastersteinen der mittelalterlichen Gassen von Fragolin.

Um elf Uhr musste sie in Cabasson sein. Sie schaffte es gerade noch, im Kommissariat vorbeizuschauen und Apollinaire einen guten Tag zu wünschen. Der telefonierte gerade gleichzeitig mit zwei Apparaten, was weniger dynamisch wirkte als reichlich konfus. Noch dazu sprach er in einem Fall Arabisch. Sie wusste, dass er die Sprache einigermaßen beherrschte, aber es war was anderes, ihn leibhaftig sprechen zu hören. Irgendwie schaffte er es, beide Gespräche gleichzeitig zum Abschluss zu bringen.»

»Ma'as-salama, au revoir.«

Er lehnte sich mit einem zufriedenen Gesichtsausdruck zurück.

»Das war Ihr alter Kontaktmann bei der Polizeibehörde in Marrakesch«, erklärte er. »Ich soll Sie herzlich grüßen. Er will gerne versuchen unsere Monique zu finden. Er meint, dass das kein Problem sein sollte, vorausgesetzt, sie halte sich noch im Land auf. Es seien zwar schon mal Kamele verschwunden oder ganze Berberfamilien im Rif-Gebirge, aber eine junge Frau aus Frankreich sei so auffällig wie ein Pinguin in der Sahara.«

Isabelle schüttelte schmunzelnd den Kopf. »Gérard hat sich nicht verändert. Er liebt die französische Sprache, und er ist ein Freund der blumigen Ausdrucksweise. Er hat schon damals mehr versprochen, als er halten konnte. Aber es war nett, ihm zuzuhören.«

»Doch, ich glaube, er schafft es. Marokko hat ein Auge auf seine Bürger.«

»Das haben Sie schön formuliert. Na ja, wir werden es erleben. Und das andere Gespräch?«

Apollinaire fuhr sich verlegen durch die Haare.

»Welches andere Gespräch? Ach so, ja, das war Shayana. Sie wollte wissen, was ich heute zum Abendessen möchte, Couscous oder Kebab.«

»Mit ihr haben Sie Arabisch gesprochen?«

»Ja, das freut sie, obwohl sie ja ganz gut Französisch kann.«

»Wofür haben Sie sich entschieden?«

»Couscous, mit Paprika, Curry und Harissa.«

»Sie haben es ja richtig gut, das freut mich.« Sie sah auf die Uhr. »Ich muss los. Bin gespannt, was Valerie Fournier zu erzählen hat.«

»Nehmen Sie sich vor ihrem Bruder in Acht, der ist mit Vorsicht zu genießen.«

»Vielen Dank, ich werde aufpassen. Und Sie haben bitte ein Auge auf unseren Freund Leclerc. Ich möchte, dass er noch lebt, wenn ich zurückkomme.«

Apollinaire antwortete mit einem Scherz. »Ich glaube, dazu müsste er sich schon selber umbringen. Sonst wird ihm das keiner abnehmen.«

Isabelle hob warnend den Zeigefinger. »Das ist kein Spaß, auch wenn es momentan danach aussieht.«

Er schaute wieder ernst. »Ist mir schon klar, Sie können sich auf mich verlassen. Welches Auto nehmen Sie?«

»Ist der Peugeot fahrbereit?«

»Nicht nur das, unser Dienstwagen ist sogar gewaschen, vollgetankt, und das Blaulicht ist repariert.«

»Hört sich gut an. Dann nehme ich ihn hiermit ganz offiziell in Betrieb.«

»Bonne route!«

»Merci.«

Isabelle brauchte kein Blaulicht, um pünktlich in Cabasson einzutreffen. In unmittelbarer Nähe befand sich das Fort Brégançon, wo traditionell der jeweilige *Monsieur le Président* urlaubte. Zutritt strengstens verboten! Sie selbst war schon häufiger dort gewesen, in ihrem früheren Leben. Sie verspürte keine Sehnsucht auf eine Wiederholung.

Dank Navi fand sie ohne Probleme zum Wohnsitz von Valerie Fournier. Das Haus war bescheiden, hatte aber Charme. Am weiß gestrichenen Zaun hing ein Schild: *Logement de vacances à louer,* Ferienwohnung zu vermieten.

Ein Junge, der im Garten spielte, kam neugierig auf sie zu. Sie lächelte. Hier machte ein Einsatzfahrzeug der *Police nationale* noch Eindruck, in Paris würde kein Hahn danach krähen.

»Ich möchte zu Madame Fournier«, sagte Isabelle. »Sie erwartet mich.«

Der Junge, der eine Baseballkappe trug, deutete im Spaß einen militärischen Gruß an.

»Madame le Commissaire, ich weiß. Meine Mutter ist in der Küche. Die Haustür ist nur angelehnt, Sie sollen einfach reinkommen.«

Valerie Fournier war eine sympathisch wirkende Frau Anfang dreißig mit schwarzen Haaren und netten Grübchen in den Wangen. Sie hatten es sich im Wohnzimmer bequem gemacht. Isabelle hatte gebeten, die Türen zu schließen. Was sie besprechen wollte, war nicht für fremde Ohren bestimmt, erst recht nicht für die eines Kindes.
»Ein netter Junge«, sagte Isabelle. »Wie heißt er?«
»Baptiste«, antwortete Valerie Fournier. »Aber jetzt sagen Sie mir doch bitte, warum Sie hier sind? Habe ich was verbrochen?«
»Nein, natürlich nicht. Ich bin wegen einer alten Angelegenheit hier. Wobei ich mir denken kann, dass Sie nicht gerne daran erinnert werden.«
Valerie Fourniers Blick wurde starr. Sie schien zu ahnen, worauf Isabelle anspielte.
»Nein, bitte nicht. Ich will nicht darüber reden.«
»Das kann ich verstehen. Aber womöglich haben wir eine Spur.«
Valerie Fournier knetete ihre Hände und kniff ihre Augen zusammen.
»Interessiert mich nicht. Ich will nicht wissen, wer mir das angetan hat. Das ist eine Vergangenheit, mit der ich nicht mehr konfrontiert werden möchte, verstehen Sie? Es ist vorbei. Ich habe es aus meinem Gedächtnis gelöscht. Es ist nie passiert, nie, nie, nie.«
»Tut mir leid, aber ein paar Fragen muss ich stellen.«
»Nein, keine Fragen, bitte keine Fragen.« Ihre Stimme überschlug sich. »Können wir nicht über etwas anderes sprechen?«
Isabelle hatte mit Ablehnung gerechnet, aber nicht mit einer solch panischen Reaktion. Sie dachte, dass es herzlos wäre, die alten Wunden wieder aufzureißen. Die junge

Frau hatte den Gewaltakt irgendwie verarbeitet und bewältigt, hatte ihn verdrängt und ins Leben zurückgefunden.

»Einverstanden«, sagte Isabelle nach kurzem Nachdenken. »Keine Fragen zu dem, was passiert ist.« Und um das Thema zu wechseln: »Wie läuft das mit der Ferienwohnung? Haben Sie häufig Gäste?«

»Ja, jedenfalls zur Saison. Aber sie sind alle ordnungsgemäß angemeldet, und ich zahle meine Steuern.«

»Madame Fournier, machen Sie sich bitte keine Sorgen. Ich will nur noch mit Ihnen plaudern. Ich denke, es ist schön, Gäste im Haus zu haben. Sie sind nicht verheiratet, richtig?«

»Nein, ich bin nicht verehelicht, noch nicht, aber ich habe einen Freund. Wir wollen im nächsten Jahr heiraten.«

Isabelle sah Valerie Fournier forschend an. »Ihr Freund weiß es nicht, oder?«

Valerie Fournier schüttelte den Kopf. »Ich habe mich noch nicht getraut. Aber irgendwann muss ich es ihm sagen, doch, das muss ich.«

»Er wird es verstehen. Sie können ja nichts dafür.« Isabelle deutete auf ein Kreuz in der Ecke. »Sie sind gläubig?«, fragte sie.

»Ja, meine Eltern haben mich streng katholisch erzogen. Der Glaube hat mir sehr geholfen, hilft mir noch immer. Was ist mit Ihnen?«

»Ob ich gläubig bin? Da muss ich Sie enttäuschen, ich glaube nicht an Gott, jedenfalls nicht im Sinne der Kirche.« Nach einer kurzen Pause des Nachdenkens fuhr sie fort: »Aber ich werde zunehmend empfänglicher für spirituelle Gedanken, das überrascht mich selbst.«

»Gibt es dafür einen Grund?«

Isabelle merkte, dass sich gerade die Rollen vertauschten, aber sie hatte nichts dagegen.

»Auch ich hatte ein traumatisches Erlebnis«, sagte sie. »Ist noch nicht lange her und war auch ganz was anderes als bei Ihnen. Seitdem bin ich irgendwie ein anderer Mensch, ich kann es nicht erklären. Man sieht es mir nicht an, aber es hat sich was verändert, in mir drinnen.«

»Selber spürt man es, und die anderen geht es nichts an«, flüsterte die junge Frau. »Darf ich Ihnen was zu trinken anbieten?«

»Nein danke. Ich muss weiter, ich hab noch einen Termin.«

Sie traute sich nicht zu sagen, dass sie nach Marseille fahren wollte, um mit ihrem Bruder zu sprechen.

In dem Moment klingelte das Telefon. Valerie Fournier fragte, ob Isabelle alleine rausfände, gab ihr zum Abschied die Hand und nahm das Gespräch entgegen. Isabelle schnappte noch auf, dass es sich offenbar um einen Interessenten für die Ferienwohnung handelte, dann verließ sie das Haus.

Im Vorgarten begegnete ihr wieder der Junge, von dem sie jetzt wusste, dass er Baptiste hieß. Sie hatte vergessen, sich nach seinem Vater zu erkundigen.

»Na, geht's dir gut?«, fragte sie. »Magst dich mal ins Polizeiauto setzen?«

»Au ja, gerne«, freute sich der Junge.

Als er hinter dem Steuer saß, sich das Funkgerät erklären ließ und auch das von Apollinaire reparierte Blaulicht einschalten durfte, fragte sie ihn wie beiläufig nach seinem Alter. Baptiste erklärte stolz, dass er schon zehn Jahre alt sei. Er nannte sein Geburtsdatum und langte zum Knopf für die Sirene.

Isabelle hielt ihn davon ab, war aber mit ihren Gedanken ganz woanders.
Als sie schließlich losfuhr, winkte er ihr fröhlich hinterher. Dass er seine Baseballkappe im Auto vergessen hatte, bemerkte er nicht. Dazu war er zu aufgeregt. Er hatte die Kappe beim Einsteigen abgenommen und auf den Beifahrersitz gelegt. Isabelle hatte sich mit Absicht draufgesetzt und sie später verschwinden lassen.

Von Cabasson ging es am Château de Léoube vorbei nach La-Londe-les-Maures, von dort auf die D98 und schließlich auf die Autobahn, die über Hyères und Toulon nach Marseille führte. Isabelle ließ sich vom Navi leiten, achtete kaum auf die Straße und dachte nach. Das Gespräch mit Valerie Fournier konnte sie zwar als gescheitert ansehen, hatte sie aber emotional berührt. Und der kleine Baptiste ging ihr nicht aus dem Kopf. Sein Alter passte, es passte sogar genau. Und seine Mutter stammte aus einer streng katholischen Familie, wo der Schutz des ungeborenen Lebens mit der Zeugung begann und häufig so weit ging, dass auch nach einer Vergewaltigung keine Abtreibung in Frage kam. Es sprach also alles dafür, dass Baptiste der leibliche Sohn des Vergewaltigers seiner Mutter war. Genau aus diesem Grund hatte sie sich die Baseballkappe des Jungen angeeignet. Es sollte für die Kriminaltechnik kein Problem sein, aus den Haaren und dem Schweiß in der Baseballkappe seine genetische Identität zu bestimmen. Wenn sie jetzt noch irgendwie an die DNA von Jean-Luc Navet herankommen könnte, dann ließe sich eindeutig feststellen, ob er der Vater und mithin Valerie Fourniers Vergewaltiger war. Aber Navet war seit zehn Jahren tot. Es stand zu befürchten, dass es von ihm keinen genetischen Fingerabdruck mehr gab. Doch es gab noch eine andere Möglichkeit eines genetischen Nachweises, diese lebte in Marokko, trug den Namen Monique – und war seine Tochter. Im Abgleich mit ihrer DNA ließe sich feststellen, ob Baptiste ihr Halbbruder war. Sie hätten zwar unterschiedliche Mütter, aber denselben Vater. Womit nachgewiesen wäre, dass Jean-Luc Navet des Verbrechens schuldig war. Im logisch nächsten Schritt wäre Valerie Fourniers Bruder dringend verdächtig, seine kleine Schwester gerächt zu haben. Oder jemand anders aus ihrem Umfeld hatte es getan. Wie der Betreffende auf Navet als Täter gekommen war, wäre noch zu klären.

Isabelle war grundsätzlich eher skeptisch und wenig zuversichtlich. Sie rechnete fast immer damit, dass etwas schiefging und sich Vermutungen als falsch erwiesen. Das war eine Art Selbstschutz, auf diese Weise konnte sie nicht so leicht enttäuscht werden. Aber in diesem besonderen Fall war sie relativ optimistisch. Das überraschte sie, aber es lag wohl daran, dass alles so gut passte. Hoffentlich konnten sie Monique ausfindig machen, und sie erklärte sich dann bereit, eine DNA-Probe abzugeben. Isabelle dachte, dass sie bei Baptiste mit der Aneignung der Baseballkappe nicht den korrekten Weg gewählt hatte. Aber das war egal, denn wenn der genetische Abgleich positiv ausfiel, könnte sie sich nachträglich mit richterlichem Beschluss und ganz offiziell seinen genetischen Fingerabdruck erneut besorgen. Nur dass sie das Ergebnis dann schon vorher kannte. Jetzt war sie auf den vorbestraften Bruder gespannt. Guy Fournier hatte laut Polizeiakte einen »gewaltbereiten Charakter«. Das berechtigte rein ermittlungstechnisch zu den kühnsten Hoffnungen.

21

Als im 2. Jahrhundert vor Christus die Römer kamen, die in ihrem Reich so viele Städte gründeten, da gab es Marseille schon seit langem. Heute ist Marseille die größte Hafenstadt Frankreichs und die Hauptstadt der Region Provence-Alpes-Côte d'Azur. Im Stau stehend, dachte Isabelle an Thierrys Schilderung seiner Bürgermeistertagung in Marseille. Und daran, dass er frustriert gewesen war, weil er nichts erreicht hatte. Sie kannte Menschen, die mochten Marseille nicht wegen der vielen Zuwanderer aus Nordafrika, wegen der Drogen und der Kriminalität. Sie selbst zählte nicht dazu, sie fand Marseille faszinierend. Sie war schon oft dort gewesen, immerhin war Marseille gemessen an den Einwohnern die zweitgrößte Stadt Frankreichs und entsprechend wichtig. Sie liebte es, über den Fischmarkt am *vieux port* zu schlendern. In den Docks de la Joliette gab es ein geheimes Büro der *Police nationale*, wo sie regelmäßig an Meetings teilgenommen hatte. In der Rue du Petit Puits kannte sie eine *chocolatière,* wo sie gerne kleine Schokoladen kaufte. Vom Quai des Belges war sie mal mit einem Ausflugsschiff zur Gefängnisinsel Château d'If gefahren, wo Alexandre Dumas seinen Grafen von Monte Christo eingekerkert hatte. Und vom hoch gelegenen Platz vor der Wallfahrtskirche Notre-Dame-de-la-Garde hatte sie spätabends auf die Altstadt und den Hafen hinuntergesehen – um später von einem Polizeispitzel konspiratives Material entgegenzunehmen.

Natürlich hatte Marseille auch seine hässlichen Seiten. Im Lauf der Geschichte hatte die Stadt Wunden davongetragen, die nicht zu übersehen waren. Zu den größeren zählte die Sprengung großer Teile des alten Hafenviertels durch die Nazis im Zweiten Weltkrieg.
Wer heute durch die heruntergekommenen Vorstädte fährt, könnte depressiv werden. Aber genauso, wie es Menschen gab, die auch schlimme Verletzungen wegsteckten und dadurch nur stärker wurden, war Marseille nicht unterzukriegen – und wurde 2013 sogar zur Kulturhauptstadt Europas ernannt.
Isabelle widerstand der Versuchung, Sirene und Blaulicht einzuschalten. Geduldig schob sie sich in der aufgestauten Wagenkolonne langsam vorwärts. Schließlich fand sie eine Abzweigung. Das Navi leitete sie zu einem Lagerhaus in einem Gewerbegebiet, wo Guy Fournier als Gabelstaplerfahrer arbeitete. Weil der Parkplatz voll war, stellte sie ihren Wagen kurzerhand an einer Stelle ab, die für die Geschäftsleitung reserviert war. Irgendeinen Vorteil musste es ja haben, wenn man in einem weiß-blauen Auto mit der Aufschrift *Police* unterwegs war. An der Pforte fragte sie nach dem obersten Chef des Betriebs. Kurz darauf sprach sie mit ihm. Sie gab vor, Fournier wegen einer Zeugenaussage sprechen zu wollen. Weil diese geheim sei, müsse sie mit ihm unter vier Augen reden. Sie bekam ein kleines Besprechungszimmer zur Verfügung gestellt, und Fournier wurde benachrichtigt.

Isabelle konnte intuitiv gut einschätzen, ob jemand rabiat werden konnte. Und obwohl Guy Fournier, der ihr am Tisch gegenübersaß, einen kontrollierten Eindruck machte und sich in aller Ruhe eine Zigarette anzündete,

spürte sie, dass er sich beherrschen musste. Es war ihm sichtlich unwohl, von einer Madame le Commissaire befragt zu werden – gerade weil er nicht wusste, was auf ihn zukam.
Guy Fournier blies den Rauch ostentativ in Richtung des Schildes mit dem Hinweis *défense de fumer*, Rauchen verboten.
»Was kann ich für Sie tun?«, fragte er.
»Ich war heute Vormittag bei Ihrer Schwester«, sagte sie.
»Okay, und was hat das mit mir zu tun?«
»Ihre Schwester ist vor zehn Jahren vergewaltigt worden.«
Er kniff die Augen zusammen. »Sie erzählen mir nichts Neues. Haben Sie das Schwein endlich gefunden?«
War die Frage ernst gemeint oder ein Bluff?
»Vielleicht«, antwortete sie. »Wir haben einen Verdacht.«
»Echt? Ich hatte die Hoffnung längst aufgegeben. Die Polizei interessiert sich doch einen Scheißdreck für eine Vergewaltigung. Da wird jeder Schnellfahrer gnadenloser verfolgt.«
»Da liegen Sie falsch«, sagte sie, »sonst wäre ich ja nicht hier.«
»Nun kotzen Sie sich schon aus. Was wollen Sie?«
Isabelle mochte es nicht, wenn man so mit ihr redete. Sie sah ihn ruhig an und ließ sich mit der Antwort Zeit. Sie beobachtete, wie er die Zigarette hielt und mit dem Feuerzeug spielte.
»Sind Sie Linkshänder?«, fragte sie.
»Das wollen Sie wissen? Ja, ich bin Linkshänder. Ist das neuerdings verboten?«
Isabelle lächelte. Das passte schon mal.
»Was würden Sie mit dem Täter machen«, fragte sie, »wenn ich Ihnen seinen Namen und die Adresse gebe?«

Er drückte die Zigarette auf der Tischplatte aus.
»Fragen Sie das im Ernst? Ich würde diese Ratte umbringen. Jawohl, das würde ich.« Er sah sie mit einem schiefen Grinsen an. »Sonst noch was?«
»Anschließend landen Sie im Gefängnis«, stellte sie lakonisch fest.
»Scheiß drauf, das ist es mir wert. Irgendwann werde ich wegen guter Führung entlassen.«
»Sie lieben Ihre Schwester?«
»Na klar, unsere Eltern sind tot. Ich muss auf sie aufpassen, auf sie und auf ihren Bastard.«
»Bastard?«
»Na ja, den kleinen Baptiste, ich mag ihn.«
»Warum sagen Sie Bastard, wenn Sie ihn mögen?«
Guy Fournier sah sie misstrauisch an. »Weil sich sein Vater aus dem Staub gemacht hat, deshalb.«
»Sie kennen seinen Erzeuger?«
Wieder zögerte er, nach ihrem Geschmack genau um einen Wimpernschlag zu lang.
»Natürlich kenne ich ihn. Bin mit ihm zur Schule gegangen. Aber den Namen verrate ich nicht, das habe ich meiner Schwester versprochen.«
Isabelle griff sich seine Zigarettenpackung, zündete sich einen Glimmstengel an und blies ihm den Rauch ins Gesicht.
»Ich glaube Ihnen nicht«, sagte sie. »Ich glaube Ihnen nur, dass Sie Ihre Schwester lieben, meinetwegen auch den kleinen Baptiste. Den Schulfreund nehme ich Ihnen nicht ab. Aber was noch viel schlimmer ist: Ich glaube, dass Sie herausgefunden haben, wer Ihre Schwester vergewaltigt hat. Dann haben Sie dem Mann im Wald aufgelauert und ihn mit einer Mistgabel niedergestochen.«

Guy Fournier zuckte zusammen. Man sah förmlich, wie sein Blutdruck in die Höhe schoss. Sein Gesicht lief rot an. Für einen Moment dachte Isabelle, er würde aufspringen und ihr an die Gurgel gehen. Aber er schaffte es, sich zu beherrschen.
»Woher kennen Sie meine geheimsten Wunschträume?«, sagte er schließlich mit heiserer Stimme. »Ich würde alles dafür geben, wenn Sie recht hätten.«
Isabelle musste zugeben, dass die Antwort nicht schlecht war.
»Haben Sie für die Tatzeit ein Alibi?«, fragte sie.
«Für wie bescheuert halten Sie mich? Sie haben mir doch gar nicht gesagt, wann das passiert sein soll. Außerdem ist das ewig lange her.«
Sie zog die Augenbrauen nach oben. »Ewig lange her? Wie wollen Sie das wissen?«
Er schaute sie irritiert an. »Na ja, ich meine die Vergewaltigung.«
»Tatsächlich? Oder haben Sie sich gerade verraten, weil Sie den Mord meinten?«
Fournier schlug mit der Faust auf den Tisch.
»Also, Sie gehen mir mächtig auf den Sack. Wann soll das passiert sein?«
»Einige Monate nach der Vergewaltigung«, sagte sie.
Er lachte. »Dann ist das ja wirklich eine Ewigkeit her. Und da fragen Sie mich allen Ernstes nach meinem Alibi? Ich weiß ja schon nicht mehr, was ich vor einem Monat gemacht habe.«
»Kennen Sie Fragolin?«
Er biss sich auf die Unterlippe. »Das Kaff in den Bergen? Natürlich kenne ich es, am liebsten vom Wegschauen. Da schlafen einem ja die Beine ein.«

Isabelle spürte, dass sie so nicht weiterkam. Der Typ war ausgebufft – oder er war unschuldig, was sie nicht glauben wollte. Natürlich hatte sie nicht erwartet, dass er die Tat einfach so gestehen würde. Ihr war es nur darum gegangen, sich von ihm ein Bild zu machen und herauszufinden, ob ihm der Mord zuzutrauen war. Die Antwort war einfach: Ganz eindeutig ja!

Abrupt stand sie auf. »Das war's. Sie können wieder an die Arbeit gehen.«

Er grinste hämisch. »Na also, den Besuch hätten Sie sich sparen können.«

»Das sehe ich anders. Sie hören wieder von mir, halten Sie sich zur Verfügung.«

»Sie wissen, wo Sie mich finden. Ich hab in dem Jahr keinen Urlaub mehr.«

22

Ein Fahrradfahrer kam vorbei, ein eng umschlungenes junges Paar lehnte an der Brüstung, weiter vorne schwankten im alten Hafen die Boote im sanften Spiel der Wellen. In der Ferne hörte sie eine Schiffssirene. Isabelle saß vor einer Bar, im Glas *menthe à l'eau*. Sie hatte ihre Pläne geändert, sie würde heute nicht mehr zurückfahren, sondern in Marseille übernachten. Schon ohne Stau wären es über zwei Stunden. Außerdem fühlte sie sich müde. Der Tag hatte sie angestrengt, was ihr zu denken gab, denn sie hatte keinen wirklichen Stress gehabt. Zum Auftakt ein unterhaltsames Gespräch mit Apollinaire über ihren Polizeikontakt in Marokko, über Couscous und verschwundene Kamele. Danach eine gemütliche Autofahrt nach Cabasson. Eine nette, wenn auch verschlossene Madame Fournier. Ein Junge namens Baptiste, der sich altersgerecht für ein Polizeiauto begeistern konnte und – nicht ganz freiwillig – seine Baseballkappe vergessen hatte. Ihr Verdacht, dass der Junge sein Leben einer Vergewaltigung verdanken könnte. Und schließlich sein Onkel Guy Fournier, dem ein mörderischer Racheakt mit der Mistgabel durchaus zuzutrauen war. Eigentlich war es ein gemütlicher Tag gewesen – und zudem ein erfolgreicher. Die Puzzlesteine passten perfekt zusammen.

»*Trop beau pour être vrai*«, war ein Lieblingsausspruch von Maurice Balancourt, »zu schön, um wahr zu sein«. Sie leerte ihr Glas und dachte, dass sie seine skeptische Weltsicht teilte. Auch sie vermutete hinter dem äußeren Schein sehr häufig eine andere Wahrheit. Aber manches Mal stimmte das Abbild eben doch, war alles so einfach und schlüssig, wie es aussah. Und in diesem aktuellen Fall machte alles genau einen solchen Eindruck. Sie musste es nur noch beweisen.

Auf ihrem *portable* erschien eine Kurznachricht. Beim Lesen musste sie lächeln. Ihr Schutzbefohlener Leclerc spurte. Mit schöner Regelmäßigkeit tat er kund, dass es ihm gutgehe. Außerdem ließ er sie an seinem Tagesablauf teilhaben. Gerade habe er sich die Zehennägel geschnitten, gab er ihr zur Kenntnis, jetzt sehe er einem weiteren aufregenden Höhepunkt seines Lebens entgegen, indem er sich auf die Terrasse setze und in den Himmel starre.
Isabelle konnte sich seinen spöttischen Gesichtsausdruck vorstellen. Aber Hauptsache, es ging ihm gut. Langeweile war sein bester Schutzengel.

Sie wählte die Nummer von Apollinaire und sagte ihm, dass sie erst morgen Vormittag zurückfahre. Ihr Assistent berichtete von einem Telefonat mit Gérard in Marrakesch. Der Mann habe Wort gehalten und in unglaublicher, geradezu unorientalischer Geschwindigkeit herausgefunden, wo sich die von ihnen gesuchte Monique Navet respektive verheiratete Fayyad aufhielt beziehungsweise nicht mehr aufhielt – nämlich in Marokko. Sie habe das Land wenige Jahre nach dem Tod ihres Mannes mit der Erklärung verlassen, sie wolle fortan wieder in Frankreich leben. Gérard habe gekichert und gesagt, dass sie jetzt herausfinden könnten, wie gut das Meldesystem der *Grande Nation* sei. Nämlich ganz sicher schlechter als im vermeintlich unterentwickelten Marokko.

»Monique ist nach Frankreich zurückgekehrt?«, sagte Isabelle erstaunt.
»Tja, und es wird eine Zeit brauchen, ihren Aufenthaltsort herauszufinden. Dieser arrogante Gérard hat leider recht.«
»Mit unserem Meldesystem? Das fürchte ich auch. Aber bitte kümmern Sie sich darum. Ich will wissen, wo sie lebt.«
»Bin schon dran.«
»Ich hab noch einen Job«, sagte Isabelle. »Könnten Sie bitte gleich morgen früh bei Navets Witwe Bernadette vorbeischauen und sie fragen, ob es im Haus irgendwelche Dinge von ihrem Mann gibt, wovon wir seine DNA ermitteln können.«
»Seinen genetischen Fingerabdruck? Warum denn das? Obwohl, also, ich denke, ich meine ...«, verhaspelte er sich.
Isabelle stellte amüsiert fest, dass auch ihr hyperintelligenter Assistent gelegentlich auf dem Schlauch stand.
»Valerie Fournier ...«
»... das beklagenswerte Vergewaltigungsopfer«, versuchte Apollinaire wieder Herr seiner Gedanken zu werden.
»Richtig, also diese Valerie hat einen Sohn namens Baptiste, der vom Alter her genau zur Vergewaltigung passen würde.«
»Inwiefern? Ach so, ich verstehe, dann würde dieser Baptiste sein Leben dieser Vergewaltigung verdanken?«
»Und um das zu bestätigen, brauchten wir den genetischen Fingerabdruck von Jean-Luc Navet.«
»Damit könnten wir beweisen, dass er der brutale Kerl war, der ...«
»Genau.«

»Aber dafür benötigen wir zum Abgleich die DNA von diesem Jungen.«
Isabelle lächelte. Ihr Assistent kam wieder in die Spur.
»Kein Problem, die hab ich.«
»*Voilà,* eine Speichelprobe?«
»Nicht direkt, aber eine Kappe mit seinen Haaren, das sollte reichen. Doch ich fürchte, dass wir uns bei Navet schwerer tun werden.«
»Eine Zahnbürste, ein Kamm?«
»Hat Bernadette sicher alles weggeworfen. Oder ihre Schwester Florence hat's so sauber gemacht, dass wir nichts mehr damit anfangen können. Aber versuchen sollten wir es.«
»Jetzt versteh ich.«
»Wirklich?«
»Falls das nicht klappt, brauchen wir Navets Tochter Monique, ist doch so?«
»Genau. Eine DNA-Probe von ihr würde uns genauso weiterhelfen. Dann können wir feststellen, ob Baptiste ihr Bruder ist beziehungsweise ihr Halbbruder.«
»Alles klar, damit hätten wir den Beweis.«
»Nicht direkt, aber wir wären einen entscheidenden Schritt weiter.«
»Fragt sich nur, wer Jean-Luc Navet später umgebracht hat?«
»Valeries Bruder Guy Fournier wäre ein vielversprechender Kandidat.«
»Absolut.« Sie hörte, wie er freudig in die Hände klatschte. »Der Fall ist so gut wie aufgeklärt. Fehlen nur noch die Details.«
»Ganz so einfach wird es nicht«, dämpfte sie seinen Überschwang.

»Sie haben natürlich recht, die Beweisführung könnte sich schwierig gestalten.«

»Das ganz bestimmt.« Und nach einer Pause: »Wenn wir Pech haben, war alles ganz anders.«

»*Mon Dieu,* das will ich nicht hoffen.«

23

Das internationale Hotel, in dem sie übernachtet hatte, kannte sie von einem früheren Kongress. Das üppige Frühstücksbüfett hatte sie vergessen. Es war ihr ein Rätsel, wie Menschen unmittelbar nach dem Aufstehen gebratenen Frühstücksspeck, heiße Würstchen oder Rühreier mit Bratkartoffeln verdrücken konnten. Vor ihr stand eine amerikanische Reisegruppe, die fand das ganz normal. Ihr dagegen drehte es fast den Magen um. Sie nahm ein Croissant, etwas Konfitüre und ein kleines Brötchen, dazu einen Orangensaft und einen *café au lait.* Das war wochentags für französische Verhältnisse fast üppig. Sie balancierte ihr Tablett hinaus auf die Terrasse. Lieber hatte sie den Lärm und die Abgase von der Straße als den Geruch des Büfetts. Sie schlug die aktuelle Ausgabe von *Le Monde* auf, dachte, dass ihr das morgendliche Joggen auf dem Laufband im Fitnessraum gutgetan hatte, tunkte ihr Croissant in den Milchkaffee und begann zu lesen. Sie kam nicht weit, denn auf ihrem *portable* blinkte eine Textnachricht auf. Schmunzelnd nahm sie zur Kenntnis, dass Leclerc gerade seinen Kaffee verschüttet habe, der Himmel über Fragolin von einem penetranten Blau sei, das ihn an Matisse erinnere, es ansonsten keine besonderen Vorkommnisse gebe. Er wünschte ihr einen schönen Tag, *au revoir.*

»Braver Junge«, murmelte Isabelle. Dabei hatte sie die klammheimliche Befürchtung, dass ihr Schutzbefohlener sein passives Dasein nicht lange würde durchhalten können. Aber für den Moment war alles gut. Sie schickte ihm eine kurze Antwort, nahm einen Schluck vom Orangensaft und las weiter. In Paris war ein Kunstfälscherring aufgeflogen. Sie stolperte über die Meldung, weil sie dachte, dass das zu Leclerc passen würde. Andererseits gab es keine Zeugen, die bereits *vor* einer Tat ins Schutzprogramm kamen. Das war es also nicht. Ihr wurde bewusst, dass sie andauernd darüber nachgrübelte, in welche Geschichte sich Leclerc verstrickt haben könnte. Kunstfälschung, ja, das klang vielversprechend, war aber nicht so wichtig, dass sich Balancourt persönlich darum kümmern würde. Ein Fall von Wirtschaftskriminalität war da sehr viel wahrscheinlicher. Aber sie hatte in den Zeitungen der letzten Wochen nichts gelesen, was in Frage käme. Groß angelegte Steuerhinterziehung, Veruntreuung von staatlichen Fördergeldern, Bestechungen bei Großaufträgen … An entsprechenden Skandalen hatte es in schöner Regelmäßigkeit keinen Mangel, aber nirgends passte eine Person wie Leclerc ins Bild. Sie musste sich eingestehen, dass sie keine Ahnung hatte. Das gefiel ihr nicht. Isabelle war ein Kontrollfetischist, jedenfalls hatte man ihr das häufig vorgeworfen. Aber eine Kontrolle war nur möglich, wenn man wusste, was gespielt wurde und nach welchen Regeln. Bei Leclerc lagen die Karten nicht auf dem Tisch. Für jemanden, der nach Kontrolle strebte, war das ein beklagenswerter Zustand. Einfach nicht akzeptabel. Wenn Balancourt nicht damit herausrückte, worum es ging, würde sie es auf andere Weise herausfinden müssen.

Eine gute Stunde später machte sich Isabelle auf die Rückfahrt. Sie fuhr in Marseille bei dem kriminaltechnischen Labor der *Police nationale* vorbei, deren Leiter sie aus früheren Zeiten kannte. Er lächelte vieldeutig, als sie ihm die Baseballkappe von Baptiste überreichte. Sie sei wunderbar verschwitzt, voller Haare und Hautpartikel, freute er sich. Leichter könne man ihm seine Arbeit nicht machen. Isabelle bat ihn, die genetische Sequenz vorerst nur zu speichern und abzuwarten. Es gebe hoffentlich bald eine zweite, die mit ihr abzugleichen sei.

Später suchte sie im Autoradio nach einer Musik, die ihr gefiel. Zufällig landete sie bei einem Sender, der alte Chansons spielte. Yves Montand und Gilbert Bécaud, dann Georges Moustaki und schließlich die unvergleichliche Edith Piaf, ausgerechnet mit einem Lied, das ihr vor einiger Zeit den Weg gewiesen hatte: *»Non, la vie n'est pas triste et le bonheur existe …«*

Nein, das Leben musste nicht immer traurig sein. Edith Piaf hatte recht: *»Tu peux tout changer …«* Man kann vielleicht nicht alles, aber vieles ändern, irgendwie von vorne anfangen und ein neues Glück finden. Gerade machte sie den Versuch – im Süden Frankreichs, wo es zwar auch Gewalt und Niedertracht gab, aber immerhin roch es dabei nach Lavendel, und die Luft schmeckte nach dem Salz des Meeres.

»Non, la vie n'est pas triste …«

Isabelle lächelte und wählte spontan die nächste Abzweigung, die hinunter ans Ufer führte, wo sie einen Parkplatz fand, von dem es nicht weit zum Wasser war. Ihren Badeanzug hatte sie vergessen. Wie sie mit raschem Blick feststellte, wurde das hier nicht so genau genommen. Sie hoff-

te, dass keiner fotografierte, wie sie nackt aus dem Polizeiwagen sprang und durch den Sand ins Wasser rannte. Das verstieß gegen alle Dienstvorschriften. Mit kräftigen Zügen schwamm sie durch die leichte Brandung. Gegen welche Dienstvorschriften? Sie musste lachen, dabei verschluckte sie sich fast am Wasser. Bestimmt hatte noch keiner aufgeschrieben, dass es für weibliches Personal der *Police nationale* verboten war, im Dienstfahrzeug zum Nacktbaden zu fahren. Sie gestattete sich nur selten, auf Regeln zu pfeifen, aber weil sie gerade mit allen Poren spürte, wie gut das tat, beschloss sie, zukünftig häufiger über die Stränge zu schlagen.
»*Tu peux tout changer …*« Na, wer sagt's denn, geht doch.

Als sie einige Stunden später frisch geduscht im Kommissariat ankam, traf sie auf einen Apollinaire, der aussah wie der Ritter von der traurigen Gestalt. Die Haare standen ihm wirr zu Berge, dafür hingen seine Schultern und die Mundwinkel.
»Was ist passiert?«, fragte Isabelle. »Ist der Kaktus eingegangen?«
»Nein«, antwortete er mit einem kurzen Blick zur Pflanze, »aber ich konnte Ihren Auftrag nicht ausführen.«
»Sie meinen, den Aufenthaltsort von Monique zu ermitteln? Kein Problem, ich habe nicht erwartet, dass das so schnell geht.«
Apollinaire schüttelte den Kopf. »Ich sollte doch bei Bernadette Navet vorstellig werden. Aber die alte Dame hat mich nicht reingelassen, hat auf die Polizei geschimpft und aus dem Fenster mit einem Kochtopf nach mir geworfen.«
Isabelle lachte. »Hat sie getroffen?«

»Ja, einen unbeteiligten Passanten. Aber der gute Mann ist unverletzt und verzichtet auf eine Anzeige.«
»Dann haben wir ja noch mal Glück gehabt. Ich werde es später selber versuchen. Vielleicht kann sie sich an mich erinnern, außerdem bin ich eine Frau, das könnte helfen.«
Apollinaire wechselte das Thema. »Übrigens hat unser Zeuge Leclerc angerufen. Ich war sofort in Alarmbereitschaft, aber er wollte mir nur mitteilen, dass in der Küche der Wasserhahn tropft. Ich glaube, dem guten Mann ist langweilig.«
»Das fürchte ich auch. Hoffentlich bekommt er keinen Lagerkoller und büxt aus.«
»So blöd ist er nicht. Außerdem habe ich sofort den Vermieter informiert, der Wasserhahn wird noch heute repariert.«
»Sehr schön, aber ihm wird was Neues einfallen.« Isabelle sah auf die Uhr. »Ich werde später bei ihm vorbeischauen. Leclerc braucht etwas psychosoziale Betreuung.«
Apollinaire grinste. »Was verstehen Sie darunter?«
»Nicht das, was Sie vielleicht denken. Ein zehnminütiges Gespräch und ein Lächeln zum Abschied könnten reichen.«

Isabelle hatte lockere Freizeitkleidung an, als sie bei Bernadette Navet läutete. Im ersten Stock öffnete sich ein Fenster, und die Witwe sah hinunter auf die Straße. Isabelle winkte ihr fröhlich zu.
»*Bonjour*, Madame. Ich hab eine Flasche Wein dabei. Wollen wir ein Gläschen trinken?«
»Was trinken? Mein Arzt sagt, ich trinke zu wenig. Doch, das ist eine gute Idee. Bitte kommen Sie rauf.«
Wenig später saßen sie im Wohnzimmer an einem Tisch mit Spitzendeckchen und silbernen Untersetzern für die

Gläser. Bernadette freute sich über Isabelles Besuch und war gut aufgelegt. Angeregt erzählte sie von irgendwelchen Dorfgeschichten, mit denen Isabelle nichts anfangen konnte. Es war ihr auch nicht klar, ob sie aktuell waren oder sich schon vor dreißig Jahren zugetragen hatten. Aber sie schaute freundlich und lachte an den richtigen Stellen.

Die Flasche Wein war halb leer, als sie sich zum Zweck ihres Besuchs vortastete. Bernadette reagierte unbekümmert und war ehrlich bemüht, Isabelle zu helfen. Sie stand auf und suchte nach geeigneten Erinnerungsstücken – leider an Plätzen, die wenig hoffnungsvoll stimmten, zum Beispiel im Geschirrschrank oder in der Besenkammer. Dann schüttelte sie den Kopf und meinte, dass Jean-Luc leider alles auf seine Reise mitgenommen habe. Aber sie könne ihn ja selber fragen, sobald er wieder zurück sei.

Weil Bernadette nichts dagegen hatte, begann Isabelle selber zu suchen, im Kleiderschrank, im Sekretär ... Schnell merkte sie, dass sie keinen Erfolg haben würde. Nicht nur, dass es in der ganzen Wohnung keinen einzigen Hinweis auf Bernadettes Tochter Monique gab, auch von Jean-Luc waren zehn Jahre nach seinem Tod alle Spuren getilgt. Ob das am Entrümpelungseifer ihrer Schwester Florence lag oder daran, dass diese ihren Mann nicht besonders gut hatte leiden können, egal, von Jean-Luc war nicht mehr geblieben als die gerahmten Fotos auf dem Kaminsims.

Isabelle nahm jenes Bild in die Hand, das ihn mit drei Freunden zeigte.

»Mit denen hat Ihr Mann Fußball gespielt, richtig?«, fragte Isabelle.

Bernadette nickte. »Früher Fußball und später Karten«, sagte sie, ohne lange nachzudenken.

Mal schien sie völlig klar im Kopf, dann wieder ging alles durcheinander.
»Können Sie sich an die Namen seiner Freunde erinnern?«, fragte sie, auf einen klaren Moment hoffend.
Bernadette legte den Kopf zur Seite und den Zeigefinger an die Nasenspitze.
»Doch, natürlich kann ich mich an sie erinnern. Hab die Jungs aber lange nicht mehr gesehen.«
Isabelle nickte auffordernd. »Und? Wie heißen sie?«
Bernadette kniff die Augen zusammen. »Das ist jetzt zu dumm, aber gerade in diesem Moment sind mir ihre Namen entfallen, tut mir leid.«
Isabelle nahm sie beruhigend in den Arm. »Das macht nichts, auch ich kann mich hin und wieder nicht an Namen erinnern, kann passieren.«
»Wirklich? Da bin ich aber beruhigt. Wissen Sie, ab und zu mache ich mir Sorgen, wenn mir Namen nicht einfallen, oder wenn ich meine Schuhe nicht finde.«
»Da müssen Sie sich keine Sorgen machen, außerdem haben Sie ja Ihre Schwester Florence, die können Sie immer fragen.«
»Ja, meine liebe Florence. Gott sei Dank habe ich sie.«
Isabelle hielt noch immer das Bild in den Händen.
»Dürfte ich es mir mal ausleihen?«, fragte sie. »Ich bring es auch ganz bestimmt zurück.«
»Natürlich können Sie es sich ausleihen. Aber lassen Sie den Rahmen bitte nicht runterfallen, da ist vorne Glas drin, das geht sonst kaputt.«
»Ich pass schon auf, das verspreche ich Ihnen. Und bei meinem nächsten Besuch trinken wir den Rest vom Wein.«
Bernadette lächelte verschmitzt. »Das wird nicht gehen.«
»Warum?«

»Weil ich die Flasche dann schon ausgetrunken habe. Sie wissen ja, ich soll viel trinken. Mein Arzt sagt, das ist ganz wichtig, wegen der Körperflüssigkeit und so.«
Isabelle lachte. »Ich versteh. Dann bringe ich eine neue Flasche mit.«
»Das ist eine gute Idee. Sie sind immer herzlich willkommen. Sonst habe ich ja nicht so gerne Besuch. Heute früh zum Beispiel war ein komischer Kerl da, der mit mir sprechen wollte. Hat behauptet, er wäre von der Polizei, dabei hat man sofort gesehen, dass das gelogen war.«
»Wirklich? Wie haben Sie das bemerkt?«
Bernadette sah sie empört an. »Also, ich bitte Sie. In meinem Alter hat man ja einiges an Lebenserfahrung. So wie der sieht kein Polizist aus. Ich glaube, das war ein Sittenstrolch, ich bin mir sogar fast sicher, ein Sittenstrolch, doch, doch. Aber der traut sich nicht mehr her. Ich habe ihm einen Teller an den Kopf geworfen.«
»Einen Teller oder einen Kochtopf?«
Bernadette nickte heftig. »Sie haben recht, einen Kochtopf.« Sie hob triumphierend den Zeigefinger. »Das nächste Mal nehme ich eine Bratpfanne!«

24

Zurück im Büro, stellte sie den Rahmen mit dem Foto von Jean-Luc Navet und seinen Freunden auf ihren Schreibtisch. Zuvor hatte sie noch Leclerc besucht, nur ganz kurz, aber für später hatte sie sich mit ihm im *Café des Arts* verabredet. Keine Frage, er brauchte etwas Zuwendung.

Apollinaire deutete auf das Foto. »Darauf werden Sie keine DNA-Spuren von Jean-Luc Navet finden«, sagte er.

»Nein, natürlich nicht.«

»Was wollen Sie dann damit?«

Isabelle zuckte mit den Schultern. »Ehrlich gesagt, weiß ich das auch nicht. Aber mich würde interessieren, wer seine Freunde waren. Vielleicht könnten sie uns was von früher erzählen.«

»Hm. Demnach hat Ihnen die verrückte Navet aufgemacht?«

»Sie ist nicht verrückt, nur etwas dement, aber durchaus liebenswert.«

»Liebenswert? Sie hat mich übel beschimpft, mit einem Kochtopf nach mir geworfen und unschuldige Passanten gefährdet.«

Isabelle musste laut lachen. »Schauen Sie sich mal im Spiegel an!«

»Warum? Ich kenne mich.«

»Sie schauen aus wie ein Sittenstrolch.«

Er rückte nervös seinen Krawattenknoten zurecht. »Madame, ich darf doch sehr bitten«, entgegnete er entrüstet.

Isabelle hob entschuldigend die Hände. »Das sag nicht ich, sondern die Witwe Navet. Deshalb hat sie Ihnen nicht aufgemacht.«
»Also nein, ich kann das nicht glauben. Sie ist eben doch verrückt, definitiv.«
Zum Spaß musterte ihn Isabelle vom Scheitel bis zur Sohle. Zweifelnd wiegte sie den Kopf hin und her. »Ganz unrecht hat sie ja nicht …«
»Madame, wollen Sie, dass ich meine fristlose Kündigung einreiche?«
Sie winkte prustend ab. »Lassen wir den Quatsch, ich fand's nur lustig. Kommen wir zurück zum Ernst der Lage. Gibt's was Neues?«
Er langte sich an den Kopf. »Ich muss mich erst wieder fangen. Man wird ja nicht jeden Tag mit einer solchen Unterstellung konfrontiert. Ob es was Neues gibt? Nein, leider nicht. Beziehungsweise doch, ich habe nämlich vergessen, Ihnen was zu erzählen. Ist aber nur eine Marginalie, hat nichts mit unseren Ermittlungen zu tun.«
»Ich liebe Marginalien, erzählen Sie!«
»Mein Telefonat mit Gérard in Marrakesch, Sie wissen schon, da hat er mich nicht nur informiert, dass Monique Marokko verlassen hat, er hat mir auch erzählt, wie ihr Mann Achmed ums Leben gekommen ist. Er ist nämlich nicht an einer Krankheit gestorben, sondern bei der Olivenernte vom Baum gefallen und hat sich dabei das Genick gebrochen.«
»Das muss aber ein unglücklicher Sturz gewesen sein«, konstatierte Isabelle. »Olivenbäume sind doch gar nicht so hoch.«
»Ja, sollte man meinen, aber das kommt schon mal vor, sogar bei uns in Südfrankreich. Erst letztes Jahr ist bei Grasse …«

»Weiß man, wie es passiert ist?«, unterbrach sie ihn.
»O ja, sogar ganz genau, das heißt eigentlich nicht, sogar ganz im Gegenteil.«
Isabelle runzelte fragend die Stirn.
Er fuhr sich durch die Haare. »Nun, von Gérard habe ich erfahren, dass es sogar eine polizeiliche Untersuchung gegeben hat. Irgendwas war komisch an dem Unfall, aber ich weiß nicht, was.«
»So, so, irgendwas war komisch? Wie gesagt, ich liebe Marginalien. Lassen Sie sich doch mal das Protokoll schicken.«
»Zu welchem Zweck?«
»Es ist wie mit dem Foto, ich habe keine Ahnung. Aber wenn ich ermittle, bin ich von einer allumfassenden Neugier.«

Am späten Nachmittag saß sie mit Leclerc im *Café des Arts.* Ihr fiel auf, dass der Mann nicht mehr so unbekümmert und humorvoll war wie in den ersten Tagen.
»Ich habe mir ein Maßband gekauft und es am Kühlschrank aufgehängt«, sagte er.
»Warum?«
»Nun, ich schneide jeden Tag einen Zentimeter ab. Ein Tag weniger bis zum Gerichtstermin in Paris. Ich bekomme Depressionen, wenn ich sehe, wie viele Zentimeter noch übrig sind. Und zunehmend beschleicht mich die Frage, ob ich danach so unbeschwert weiterleben kann wie in der Vergangenheit.«
»Darauf kann ich Ihnen keine Antwort geben. Ich weiß ja nicht, worum es geht.«
»Nein, wissen Sie nicht.«
Aus einer kleinen Schale auf dem Tisch nahm er einige geröstete und gesalzene Pistazien.

»Irgendwann möchte ich mit Ihnen darüber reden. Von Balancourt weiß ich, dass Sie in Ihrem beruflichen Leben schon mit großen Dingen betraut waren, solchen von staatstragender Bedeutung.«
»Staatstragend?« Isabelle lächelte. »Das nicht gerade, aber staatsgefährdend, das vielleicht. Doch ich nehme an, so ernst ist es bei Ihnen nicht, oder etwa doch?«
»Um Gottes willen, nein. Ich war nur Zeuge einer Gewalttat, das ist alles.«
»Warum sind Sie dann um Ihre Zukunft besorgt?«
»Tja, darüber müssten wir uns mal unterhalten, aber nicht heute.«
Er hob sein Weinglas. »Lassen Sie uns anstoßen. Auf die Zukunft, möge sie uns gewogen sein.«
»*Santé,* auf die Zukunft.«
Er lächelte. »Früher habe ich keinen Rosé angerührt. Allenfalls in Form von Champagner, sonst aber nicht. Ich bin gerade dabei, mich an diesen Wein zu gewöhnen. Er passt wunderbar zum Klima der Provence.«
»Ging mir ähnlich. Mittlerweile liebe ich ihn.«
Er sah sie nachdenklich an. »Was ist eigentlich Ihre Lebensgeschichte? Was hat Sie aus der Bahn geworfen und in die Provence verschlagen?«
Sie strich sich die Haarlocke über die Stirn. »Wie kommen Sie darauf, dass mich etwas aus der Bahn geworfen hat?«
»Das ist doch offensichtlich. Sie passen genauso wenig nach Fragolin wie ich.«
»Da täuschen Sie sich, immerhin bin ich hier geboren.«
»Nun, ein Schwan, der im Kuhstall geboren wird, ist auch keine Kuh.«
Isabelle schüttelte lachend den Kopf. »Das ist aber ein abwegiger Vergleich und zudem sehr unwahrscheinlich.«

»Aber charmant, das müssen Sie zugeben.«
»Nein, auch das nicht. Ich weiß selber, dass ich kein Schwan bin. Möchte ich auch nicht sein. Eher ein Bussard, der am Himmel kreist.«
»Klingt aufregend. Was aber hat den freiheitsliebenden Bussard zur Notlandung in Fragolin gezwungen?«
Isabelle zögerte mit der Antwort. »Monsieur Leclerc, das haben wir gemeinsam, wir haben beide unsere Geheimnisse. Vielleicht ist es wirklich besser, dass wir sie für uns behalten.«

25

Den nächsten Tag begann Isabelle voller Zuversicht. Sylvie, die Physiotherapeutin, ging behutsamer mit ihr um, als sie das von ihr gewohnt war. Oder ihr Körper machte Fortschritte, und es tat einfach nicht mehr so weh? Während sie auf dem Rücken lag und Sylvie an ihren Beinen herumzerrte, sie abwinkelte und abwechselnd nach oben drückte, brachte sie es fertig, an andere Dinge zu denken. An das gestrige Abendessen mit Thierry zum Beispiel und an die Stunden danach. Isabelle lächelte. Es könnte ihr wirklich schlechter gehen. Wenn sie bei der Aufklärung des Mordes an Navet weiter so gute Fortschritte machte, wenn sich also bestätigen sollte, was sie vermutete, dann kämen noch einige Erfolgserlebnisse in beruflicher Hinsicht hinzu – ohne dass sie sich hätte groß anstrengen müssen. Blieb zu hoffen, dass sich Leclerc weiter brav an ihre Vorgaben hielt und von seinen möglichen Verfolgern, wenn es denn überhaupt welche gab, unentdeckt blieb. Dann würde es auch mit ihm keine Schwierigkeiten geben, und er könnte an seinem Maßband jeden Tag in aller Ruhe einen Zentimeter abschneiden. Am späten Nachmittag würde sie mit Thierry und den üblichen Verdächtigen Boule spielen, das hatte sie fest zugesagt. Ein erneutes Fernbleiben komme nicht in Frage. Außerdem konnte sie sich nicht vorstellen, was dazwischenkommen sollte.

Eine Stunde später stand sie bei Clodine im Laden. Sie zeigte ihr das Foto von Jean-Luc Navet und seinen Kumpanen. Aber ihre vage Hoffnung, dass Clodine einen erkennen würde, bestätigte sich nicht. Sie hatte die drei noch nie gesehen. Blieb als einzige Erkenntnis, dass Navets Freunde nicht aus Fragolin stammten, denn andernfalls hätte Clodine, die noch immer – oder schon wieder – nach dem richtigen Mann suchte, sie mit tausendprozentiger Sicherheit gekannt.
Isabelle half ihr beim Aufstellen eines neuen Postkartenständers, dann schlenderte sie zurück zum Rathaus. Sie musste sich gar nicht bemühen, so langsam zu gehen, wie es bei den Einheimischen üblich war, das machte sie bereits automatisch. Sie dachte an einen Zeitungsartikel, den sie gestern gelesen hatte. In diesem wurde eine Studie zitiert, nach der Stadtbewohner in nördlicheren Gefilden eine deutlich höhere Gehgeschwindigkeit hatten als Menschen, die im Süden lebten, wo es warm und sonnig war. Isabelle schmunzelte. Wie es schien, war ihre Metamorphose von einer hektischen Pariserin zu einer entspannten Provenzalin auf dem besten Weg.

Beim Betreten des Büros hielt ihr Apollinaire den Telefonhörer entgegen.
»Ist für Sie. Das Kommissariat in Saint-Tropez.«
»Meinetwegen, geben Sie her.«
Es meldete sich der Ermittlungsbeamte, der mit dem Mord von Pampelonne befasst war.
»Liebe Kollegin, könnte es sein, dass Sie das Vernehmungsprotokoll noch nicht unterschrieben haben?«, fragte er.
»Doch, doch, natürlich habe ich es unterschrieben.«

Sie blätterte durch den Stapel Papier auf ihrem Schreibtisch.
»Aber ich habe vergessen, den Umschlag zu frankieren und in die Post zu geben. Ich bitte vielmals um Entschuldigung, wird sofort erledigt.«
»Kein Problem, ist ja nur eine Formalität. Aber für den *procureur* darf nichts fehlen.«
»Für den Staatsanwalt? Gibt's etwa eine Anklage, haben Sie einen Verdächtigen?«
Der Beamte hüstelte verlegen. »Nein, leider nicht, wir tappen immer noch im Dunkeln. Trotzdem möchte ich, dass alles seine Ordnung hat.«
»Sehr vorausschauend«, sagte Isabelle und hoffte, dass es nicht allzu ironisch klang. »Gibt's denn überhaupt keine neuen Erkenntnisse?«, schob sie gleich eine Frage nach.
»Ich muss Ihnen keine Auskunft geben«, sagte er spitz.
»Ich weiß, geht mich auch nichts an. Aber ich bin halt neugierig.«
»Na ja, die Neugier liegt an unserem Beruf«, räumte er ein.
»Sozusagen eine *déformation professionnelle.*«
»Richtig, so nennt man das wohl. Ob es was Neues gibt? Immerhin kennen wir die Vorgeschichte der Tatwaffe, hilft uns aber leider auch nicht weiter.«
»Was für eine Vorgeschichte?«
»Die ballistische Untersuchung hat ergeben, dass die Kugeln aus einer Waffe stammen, mit der vor einigen Monaten in Marseille ein Wachmann erschossen wurde.«
»In Marseille?«, wiederholte Isabelle, reflexartig an Guy Fournier denkend.
»Ja, aber das hat nichts zu besagen. Marseille ist ein Umschlagplatz für Waffen aller Art, erst recht für solche, an denen Blut klebt.«

»Da haben Sie recht«, sagte Isabelle. Sie erinnerte sich, dass sie in Marseille mal ein komplettes Artillerieraketensystem sichergestellt hatten – aber das war in jeglicher Hinsicht ein anderes Kaliber gewesen.

»Wie auch immer, ich wünsche Ihnen viel Erfolg«, sagte sie.

»*Merci.* Und Sie denken bitte ans Protokoll.«

»Selbstverständlich, es geht sofort in den Postausgang.«

Während sich Apollinaire mit dem Umschlag auf den Weg in den ersten Stock machte, um sich im Sekretariat des Bürgermeisters Briefmarken zu besorgen, ging Isabelle ans Fenster und sah hinaus. Noch war der Bouleplatz unter den Platanen verwaist. Aber ihre Gedanken waren ohnehin woanders. Marseille, Marseille …

Natürlich, das hatte nichts zu besagen. Aber in Marseille lebte nun mal Guy Fournier, den sie für verdächtig hielt, Jean-Luc Navet umgebracht zu haben. Fournier war vorbestraft und galt als »gewaltbereit«. Und er war Linkshänder.

Nicht zum ersten Mal spukte der Gedanke durch ihren Kopf, dass der Tote von Pampelonne und der mit einer Mistgabel hingerichtete Navet einiges gemeinsam hatten. Sie waren beziehungsweise wären etwa gleich alt, beide wurden indirekt einer sexuellen Perversion oder Straftat bezichtigt, und beide wurden von einem Linkshänder ermordet. Zugegeben, allzu viele Gemeinsamkeiten waren das nicht. Rational ließ sich da kaum was konstruieren – wäre da nicht ihr Bauchgefühl. Mal unterstellt, Guy Fournier hätte tatsächlich die Vergewaltigung seiner Schwester gerächt und deshalb Navet umgebracht. Warum sollte er dann zehn Jahre später am Strand von Pampelonne diesen

Raphaël Dubois erst erschießen und dann verstümmeln? Seine Schwester wurde ja in späteren Jahren kein zweites Mal vergewaltigt. Und Raphaël Dubois war bestimmt nicht jener Mann, den Valerie Fournier demnächst heiraten wollte. Sonst hätte sie von seinem Tod gewusst. Das machte einfach keinen Sinn, Bauchgefühl hin oder her.

Dessen ungeachtet griff Isabelle zum Telefon. Manchmal wusste sie selber nicht, warum sie etwas tat. Sie wählte die Telefonnummer von Guy Fourniers Arbeitsstelle. Es dauerte eine Weile, man musste ihn erst suchen. Dann war er am Apparat.

»He, wollen Sie mich schikanieren, oder was soll der Scheiß?«, schrie er sie an. »Wenn ich wegen Ihnen meinen Job verlier, verklage ich Sie.«

»Tun Sie sich keinen Zwang an«, sagte sie. »Ich hab nur eine kurze Frage, dann können Sie wieder arbeiten.«

«Also, was wollen Sie wissen?«

Sie nannte ihm das Datum jener Nacht, in der Raphaël Dubois ermordet wurde. »Haben Sie für die Zeit ein Alibi?«, fragte sie.

»Sie können nerven. Was soll ich diesmal angestellt haben?«

»Beantworten Sie einfach meine Frage. Was haben Sie in jener Nacht gemacht? Diesmal ist es keine Ewigkeit her, Sie sollten sich also noch erinnern.«

»Das war ein Wochentag, oder?«

»Ja, war es, ein Dienstag, um genau zu sein.«

»Alles klar, da habe ich bis gegen sechs gearbeitet, dann war ich daheim und am nächsten Morgen wieder in der Firma. In der Nacht habe ich geschlafen, das habe ich gemacht.«

»Zeugen?«

Guy Fournier lachte. »Keine. Meine Freundin hat mich zwei Tage vorher verlassen.«

»Das ist kein gutes Alibi«, stellte Isabelle fest.

»Was anderes kann ich Ihnen nicht anbieten. War's das?«

»Haben Sie eine Pistole?«

»Nein, so was brauch ich nicht. Wenn mir einer blöd kommt, hau ich ihm in die Fresse.«

»Kennen Sie einen Raphaël Dubois?«

»Nein, noch nie gehört. Ist das der Weihnachtsmann?«

»Nun, für den Augenblick war's das, Sie können weiterarbeiten.«

»Rutsch mir doch den Buckel runter …«

Guy Fournier hatte aufgelegt.

Isabelle stützte den Kopf in die Hände und dachte nach. Er konnte kein Alibi vorweisen. Er könnte es also gewesen sein. Aber warum und wieso? Es gab keinen Grund. Jedenfalls nicht auf den ersten Blick. Und auch nicht auf den zweiten. Ihr Bauchgefühl hatte ihr einen Streich gespielt. Die beiden Fälle hatten nichts miteinander zu tun!

26

Er hatte schon seit Tagen nicht mehr angerufen. Das Telefonat war also überfällig, weshalb sie sich auch nicht wunderte.

»Hallo, chérie, geht's dir gut?«

»Mir geht's ganz wunderbar«, antwortete Isabelle auf Balancourts Frage.

»Du übertreibst schamlos, aber ich höre es gerne. Und wie geht es unserem … äh … Sportsfreund?«

Sie lächelte. »Fällt dir sein Name nicht mehr ein?«

»Natürlich weiß ich, wie er heißt.«

»Pierre Leclerc.«

»Ach so, richtig, ist ja sogar auf meinem Mist gewachsen. Also, wie geht es ihm?«

»Er zählt die Tage bis zum Prozess.«

»Da ist er nicht der Einzige. Und sonst? Macht er dir Schwierigkeiten?«

»Keineswegs, bisher ist er ein ausgesprochen angenehmer Gast. Hoffentlich bleibt er es auch.«

»Das will ich ihm geraten haben. Wenn er aufmuckt, sag mir Bescheid, dann spreche ich mit ihm.«

»Mich überrascht deine Fürsorge. Sein Wohlergehen liegt dir wirklich am Herzen«, stellte sie fest.

Balancourt lachte. »Aus rein beruflichen Gründen. Wenn mir etwas wirklich am Herzen liegt, dann ist es dein Wohlbefinden. Deshalb möchte ich nicht, dass dir dieser zugegeben etwas exaltierte Monsieur Probleme bereitet. Ande-

re Frage: Wie geht es deiner Karteileiche, von der du mir erzählt hast?«
»Sie ist noch immer tot«, scherzte Isabelle.
»Sag bloß, da kann man nichts machen«, konterte er.
Sie dachte, dass er eine konkretere Antwort erwarten durfte.
»Ich verfolge eine Spur«, sagte sie, »aber ich weiß nicht, ob sie mich ans Ziel führt.«
»Das haben Spuren so an sich. Mach dir keinen Stress. Und der Tote von Pampelonne?«
»Ist nicht mein Fall, keine Ahnung. Warum interessierst du dich plötzlich für die Niederungen der Polizeiarbeit?«
»Nicht wirklich, chérie, nicht wirklich. Ich wollte nur Konversation machen. Ich könnte auch nach dem Wetter fragen, aber das ist fantasielos. Oder ich könnte fragen, warum du gestern nackt beim Schwimmen warst.«
Isabelle stockte der Atem. »Wie bitte? Woher weißt du …?«
»Ich weiß alles, schon vergessen?«
»Aber …«
Balancourt lachte. »Keine Panik, aber das nächste Mal nimm besser dein Privatauto.«
»Ich versteh immer noch nicht …«
»Dein Polizeiwagen stammt aus dem Fuhrpark der *Police nationale* in Toulon. Eine zivile Streife hat dich am Strand beobachtet und den Vorfall mit Angabe der Fahrzeugnummer an Commandant Bastian gemeldet. Dein spezieller Freund hatte nichts Besseres zu tun, als sofort eine Dienstaufsichtsbeschwerde nach Paris zu schicken. Sein Pech, dass man dich dort kennt und sofort mein Büro benachrichtigt hat. Ein kleiner Hinweis von mir, dass es sich bei deiner Exkursion um eine verdeckte Ermittlung ge-

handelt hat, und die Angelegenheit war vom Tisch. Verdeckte Ermittlung, diesmal ganz unbedeckt, hahaha. Den kleinen Spaß habe ich mir gegönnt.«

»Tut mir leid«, sagte Isabelle mit ungewohnt kleinlauter Stimme.

»Muss es nicht, alles gut. Ich freu mich, wenn du wieder Spaß an den schönen Seiten des Lebens findest, auch wenn ich deine Leidenschaft in diesem speziellen Fall nicht teile. Ich umarme dich. Übrigens, ich soll dir liebe Grüße von Jacqueline ausrichten, sie will dich jetzt wirklich bald besuchen. Sie findet Nacktbaden auch ganz toll, hätte ich nicht von ihr gedacht. *Au revoir,* chérie!«

Isabelle brauchte eine Weile, um sich von dem Telefonat zu erholen. Am meisten ärgerte sie, dass dieser Widerling Bastian von ihrem Badeausflug erfahren hatte. Sie konnte sich seinen hämisch grinsenden Gesichtsausdruck gut vorstellen, dafür brauchte es nicht viel Fantasie. Hoffentlich hatte die Zivilstreife keine Fotos gemacht. Das fehlte noch, dass Bastian von ihr Nacktbilder auf dem Tisch hatte. Igitt. Ihr schauderte. Dann fragte sie sich, warum sie die Kollegen nicht bemerkt hatte. Am Strand waren fast nur Nudisten gewesen. Was hatte dort eine Zivilstreife zu suchen – und, vor allem, was hatte sie an? Oder waren sie am Parkplatz in einem unauffälligen Auto gesessen, hatten sie beim Ankommen bemerkt und ihr dann verblüfft hinterhergeschaut? Egal, sie konnte es nicht mehr ändern. In Zukunft würde sie weniger spontan sein.

Sie schlug mit der flachen Hand auf den Tisch. Kaum machte man einen harmlosen Versuch, aus den Zwängen des Alltags auszubrechen, wurde man schon wieder in die Schranken gewiesen. Das durfte doch nicht wahr sein?

Genau deshalb hatte sie sich in die Provence abgesetzt – um aus dem Hamsterrad von Routine, Pflichtbewusstsein und Disziplin auszubrechen. Verdammt noch mal, nein, sie würde in Zukunft nicht weniger spontan sein, dann hätten ja die anderen gewonnen. Aber sie würde vielleicht etwas vorsichtiger sein, das konnte nicht schaden. Es war nicht klug, dem Kommandanten Bastian allzu viele Angriffsflächen zu bieten.

Sie beobachtete Apollinaire, der von Balancourts Anruf nichts mitbekommen hatte, weil er irgendwo im Rathaus unterwegs gewesen war. Gott sei Dank. Jetzt saß er am Computer und checkte seine E-Mails. Dabei ließ er zwischen den Fingern seiner linken Hand einen Bleistift rotieren. Diese Marotte kannte sie noch nicht. Apollinaire war immer wieder für Überraschungen gut – auch für kleine artistische Einlagen. Was insofern erstaunlich war, als er andererseits schon beim normalen Gehen ins Stolpern geraten konnte. Wie konnte das dann mit dem Bleistift klappen? Fast war sie beruhigt, als der Stift außer Kontrolle geriet und durch die Luft flog. Apollinaire schien das Missgeschick gar nicht zu bemerken. Er starrte auf den Bildschirm und schnalzte mit der Zunge.
»Na bitte, so schlecht sind wir nun doch nicht«, sagte er.
»Was gibt's?«
Er lehnte sich zurück und sah sie triumphierend an. »Wir haben sie.«
»Wen?«
»Unsere kleine Monique, geborene Navet, verheiratete Fayyad. Hier steht, bei wem sie krankenversichert ist, wo sie wohnt und wer ihr Arbeitgeber ist.«
»In Frankreich?«

»Ja, ja, aber nicht nur irgendwo in Frankreich, sondern praktischerweise ganz in der Nähe, nämlich hier an der Côte d'Azur, genauer gesagt in Antibes. Da lebt sie schon seit Jahren. Jetzt brauchen wir nur noch einen Speicheltest von ihr, und wir können feststellen, ob Baptiste wirklich der Sohn ihres Vaters und mithin ihr Halbbruder ist. Richtig?«
Isabelle nickte. »Ganz genau, dann wissen wir es. Und wenn ja, dann nehmen wir Guy Fournier in die Mangel.«
»Bis er den Rachemord gesteht.«
»Ja, das wäre am besten, denn es dürfte nicht leicht sein, ihm die Tat nachzuweisen.«
»Sie schaffen das, davon bin ich überzeugt. Hier steht, dass Monique in einem Café als Bedienung arbeitet. Adresse und Telefonnummer sind vorhanden. Soll ich mal anrufen und fragen, ob sie heute da ist?«
»Machen Sie das, aber sagen Sie nicht, dass Sie von der Polizei sind und worum es geht. Wir wollen sie nicht erschrecken.«

Wenig später wusste Isabelle, dass Monique Fayyad, die offenbar den Namen ihres marokkanischen Mannes behalten hatte, mit dem Service im Café um fünfzehn Uhr beginnen würde. Von Fragolin nach Antibes fuhr man vielleicht eineinhalb Stunden oder zwei, wenn es einen Stau gab. Also konnte sie bei Jacques noch eine Kleinigkeit essen. Es freute sie, dass es voranging. Bald würde sie mehr wissen. Außerdem war sie auf Monique gespannt. Eine immer noch junge Frau, die eine bewegte Vergangenheit hatte, die als Teenager von zu Hause ausgerissen war, die in Marokko gelebt und dort geheiratet hatte, die bald verwitwet war, um zurück nach Frankreich zu gehen und sich in relativer Nähe zu ihrem Heimatort niederzulassen. Wie sah so jemand aus? Hatte dieser Lebenslauf Spuren hinterlassen? Welche Erinnerungen hatte sie an ihren Vater? Aber noch viel wichtiger: Würde Monique ihr eine Speichelprobe geben?

27

Isabelle kannte Antibes nur vom Vorbeifahren. Sie hatte keine besonderen Erwartungen. Umso überraschter war sie vom Charme der Altstadt. Von ihrem geparkten Auto schlenderte sie durch die verwinkelten Gassen. Weil sie zu früh dran war, ließ sie sich Zeit. Sie gelangte ans Meer mit den alten Wehrmauern und einer Festung auf einem Felsvorsprung. Dass in der Burg, die einstmals den monegassischen Grimaldi gehört hatte, ein Picasso-Museum untergebracht war, nahm sie mit gemischten Gefühlen zur Kenntnis. Es war wohl besser, wenn sie Leclerc nichts davon erzählte. Der wusste sicher von diesem Museum und auch dass Picasso hier lange Zeit sein Atelier gehabt hatte. Er würde ihre Ignoranz nicht verstehen. An der Promenade Amiral de Grasse wiesen Schilder den Weg zum Yachthafen Port Vauban und zu der Festung Fort Carré – aber da wollte sie nicht hin. Stattdessen wandte sie sich wieder der Altstadt zu, um nach der angegebenen Adresse zu suchen. Schließlich stand sie am Rand der Fußgängerzone an einem kleinen Platz mit Platanen und einem Brunnen vor dem kleinen Café, das einen freundlichen Eindruck machte, eine rote Markise hatte, auf dem Bürgersteig einige *pots en terre cuite,* Terrakottatöpfe mit weißem Oleander. Außerdem kleine Bistrotische und geflochtene Stühle aus Rattan. Es waren nicht allzu viele Gäste da, aber doch einige.

Eine burschikose Frau trat heraus und machte sich mit einer Kurbel an der Markise zu schaffen. Sie hatte eine eigenwillige Bürstenfrisur, trug zum kurzen Rock Cowboystiefel und hatte ein großes Tattoo am Oberarm. Nach Isabelles Einschätzung war sie etwas zu alt, um Monique sein zu können. Vielleicht war sie ihre Chefin? Isabelle ging auf sie zu und erkundigte sich, ob Monique da sei. Warum sie das wissen wolle, fragte sie mit einem misstrauischen Blick. Isabelle entgegnete, dass sie ihr das gerne persönlich mitteilen wolle.

»Warten Sie hier, ich gebe ihr Bescheid«, sagte sie nach kurzem Zögern und verschwand im Laden.

Es dauerte, dann tauchte eine Frau auf, die femininer wirkte, mit langen blonden Haaren, die sie zum Pferdeschwanz gebunden hatte, und mit einem hübschen Gesicht. Sie machte einen ernsten Eindruck, war aber nicht abweisend.

»Hallo, ich bin Monique. Sie wollen mit mir sprechen?«

Isabelle entdeckte auf ihrem Oberarm eine ähnliche Tätowierung wie bei der mutmaßlichen Chefin. Auch hatte sie am Zeigefinger einen mächtigen Ring, den Isabelle gerade auch bei der anderen Frau gesehen hatte. Aus dem Augenwinkel sah sie, dass diese im Eingang stand und sie beide beobachtete. Isabelle musste keine Sekunde nachdenken, um sich darauf einen Reim zu machen. Die beiden waren ganz offensichtlich ein Paar. Deshalb auch der misstrauische Blick. Moniques Partnerin hatte vielleicht Sorge, dass hier eine verflossene Freundin und potenzielle Konkurrentin aufgetaucht sein könnte. Das war amüsant. Am liebsten hätte sie Monique umarmt, nur um zu sehen, wie die Freundin reagierte. Aber sie war nicht zum Spaß hier.

»Schön, dass ich Sie antreffe«, sagte Isabelle. Sie deutete hinüber zu einer Parkbank. »Wollen wir uns da kurz hinsetzen? Können Sie sich fünf Minuten freinehmen?«

Monique drehte sich um und winkte ihrer Freundin zu. »Manon, ich bin gleich wieder da.« Und zu Isabelle: »Jetzt bin ich aber neugierig. Kennen wir uns?«
»Nein, wir kennen uns nicht. Mein Name ist Isabelle Bonnet. Ich möchte mich mit Ihnen über frühere Zeiten unterhalten.«
»Oh, da bin ich ganz schlecht. Ich rede nicht gerne von früher, hab sowieso fast alles vergessen. Warum interessieren Sie sich dafür, wer sind Sie?«
»Ich bin wie Sie in Fragolin geboren«, sagte Isabelle, »war aber noch ein kleines Mädchen, als ich nach dem Unfalltod meiner Eltern zu meiner Großmutter nach Lyon gezogen bin. Später habe ich in Paris gelebt. Erst vor kurzem bin ich nach Fragolin zurückgekehrt. Ich kann mich nicht mehr an viel erinnern. Das dürften wir also gemeinsam haben, obwohl Sie ja einige Jahre älter waren, als Sie dem Ort den Rücken gekehrt haben.«
Monique sah sie konzentriert an. »Das wissen Sie? Ich war der Meinung, dass sich keiner mehr an mich erinnern kann.«
Isabelle dachte, dass sie eine interessante Ausstrahlung hatte. Nach allem, was sie wusste, hatte die junge Frau kein leichtes Leben gehabt. Vielleicht zeugten die Falten auf ihrer Stirn davon und der vorsichtige Blick, mit dem sie Isabelle musterte. Gleichzeitig umspielte ein leises Lächeln ihre Lippen. Das gefiel ihr.
»Ich will ehrlich zu Ihnen sein«, sagte Isabelle, »ich bin Kommissarin bei der *Police nationale*.«
Monique zuckte kaum merklich zusammen, aber das war normal. Viele Menschen reagierten so.
»Ich untersuche den Mord an Ihrem Vater.«
Monique kniff skeptisch die Augen zusammen. »Wirklich? Nach so vielen Jahren?«

»Der Mord ist nie aufgeklärt worden. Wir nehmen uns momentan routinemäßig alte Fälle vor, so auch die Ermordung Ihres Vaters.«

»Und deshalb wollen Sie mit mir über frühere Zeiten reden? Ich fürchte, da bin ich keine große Hilfe.«

»Ich weiß, schließlich haben Sie zur Tatzeit in Marokko gelebt. Ich erwarte also nicht, dass Sie mir bei der Suche nach dem Mörder helfen können. Übrigens haben wir schon einen Verdächtigen, aber es dürfte schwierig sein, ihm die Tat zu beweisen.«

»Ich wünsche Ihnen viel Erfolg dabei«, sagte Monique.

Isabelle wunderte sich über ihren unaufgeregten, fast schon gelangweilten Tonfall.

»Sie machen den Eindruck, als ob es Ihnen nicht wichtig wäre, ob wir den Mörder Ihres Vaters überführen können. Oder täusche ich mich?«

Monique biss sich auf die Unterlippe. »Nein, Sie täuschen sich nicht. Ehrlich gesagt, ist mir ziemlich egal, wer meinen Vater umgebracht hat. Erstens ist das ewig her, und zweitens habe ich meinen Vater nicht geliebt. Als ich in Marokko von seiner Ermordung erfahren habe, habe ich keine Trauer empfunden, ich habe nicht geweint, keine einzige Träne vergossen. Sie dürfen mich nicht für kaltherzig halten, aber sein Tod hat mich nicht berührt.«

Isabelle dachte, dass das Gespräch in eine ungewollte Richtung ging. Vordringlich wollte sie von Monique eine DNA-Probe, um ihren Vater der Vergewaltigung zu überführen. Aber Monique war eine interessante Frau, vor allem war spannend, was sie über ihren Erzeuger zu sagen hatte.

»Warum haben Sie für Ihren Vater keine Liebe empfunden?«, fragte Isabelle.

Monique schluckte. Sie legte den Kopf in den Nacken und sah hinauf zu den Blättern einer Platane.
»Keine Ahnung«, sagte sie schließlich. »Wenn es einen Grund geben sollte, habe ich ihn wohl verdrängt. Jedenfalls war ich zu Hause immer unglücklich. Meinen Vater habe ich nicht gemocht, und meine Mutter war mir egal. Es ist schrecklich, das zugeben zu müssen, aber es war halt so. Deshalb wollte ich weg, möglichst weit weg. Ich hab's in Fragolin nicht mehr ausgehalten.«
»Und dann ist Achmed Fayyad in Ihr Leben getreten?«
Monique schlug die Beine übereinander und lächelte versonnen. »Ja, er kam mir vor wie ein Prinz aus dem Morgenland. Ich war ja noch so jung, ich hatte keine Ahnung. Ich habe seinen Versprechungen geglaubt. In Frankreich war er total lieb, er hat mir das Paradies auf Erden versprochen. In Marokko hat er dann sein wahres Gesicht gezeigt.« Sie unterbrach sich. »Doch deshalb sind Sie nicht hier, das wollen Sie gar nicht wissen, oder?«
Isabelle schüttelte langsam den Kopf. »Eigentlich nicht, aber Ihr Schicksal rührt mich an. Was ich wissen will? Nun, mich interessiert, was für ein Mensch Ihr Vater war.«
Monique zog eine zerknautschte Zigarettenschachtel hervor. »Eine ist noch drin.« Sie bog die Zigarette gerade, zündete sie an und inhalierte tief. »Darf ich Isabelle zu Ihnen sagen«, fragte sie, »oder gehört sich das nicht bei einer Kommissarin?«
»Isabelle ist völlig in Ordnung.«
»Isabelle, ganz ehrlich, ich kann Ihnen nicht sagen, was für ein Mensch mein Vater war. Er hat gearbeitet, das Geld nach Hause gebracht, hat gerne Karten gespielt und nachts so laut geschnarcht, dass ich es im Kinderzimmer gehört habe.«
»Hat er Ihre Mutter geliebt?«

»Keine Ahnung, ich nehme es an. Aber was hat das mit seiner Ermordung zu tun? Welche Rolle spielt es, wie er als Mensch war?«

»Wie war er zu anderen Frauen?«, stellte Isabelle die nächste Frage, ohne auf Moniques Einwurf einzugehen.

Monique zog an der Zigarette. War da ein leichtes Zittern? Hatten gerade ihre Augenlider geflattert? Nein, das war wohl der Rauch.

»Wie er zu anderen Frauen war? Wie soll ich das wissen? Ich hab ihm nicht nachspioniert. Glauben Sie, er hatte eine Affäre?«

»Wäre das möglich?«

»Warum nicht? Die wenigsten Männer sind ihren Frauen treu. Mein Vater war da bestimmt keine Ausnahme.«

Monique warf einen Blick zum Café. Manon stand davor und deutete demonstrativ auf die Uhr. Monique drückte ihre Zigarette auf der Bank aus, steckte die Kippe in die leere Zigarettenschachtel und warf diese in einen Abfalleimer neben der Bank. »Ich muss zurück an die Arbeit«, sagte sie, »meine Chefin wird nervös.«

Isabelle schmunzelte. »Ihre Chefin und Ihre Lebenspartnerin, richtig?«

»Sie haben ein gutes Auge. Ja, Manon ist für mich beides. Von Männern will ich nichts mehr wissen.«

»Wegen Achmed, dem Prinzen aus dem Morgenland?«

»Ja, wegen ihm und wegen einigen anderen Idioten.« Jetzt konnte sie das Zittern nicht mehr verbergen. Außerdem zuckten ihre Augenlider. Sie machte eine wegwerfende Handbewegung. »Mit Männern bin ich durch.«

Isabelle stand auf und gab Monique die Hand. »Dann wollen wir Manon nicht warten lassen. War nett, mit Ihnen zu plaudern.«

Monique sah sie zweifelnd an. »Aber das Gespräch hat Sie nicht weitergebracht. Tut mir leid.«
»Habe ich auch nicht erwartet«, sagte Isabelle. »Vielleicht war ich nur neugierig und wollte wissen, was aus der jungen Monique geworden ist.«
Monique lächelte. »Aus der jungen Monique ist eine ältere geworden und eine weniger naive. Ich wünsche Ihnen noch einen schönen Tag.« Monique beugte sich zu ihr und gab ihr drei Wangenküsschen. »Isabelle, Sie riechen gut«, sagte sie zum Abschied.
Isabelle sah ihr hinterher und dachte, dass Manon jetzt wohl doch ein wenig eifersüchtig sein könnte. Sie drehte sich um und setzte sich wieder auf die Bank unter der Platane. Was war denn das für eine seltsame Begegnung gewesen? Irgendwie war ihr das Gespräch entglitten. Sie hatte sich nicht getraut, Monique zu fragen, ob sie ihrem Vater eine Vergewaltigung zugetraut hätte. Sie hatte vergessen zu fragen, warum sie nie ihre Mutter besucht hatte. Sie hätte ihr von ihrem Zustand erzählen können und behaupten, dass sich Bernadette über einen Besuch ihrer Tochter freuen würde. Aber das wäre gelogen gewesen. Schließlich gab es im Elternhaus kein einziges Bild von ihr, so dass man den Eindruck gewinnen könnte, Monique sei tot – oder habe nie gelebt. Natürlich hatte sie nichts zur Aufklärung des Falles beitragen können. Monique hatte sich keine Sekunde für einen möglichen Tatverdächtigen interessiert, hatte nichts von ihm wissen wollen. Das war Isabelle zunächst seltsam vorgekommen, dann aber wieder nicht, denn es war Monique tatsächlich egal, wer ihren Vater umgebracht hatte. Sie hatte ihm keine Träne nachgeweint. Aber warum? Weil ihr Vater mindestens so ein Macho war wie dieser Achmed? Wahrscheinlich war es so

einfach, oder es gab andere Gründe. Aber das ging sie nun wirklich nichts an.
Isabelle warf einen Blick zum Café. Weder Manon noch Monique waren zu sehen. Sie stand auf und fischte aus dem Abfalleimer die Zigarettenschachtel. Im Labor würde man am Filter der Zigarette Zellen von Moniques Mundschleimhaut oder Lippen isolieren und daraus ihre DNA bestimmen können. Anschließend der Vergleich mit dem genetischen Profil von Baptiste Fournier und dann hoffentlich die Bestätigung, dass der Junge ihr Halbbruder war. Womit ihr ungeliebter Vater als Vergewaltiger quasi überführt wäre. Und Guy Fournier als sein möglicher Mörder im Fokus ihrer weiteren Ermittlungen stehen würde.
Nach einer DNA-Probe hatte sie Monique gar nicht fragen müssen, mit der Zigarettenkippe hatte sie diese unbeabsichtigt abgeliefert. So war es Isabelle erspart geblieben, die Geschichte einer Vergewaltigung zu erzählen, die noch nicht bewiesen war. Außerdem hätte Monique sie nicht hören wollen. Ihr Vater war ihr egal, für seinen Mörder interessierte sie sich nicht – und Männer waren sowieso Idioten. Isabelle schmunzelte. Manchmal hatte Monique recht. Aber Gott sei Dank nicht immer.

28

Von Leclerc gab es eine neue Textnachricht. Sie unterschied sich kaum von seinen letzten Meldungen. Er bestätigte, dass es ihm gutgehe. Kurz und knapp, kein Wort zu viel. Isabelle vermisste seine üblichen Späßchen oder Anspielungen. Nun, vielleicht war ihm die Lust zum Scherzen in seinem Eremitendasein abhandengekommen. Oder er war sauer auf sie, weil er sie für den Mangel an Abwechslung verantwortlich machte. Wahrscheinlich beides. Egal, sie konnte es nicht ändern. Ihr fiel ein, dass sie noch ein gemeinsames Abendessen bei Thierry guthatten. Das würde ihn vielleicht aufmuntern. Sie selbst konnte keinen Gefallen daran finden. Es brauchte nicht viel Fantasie, sich einen solchen Abend vorzustellen. Ein charmanter Monsieur Leclerc und ein eifersüchtiger Thierry Blès – und sie dazwischen, sozusagen zwischen den Stühlen. Keine wirklich schöne Perspektive. Besser, sie verzichtete auf eine solche *ménage à trois.*

Isabelle wählte Leclercs Telefonnummer. Sie wollte seine Stimme hören, um sich davon zu überzeugen, dass sie sich keine Sorgen machen musste.

»*… n'est pas disponible pour l'instant.* Vorübergehend nicht erreichbar.«

Verdammt, was sollte das? Sie steckte ihre Pistole in das Holster am Gürtel, zog eine Jacke über und machte sich auf den Weg. Sie kam an Clodines Souvenirladen vorbei und sah verwundert auf ein Schild an der Tür – *Fermé*

toute la journée, den ganzen Tag geschlossen! Das war ja ganz was Neues. Eigentlich konnte sich Clodine diesen Luxus nicht leisten. War irgendjemand gestorben? Oder gab es eine Hochzeit? Hatte sie irgendwas nicht mitbekommen?
Sie kam am großen Parkplatz vorbei, wo gerade Clodines Auto zum Stehen kam. Zu ihrer Überraschung entdeckte sie Leclerc auf dem Beifahrersitz. Wo kamen die beiden her? In Fragolin brauchte man kein Auto zur Fortbewegung, hier konnte man alles zu Fuß erreichen. Isabelle schwante Schlimmes. Sie stellte sich vor das Auto und stemmte demonstrativ die Hände in die Hüften. Als beide ausgestiegen waren, Clodine mit roten Wangen und Leclerc mit einem fröhlichen Grinsen, fragte Isabelle mit gefährlich leiser Stimme: »Na, ihr beiden Hübschen, wo kommt ihr gerade her?«
Clodine stotterte: »Isabelle, es ist nicht so, wie du denkst.«
»Woher willst du wissen, was ich denke? Ich will nur wissen, wo ihr wart.«
Leclerc rieb sich das Ohrläppchen, jetzt doch ein wenig verlegen. »Clodine kann nichts dafür, ich habe sie überredet.«
»Wozu?«
»Mit mir einen Tagesausflug nach Château la Coste zu machen.«
Isabelle glaubte sich verhört zu haben. »Wohin?«
»Château la Coste, da wollte ich schon seit längerem mal hin«, erklärte Leclerc. »Du musst wissen, es gibt wenig Plätze, wo die Kultur des Weines mit jener der modernen Kunst eine solch perfekte Symbiose eingeht.«
Isabelle sah ihn kopfschüttelnd an. »Hatten wir nicht eine Vereinbarung?«

»Dass ich in Fragolin bleiben soll, ich weiß. Aber du hattest keine Zeit, und da dachte ich …«

Isabelle warf einen kurzen Blick zu Clodine. Ihre Freundin wusste nicht, was hier gespielt wurde, und sie sollte es auch nicht wissen. Also konnte sie Leclerc nicht so zusammenstauchen, wie es geboten war. Und Clodine sowieso nicht.

»Du hättest mir zumindest Bescheid geben können«, sagte sie.

Leclerc, der genau wusste, dass ihr gerade die Hände gebunden waren, lächelte vieldeutig. »Ich hab's vergessen, tut mir leid.«

»Es war wirklich toll«, schwärmte Clodine. »Ich hab so was noch nie gesehen.«

»Frank Gehry, Tadao Ando, Tom Shannon …«, begann Leclerc aufzuzählen.

»Das interessiert mich gerade überhaupt nicht«, sagte Isabelle.

»Der Weinkeller stammt von Jean Nouvel.«

»Wo ist dieses verdammte Château?«, fragte sie.

»Äh, nicht so weit.«

»Na ja, gleich hinter Aix-en-Provence.«

»Und das soll nicht weit sein? Ich glaube, ihr habt alle beide einen Vogel.«

»Also, meine liebe Isabelle«, empörte sich Clodine, »ich kann gar nicht verstehen, warum du dich so aufregst. Wir haben halt einen Ausflug gemacht, was ist schon dabei?«

»Waren viele Leute dort?«, fragte Isabelle.

»Nicht so schlimm«, sagte Leclerc.

»Jemanden getroffen?«

»Nein, niemanden.«

»Bei der Weinverkostung war doch dieses Ehepaar, das du aus Paris kanntest?«

»Da habe ich mich getäuscht«, sagte Leclerc, »die beiden kannte ich doch nicht. Vor allem kannten sie mich nicht.«

Na bravo, also doch. Schien aber noch mal gutgegangen zu sein. Sie versuchte sich zu beruhigen.

»Okay, wollt ihr euch frisch machen? Anschließend können wir uns im *Café des Arts* treffen. Einverstanden?«

»Sehr gerne. In einer halben Stunde?«

»Das passt«, sagte Isabelle, die sich vornahm, Leclerc so bald wie möglich unter vier Augen zur Rede zu stellen. Wie konnte dieser Wahnsinnige die relativ sichere Deckung von Fragolin aufgeben und sich von der ahnungslosen Clodine durch die halbe Provence chauffieren lassen? Um sich dann unter wein- und kunstinteressierte Touristen zu mischen, die von überall herkamen – auch aus Paris. War der Mann von allen guten Geistern verlassen? Auf diese Weise brachte er nicht nur sich in Gefahr, sondern alle Menschen, die es mit ihm gut meinten. Am liebsten hätte sie ihn geohrfeigt.

29

Was ihre Schlafstörungen betraf, war sie sich selbst ein Rätsel. Manchmal lag sie die ganze Nacht wach, obwohl sie eigentlich entspannt war und weitgehend sorgenfrei. Dann wiederum schlief sie wie ein Stein, obwohl in ihrem Kopf alles durcheinanderging. In der letzten Nacht war sie kein einziges Mal aufgewacht. Morpheus' Arme hatten sie fest umschlungen gehalten.
Isabelle wühlte sich aus ihrem Kopfkissen und musste sich erst mal orientieren. Dann stellte sie fest, dass sie verkehrt herum im Bett lag, was ihr rätselhaft erschien, aber nicht weiter besorgniserregend.
Sie rieb sich die Augen und überlegte, was heute alles auf ihrer Agenda stand. Mit etwas Glück würde sie aus Marseille den gentechnischen Abgleich bekommen. Dann könnte sie loslegen, vorausgesetzt, das Ergebnis entsprach ihren Erwartungen. Dass also Monique Navet die Halbschwester des Baptiste Fournier war, dieser demnach der Spross ihres Vaters Jean-Luc Navet – und gezeugt durch eine Vergewaltigung. Mit der Schlussfolgerung, dass es mutmaßlich Guy Fournier war, der den Vergewaltiger seiner Schwester später mit einer Mistgabel abgemurkst hatte. Was noch zu beweisen wäre.
Isabelle staunte, dass sie diese Gedankenverknüpfung so kurz nach dem Aufwachen zustande brachte. Auch hatte sie alle Namen präsent. Ihr fiel ein, dass sie noch einen weiteren Tagesordnungspunkt hatte. Sie wollte Leclerc

ohrfeigen, natürlich nur im übertragenen Sinne. Isabelle musste lächeln. Warum eigentlich nicht real? Eine Backpfeife hatte noch keinem geschadet. Sein verdutztes Gesicht wäre es wert. Egal, der Tag konnte kommen. Sie war bereit – wenigstens mental. Den Rest musste eine kalte Dusche erledigen.

Eine gute Stunde später kam sie im Kommissariat an. Apollinaire stand vor einem Flipchart und betrachtete nachdenklich seine Fleißarbeit. Isabelle fand nach einer kurzen Betrachtung, dass sich der tiefere Sinn all dieser Kästchen und Linien wohl nur Apollinaire erschließen würde – oder einem fantasiebegabten Kryptologen. Im Zentrum befand sich ein Kopfbild von Jean-Luc Navet. Okay, das machte Sinn. Außen herum lauter Kreise, Linien und Kästchen mit Namen.

»Welchen Erkenntnisgewinn erwarten Sie sich von diesem Kunstwerk?«, fragte sie.

Apollinaire zog eine Grimasse. »Eigentlich keinen«, gab er zu.

»Warum haben Sie sich dann die Mühe gemacht?«

»Weil man oft erst hinterher versteht, warum man schon vorher nichts verstanden hat.«

»Ach so«, sagte Isabelle mit einem Lächeln. »Aber in unserem aktuellen Fall haben wir hoffentlich alles richtig verstanden?«

Apollinaire machte ein verzweifeltes Gesicht. »Eben nicht, das ist ja gerade das Problem.«

»Warum? Haben Sie etwa Zweifel an meinen Schlussfolgerungen?«

Er schüttelte den Kopf. »Madame, das würde ich nie wagen.«

»Wo also liegt Ihr Problem?«
»Das kriminaltechnische Labor in Marseille …«
Isabelle sah ihn mit großen Augen an. »Sagen Sie bloß?«
»Ganz genau. Ich will Ihnen nicht den Tag verderben, aber die gentechnische Analyse hat ergeben, dass der kleine Baptiste und unsere Monique definitiv nicht miteinander verwandt sind, es gibt keine Übereinstimmung.«
Sie musste sich setzen. »So ein Mist, das habe ich nicht erwartet.«
»Es hat alles so schön gepasst.«
»Stimmt, das hat es«, sagte sie mit resignierender Stimme. »Es war perfekt. Ich habe mich schon auf das dumme Gesicht von Commandant Bastian gefreut.«
»Tja, daraus wird wohl nichts. Jetzt wissen wir also, dass Moniques Vater als Vergewaltiger von Valerie Fournier ausscheidet.«
»Weshalb Guy Fournier keinen Grund hatte, ihn umzubringen.«
»Stimmt. Wir können also alles in den Papierkorb werfen und beginnen wieder bei null.«
»Das ist frustrierend.«
Isabelle fuhr sich über die Nase. »Das ist ganz normale Polizeiarbeit, mein lieber Apollinaire. Ich hatte das nur vergessen. Bei Ermittlungen wird man immer wieder auf null zurückgeworfen. Das gehört zu unserem Beruf.«
»Ist trotzdem frustrierend.«
Sie nickte. »Deshalb haben ja auch viele Kollegen ein psychisches Problem«, stellte sie fest.
»Und jetzt?«
Sie deutete auf sein Flipchart. »Irgendwelche neuen Ideen?«
Er legte den Kopf zur Seite. »Nein, keine. Ich verstehe meine Hieroglyphen selber nicht mehr.«

Isabelle stand entschlossen auf.
»*C'est la vie,* so ist das Leben. Enttäuschungen gehören dazu. Ich brauch jetzt etwas frische Luft. Apollinaire, Sie halten die Stellung. Ich geh spazieren.«

Es tat ihr gut, im Ort herumzulaufen. Um Clodines Laden machte sie einen Bogen. Sie hatte keine Lust, sich für ihre Kritik am Ausflug nach Château la Coste zu rechtfertigen. Clodine konnte nicht wissen, warum das keine gute Idee gewesen war. Sie hatte nichts falsch gemacht. Der Idiot war Leclerc. Am Ende glaubte Clodine gar noch, dass Isabelle eifersüchtig war und sich deshalb so aufgeregt hatte. Das fehlte noch.
Sie ging an einem kleinen Museum vorbei, wo historische Maschinen zur Maronenverarbeitung ausgestellt waren. Vor der *Boulangerie-Pâtisserie* traf sie ihre Nachbarin Marie-Claire. Die alte Dame teilte ihr mit, dass das Olivenbrot leider aus sei. Stattdessen habe sie ein frisches *Pain de Beaucaire* gekauft, auch das könne sie sehr empfehlen. Isabelle bedankte sich mit einem höflichen Lächeln und ging weiter. An der Place de la République setzte sie sich auf eine niedrige Mauer. Sie fühlte sich schlapp. Der negative Gentest hatte sie stärker getroffen, als sie das für möglich gehalten hätte. Sie musste sich eingestehen, dass sie sich in ihre Theorie verrannt hatte. Das war nicht nur unprofessionell, sondern wäre ihr früher so nie passiert. Da hatte sie grundsätzlich immer alles in Frage gestellt, so lange jedenfalls, bis der endgültige Beweis erbracht war. In der Zwischenzeit hatte sie alle möglichen anderen Szenarien durchgespielt – mit der Option, eine Spur zu entdecken, die vielleicht noch heißer war. Genau das hatte sie diesmal unterlassen. Aber was hätte sie sonst tun können? Sie war

froh gewesen, überhaupt eine Spur gefunden zu haben. Sich Vorwürfe zu machen brachte sie nicht weiter. Es war ja auch egal, denn sie verfolgte keinen Serientäter, dem möglichst schnell das Handwerk gelegt werden musste, um weitere Opfer zu vermeiden. Ihr Fall lag so weit zurück, dass sich auf dem Aktendeckel schon Staub angesammelt hatte. War es schlimm, dass der kleine Baptiste Fournier nie erfahren würde, wer sein biologischer Vater war? Nein, ganz im Gegenteil, für ihn war es besser so. Jean-Luc Navet jedenfalls war es nicht.
Isabelle schloss die Augen. Sie musste nachdenken, nachdenken … Hatte sie irgendwas übersehen? Gab es vielleicht einen anderen Grund, warum der Gentest keine Übereinstimmung gebracht hat? Sie biss sich auf die Unterlippe. Da war was, oder? Doch, doch, da gab es ein Detail, das hatte sie übersehen. Sie schnippte mit den Fingern. Das würde es erklären, oder? Dann wäre ihre Theorie doch nicht so falsch, allerdings kaum zu beweisen. Wie auch immer, sie musste dringend mit Florence sprechen, der Schwester von Bernadette Fournier. Vielleicht hatte sie eine Antwort.

Wenig später saß sie im *Café des Arts* und rührte gedankenverloren in ihrem Kaffee. Sie fragte sich, ob sie gerade so dumm war, einen Fehler, den sie sich soeben eingestanden hatte, umgehend zu wiederholen. Bald würde sie es wissen. Wenn sich der Versuch erneut als Schuss in den Ofen erweisen sollte, musste sie tatsächlich von vorne anfangen und völlig neu in eine andere Richtung denken. Aber in welche? Sie hatte keine Idee.
Fast war sie froh, dass in diesem Moment Leclerc vorbeikam, sie geradezu überschwenglich begrüßte und sich wie selbstverständlich an ihr Tischchen setzte. Das brachte sie

auf andere Gedanken. Ihr fiel der Vorsatz ein, den guten Mann zu ohrfeigen. Mit einem leisen Lächeln beschloss sie, Gnade walten zu lassen. Doch eine kurze Strafpredigt konnte sie ihm nicht ersparen. In wenigen, aber nachdrücklichen Sätzen machte sie ihm klar, wie verantwortungslos sein Ausflug mit Clodine gewesen war, dass so etwas nie mehr vorkommen dürfe – und dass es schon gar nicht gehe, in seinen Textnachrichten seine eigenmächtigen Aktivitäten zu verschleiern.
Leclerc ertrug die Standpauke wie ein Mann. Er bekannte sich in allen Punkten schuldig. Und fragte, ob er sie auf ein Gläschen Champagner einladen dürfe.
»Mit meinem Geld?«, fragte Isabelle.
Leclerc schlug sich an die Stirn. »Sie haben recht, ich bin ja mittellos. Keine Kreditkarte, kein Cash. Das bisschen Bargeld in meiner Hosentasche haben Sie mir zugesteckt. Ich konnte mich gestern nicht mal an Clodines Benzinrechnung beteiligen. Das ist unwürdig und beschämend, finden Sie nicht?«
»Nein, finde ich nicht. Außerdem trinke ich zu dieser Tageszeit keinen Champagner.«
»Das ist ein Fehler. Um mit meiner Großmutter zu sprechen: Dem Champagner am Morgen folgt ein Tag ohne Sorgen.«
»Könnte auch ohne Champagner funktionieren.«
Leclerc nickte. »Könnte schon, aber die Wahrscheinlichkeit sinkt dramatisch. Sie müssen sich das so vorstellen …«
Mitten im Satz brach er ab. Er sah die Gasse hinunter, wo sich gerade zwei groß gewachsene Männer näherten. Reflexartig griff er zur Getränkekarte und hob sie vor sein Gesicht. Isabelle reagierte umgehend. Sie entsicherte die Pistole.

»Kennen Sie die beiden?«, fragte sie.
»Nein, nicht direkt, ich meine … also …«, stammelte er.
»Was soll das heißen? Warum verstecken Sie sich dann?«
»Haben Sie die beiden schon mal gesehen?«, antwortete er mit einer Gegenfrage.
Sie musste nicht lange nachdenken. Die Männer, die mittlerweile um einiges näher gekommen waren und auch schon mal in Richtung ihres Cafés geschaut hatten, waren in einem Ort wie Fragolin ausgesprochene Exoten, denn sie waren nicht nur besonders groß und trugen Anzüge, sie waren zudem von schwarzer, tiefschwarzer Hautfarbe.
»Nein, an die beiden könnte ich mich erinnern.«
»Kommen sie auf uns zu?«, fragte er hinter seiner Getränkekarte.
»Es sieht so aus, als ob sie vorbeigehen würden.«
»Hoffentlich.«
»Sie können die Karte wieder hinlegen«, sagte Isabelle, als die beiden Männer hinter der nächsten Ecke verschwunden waren.
Er wischte sich über die Stirn. »Buh, hab ich mich erschreckt.«
»Haben Sie Angst vor dem schwarzen Mann? Vielleicht ein Trauma aus Ihrer Kindheit?«, fragte Isabelle, um die Situation zu entkrampfen, wohl wissend, dass Leclercs Angstattacke andere Gründe hatte.
Er rang sich ein gequältes Lächeln ab. »Natürlich nicht. ›Ebony and Ivory‹ zählt zu meinen Lieblingssongs.«
»Ebony and Ivory, live together in perfect harmony«, sang Isabelle leise. »Von Paul McCartney und Stevie Wonder. Mag ich auch sehr gerne.«
»Wir sollten mal zusammen in den Urlaub fahren, ich glaube, wir passen gut zusammen.«

Isabelle lächelte nachsichtig. »Das bezweifle ich. Nun, wie es scheint, haben Sie sich wieder gefangen. Jetzt sind Sie mir eine Erklärung schuldig.«
Leclerc dachte nach. »Balancourt hat gesagt, es wäre besser, wenn Sie nicht wissen, warum ich im Zeugenschutzprogramm bin.«
»Das mag sein. Jetzt will ich aber trotzdem eine Aufklärung, warum Ihnen zwei große Männer schwarzafrikanischer Herkunft einen solchen Schrecken einjagen?«
Leclerc gab dem Kellner ein Zeichen und bestellte einen Calvados.
»Entschuldige, den brauch ich jetzt.«
»Kein Problem.«
»Können wir nicht beim Du bleiben?«, fragte Leclerc. »Dieser ständige Wechsel macht mich ganz nervös.«
Isabelle dachte, dass er recht hatte. Aber in ihren Gedanken würde sie ihn weiter Leclerc nennen.
»Einverstanden, mein lieber Pierre. Also? Was ist?«
»Nun, sagen wir es so: Meine Zeugenaussage könnte einen Mann für lange Zeit hinter Gitter bringen, der ganz ähnlich aussieht. Vor allem gleichen seine Leibwächter den beiden Männern.«
Isabelle nickte. »Das ist doch schon mal ein nützlicher Hinweis. Wir müssen also auf große schwarze Männer achten, richtig?«
»Tja, das könnte hilfreich sein. Wäre noch zu erwähnen, dass der Angeklagte für seine Brutalität bekannt ist.«
»Sehr sympathisch. Dann wäre das also auch geklärt.« Sie zeigte ihm einen Vogel. »Und dann fährst zu diesem Château, bist du lebensmüde?«
»Im Gegenteil, ich liebe das Leben.«
»Die beiden Männer kommen zurück«, sagte sie.

»Ich Idiot hätte auf die Toilette gehen sollen.«
»Zu spät, du bleibst sitzen. Und diesmal ohne Karte vor dem Gesicht. Ich glaube, die beiden sind harmlos.«
Leclerc wagte es nicht, in die Richtung der Männer zu sehen. »Wie kommst du darauf?«
»Weil sie jetzt ihre Frauen dabeihaben und drei kleine Kinder.«

30

Isabelle wusste, an welchen Tagen Bernadette Navet üblicherweise Besuch von ihrer Schwester aus Hyères bekam. Sie hatte Glück. Als sie klingelte, machte ihr Florence auf. Sie hob den Zeigefinger vor die Lippen und bat darum, leise zu sein. Bernadette habe sich hingelegt und schlafe.

»Das trifft sich gut«, sagte Isabelle mit gedämpfter Stimme. »Ich will mit Ihnen alleine reden.«

»Was gibt's? Das letzte Mal haben Sie mich gefragt, ob Jean-Luc gerne aufs Mimosenfest in Bormes-les-Mimosas gegangen ist, richtig? Ich hab zwar nicht verstanden, warum Sie das interessiert, aber ehrlich gesagt ist es mir auch egal.«

Isabelle registrierte, dass Florence sich weiterhin desinteressiert zeigte, wenn es um ihren Schwager ging. Ob aus Kalkül oder aus natürlichem Empfinden, konnte sie nicht einschätzen.

»Ist auch nichts dabei herausgekommen«, sagte Isabelle, was womöglich sogar der Wahrheit entsprach. Das würde sie gleich wissen.

»Mögen Sie einen *thé au gingembre?*«, fragte Florence. »Ich habe gerade einen aufgegossen, mit Ingwerstückchen.«

Isabelle dachte, dass bei der delikaten Brisanz des Themas eine entspannte Atmosphäre helfen könnte.

»Ja, sehr gerne«, antwortete sie deshalb.

Wenig später saßen sie am Küchentisch, tranken Ingwertee und sprachen leise über Bernadettes Demenz. Diese verschlechtere sich momentan nicht, erklärte Florence. Darüber sei sie sehr froh, denn so könne Bernadette weiterhin zu Hause wohnen. Alternativ müsste sie in ein Heim für Alzheimerpatienten, aber das sei teuer, und dort gefalle es ihr bestimmt nicht.

Isabelle nahm einen Schluck.

»Ich habe eine Frage«, sagte sie, »eine etwas heikle Frage, auf die Sie mir hoffentlich trotzdem eine Antwort geben können.«

»Schauen wir mal, fragen Sie!«

»Ich habe mich mit Monique getroffen«, begann Isabelle, »sie ist eine nette junge Frau.«

Florence sah sie überrascht an. »Sie haben Monique getroffen? Wirklich?«

»Ja, sie lebt in Antibes. Es geht ihr gut.«

»Schön, das freut mich.«

Isabelle hatte den Eindruck, dass es Florence ehrlich meinte.

»Mir ist bei ihrem Geburtsdatum aufgefallen«, fuhr Isabelle fort, »dass Monique bereits kurz nach der Eheschließung ihrer Eltern auf die Welt gekommen ist. Stimmt doch, oder?«

Florence sah Isabelle eine Weile schweigend an. »Ja, das stimmt«, bestätigte sie schließlich. »Damals hielten das manche Leute für einen Skandal. Aber die Zeiten haben sich geändert. Heute erwartet niemand mehr, dass eine Braut als Jungfrau in die Ehe geht.«

Isabelle zupfte sich am Ohrläppchen. »Nun, was ich wissen will, ist etwas anderes. Ich verspreche Ihnen, dass ich mit niemandem darüber reden werde. Aber ich muss es einfach wissen, es ist wichtig für meine Ermittlungen.«

Florence wischte mit der flachen Hand einige imaginäre Krümel vom Küchentisch. Sie runzelte die Stirn und sah Isabelle forschend in die Augen.
»Sie haben recht«, flüsterte sie.
»Woher wissen Sie, was ich fragen will?«
»Ich ahne es, darum gebe ich Ihnen die Antwort: Sie haben recht.«
»Um ein Missverständnis auszuschließen, muss ich es wenigstens einmal aussprechen: Jean-Luc Navet war nicht Moniques leiblicher Vater, das habe ich so richtig interpretiert?«
Florence nickte. »Meine liebe Schwester hatte vor ihrer Ehe eine Affäre mit einem verheirateten Mann und war von ihm schwanger. Jean-Luc wusste es und hat sie trotzdem geheiratet.«
»Zum ersten Mal höre ich was Nettes von ihm«, sagte Isabelle.
»Na ja, er war in meine Schwester verknallt, er wollte sie schon lange haben. Das war seine Chance, so hat er sie gekriegt.«
»Und Monique?«
»Ob sie davon weiß?« Sie zuckte mit den Schultern. »Keine Ahnung. Aber sie hat ihn nicht gemocht, vielleicht deshalb.«
»Möglicherweise hat sie es gespürt?«
»Kann sein, oder sie hat es herausbekommen. Was ändert es? Jean-Luc ist tot. Monique hat keinen Vater mehr.«
»Und eine Mutter, die sich an sie erinnert, hat sie auch nicht mehr«, stellte Isabelle fest.
»Ja, das Leben ist kein Wunschkonzert. Jetzt verraten Sie mir, warum Sie das wissen wollten.«
»Ich habe eine Theorie, was Jean-Lucs Tod und seinen Mörder angeht«, erklärte Isabelle. »Dabei bin ich bei einer

gentechnischen Analyse auf einen Widerspruch gestoßen.«

»Der sich aufgelöst hat, wenn Monique nicht Jean-Lucs leibliche Tochter ist«, kombinierte Florence. »Habe ich recht?«

Isabelle dachte, dass Bernadettes Schwester ziemlich scharfsinnig war.

»So ist es«, bestätigte sie.

»Langsam beginne ich mich für Ihre Ermittlungen zu interessieren«, sagte Florence.

»Ich halte Sie auf dem Laufenden. Vielen Dank für den Tee.«

An der Tür gab ihr Florence die Hand. »Sie halten Ihr Versprechen?«

Isabelle nickte. »Das kleine Familiengeheimnis ist bei mir gut aufgehoben. *Au revoir, et bonne journée!*«

31

Auf dem Weg zurück ins Kommissariat war Isabelle zunächst bester Laune, geradezu euphorisch. Sie schwebte fast über das Kopfsteinpflaster und summte ein Lied. Nicht zu glauben, wie schnell eine Stimmung ins Gegenteil kippen konnte. Vor kurzem erst war sie frustriert gewesen, dann hatte sie einen Geistesblitz gehabt, und jetzt wusste sie, dass der Gentest nichts zu bedeuten hatte. Natürlich hatte es keine Übereinstimmung gegeben. Monique war nicht die Tochter ihres offiziellen Vaters, weshalb sie logischerweise nicht mit dem kleinen Baptiste verwandt war. Es war also weiterhin möglich: Jean-Luc Navet hatte nach dem Mimosenfest Valerie Fournier vergewaltigt, Baptiste war sein Sohn – und Guy Fournier hatte den Schänder seiner Schwester aus Rache umgebracht.

Allerdings blieb ein Wermutstropfen. Sie würde es nicht beweisen können. Und schon war die gute Laune wieder dahin. Das alte Kopfsteinpflaster in den Gassen von Fragolin wurde hart und tat weh, das Lied war verweht.

»*Bonjour,* Isabelle.«

Marie-Claire war es, ihre alte Nachbarin.

Isabelle hob nur kurz die Hand und ging weiter. Mit ihren Gedanken war sie an einem anderen Ort – und in einer anderen Zeit. Was war damals wirklich passiert, vor zehn Jahren? Lag sie mit ihrer Theorie richtig oder völlig daneben? Selbst wenn sich alles so zugetragen hatte, wie sie vermutete, war sie zum Scheitern verurteilt. Guy Fournier würde ungeschoren davonkommen. Für einen Moment kam ihr der ketzerische Gedanke, dass man mit dieser Ungerechtigkeit leben könnte. Falls Jean-Luc Navet tatsächlich ein *violeur* gewesen war, also ein Dreckskerl, der andere Frauen vergewaltigte, dann hatte er eine Strafe verdient. Isabelle atmete tief durch. Aber natürlich nicht diese. Wo blieb das Gesetz? Ein Abstechen mit der Mistgabel war als Strafmaß in der modernen Justiz nicht vorgesehen.

Im Kommissariat angekommen, blieb sie nachdenklich vor Apollinaires Tafel stehen. Mittlerweile hatte er noch weitere Bilder aufgeklebt, von Bernadette Navet zum Beispiel, von Valerie Fournier und ihrem Bruder Guy. Sie fragte sich, wo er die Fotos herhatte. Zur Klärung trugen sie jedenfalls wenig bei, es taten sich keine Zusammenhänge auf, die nicht ohnehin bekannt waren.

Sie setzte sich an ihren Schreibtisch und startete ihren Computer. Sie rief im Internet einige Zeitungsarchive auf und recherchierte herum. Ohne Erfolg.

Als Apollinaire hereinkam, beraumte sie eine unverzügliche Besprechung der Sonderkommission Navet an. Die hochtrabende Bezeichnung wenigstens war amüsant, aber wohl eher eine Form von Galgenhumor.

Weil es nicht anders ging, verriet sie ihm unter dem Siegel der Verschwiegenheit, warum Moniques Gentest nicht zu gebrauchen war. Dann diskutierte sie mit ihm alternative Möglichkeiten der Beweisführung – ohne eine zu finden. Schließlich gab sie zu, dass sie nicht mehr weiterwusste.

Auf ihrem *portable* blinkte eine Kurznachricht auf. Leclerc gab wieder ein Lebenszeichen, diesmal unter konkreter Angabe seines aktuellen Befindens. Er habe sich gerade auf seiner Terrasse die große Zehe angestoßen. Zum Zwecke der Schmerzlinderung habe er sich einen Pastis eingegossen und mit einem Schuss Minzsirup verfeinert. Falls sie auch einen wolle, sei sie herzlich eingeladen.

Die Nachricht schien ihr glaubwürdig, Leclerc war wohl wirklich zu Hause.

»Ich habe im Internet nach der wahren Identität unseres Feriengastes gesucht«, sagte sie und deutete auf ihren Computer. »Aber ich komm einfach nicht weiter.«

Apollinaire grinste. »Sie wissen, dass das Suchen in den Abgründen des World Wide Web zu meinen Leidenschaften zählt.«

Sie schnippte mit den Fingern. »Genau deshalb übertrage ich Ihnen diese Aufgabe. Finden Sie heraus, weshalb Leclerc im Zeugenschutzprogramm ist und wie er wirklich heißt!«

»Mit dem größten Vergnügen. Gibt's irgendwelche Anhaltspunkte?«

Sie dachte an das Zentimetermaß an Leclercs Kühlschrank und nannte ihrem Assistenten die verbleibenden Tage bis zum Gerichtstermin.

»Wir wissen noch was«, sagte sie. »Der Angeklagte, gegen den Leclerc aussagt, ist von schwarzafrikanischer Herkunft.«

»Un nègre?«

»Darf man das noch sagen? Aber es trifft wohl zu. Außerdem scheint der Mann einen brutalen Charakter zu haben, und er kann sich Leibwächter leisten.«

Apollinaire kicherte. »Die Geheimniskrämerei hätte sich Balancourt sparen können. Es kann sich nur um Minuten handeln, dann wissen wir es.«

»Bin mir nicht so sicher. Es gibt politische Prozesse, die nicht öffentlich sind.«

»Kein Problem.«
»Dann legen Sie los, ich muss kurz hinauf zum Bürgermeister.«
»Bleiben Sie nicht zu lange.«

Mit Thierry hatte sie ein entspanntes Gespräch, bei dem es vor allem um die Frage ging, ob sie heute Abend lieber eine Dorade essen wolle oder einen *Loup de mer* in Salzkruste. Der Champagner sei kalt gestellt, und er koche gerne für sie. Selbstverständlich sei auch ihr Freund aus Paris willkommen. Isabelle lächelte. Sie zog es vor, mit Thierry alleine zu soupieren. Zwei Alphamännchen am Tisch waren keine Garantie für einen gelungenen Abend – ganz im Gegenteil.

Als sie zurück in ihr Büro kam, fand sie Apollinaire im Kopfstand vor, mindestens so schief wie der Turm von Pisa, aber erstaunlich stabil. Sie kannte diese »Entspannungsübung« ihres Assistenten. Sie hatte sie schon fast vermisst.
»Rouven Mardrinac«, sagte er mit rotem Kopf, zog die Beine an, machte eine Art Purzelbaum – und stand schließlich mit einem Lächeln vor ihr.
Sie deutete auf ein Hosenbein, das noch auf Kniehöhe festhing. Nach einer kleinen Korrektur sah er so aus wie immer – zerzaust und gerupft, aber quicklebendig und irgendwie nicht von dieser Welt.
»Rouven Mardrinac?«, wiederholte Isabelle. »Ist das sein richtiger Name?«
»Ja, so heißt unser Pierre Leclerc im wirklichen Leben. War nicht schwer, das herauszufinden. Aber Sie hatten mit Ihrer Vorahnung recht. Es handelt sich tatsächlich um ei-

nen Prozess mit höchster Sicherheitsstufe und Geheimhaltung. Angeklagt ist der Sohn eines schwarzafrikanischen Diktators. Es geht um Waffengeschäfte und um Mord. Alle weiteren Details sind hinter bombensicheren Firewalls verborgen. Da komm auch ich nicht durch.«

»Was macht unser Rouven Mardrinac beruflich?«, fragte Isabelle.

Apollinaire schnalzte mit der Zunge. »Nichts«, gab er zur Antwort.

»Wie soll ich das verstehen? Er sieht nicht aus wie ein Sozialhilfeempfänger.«

»Guter Witz. Rouven Mardrinac ist ein steinreicher Industrieerbe und ein in der Szene bekannter Kunstsammler.«

»*D'accord*, das passt, aber was hat so ein Mann mit einem afrikanischen Diktator zu tun, mit Waffengeschäften und mit Mord?«

»Das müssten Sie ihn selber fragen.«

Isabelle dachte nach. »Das werde ich nicht tun«, sagte sie dann, »wenigstens vorläufig. Zumindest wissen wir jetzt, dass uns dieser Mardrinac um die Ohren fliegen kann.«

»Im wahrsten Sinne des Wortes.«

Isabelle rang sich ein Lächeln ab. »So habe ich das nicht gemeint. Könnte aber passieren, da haben Sie recht.«

Sie spürte, wie eine leise Wut in ihr aufstieg. Mit der Faust schlug sie auf den Tisch.

»Bei Maurice sind wohl alle Sicherungen durchgebrannt. Er kann uns doch nicht in einen solchen Fall reinziehen. Wir haben weder die personellen noch die technischen Ressourcen, einen solchen Mann effektiv zu schützen.«

»Das nicht, aber das ist auch nicht nötig, solange er hier unentdeckt bleibt. Ich denke, dass sich Balancourt das so überlegt hat. Oder?«

Isabelle nickte. »Natürlich, so hat er sich das gedacht. Fragolin ist aus seiner Sicht am Arsch der Welt. Wer kommt auf die Idee, hier nach diesem Mardrinac zu suchen? Aber was passiert, wenn doch?«
»Dann wird's lustig«, sagte Apollinaire. Ernster hätte sein Gesicht dabei nicht sein können.
»Also gut. Ich tue das wirklich nicht gern, doch ich werde die Gendarmerie informieren.«
Apollinaire riss die Augen auf. »Aber Sie können doch nicht allen Ernstes die Gendarmerie um Beistand bitten. Die sind doch schon damit überfordert, den Falschparkern Strafzettel unter die Scheibenwischer zu klemmen.«
Natürlich dachte Isabelle keine Sekunde daran, die Gendarmerie in ihren Personenschutz einzubinden. Als Kommissarin der *Police nationale* verbot sich schon aus Prinzip jede Zusammenarbeit mit der Gendarmerie.
»Kommt nicht in Frage, da haben Sie recht. Wir werden unseren Freunden nur eine kleine Aufgabe übertragen. Haben Sie noch Kontakt zu Sergeant Albertin?«
»Ja, der ist ganz nett. Strohdumm, aber nett.«
Isabelle überlegte. »Nein, ich habe eine bessere Idee. Verbinden Sie mich direkt mit Capitaine Briand. Ganz offiziell. Tun wir mal so, als ob wir ein richtiges Kommissariat wären.«

Wenig später lehnte sich Isabelle zufrieden zurück. Weil außer Apollinaire niemand da war, legte sie ihre Füße auf den Schreibtisch.
»Das haben Sie gut gemacht«, sagte er anerkennend.
»Ja, das lief nicht schlecht.«
»Jetzt wird jeder Schwarze, der nach Fragolin kommt, von der Gendarmerie kontrolliert. Der Capitaine ist Ihnen so-

gar dankbar, dass Sie ihm den Tipp mit dem afrikanischen Rauschgiftring gegeben haben. Den Fahndungserfolg kann er sich dann ans Revers heften.«

Isabelle schmunzelte. »Daraus wird leider nichts werden. Hauptsache, jeder Schwarzafrikaner wird gefilzt. Das ist sozusagen unser äußerer Sicherheitsring. Albertin wird Sie informieren, wenn Gefahr in Verzug ist?«

»Das macht er bestimmt. Wir trinken ab und zu ein Glas zusammen.«

»Was wir nicht brauchen könnten«, gab Isabelle zu bedenken, »wäre ein hellhäutiger Killer. Der schlüpft uns durch.«

»Glaube ich nicht. Die trauen doch keinem Franzosen über den Weg.«

Isabelle schaltete den Computer aus und stand auf.

»Noch besser wäre«, sagte sie, »wenn wirklich niemand auf die Idee käme, Leclerc alias Mardrinac in Fragolin zu suchen. Dann hätten wir unsere Ruhe, und Balancourt hätte alles richtig gemacht.«

Apollinaire hob den Daumen. »Ganz bestimmt«, sagte er, »so wird es sein.«

32

Nach dem *Loup de mer* in Salzkruste hielt Isabelle den Zeitpunkt für geeignet. Zuvor hatte Thierry einmal mehr seine formidablen Kochkünste unter Beweis gestellt. Sollte er als Bürgermeister mal nicht wiedergewählt werden, könnte er jederzeit ein Feinschmeckerrestaurant eröffnen. Aber er hatte ja noch seine Rechtsanwaltskanzlei, der Fall würde also nie eintreten. Und so genoss sie das Privileg, dass er exklusiv für sie kochte. Weil sie wirklich gut befreundet waren, nicht nur in dieser, sondern auch in anderer Hinsicht, hielt sie es für unfair, ihm eine wichtige Information vorzuenthalten. Natürlich würde er ihr nie einen Vorwurf machen können, denn als Kommissarin der *Police nationale* unterlag sie der Schweigepflicht – erst recht, wenn es um den Schutz eines Zeugen ging. Aber Thierry war für das Wohl ihres kleinen Ortes verantwortlich. Er nahm seine Aufgabe sehr ernst, das wusste sie. Er würde alles tun, um Gefahren von seinen Bürgern abzuwenden. Und ihr Zeuge war zweifellos eine potenzielle Gefahr, nicht nur für sich, sondern, wenn es dumm lief, für die Allgemeinheit. Eine Gefahr, die mitten im Ort lebte.

»Was hältst du als Dessert von *tartelettes?*«, fragte Thierry genussvoll. »Blätterteigtörtchen mit Äpfeln und Pinienkernen? Den Backofen habe ich schon vorgeheizt.«

Sie langte sich lachend an den Bauch. »Erst mästest du mich wie eine Barbarie-Ente, irgendwann bin ich dir dann zu dick. Das ist eine perfide Strategie, mich loszuwerden.«

»Meine Küche macht nicht dick«, protestierte er. »Ganz im Gegenteil, sie ist ein Jungbrunnen, fast könnte man sagen: ein Beautysalon.«
Isabelle winkte ab. »Können wir kurz über was Ernstes reden?«, fragte sie.
»Muss das sein?
»Nein, muss nicht. Aber weil ich mich schon mal daz entschlossen habe, möchte ich es gerne hinter mich bringen.«
»Ich höre.«
»Du kennst ja mittlerweile meinen Feriengast?
»Pierre Leclerc, natürlich. Ich habe ihn gestern bei Jacque getroffen. Wir haben uns prächtig unterhalten. Er ist klug, witzig und gebildet.«
Isabelle hob zugleich beide Zeigefinger. »Was ich dir jetzt erzähle, ist streng geheim. Aber ich denke, du solltest es wissen.«
»Er ist doch dein Liebhaber, oder?«
»Quatsch. Pierre Leclerc ist mir von Balancourt aufs Aug gedrückt worden. Ich soll auf ihn aufpassen, er ist im Zeugenschutzprogramm der *Police nationale*. So, jetzt weißt du es.«
»Uups.«
»Bis zum Prozessbeginn soll er sich hier verstecken. Abe wie du weißt, liegt ihm das Verstecken nicht im Blut.«
»Tja, er ist eher ein extrovertierter Typ.«
»Bis heute habe ich nicht gewusst, was dahintersteckt Ganz genau weiß ich es noch immer nicht. Scheint ein großes Ding zu sein.«
»Ganz bestimmt, sonst hätte sich nicht Balancourt höchstpersönlich um den Mann gekümmert.«
Isabelle nickte. »Ganz genau.«

»Dann ist Pierre Leclerc auch nicht sein richtiger Name, oder?«
»Natürlich nicht.«
»Wie heißt er?«
»Das darf ich nun wirklich nicht sagen, offiziell weiß ich es ja selber nicht. Ich weiß aber ganz sicher, dass er ausgesprochen gefährdet ist. Falls ihn hier die falschen Leute entdecken, wird man versuchen ihn umzubringen.«
»*Oh là là,* das klingt nicht gut. Aber ohne eine undichte Stelle ist das doch reichlich unwahrscheinlich, habe ich recht?«
»Sehe ich auch so. Ich möchte dir noch was sagen. Falls dir Capitaine Briand was von einem Rauschgiftring erzählen sollte, der von Schwarzafrikanern betrieben wird, muss dich das nicht beunruhigen, den gibt's nicht.«
Er sah sie ratlos an. »Versteh ich nicht.«
»Den Drogenring habe ich mir ausgedacht. Ich möchte, dass die Gendarmerie jeden dunkelhäutigen Touristen kontrolliert, ich meine, richtig dunkelhäutig, also schwarz.«
»Das geht nicht«, widersprach er spontan, »das wäre eine Diskriminierung, die durch nichts …« Er unterbrach sich, dann lächelte er. »Ah, ich kapiere. Die Menschen, die unseren Monsieur Leclerc umbringen wollen, sind aus Schwarzafrika. Deshalb hast du dir den Drogenring einfallen lassen. Das ist keine schlechte Idee. Die Gendarmerie hofft auf einen Coup und macht deine Arbeit.«
»Ich bitte dich, ich kann's nicht machen, ich hab dafür doch keine Leute.«
»Stimmt, ein Apollinaire allein ist zu wenig. Die Gendarmerie hat eh nichts zu tun. Daran wird sich auch in diesem Fall wenig ändern. Fragolin zählt nicht zu den bevorzug-

ten Reisezielen von Menschen schwarzafrikanischer Herkunft.«
»Heute waren schon welche da, aber die waren harmlos.«
»Tatsächlich?« Thierry spielte mit dem Flaschenkorken. »Zum ersten Mal wünsche ich mir, dass ein Feriengast bald abreist«, sagte er. »Dabei ist mir dieser Leclerc sympathisch, sehr sogar. Aber ich will in Fragolin keine Schießerei. Das gibt eine schlechte Presse und schadet dem Fremdenverkehr.«
Sie sah ihn zweifelnd an. »Das ist aber eine zynische Betrachtungsweise. Um den Menschen sorgst du dich nicht?«
»Natürlich möchte ich nicht, dass Leclerc erschossen wird. Täte mir leid um ihn.«
»Was ist mit mir? Könnte doch sein, dass auch ich zu Schaden komme, immerhin soll ich auf ihn aufpassen.«
Er grinste. »Berufsrisiko. Du hättest ja nicht zur Polizei gehen müssen.«
Isabelle knüllte die Serviette zusammen und warf sie ihm an den Kopf.
»Ich glaube, es ist besser, du gehst in die Küche und kümmerst dich ums Dessert. Kann sein, dass ich in der Zwischenzeit nach Hause gehe.«
Er stand auf, umarmte sie und gab ihr einen Kuss. »Na gut, ich gebe es zu, es liegt mir auch daran, dass dir nichts passiert. Und weil ich die *tartelettes* nicht alleine essen will, kommst du am besten mit in die Küche, da habe ich dich unter Kontrolle.«
»Du bist ein Ekel.«
»Ich weiß, aber meine Blätterteigtörtchen sind köstlich.«

33

Sie hatte die noch ungelesene Tageszeitung unter den Arm geklemmt, als sie am nächsten Vormittag zunächst ihrem »Feriengast« einen Besuch abstattete. Isabelle widerstand der Versuchung, ihn mit seinem richtigen Namen Rouven Mardrinac anzureden. Das klärende Gespräch hatte Zeit. Vielleicht würde sie es auch nie führen. Für den Augenblick war es am wichtigsten, dass sich ihr Schützling brav in seinem Appartement verkroch und keinerlei Ambitionen zeigte, irgendwelche leichtsinnigen Ausflüge zu unternehmen oder sich anderweitig in Gefahr zu begeben. Womöglich hatte ihn die gestrige Begegnung mit den schwarzafrikanischen Touristen zur Räson gebracht. Dann hätte es nicht besser laufen können.

Auf dem nachfolgenden Weg zum Rathaus machte sie einen Umweg über den *cimetière,* wo ihre Eltern begraben waren. Das machte sie häufiger. Die Minuten der Besinnung taten ihr gut. Mal brachte sie Blumen mit, oft aber nur sich selbst und ihre liebevollen Erinnerungen.

Im Kommissariat angelangt, fand sie Apollinaire bei der Arbeit vor. Allerdings hatte sie keine Ahnung, was es für ihn zu arbeiten gab. Aber er machte ein ernstes Gesicht und murmelte vor sich hin. Zwischendurch nahm er einen Schluck aus der Kaffeetasse.

Sie setzte sich an ihren Schreibtisch und schlug die mitgebrachte Tageszeitung auf.

»Seite drei«, sagte Apollinaire, ohne aufzublicken, »das dürfte Sie interessieren.«
Sie blätterte um – und wurde mit einem Mord konfrontiert.
»Perverser Tod in der Badewanne«, verkündete die reißerische Überschrift.
Der Name des Toten wurde abgekürzt: Jacques L. Hingegen wurde der Ort des Verbrechens benannt. Im schönen Grasse, dem Ort, der für seine Düfte bekannt war, hatte besagter Jacques sein Ende gefunden. Passenderweise hatte er in einer Firma gearbeitet, die Aromastoffe für Süßspeisen herstellte, aber auch, wie der eifrige Journalist recherchiert hatte, für Toilettenpapier und Haarwaschmittel. Was das mit dem Mord zu tun haben könnte, blieb im Unklaren. Vor allem erschloss sich dem Leser nicht, was an dem Tod des beklagenswerten Opfers »pervers« gewesen war. Seine Putzfrau hat ihn tot in seiner Badewanne vorgefunden. Mit oder ohne Wasser? Vielleicht Selbstmord mit einem Föhn – aber das wäre ein Klassiker und ganz gewiss nicht pervers.
»Wie kommen Sie darauf, dass mich diese Meldung interessieren könnte?«, fragte Isabelle. »Grasse fällt nicht in unseren Zuständigkeitsbereich.«
»Wir haben keinen Zuständigkeitsbereich«, stellte Apollinaire lakonisch fest. »Wenn überhaupt, liegt unsere Zuständigkeit in der Vergangenheit und nicht in der Gegenwart.«
Isabelle lachte. »Da haben Sie definitiv recht, aber das beantwortet nicht meine Frage.«
Er deutete auf seinen Bildschirm. »Ich hab mir die Ermittlungsakte unserer Kollegen angeschaut. Mich hat die Formulierung ›perverser Tod‹ stutzig gemacht. Im Artikel steht nichts darüber.«

Sie sah ihn fragend an. »Und?«
Apollinaire wurde verlegen, rückte seinen Krawattenknoten zurecht und hüstelte.
»Vielleicht ist es besser, wenn Sie den Bericht selber lesen«, schlug er vor.
»Nur keine falsche Scham. Nun sagen Sie schon, was am Ableben des Jacques L. so abartig war.«
»Tja, also, wie es aussieht, ist er erstickt.«
Sie nickte auffordernd.
Apollinaire zupfte sich am Ohrläppchen. »Um ehrlich zu sein, ich wusste gar nicht, dass das geht.«
»Sie machen es spannend. Wie ist er erstickt?«
»Sie müssen wissen, der Mann war gefesselt, an den Füßen mit einem Gürtel und an den Händen mit einer Nylonschnur, nach hinten, festgebunden am Wasserhahn.«
»Was soll daran nicht gehen? Außerdem führt die beschriebene Fesselung nicht zum Erstickungstod.«
Wieder hüstelte Apollinaire. Dann nahm er seinen Mut zusammen. »Der Mörder hat ihm ein Kondom über den Kopf gezogen, ein Präservativ, Sie wissen schon. Da hat er natürlich keine Luft mehr bekommen.«
»Oh«, sagte Isabelle, »das ist mal was Neues. Kann man ein Kondom wirklich so weit ausdehnen, dass es sich über den Kopf ziehen lässt?«
»Ich hab im Internet recherchiert. Ja, das geht. Da gibt's sogar Videos, die zeigen, wie man es macht. Man muss das Kondom erst über den Hinterkopf …«
»So genau will ich es nicht wissen.«
Apollinaire nickte. »Ich auch nicht. Nur so viel: Es scheint zu gehen.«
»Wie alt ist das Opfer?«, fragte Isabelle.

»Ungefähr so alt wie der Tote von Pampelonne. Er war alleine im Haus, seine Frau war beim gemeinsamen Sohn in Nantes.«

»Wurde er vorher erschossen?«

»Nein, da gibt's keine Parallele mit dem Toten von Pampelonne, auch sonst nicht.«

»War der Mann in der Badewanne nackt?«

»Nicht richtig, aber irgendwie doch. Seine Hose war runtergezogen bis zu den Füßen, auch seine Unterhose. Aber sein Hemd hatte er noch an. Wollen Sie das Foto sehen?«

»Danke nein, darauf kann ich verzichten.«

»Das war's schon. Es gibt keine Zeugen, bislang keinen Tatverdächtigen und keine verwertbaren Spuren. Aber die kriminaltechnische Untersuchung läuft noch.«

»Sehen die Kollegen einen Zusammenhang mit dem Mord am Strand?«

»Das wird ausgeschlossen. Bei Raphaël Dubois gibt's offenbar eine heiße Spur, die ins Rotlichtmilieu von Saint-Tropez führt. Der Fall steht offenbar kurz vor der Aufklärung. Nach Grasse ist es weit, und dieser Jacques Legrand, so heißt er, war kein Strandgigolo, sondern ein braver Familienvater mit einem spießigen Beruf. Da spricht nichts für einen Zusammenhang. Aber ich dachte trotzdem, dass Sie der Mordfall interessieren könnte.«

»Einerseits schon, andererseits wieder nicht«, sagte sie. »Wir sind ja wirklich nicht zuständig. Und ein Zusammenhang mit unserem Mord vor zehn Jahren lässt sich kaum konstruieren.« Isabelle dachte nach. »Die beiden aktuellen Morde scheinen mir aus psychologischer Sicht aber schon bemerkenswert. Im Gegensatz zu unseren Kollegen würde ich eine Verbindung nicht ausschließen. In beiden Fällen wurde der Mord so inszeniert, dass er eine Botschaft vermittelt, die auf einen sexuellen Hintergrund hindeutet. Der Mord alleine reicht dem Täter nicht, es ist ihm wichtig, ein entwürdigendes Statement abzugeben. Raphaël Dubois wurde erst erschossen und anschließend entmannt, er hat's also nicht mehr gemerkt. Jacques Legrand hingegen dürfte seinen Tod bewusst durchlitten haben. Das ist zwar ein gewisser Unterschied, aber im Ergebnis bleibt es doch gleich. In beiden Fällen war es eine Inszenierung, deshalb auch die runtergezogene Hose. Die Nachwelt sollte erfahren, dass das Opfer mit irgendeiner perversen Schweinerei zu tun hatte.«

»Oder die Täter waren selber pervers«, gab Apollinaire zu bedenken. »Unter uns leben mehr Psychopathen, als wir uns vorstellen können.«

»So viele nun auch wieder nicht. Die Frage ist doch, ob der Mörder die Tatausführung als lustvoll empfunden hat. Das darf zumindest beim Toten von Pampelonne bezweifelt werden. Im Vordergrund steht die Botschaft. In diesem Punkt gäbe es dann doch eine winzig kleine Brücke zu unserem Toten, zu Jean-Luc Navet. Ihm hat der Täter auf die Stirn geschrieben, dass er ein Vergewaltiger sei. Das war auch eine Botschaft für die Nachwelt.«

Apollinaire wiegte zweifelnd den Kopf hin und her. »Etwas weit hergeholt, finden Sie nicht?«

»Ja, sogar sehr weit hergeholt«, gab sie zu. »Ich habe nur laut nachgedacht. Aber Sie haben recht, wir sollten uns wieder unserem Fall zuwenden. Seit wir wissen, dass Monique nicht die leibliche Tochter ihres Vaters ist, sind wir wieder im Spiel. Aber nur theoretisch, praktisch weiß ich nicht weiter. Haben Sie einen Vorschlag?«

Er hob resignierend die Hände. »*Pas du tout,* ich habe nicht den leisesten Schimmer. Aber ich bin nur ein kleiner Sous-

Brigadier aus dem Archiv in Toulon. Und Sie sind die Madame le Commissaire aus Paris, Ihnen wird doch hoffentlich was einfallen, wie wir diesen Guy Fournier packen können.«

»Leider muss ich Sie enttäuschen. Wir können nicht beweisen, dass der kleine Baptiste Navets Sohn ist. Nur dann hätte Guy Fournier ein Motiv, Navet umzubringen. Wir sind in einer Sackgasse. Vielleicht sollten wir uns einen anderen Fall suchen.«

»Madame, Sie geben doch bitte nicht einfach auf«, protestierte Apollinaire. »Das passt nicht zu Ihnen.«

Sie legte die Zeitung zur Seite und dachte nach. »Unsere Chance ist, dass wir womöglich völlig falschliegen.«

»Wie meinen Sie das?«

»Sollten wir eine falsche Spur verfolgen«, erklärte sie, »dann ist es völlig egal, ob wir irgendwas beweisen können, sie führt eh nicht ans Ziel. Versuchen wir also für einen Moment, Valerie Fournier zu vergessen, auch den kleinen Baptiste und ihren Bruder Guy. Vielleicht war alles ganz anders. Jean-Luc Navet hat mit der Vergewaltigung in Bormes-les-Mimosas nichts zu tun. Was dann? Wen hat er vergewaltigt? Und wer hatte ein Motiv, ihn deshalb umzubringen?«

»*Merde,* warum ist das alles so schwierig?«

Isabelle lächelte. »Weil es sonst einfach wäre. Dann brauchte man uns nicht, dann könnte auch ein routinierter Schwachkopf unsere Arbeit machen.«

Apollinaire grinste. »Denken Sie gerade an Commandant Bastian?«

Jetzt musste sie lachen. »Natürlich nicht, obwohl der Gedanke nicht so abwegig wäre.«

»Nein, ist er nicht. Habe ich Ihre Erlaubnis, trotzdem mit Guy Fournier weiterzumachen? Ich möchte ihm gerne etwas heftiger auf den Zahn fühlen. Vielleicht war er es dennoch, dann wäre es total blöd, wenn er uns durch die Finger schlüpft.«

»Solange wir keine andere Spur haben, können Sie das gerne machen«, sagte sie. Und nach einer Pause: »Ich glaube, ich werde erneut mit Monique sprechen. Vielleicht fällt ihr doch was von früher ein, irgendein Hinweis, der uns weiterhilft.« Isabelle stand auf. »Apollinaire, Sie könnten mal im Geburtenregister nachschauen, welche Kinder vor oder kurz nach dem Mord an Jean-Luc Navet in Fragolin auf die Welt gekommen sind. Vielleicht gibt es noch einen Baptiste, der nur anders heißt.«

»Oder eine Baptistin.«

»Genau.« Sie schnippte mit den Fingern. »Und noch etwas. Behalten Sie im Auge, was unsere Kollegen bei den beiden Morden herausfinden. Ich möchte wetten …« Sie unterbrach sich. »Nein, besser nicht.«

»Was wollten Sie wetten?«

Sie lachte und machte eine wegwerfende Handbewegung. »Nichts, vergessen Sie es!«

34

An der kleinen Brücke standen zwei Gendarmen und beobachteten den spärlichen Straßenverkehr. Vor dem Korkgeschäft von Alain hatte sich Sergeant Albertin postiert. Und auf der Terrasse vom *Café des Arts* saß Capitaine Briand höchstpersönlich. Er tat so, als ob er in einem Journal läse, aber es war leicht zu merken, dass seine ganze Aufmerksamkeit den vorbeiflanierenden Touristen galt. Isabelle verkniff sich ein Lächeln. Noch nie hatte sie in Fragolin eine solche Präsenz der uniformierten Staatsgewalt gesehen. Alle hielten Ausschau nach verdächtigen Personen vorzugsweise dunkler Hautfarbe, in der Hoffnung, einen afrikanischen Drogenring auffliegen zu lassen. Ihr Bluff hatte funktioniert, jedenfalls für den Moment. Blieb zu hoffen, dass die Gendarmen nicht zu schnell ermatteten und sich frustriert zurückzogen.
Im Vorbeigehen schenkte sie dem Capitaine die Andeutung eines militärischen Grußes mit einem flüchtigen Anlegen der rechten Hand an die Schläfe. Diese Ehrenbezeugung gefiel ihm so sehr, dass er sie erwiderte. Isabelle dachte, dass das Leben so einfach sein könnte – sogar zwischen der *Police nationale* und der Gendarmerie. Gleichzeitig wusste sie, dass das die Ausnahme war, nicht die Regel, und nur vorübergehend.
Bei Leclerc angekommen, nahm sie im Treppenhaus immer zwei Stufen auf einmal. Dass sie dabei keine Schmerzen hatte, jedenfalls nicht mehr als sonst auch, wertete sie

als großen Fortschritt. Auch hatte sie keine Atembeschwerden. Ohne dass sie viel dafür tat, ging es ihr kontinuierlich besser. So gesehen war es nicht allzu schlimm, dass sie ihre sportlichen Vorsätze, zum Beispiel wieder mit dem Joggen zu beginnen, im Alltag grob vernachlässigte.
Vor Leclercs Tür vollzog sich die übliche Prozedur des Entriegelns. Er hatte sich vorbildlich verbarrikadiert. Sie dachte, dass ihr Schützling ein Lob verdient hätte, aber sie würde einen Teufel tun.
Im Appartement blieb sie verblüfft stehen, denn Leclerc war nicht allein. Clodine sah Isabelle verlegen an, kam dann auf sie zu und umarmte sie. Ihre Wangen waren leicht gerötet, was am Champagner liegen mochte, den Isabelle im Kühler entdeckte. Na so was, da war ihre Freundin also dabei, sich diesen charmanten Schöngeist zu angeln. Das mochte ihr sogar gelingen, aber nur für die Dauer seines Aufenthalts in Fragolin, weil ihm langweilig war und ihn nach Abwechslung gelüstete. Clodine konnte nicht ahnen, dass sie nur bei einem Mann namens Pierre Leclerc Erfolg haben konnte, aber nie und nimmer bei einem millionenschweren Rouven Mardrinac, der sich auf internationalem Parkett und in anderen Sphären bewegte. Für einen Mardrinac war eine kleine Seifenverkäuferin aus Fragolin keine Option, allenfalls ein flüchtiges Abenteuer – mit festgelegtem Verfallsdatum, nämlich dem Tag des Prozessbeginns. Clodine tat ihr leid, doch konnte sie nichts daran ändern. Blieb zu hoffen, dass sie die Zeit mit ihm genoss. Und dass ihr Laden nicht Pleite machte, wenn er so oft geschlossen war.
Er deutete auf die Champagnerflasche und fragte, ob sie ein Glas mit ihnen trinken wolle. Isabelle nickte. Clodine entschuldigte sich und ging ins Bad. Isabelle nutzte die

Gelegenheit und flüsterte ihm zu, dass er Clodine nicht verletzen dürfe. Das nehme sie ihm persönlich übel.

»Warum sollte ich ihr weh tun?«, fragte er mit gespielter Naivität. »Sie ist nett, ich freue mich, wenn sie mir Gesellschaft leistet.«

»Das glaube ich gerne«, erwiderte Isabelle. »Aber wenn sie später in Paris nach einem Leclerc sucht, wird sie ihn nicht finden. Ist doch so, mein lieber Rouven Mardrinac?«

Er zuckte nur kurz mit den Augen. »Meine Freunde nennen mich Rouvi«, sagte er leise.

»Aber ich gehöre nicht zu deinen Freunden. Einen Rouven Mardrinac werde ich genauso wenig kennenlernen wie Clodine. Schon gleich keinen Rouvi.«

»Woher willst du das wissen?«

»Weil ich das Leben kenne. Für mich gibt's nur einen Pierre Leclerc, und in nicht allzu ferner Zukunft sagen wir *adieu!*«

»Ihr sagt *adieu?*«, wiederholte Clodine das letzte Wort, das sie bei ihrer Rückkehr aus dem Bad aufgeschnappt hatte. »Warum denn das?«

»Weil ich gehen muss«, antwortete Isabelle. »Ich habe einen Termin. Deshalb verzichte ich auf den Champagner. *Adieu, au revoir.*«

Zurück auf der Straße, beschloss sie, nicht länger über die beiden nachzudenken. Sie konnte sowieso nichts ändern. Ganz nüchtern betrachtet, war es sogar von Vorteil, wenn Clodine möglichst viel Zeit in seinem Appartement verbrachte. Dann gab es für ihn keinen Grund, im Ort herumzuspazieren oder gar irgendwelche bescheuerten Ausflüge zu machen. Sollten die beiden doch ihren Spaß haben. Und hinterher würde sie Clodine helfen, mit der Enttäuschung fertig zu werden.

Am späten Nachmittag fuhr Isabelle nach Antibes. Sie hatte sich zuvor bei Monique angemeldet. Ihre Chefin und Freundin Manon war nicht im Café, sie hatte Migräne. Monique musste den Laden alleine schmeißen. Aber es war nur ein Tisch besetzt, sie hatte Zeit.

»Sind Sie dienstlich hier oder privat?«, fragte Monique mit einem Lächeln.

Isabelle erinnerte sich, dass Monique ihren Geruch gemocht hatte. Ganz offenbar fand sie Gefallen an ihr. Das war ein seltsames Gefühl.

»Halb und halb«, antwortete sie ausweichend. »Ich hab einige Fragen, aber das wäre auch telefonisch gegangen.«

Monique sah sie eindringlich an. »Ihre Fragen mag ich nicht, das wissen Sie. Aber es ist schön, dass Sie da sind. Wollen Sie was trinken? Oder ein Stück von unserem Zwiebelkuchen? Den macht Manon selbst, mit Thymian, Oregano und Oliven.«

»Nein danke. Aber ich hätte gerne eine *menthe à l'eau,* wenn es geht.«

»Klar geht das, mag ich auch sehr gerne. Bin gleich wieder da.«

Isabelle saß unter der Markise und dachte nach. Sie hatte sich nicht auf das Gespräch vorbereitet. Sie wusste nicht, was sie fragen wollte. Natürlich wusste sie, was sie interessieren würde, aber sie hatte Skrupel, allzu direkte Fragen zu stellen.

»*Voilà, menthe à l'eau,* dazu frische *Madeleines* aus der Backstube.«

»Wunderbar, vielen Dank.«

Monique setzte sich zu ihr an den Tisch. Die anderen Gäste waren gegangen. Nicht gut fürs Geschäft, aber gut für ihr Gespräch.

»Vermissen Sie Fragolin?«, fragte Isabelle.
»*Mon Dieu,* nein, keine Sekunde.«
»Und Marokko?«
»Ab und zu, ein wenig. Das orientalische Flair hat mir schon gefallen. Aber Achmed und seine Familie haben mir das Leben schwergemacht. Hier in Antibes fühle ich mich wohl. Ich glaube, ich bin angekommen.«
»Und Manon?«
»Ja, auch bei Manon bin ich angekommen. Was nicht heißt ...« Monique sprach nicht weiter und lächelte vieldeutig.
»Was nicht heißt?«
»Isabelle, Sie haben mich schon verstanden.«
»Darf ich das Thema wechseln?«
»Schade.«
»Ich will Ihnen nicht weh tun und alte Wunden aufreißen.«
»Dann lassen Sie es sein!«
Isabelle sah sie nachdenklich an. »Monique, ich weiß, dass Jean-Luc nicht Ihr Vater war.«
Monique zuckte zusammen. »Jetzt haben Sie die schöne Stimmung kaputt gemacht. Daran mag ich nicht erinnert werden, das wissen Sie doch.«
»Tut mir leid.«
»Sie haben recht, er war nicht mein Vater. Darüber bin ich froh, denn so sind mir seine Gene erspart geblieben.«
»Wissen Sie, wer Ihr richtiger Vater war?«
»Keine Ahnung, interessiert mich nicht. Ich bin ich. Wer mich gezeugt hat, ist mir egal. Warum wollen Sie das wissen?«
Isabelle nahm Moniques Hand und streichelte sie.
»Entschuldige, es gibt keinen Grund, ich bin nur neugierig.«

»Du hast mich gerade geduzt.«
»Ich weiß.«
»Wenn du mich magst, dann lass meine Vergangenheit in Frieden. Sie war nicht immer schön, deshalb bin ich ja von zu Hause ausgerissen. Ich will nicht wieder daran denken, es ist vorbei.«
»Ich kann dich verstehen. Es ist nur so, dass ich mehr über Jean-Luc erfahren will.«
»Weil du immer noch seinen Mörder suchst? Was ist mit deinem Verdächtigen, von dem du das letzte Mal gesprochen hast?«
»Er lebt in Marseille, ich kann ihm die Tat nicht beweisen, vielleicht war er es auch nicht.«
»Dann lass es gut sein. Mir ist egal, wer ihn umgebracht hat.«
Isabelle hätte noch viele Fragen gehabt, aber sie traute sich nicht, sie zu stellen. Sie wunderte sich über sich selbst. Normalerweise machte es ihr nichts aus, Zeugen unangenehme Fragen zu stellen. Das war ihr Job. Aber Monique hatte sich ein klein wenig in ihr Herz geschlichen, Isabelle wollte sie nicht verletzen. Hinzu kam, dass sie keine Ahnung hatte, was ihre Fragerei bringen sollte. Monique hatte zur Zeit der Tat schon länger in Marokko gelebt. Wie sollte sie wissen, was ihr Stiefvater angestellt hatte? Erst recht könnte sie keinen Hinweis auf einen möglichen Täter geben. Was hatte sie erwartet?
»Erzähl was von dir!«, sagte Monique. »Dein Leben war auch nicht immer einfach, stimmt's?«
Isabelle zögerte. Dann ließ sie sich auf die neue Rollenverteilung ein. Jetzt war es Monique, die die Fragen stellte. Fragen, auf die sie womöglich keine Antworten hatte.

»Meine Eltern sind bei einem Autounfall ums Leben gekommen, da war ich noch ganz klein.«
»Tragisch.«
»Das ist nicht die ganze Wahrheit, sie sind umgebracht worden.«
»Wie schrecklich.«
»Ich bin als kleines Mädchen zu meiner Großmutter nach Lyon gekommen.«
»Ich weiß, das hast du schon das letzte Mal erzählt. Später hast du in Paris gelebt. Warum bist du nach Fragolin zurückgekehrt?«
Isabelle strich ihre Haare zur Seite und zeigte Monique die Narbe an der Stirn.
»Mir ist eine Bombe um die Ohren geflogen. Fast wäre ich dabei draufgegangen. Ich wollte mich davon erholen und dachte, dass der Ort meiner Kindheit dafür geeignet sein könnte.«
»Und? Ist er es?«
»Ich glaube schon. Wenigstens für den Augenblick. Es ist schön dort.«
»Hast du eine Beziehung?«
Isabelle antwortete mit einer Gegenfrage. »Was ist eine Beziehung?«
»Bist du mit jemandem zusammen?«
»Wir leben nicht zusammen, wenn du das meinst. Aber wir sehen uns häufig.«
»Und ihr schlaft miteinander?«
»Jetzt wird es aber persönlich«, sagte Isabelle ausweichend.
»Findest du? Du willst ja auch von mir alles wissen.«
»Also gut, wir haben Sex miteinander.«
»Es ist ein Mann, richtig?«

Isabelle nickte.
»Hast du es schon mal mit einer Frau probiert?«, fragte Monique.
»Ist das ein Angebot?«
Monique hauchte ihr einen Kuss zu. »Denk darüber nach.«
»Und Manon?«
»Es wäre besser, wenn sie nichts davon erfährt.«
Isabelle dachte, dass das Gespräch eine merkwürdige Wendung genommen hatte. Seltsamerweise machte es ihr nichts aus. Monique war nicht aufdringlich, irgendwie war sie süß. Woher sollte Monique wissen, dass sie für weibliche Reize nicht empfänglich war? War sie es wirklich nicht? Bis vor wenigen Minuten hatte sie daran keinen Zweifel, plötzlich war sie sich nicht mehr ganz sicher. Monique schob sich lasziv eine *Madeleine* in den Mund. Das Gebäck hatte die Form einer Jakobsmuschel. Doch, natürlich war sie sich sicher. Aber wenn sie das Spiel ein wenig mitspielte, konnte das nicht schaden. Vielleicht erfuhr sie auf diese Weise doch noch was. Ein wenig mitspielen? Wie sollte das gehen? War sie jetzt völlig bescheuert?
»Ich kenne in Cannes einen netten Club«, sagte Monique, »hast du morgen Abend Zeit?«
Isabelle biss sich auf die Unterlippe. Dann gab sie sich einen Ruck.
»Morgen Abend? Ja, das geht.«
Monique lächelte. »Ich freue mich. Gib mir die Nummer von deinem *portable,* dann schicke ich dir später eine Textnachricht mit Uhrzeit und Adresse.«
»Einverstanden.«
»Aber du musst mir was versprechen.«

»Das wäre?«

»Wir reden nicht von früher.«

Isabelle dachte, dass sie sich unter dieser Voraussetzung das Treffen sparen könnte. Trotzdem machte sie keinen Rückzieher. Sie konnte ja immer noch absagen, in letzter Minute.

»Versprochen!«

35

Die Messung der Abstände war knifflig. Jede Mannschaft behauptete, dass die eigene Kugel näher liege. Da brachte auch das Maßband kein klares Ergebnis. Isabelle konnte sich über die erregt geführten Diskussionen beim Pétanque immer wieder amüsieren. Sie war wahrscheinlich der einzige Spieler, der das Spiel nicht so ernst nahm. Selbst Thierry verstand da keinen Spaß. Der Zufall wollte es, dass gerade Apollinaire auftauchte. Isabelle schlug vor, den Sous-Brigadier zum Schiedsrichter zu ernennen. Er war kein Mitspieler und deshalb unbefangen. Wenigstens in diesem Punkt konnte Einigkeit erzielt werden. Apollinaire umkreiste die Kugeln und machte ebenfalls einen ratlosen Eindruck. Das angebotene Maßband schlug er aus. Stattdessen eilte er zu seinem 2CV, der in unmittelbarer Nähe geparkt war.

»Jetzt holt er den Wagenheber«, sagte Jules. Wenigstens noch einer, der die Sache von der humorigen Seite nahm. Jules zündete sich eine Gauloise an. Thierry plädierte auf Gleichstand.

Apollinaire hob triumphierend einen kleinen Stab in die Höhe. Dabei handelte es sich um eine *tirette,* ein Messgerät mit ausschiebbarer Zunge. Die Spieler waren beeindruckt. Isabelle staunte einmal mehr, was Apollinaire in seinem Auto so alles mit sich führte.

Mit höchstmöglicher Sorgfalt bestimmte er die Abstände – und kam zu einem eindeutigen Ergebnis. Jules schnippte wütend seine Gauloise in die Gegend. Thierry machte mit erhobenen Fingern das Siegeszeichen. Isabelle spendete leise Applaus. Das Spiel war entschieden. Apollinaires Messergebnis wurde von keinem in Frage gestellt.

»Madame, hätten Sie Zeit, mich ins Büro zu begleiten?«, fragte er. »Es gibt Neuigkeiten.«

»Ich steige aus«, sagte Isabelle zu ihren Mitspielern. Dann ging sie mit ihrem Assistenten hinüber ins Rathaus.

»Ich habe eine gute und eine schlechte Nachricht«, sagte er.

»Fangen wir mit der schlechten an.«

»Dieser Guy Fournier ist ein ziemlicher Trottel«, stellte Apollinaire fest.

»Das ist gar keine Nachricht, weder gut noch schlecht.«

»Sie haben ihn doch nach seinem Alibi gefragt, richtig?«

»Klar, aber er konnte sich nicht erinnern. Was nach so langer Zeit irgendwie zu verstehen ist.«

»Ich sagte doch, er ist ein Trottel.«

»Wieso?«

»Guy Fournier ist nicht nur wegen fahrlässiger Körperverletzung vorbestraft, er hat auch eine Gefängnisstrafe absitzen müssen.«

»Ich ahne, was jetzt kommt.«

»Zur Tatzeit war er hinter Gittern. Ein besseres Alibi gibt es nicht. Wie bescheuert muss man sein, sich nicht daran zu erinnern.«

»Damit ist er aus dem Spiel. Schade, es hätte alles so gut gepasst.«

»Ja, aber er kann es nicht gewesen sein.«

»Wenigstens haben wir jetzt Gewissheit. Und die gute Nachricht?«

»Ich weiß, wer Valerie Fournier auf dem Blumenfest in Bormes-les-Mimosas vergewaltigt hat. Jean-Luc Navet war es nicht.«

»Wie um Himmels willen haben Sie das herausbekommen?«

»Es gibt eine Speicherbank mit den genetischen Profilen von straffällig gewordenen Sexualtätern. Ich habe einen Abgleich mit der DNA von Baptiste durchführen lassen. Volltreffer! Der Mann heißt Clément Nemours. Er sitzt momentan im Knast und verbüßt eine mehrjährige Strafe wegen bewaffneten Raubes. Er hat früher schon mal wegen sexueller Nötigung eingesessen. Als Vergewaltiger war er auch angeklagt, ist aber aus Mangel an Beweisen freigesprochen worden. Scheint ein übler Geselle zu sein.«

Isabelle deutete eine Verbeugung an. »Gute Arbeit, mein lieber Apollinaire.«

»Vielen Dank, war nicht so schwer. Was machen wir jetzt? Informieren wir die Staatsanwaltschaft?«

»Darüber muss ich erst nachdenken.«

Apollinaire sah sie fragend an. »Erlauben Sie mir die Frage: Warum? Weil Sie sich die Haarprobe von Baptiste ohne das Einverständnis seiner Mutter besorgt haben? Das lässt sich nachholen und ändert nichts am Ergebnis.«

»Nein, nicht deshalb.«

Sie stand auf und lief im Zimmer auf und ab. Apollinaire beobachtete sie dabei, wagte aber nicht, ein Wort zu sagen.

»Versuchte Vergewaltigung verjährt nach zehn Jahren«, sagte sie schließlich.

»Aber in unserem Fall ist die Vergewaltigung definitiv vollzogen worden, sonst gäbe es ja keinen Baptiste. Da ist die Verjährungsfrist länger.«

»Ich weiß, aber es hat schon einen Grund, warum die Verjährungsfrist bei Vergewaltigung immer wieder in der Diskussion steht. Auf der einen Seite stehen das Recht und die moralische Pflicht, solche Schweine zu bestrafen.«

»Na also, dann ist dieser Clément Nemours fällig.«

»Auf der anderen Seite denke ich an Valerie Fournier und an ihren kleinen Sohn. Sie hat in Panik reagiert, als ich sie auf die Vergewaltigung angesprochen habe. Wie es scheint, hat sie dieses traumatische Erlebnis nach all den Jahren irgendwie überwunden. Sie will nächstes Jahr heiraten und nicht mehr mit ihrer Vergangenheit konfrontiert werden. Das hat sie übrigens mit Monique gemeinsam, die will auch nicht über früher reden, aber bei ihr hat das andere Gründe. Valerie ist stolz auf ihren Sohn. Wenn sie ihn in ihre Arme nimmt, möchte sie ganz bestimmt nicht daran denken, dass er von einem Mistkerl abstammt und womöglich seine Charaktereigenschaften geerbt hat. Sie würde es nicht wissen wollen. Und Baptiste wäre auch nicht geholfen. Ich frage mich also, wem damit gedient ist, wenn wir Licht ins Dunkel bringen, die alte Geschichte vor Gericht zerren und die Presse den Fall womöglich aufgreift. Valerie und Baptiste würden leiden, und der Traum von einem glücklichen, unbeschwerten Leben wäre erneut geplatzt. Wollen wir das wirklich?«

Apollinaire lockerte seinen Krawattenknoten und öffnete den obersten Hemdknopf. Das Thema schien ihm die Luft abzuschnüren.

»Natürlich haben Sie recht«, sagte er, »so habe ich das nicht gesehen. Aber ich frage mich, ob wir das überhaupt entscheiden dürfen. Wir sind bei der Polizei, wir haben eine Straftat aufgeklärt und können den Täter überführen. Also müssen wir es tun.«

Isabelle sah ihn ernst an. »Und wenn ich sage, dass wir es nicht tun, was ist dann?«

Er musste nicht lange nachdenken. »Dann tun wir es natürlich nicht«, sagte er. »Es ist Ihre Entscheidung, ich vertraue Ihnen.«
»Danke. Aber ich werde noch mal darüber nachdenken. Es hat ja keine Eile. Was ist mit dem DNA-Abgleich, wird es da zu einer Nachfrage kommen?«
»Nein, das ist ein technischer Routinevorgang. Da sind wir niemandem Rechenschaft schuldig. Schade nur um den Ermittlungserfolg. Commandant Bastian wäre schwer beeindruckt.«
Isabelle lächelte. »Seit wann interessiert uns Commandant Bastian?«
»Richtig, ich wundere mich, dass mir überhaupt sein Name einfällt.«

Später lag Isabelle auf ihrem Bett. Sie hatte die Arme hinter dem Kopf verschränkt und sah an die Decke mit dem Ventilator, der zwar schön anzusehen war, aber nicht funktionierte. Sie fragte sich, was richtig war. Natürlich hatte Apollinaire recht, es war ihre verdammte Pflicht, die Staatsanwaltschaft zu informieren und Clément Nemours vor Gericht zu bringen. Aber wer sorgte sich um das Seelenheil von Valerie und ihrem Sohn? Isabelle war angetreten, einen Mord aufzuklären, da gab es kein moralisches Dilemma. Das Opfer war tot, es hatte keine Seele mehr, die man schützen konnte. Doch Valerie und Baptiste? Sie lebten noch, sie wollten leben, sie hatten einen Anspruch darauf. Aber natürlich gab es für Vergewaltiger kein Pardon. Sie mussten bestraft werden, unbedingt, mit aller Härte, schon deshalb, damit sie nicht zum Wiederholungstäter wurden. Es galt, zukünftige Opfer zu schützen. Aber bei Nemours war das längst erfolgt. Er hatte weiter-

gemacht, er war dafür bestraft worden, zumindest für die sexuelle Nötigung. Jetzt saß er ohnehin im Gefängnis und stellte im Moment keine Gefahr dar. Natürlich, mit einer zusätzlichen Verurteilung wegen Vergewaltigung würde er länger sitzen. Das galt es bei der Abwägung zu berücksichtigen.
Isabelle stand auf und sah aus dem Fenster. Apollinaire hatte recht, es stand ihr nicht zu, diese Entscheidung zu treffen. Sie war bei der *Police nationale* und hatte sich an die Gesetze zu halten. Zu Gericht saßen andere, die besser qualifiziert waren. Aber diese Menschen kannten weder Valerie Fournier noch ihren Sohn Baptiste.
Sie atmete tief durch und traf eine Entscheidung, die das Problem nicht löste, aber auch keinen Schaden anrichtete. Sie würde sich von Apollinaire die frühestmögliche Haftentlassung von Nemours geben lassen. So lange hatte sie Zeit, dann könnte sie immer noch aktiv werden.
Isabelle fühlte sich erleichtert. In jedem Fall hatten Valerie und Baptiste eine Schonfrist. Und sie selbst hatte den Kopf frei für den Fall, um den es eigentlich ging. Um den Mord an Jean-Luc Navet.

36

Am nächsten Morgen begegnete sie in der *Boulangerie-Pâtisserie* Marie-Claire, ihrer Nachbarin, die in der Gasse genau gegenüber wohnte. Die alte Dame war wie immer gut aufgelegt. Isabelle wartete schon darauf, dass sie wieder eine Empfehlung bekam. Sie wurde nicht enttäuscht. Diesmal waren es *calissons d'Aix,* kleine Naschereien mit dem Aussehen von rautenförmigen Schiffchen, aus Mandeln und mit kandierten Früchten. Die müsse sie unbedingt nehmen, die seien ganz wunderbar.

Beim Bezahlen deutete Marie-Claire auf die Hände der Verkäuferin. »Was macht deine rheumatoide Arthritis?«, fragte sie.

»Tut weh, mal mehr, mal weniger.«

»Das hatte schon deine Mutter. Bei ihr haben Kältepackungen geholfen. Und ich habe ihr Entzündungshemmer verschrieben. Soll ich mit deinem Arzt reden?«

Die Verkäuferin sah sie treuherzig an. »Ich hätte es viel lieber, wenn du mich behandelst«, sagte sie.

Marie-Claire lachte. »Das ist lieb. Aber in meiner alten Praxis ist heute ein Schuhladen, ich sehe schlecht und vergesse vieles. Nein, nein, meine Liebe. Heute sind die jungen Leute dran. Aber du musst mit deinen Problemen schon hingehen. Die Ärzte laufen dir nicht hinterher.«

Isabelle hatte das Gespräch aufmerksam verfolgt. »Du hast in Fragolin als Ärztin gearbeitet?«, fragte sie.

»Ja, ein halbes Menschenleben und noch einige Jahre länger.«

»Dann kanntest du viele der Einwohner aus deiner Praxis?«

Marie-Claire kicherte. »Ich kannte nicht viele, ich kannte sie alle. Von wenigen Ausnahmen abgesehen. Der alte Georges ist nie gekommen. Dafür hat er erstaunlich lange gelebt.«

Isabelle nahm Marie-Claire am Arm. »Wir müssen reden, ganz dringend miteinander reden.«

Eine halbe Stunde später saß Isabelle in Marie-Claires Wohnzimmer, vor sich eine Schale mit *calissons.* Die alte Dame war von einer reizenden Freundlichkeit.

»Ich freue mich sehr über deinen Besuch. Wie geht es deinem Rücken und dem verletzten Bein?«, fragte sie. »Ich glaube, es geht dir besser, habe ich recht?«

»Woher weißt du …?«

»Unsere Fenster sind genau gegenüber, und du hast meistens die Läden geöffnet, oft sogar in der Nacht. Deshalb weiß ich auch von deinen Schlafstörungen. Und noch einiges mehr. Aber ich interessiere mich nicht dafür, kannst ganz beruhigt sein.«

»Ja, mir geht's besser«, bestätigte Isabelle, »aber darüber wollte ich nicht mit dir reden. Du weißt, dass ich Polizistin bin?«

»Natürlich weiß ich das, das weiß doch jeder hier.«

»Ich beschäftige mich aktuell mit einem Mordfall, der sich hier in Fragolin zugetragen hat und etwa zehn Jahre zurückliegt. Aber ich komm nicht weiter.«

»Vor zehn Jahren, hier in Fragolin?« Marie-Claire strich sich über das Kinn. »Du sprichst von Jean-Luc, habe ich recht? Von Jean-Luc Navet?«

»Dein Gedächtnis ist hervorragend, von wegen, dass du viel vergisst.«
»Na ja, da habe ich kokettiert.« Sie klopfte sich an die Stirn. »Meinem Oberstübchen geht es besser als meinen Fußgelenken. Außerdem war das nicht schwer. So viele Morde tragen sich bei uns nicht zu. Aber ich kann dir nicht weiterhelfen. Ich weiß auch nicht, wer ihn umgebracht hat.«
»Aber du kanntest ihn?«
»Natürlich. Er hatte einen chronischen Reflux, doch sonst war er gesund.«
»Und seine Tochter Monique?«
»Ach ja, die kleine Monique, armes Mädchen.«
»Warum sagst du das?«
Marie-Claire wollte schon antworten, dann unterbrach sie sich. »Ich bin immer noch an meine Schweigepflicht gebunden«, stellte sie klar, »auch im Ruhestand. Ich darf nicht darüber reden.«
»Das versteh ich, aber bei mir sind Geheimnisse gut aufgehoben. Ich erzähle niemandem was, ganz bestimmt nicht.«
Marie-Claire steckte sich ein *calisson* in den Mund. »Wirklich nicht?«
»Aus meiner früheren Tätigkeit weiß ich von schmutzigen Dingen, die zum sofortigen Rücktritt mehrerer Minister führen würden. Aber sie sind alle noch im Amt.«
Marie-Claire beugte sich nach vorne. »Oh, ich bin neugierig«, sagte sie mit verschwörerischem Gesichtsausdruck. »Was hältst du von einem Tauschgeschäft? Du verrätst mir eine schmutzige Geschichte aus dem Élysée-Palast, dafür vergesse ich meine Schweigepflilcht.«
Isabelle schüttelte den Kopf. »Darauf kann ich mich nicht einlassen. Ich sagte doch, Geheimnisse sind bei mir gut aufgehoben. Da gibt's keine Tauschgeschäfte.«

Maria-Claire blinzelte mit den Augen. »Du hast die Prüfung bestanden. Jetzt glaube ich dir.«
Isabelle lachte. »Du bist ja eine ganz Listige. Du hast mir gerade eine Falle gestellt, richtig?«
Die alte Dame kicherte. »Ja, ja, eine Falle. Was willst du wissen?«
»Ich hab mich gestern zum zweiten Mal mit Monique getroffen. Aus ihr ist eine nette junge Frau geworden.«
»Wirklich? Das freut mich. Lebt sie also nicht mehr in Marokko?«
»Nein, schon lange nicht mehr. Sie wohnt ganz in der Nähe, in Antibes.«
»Ach, das ist schön. Grüße sie von mir.«
»Warum hast du gesagt, sie wäre ein armes Mädchen?«
»Sie hatte es nicht leicht, insbesondere in den letzten Jahren, bevor sie die Flucht ergriffen hat. Ich habe mich oft gefragt, ob ich damals alles richtig gemacht habe. Vielleicht hätte ich die Polizei verständigen sollen.«
»Was ist passiert?«
Marie-Claire knetete ihre Hände. »Was genau passiert ist, weiß ich eben nicht. Aber Monique wurde von ihrer Mutter häufiger in meine Praxis gebracht, fast immer wegen Beschwerden und Erkrankungen im Intimbereich. Auch hatte sie mal eine Verletzung in der Vagina, die mir verdächtig vorkam, weil so was üblicherweise beim allzu heftigen Koitus entsteht. Aber Monique war fast noch ein Kind. Außerdem habe ich bei ihr Hämatome entdeckt, blaue Flecken zum Beispiel an den Oberarmen, sogar blutverkrustete Striemen an den Handgelenken. Das alles war sehr suspekt. Aber ich habe geschwiegen.«
»Glaubst du, Monique wurde sexuell missbraucht?«

»Sagen wir so, ich halte es für sehr wahrscheinlich. Aber ihre Mutter hatte für alles ganz simple Erklärungen. Die Vaginalverletzung habe sich die frühreife Tochter selber beigebracht. Und die Hämatome hat sie einfach nicht zur Kenntnis genommen. Ich kann mich noch genau daran erinnern, weil mir das alles wieder durch den Kopf gegangen ist, als Monique von zu Hause ausgerissen ist.«

»Hast du einen Verdacht, wer sich an ihr vergangen haben könnte?«

Wieder knetete sich Marie-Claire verlegen die Hände. Sie zögerte mit der Antwort.

Isabelle baute ihr eine Brücke. »Ich weiß, dass Jean-Luc nicht Moniques leiblicher Vater war«, sagte sie.

»Das weißt du? Dann hast du mir gerade die Antwort abgenommen.«

»Ich will sowieso auf Jean-Luc hinaus und weniger auf Monique. Aber es passt ins Bild, wenn er sich an seiner Stieftochter vergangen hat. Dann wäre ihm auch zuzutrauen, dass er eine Frau vergewaltigt hat.«

»Wie kommst du denn da drauf?«

»Sein Mörder hat damals eine Nachricht hinterlassen und ihn der Vergewaltigung bezichtigt.«

»Wirklich? Das ist mir neu. Jean-Luc ein Vergewaltiger? Sagen wir mal so: Bei ihm kann ich mir das eher vorstellen als bei den meisten anderen Männern in Fragolin.«

»Stellt sich die Frage, wen er vergewaltigt haben könnte? Hattest du damals eine Patientin mit entsprechenden Symptomen?«

Marie-Claire dachte nach. Dabei naschte sie erneut von den *calissons.*

»Nein, ich kann mich an niemanden erinnern«, sagte sie schließlich. »Aber wie du weißt, gehen vergewaltigte

Frauen oft weder zum Arzt noch zur Polizei. Sie wollen, dass keiner von ihrer Schande erfährt.«

Isabelle nickte. »Wenn ich wüsste, wen Jean-Luc vergewaltigt hat, dann hätte ich eine Spur, die womöglich zu seinem Mörder führt.«

»Ich werde in aller Ruhe darüber nachdenken. Ich habe noch meine alte Patientenkartei, die gehe ich mal durch. Vielleicht fällt mir doch noch was ein.« Die alte Dame lächelte. »Dann werfe ich dir einen Kieselstein ans Fenster.«

37

Es gab ein Kinderspiel, da sprang man vor und zurück, man sprang zur Seite und drehte sich im Kreis, und am Schluss war man wieder am Anfang. Genauso fühlte sich Isabelle mit ihren Nachforschungen. Es ging mal vor, dann wieder zurück. Aber wirklich weiter kam sie nicht. Jetzt wusste sie sogar, dass das Mordopfer zu Lebzeiten Sodbrennen hatte und sich womöglich an seiner Stieftochter vergangen hatte. Ersteres war ein ärztlich attestiertes Faktum, das Zweite eine Spekulation. Es könnte auch Moniques Lehrer gewesen sein oder sogar der Dorfpfarrer. Hatte es alles schon gegeben. Und selbst wenn es stimmte, brachte es keinen Fortschritt. Allenfalls rundete es das psychologische Profil des Mordopfers ab, doch es brachte keinen Hinweis auf ein späteres Vergewaltigungsopfer, das in der Lage war, zurückzuschlagen – entweder selbst oder in Gestalt eines aufgebrachten Ehemannes oder Bruders.

Sie konnte sich beglückwünschen, dass sie mit Marie-Claire eine unerwartete Informationsquelle aufgetan hatte. Was für ein Glücksfall, dass Marie-Claire Fragolins alte Ärztin war, die von fast allen Bewohnern die Krankengeschichte kannte. Blieb die Frage: Würde sich Marie-Claire doch noch an ein mögliches Vergewaltigungsopfer erinnern? Im Kinderspiel hopste man nach vorne, dann zweimal zur Seite und wieder zurück. Isabelle glaubte nicht an den Kieselstein an ihrem Fenster.

Sie war immer noch erschüttert von der Information, dass Monique als junges Mädchen missbraucht worden war. Das arme Ding. Kein Wunder, dass sie von Männern nichts mehr wissen wollte.

Vor und zurück, dann wieder im Kreis. Sie erfuhr immer mehr über die Menschen in Jean-Lucs Umfeld. Sie kannte seine demente Frau, hatte mehrfach mit seiner Schwägerin gesprochen, duzte sich mit seiner Stieftochter, die sich überdies von ihr angezogen fühlte.

In ihrer Schreibtischschublade lag ein Foto, auf dem das Mordopfer mit Freunden abgebildet war, die keiner kannte. Ob sie das Foto mal Monique zeigen sollte? Das könnte sie tun. Und dann? Dann war sie wieder ein Stückchen klüger, aber es würde sie nicht voranbringen. Erneut wäre sie nach vorne gehüpft, dann wieder zurück, um sich schließlich im Kreis zu drehen.

Um sich abzulenken, dachte sie an die beiden Mordfälle, mit denen ihre Kollegen befasst waren, an den entmannten Toten vom Strand und an jenen, der in der Badewanne auf obszöne Weise erstickt war. Auch wenn es keinen Zusammenhang zu geben schien und die Indizienlage dagegen sprach, nach ihrem Gefühl handelte es sich in beiden Fällen um ein und denselben Täter. Grundsätzlich hatte jeder Mord eine charakteristische Handschrift, die Rückschlüsse auf den Täter zuließ. Oft hatten Leichen noch etwas zu sagen, aber ihre Sprache war schwer zu verstehen. Sie wusste nicht viel von den beiden Morden, aber die Handschrift des Täters und die Botschaften der Opfer ähnelten sich. Nicht auf den ersten Blick, aber auf den zweiten.

Was Magengrimmen verursachte, war etwas anderes, denn das psychologische Muster passte noch zu einem anderen Mord – nämlich jenem an Jean-Luc Navet. Man könnte

einwenden, dass die Tötungsinstrumente nicht unterschiedlicher sein könnten. Hier eine Mistgabel, dort ein Revolver und ein scharfes Messer, schließlich ein zweckentfremdetes Kondom. Außerdem lagen zehn Jahre dazwischen. Letzteres war kein Argument. Viele Serientäter machten zwischendurch lange Pausen, weil sie der Mut verließ, weil sie an der Tat gehindert wurden, weil sie wegen eines anderen Delikts im Gefängnis saßen – oder weil die Synapsen im kranken Gehirn vorübergehend anders geschaltet waren. Warum auch immer.
Rein hypothetisch: Wenn es sich tatsächlich in allen drei Fällen um ein und denselben Täter handeln sollte, dann befand sich selbiger auf einer Art Rachefeldzug, dann waren alle drei Opfer mutmaßliche Vergewaltiger, die er in Selbstjustiz hinrichtete. Das wäre plausibel. Stellte sich die Frage, wie er von ihren Schandtaten wissen konnte? Gab es vielleicht eine Beratungsstelle für Vergewaltigungsopfer? Oder handelte es sich beim Mörder um einen Seelsorger, dem die Frauen ihr Schicksal gebeichtet hatten? Oder hatten gar die Vergewaltiger selbst eine Beichte abgelegt? Jedenfalls hätte der Pfarrer keine Absolution erteilt!
Isabelle spürte, wie ihre Gedanken immer konfuser wurden, sie auf Abwege brachten, die in den Abgrund führten. Wenn sie all das in Betracht zog, was in ihrer Fantasie im Bereich des Möglichen lag, würde sie nie ans Ziel kommen. Dabei hatte sie schon die nächste Idee. Vielleicht hatten sich alle drei Männer an derselben Frau vergangen – Jean-Luc, Raphaël und Jacques? Aber dafür sprach nicht viel, zu unterschiedlich waren ihre Wohnorte, Berufe und familiären Situationen. Allerdings hatten sie in etwa das gleiche Alter, das immerhin. Die »Massenvergewaltigung« hätte allerdings schon vor über zehn Jahren stattfinden

müssen. Jedenfalls solange Jean-Luc noch am Leben war. Gottes Mühlen mahlten langsam, aber so langsam wohl doch nicht.
Isabelle gab sich einen Ruck. Das waren alles Hirngespinste. Wenn Balancourt von ihren wirren Überlegungen wüsste, würde er sie vom Dienst suspendieren. Gott sei Dank konnte er keine Gedanken lesen – sonst konnte er fast alles. Capitaine Briand würde einen Schritt weitergehen und sie unverzüglich in die Irrenanstalt einweisen. Es war also besser, sie behielt ihre Wahnvorstellungen für sich. Selbst Apollinaire sollte sie nichts davon erzählen. Noch besser wäre es, wenn sie ihren Verstand wieder auf Normalbetrieb schaltete und sich einer systematischen Vorgehensweise befleißigte. Einen Hüpfer nach vorne, zwei zur Seite, einen zurück, dann im Kreis …

Isabelle griff zum Telefonhörer und wählte die Nummer von Florence. Sie hatte Glück, Bernadettes Schwester war zu Hause. Schnell kam sie auf den Grund ihres Anrufs zu sprechen. Sie nahm Bezug auf ihr letztes Gespräch, in dem Florence Bernadettes voreheliche Affäre mit einem verheirateten Mann offenbart hatte. Dieser war Moniques leiblicher Vater. Isabelle sagte, dass sie gerne seinen Namen wissen wolle.
Florence hatte dafür nur ein Lachen übrig. Nie und nimmer gebe sie dessen Identität preis.
Isabelle fragte, ob der Mann überhaupt von Moniques Existenz wisse.
Doch, doch, antwortete Florence, er wisse schon, dass er eine Tochter habe, aber er habe nie Kontakt zu ihr aufgenommen. Und auch Bernadette habe ihn nie mehr gesehen. Das sei auch gut so, denn Moniques offizieller und

einziger Vater sei nun mal Jean-Luc Navet. Das sei schon kompliziert genug gewesen.

»Ich will mich mit ihm nicht über seine Vaterschaft unterhalten«, sagte Isabelle, »auch nicht über seine Tochter. Ich muss gar nicht mit ihm reden. Ich will nur wissen, wer es ist. Dieses Puzzlesteinchen fehlt noch in meinem Bild.«

»Was glauben Sie, dass Sie auf dem fertigen Bild sehen würden?«, fragte Florence.

»Nichts Spezielles«, gestand Isabelle ein, »aber immerhin wäre es dann komplett.«

»Jean-Lucs Mörder werden Sie so nicht finden.«

»Wohl eher nicht«, gab sie zu, »da haben Sie recht.«

»Was wollen Sie dann von Moniques Erzeuger?«

»Gar nichts, ich will nur seinen Namen.«

Isabelle hörte, wie Florence im Zimmer auf und ab ging.

»Ich werde Ihnen den Namen nicht geben«, sagte sie schließlich.

»Das muss ich wohl akzeptieren.«

»Aber ich kann Ihnen verraten, wo Sie in der Nähe von Saint-Tropez göttlich essen können.«

Isabelle schaltete schnell. »Für einen Restauranttipp bin ich immer dankbar.«

Die *Auberge* sei völlig unscheinbar, sagte Florence, sie liege außerhalb an der Landstraße, man könne sie mit einer Autowerkstätte verwechseln. Dann nannte sie den Namen und die Adresse. Sie wünschte guten Appetit und legte auf.

38

Die Textnachricht auf dem *portable* kam zur rechten Zeit. Monique schrieb, dass es ihr leidtue, aber sie müsse ihr Treffen in Cannes auf morgen Abend verschieben. Sie hoffe, dass Isabelle könne, denn sie freue sich sehr auf sie. Schließlich das Symbol eines roten Kussmundes.
Isabelle schrieb eine kurze Antwort. Irgendwie war sie erleichtert. Zwar wollte sie ihr Gespräch mit Monique fortsetzen, möglichst bald sogar, aber die Vorstellung einer schummrigen Bar mit einer schnurrenden Monique fand sie doch reichlich irritierend. Sie musste sich an den Gedanken erst gewöhnen und außerdem überlegen, wie sie sich aus der Affäre ziehen könnte. Da war ihr eine kleine Terminverschiebung mehr als recht.
Auf dem Weg zum *Hôtel de ville* kam ihr ein schlurfender Leclerc entgegen, der ausgesprochen misslaunig dreinblickte. Er erklärte, dass ihm wieder einmal die Decke auf den Kopf falle, Clodine habe keine Zeit, weil sich irgendein blöder Duftkerzenvertreter angekündigt habe, das Buch über Jean Renoir, das er gerade lese, sei öde und voller Ungenauigkeiten, und vom Pastis im *Café des Arts* habe er einen trockenen Mund bekommen. Er fürchte, verrückt zu werden, und trage sich mit der Absicht, van Goghs Beispiel zu folgen und sich ein Ohr abzuschneiden.
Isabelle merkte sehr wohl, dass er dabei leise lächelte, aber sein Frust schien nicht gespielt. Sie kannte ihn mittlerwei-

le gut genug, um beunruhigt zu sein. Leclerc hatte einen fatalen Hang zu unüberlegten Handlungen – vor allem, wenn er sich eingeengt fühlte.
»Darf ich dich zum Essen einladen?«, fragte sie, einem spontanen Einfall folgend.
Er sah sie skeptisch an. »Ins Bistro zu Jacques?«
»Nein, wir müssten ein Stück mit dem Auto fahren, Richtung Saint-Tropez.«
Sein Gesicht hellte sich auf. »Das klingt fantastisch.« Er deutete eine Verbeugung an. »Ich bin reisefertig.«
»Das Lokal ist mir empfohlen worden«, sagte sie. »Ich war noch nie dort. Ist wohl nichts Besonderes, steht bestimmt nicht im Guide Michelin.«
»Macht überhaupt nichts. Können wir losfahren?«
Sie sah auf die Uhr und nickte. »In einer Stunde. Aber du versprichst, dass du dich so unauffällig wie möglich benimmst.«
Er grinste. »Das liegt in meinem Charakter.«
»Eben nicht, deshalb musst du es ja versprechen.«
Er strich sich über den Bart. »Im Spiegel erkenne ich mich selber nicht mehr, da kann also gar nichts passieren.«
»Nach Saint-Tropez würde ich dich trotzdem nicht mitnehmen, auf keinen Fall. Aber in diese *Auberge* geht deinesgleichen wohl kaum, das können wir wagen.«
»Natürlich, ist überhaupt kein Risiko.«
»Dein Wort in Gottes Ohr.«

Isabelle ging zuvor noch im Kommissariat vorbei. Sie informierte Apollinaire von ihrem Vorhaben, deutete auch an, was der eigentliche Grund ihres Ausflugs war. In diesem Zusammenhang berichtete sie von ihrem Gespräch mit der alten Ärztin Marie-Claire und vom schlimmen

Verdacht, dass sich Jean-Luc Navet an der jungen Monique vergangen haben könnte.
Apollinaire erging es ähnlich wie ihr, er war fassungslos. Aber es passe ins Bild, Navet sei eben wirklich ein Schwein gewesen. Nur bringe sie diese Erkenntnis nicht weiter.
Er kam auf ihren geplanten Essenstermin zurück und darauf, dass sie Leclerc mitnehmen wollte. Er fragte, ob er hinter ihr herfahren und ihnen Schutz bieten solle. Im Falle des Falles, man wisse ja nie.
Sie lehnte mit einem Lächeln ab. Apollinaires Fähigkeiten als Personenschützer dürften dramatisch unterentwickelt sein. Auf was anderes als auf sein Archiv hatte er in seinem bisherigen Leben nicht aufgepasst.

Die Fahrt verlief kurzweilig. Leclerc unterhielt sie mit launigen Anekdoten über die sogenannte feine Gesellschaft, der er zwar einerseits selber angehörte, die er aber andererseits aus ironischer Distanz betrachtete.
Bei der *Auberge* angekommen, die tatsächlich in einer ehemaligen Autowerkstätte untergebracht war und mit einer verrosteten Hebebühne aufwartete, fanden sie nur mit Mühe einen Parkplatz. Einige Automarken ließen Zweifel aufkommen, ob das Lokal wirklich so einfach war, wie es aussah. Auf der Terrasse standen unter blauen Schirmen billige Plastikstühle, von denen jeder besetzt war. Schließlich gelang es ihnen, in der guten Stube einen Tisch zu ergattern. Obwohl sie noch gar nichts bestellt hatten, wurden ihnen bereits verschiedene Terrinen hingestellt. Beim Blick in die Weinkarte schnalzte Leclerc mit der Zunge. Er fragte, ob sie das Essen aus eigener Tasche bezahlen müsse oder ob dafür der Staat aufkomme. Alternativ sei er gerne bereit, ihr bei späterer Gelegenheit die Kosten für den

Wein zu erstatten. Aber es sei ihm nicht möglich, auf die Bestellung einen seiner Lieblingsweine zu verzichten, noch dazu handle es sich um den besten Jahrgang seit dem Sturm auf die Bastille.

Schon bei der *terrine de canard,* spätestens aber bei den Tournedos Rossini, ganz klassisch mit gebratener *foie gras,* Scheiben vom Périgord-Trüffel und an Madeirasauce, wurde ihnen klar, dass es sich bei dieser unscheinbaren *Auberge* um einen Geheimtipp der besonderen Art handelte. Leclerc war geradezu entzückt und wollte wissen, ob sie noch weitere solche Empfehlungen habe.

Isabelle hätte ihm wahrheitsgemäß erzählen können, wie sie zu dieser Adresse gekommen war. Auch hätte sie ihm verraten können, warum sie dem Wirt, der schulterlange graue Haare hatte und viele Gäste mit Handschlag begrüßte, mehr Interesse schenkte als den Tournedos mit Gänsestopfleber. Aber natürlich gab sie nichts davon preis. Stattdessen probierte sie von Leclercs sündhaft teurem Wein. Sie fand ihn gut, dachte aber, dass sie zu wenig davon verstand, um ihn angemessen würdigen zu können.

Außer dem *patron* kam niemand in Frage. Er musste es sein. Anders war der Hinweis von Florence nicht zu verstehen. Der Restaurantbesitzer war Moniques Vater. Und zwar der richtige, der leibliche Vater. Er hatte mit ihrer Mutter ein voreheliches Verhältnis gehabt. Er war damals verheiratet gewesen und hatte sie sitzenlassen. Dann hatte Jean-Luc Navet die schwangere Bernadette vor den Traualtar geführt – und jeder hatte geglaubt, Monique sei sein Kind. Wahrscheinlich hatte es auch Monique geglaubt. Aber dem war nicht so.

Isabelle folgte dem *patron* mit den Augen. Er war gut aussehend. Sie fand, dass es durchaus Ähnlichkeiten zwischen ihm und Monique gab. Aber vielleicht bildete sie sich das nur ein. Wenn man etwas zu wissen glaubte, beeinflusste das die Wahrnehmung.

War es wichtig, ob er der Vater war? Eigentlich nicht. Oder doch?

Sie nahm erneut einen Schluck vom Wein.

Der *patron* kam an den Tisch und stellte ihnen die Auswahl der Desserts vor. Der Mann war sympathisch. Aber das hatte nichts zu besagen, das waren viele.

Sie entschied sich für *crème caramel.*

Ob es am Wein lag, der ihre Gedanken beflügelte? Jedenfalls kam ihr plötzlich alles ganz einfach vor. Jean-Luc Navet musste keine andere Frau vergewaltigt haben, keine Valerie nach dem Mimosenfest, auch sonst niemanden. Es reichte völlig, dass er sich an Monique vergangen hatte. Sie war das Vergewaltigungsopfer, niemand sonst. Ob minderjährig oder nicht, eine Vergewaltigung ist keine Frage des Alters. Ihr leiblicher Vater hatte davon erfahren, womöglich von Bernadette. Aber da war es schon zu spät. Monique hatte sich bereits aus dem Staub gemacht, war nach Marokko geflohen. Daraufhin hatte er dem Schänder seines Kindes im Wald aufgelauert und ihn abgestochen. Voller Hass und ohne Gnade. Mehr hatte er für Monique nicht mehr tun können. Seiner Tochter, von der niemand wusste, dass sie es war, bis auf Bernadette und ihre Schwester Florence. Dann hatte er dem toten Jean-Luc die anklagenden Buchstaben auf die Stirn geschrieben: *Violeur,* Vergewaltiger. Aber als man die Leiche fand, war das Wort nicht mehr zu lesen gewesen.

»Hörst du mir überhaupt zu?«, fragte Leclerc.

»Entschuldige, ich war mit meinen Gedanken woanders«, musste sie zugeben.

»Das war nicht zu übersehen. Du bewegst beim Nachdenken deine Lippen, weißt du das?«
Isabelle langte sich verlegen an den Mund. »Glaube ich nicht.«
»Doch, ganz bestimmt. Was beschäftigt dich so sehr, dass meine Worte nicht zu dir vordringen?«
»Ach, nichts. Tut mir leid«, sagte sie.

Später, beim Abschied, gab ihr der *patron* die Hand. Sie hielt sie etwas länger fest als nötig und sah ihm in die Augen. Sie hatten dieselbe Farbe wie bei Monique. War er Rechts- oder Linkshänder? Der Händedruck war kräftig. Aber vielleicht konnte seine linke Hand noch fester zupacken?

39

Apollinaire wollte wissen, wie sich Pierre Leclerc alias Rouven Mardrinac betragen hatte. Sie konnte nichts Schlechtes berichten. Leclerc habe sich so über den unerwarteten Ausflug gefreut, dass er brav gewesen sei wie ein Schoßhündchen. Sah man mal von dem Wein ab, den er bestellt hatte. Sie würde auf sein Angebot zurückkommen und sich den Betrag irgendwann erstatten lassen. Alkoholische Getränke dieser Preisklasse waren in der Spesenordnung der *Police nationale* nicht vorgesehen.

Anschließend erzählte sie von der *Auberge* und vom smarten *patron,* der von allen nur Maxime genannt wurde. Sie machte Apollinaire mit ihrer neuen Theorie vertraut. Dabei formulierte sie sehr vorsichtig und betont in der Möglichkeitsform, denn mit einem gewissen Abstand war sie sich nicht mehr so sicher. Sie wollte nicht schon wieder ein Kartenhaus aufbauen, das nur auf Spekulationen basierte – und dann beim leisesten Luftzug in sich zusammenfiel. Apollinaire sollte nicht denken, dass er eine Spinnerin zur Chefin hatte. Gleichwohl zählte es zur detektivischen Arbeit, Hypothesen zu entwickeln, die mehr oder weniger plausibel erschienen, die es zu bestätigen oder zu widerlegen galt. Ohne Erklärungsversuche ging es nicht.

»Wir brauchten mal wieder eine DNA«, sagte Isabelle, »aber nicht auf dem offiziellen Weg.«

»Ich verstehe.« Apollinaire nickte. »Eine DNA von Maxime, um herauszufinden, ob er wirklich Moniques Va-

ter ist. Das bekomme ich hin. Ich lasse mir was einfallen.«
»Aber bitte diskret, er soll nichts davon mitbekommen.«
»Diskret, natürlich, ich bin die Unauffälligkeit in Person.«
Isabelle konnte nicht anders, sie musste lachen. Denn Apollinaire stand vor ihrem Schreibtisch wie eine zu groß geratene Vogelscheuche mit Bandscheibenvorfall. Für Undercovereinsätze war seine äußere Erscheinung denkbar ungeeignet. Aber sie vertraute seinem Improvisationstalent.
»Wir sollten aber nicht auf das Ergebnis warten«, fuhr sie fort. »Parallel könnten Sie recherchieren und möglichst viel über Maxime herausbekommen.«
»Recherchieren? Na klar, selbstverständlich. Ich fühle ihm auf den Zahn.«
Sie hob mahnend den Finger.
»Alles klar«, sagte er, »auch das natürlich so diskret wie möglich.«
»Richtig. Wir wollen keine Pferde scheu machen.«
»Pferde?«
»Im übertragenen Sinne. Mein lieber Apollinaire, Sie dürfen nicht immer alles wörtlich nehmen.«
»Ach so, das müssen Sie dazusagen.« Er langte sich theatralisch an den Kopf. »Obwohl die metaphorische Rede in diesem Fall offensichtlich war. Wir wollen weder Maxime noch Monique in Aufregung versetzen, das versteht sich von selbst.«

Isabelle stand auf und ging im Büro hin und her. Wieder mal gingen ihr die beiden aktuellen Morde durch den Kopf. Der Tote von Pampelonne und der andere aus Grasse. Das war schon fast eine fixe Idee, dass sie immer wieder nach einer Verbindung suchte. Eine Verbindung nicht nur in der Gegenwart, sondern eine, die über zehn Jahre zurückreichte. Wenn Maxime tatsächlich die Vergewaltigung seiner Tochter gerächt haben sollte, dann hätte er kein Motiv für die anderen Morde. Wenn, wenn ... Warum gab es so viele Wenn?

Sie blieb vor dem Kaktus stehen und prüfte die Erde.

»Er braucht kein Wasser«, sagte Apollinaire, der ihr ansonsten schweigend mit den Augen folgte. »Die meisten Kakteen gehen ein, wenn sie zu viel gegossen werden.«

Wenn, wenn ... Ihr fiel ein, dass ihr schon mal der Gedanke gekommen war, dass sich Jean-Luc, Raphaël und Jacques gekannt haben könnten und dass sie vor zehn Jahren gemeinsam über dieselbe Frau hergefallen waren. Aber da hatte sie noch nicht in Erwägung gezogen, dass Monique das Opfer gewesen sein könnte. Damit war alles anders.

Alles anders? Warum eigentlich? Nichts war anders. Plötzlich lief es ihr kalt den Rücken hinunter. Sie ging zu ihrem Schreibtisch, öffnete die Schublade mit dem Bild aus Bernadettes Wohnung, nahm den Rahmen in die Hand und betrachtete die vier jungen Männer. Das in der Mitte war Jean-Luc Navet. Die anderen waren Freunde, die keiner kannte. Weder hatte Clodine sie je gesehen, noch konnte sich Florence an sie erinnern – und Bernadette sowieso nicht.

Die Männer auf dem Foto lachten, sie sahen so harmlos aus und unbeschwert. Ihr schauderte bei dem Gedanken, dass sie sich alle an Monique vergangen haben könnten. Die Verletzungen, von denen Marie-Claire berichtet hatte, würden dazu passen. Sie hatten sie gefesselt, geschlagen, hatten sie brutal ...

Sie wollte sich das nicht weiter ausmalen. Dabei würde ihr schlecht. Hatte sie eine kranke Fantasie, oder lag das im Bereich des Möglichen?

Sie schnippte mit den Fingern. »Kann ich mal die Fotos von Raphaël Dubois und Jacques Legrand sehen.«
Apollinaire druckte sie aus und legte sie auf den Tisch. Sie stellte den Rahmen mit dem alten Foto daneben.
Apollinaire kratzte sich am Kopf. »Das meinen Sie nicht wirklich, oder?«
Sie deutete auf das Bild von Raphaël Dubois, dann auf den Mann im Rahmen ganz rechts. »Die sehen sich ähnlich, finden Sie nicht?«
Er legte den Kopf auf die Seite und kniff die Augen zusammen. »Tja, irgendwie schon. Die Nase, die Lippen. Aber der tote Dubois war viel dicker.«
»Manche Menschen brauchen Jahrzehnte, um fett zu werden«, stellte sie lakonisch fest.
»Und der Typ neben Navet, das könnte Legrand sein«, spekulierte er.
Isabelle musste sich setzen.
Apollinaire sah an die Decke, dann wieder auf die Fotos. »Aber warum?«
»Warum sie umgebracht wurden? Mir fällt nur eine Erklärung ein. Sie haben sich alle drei an Monique vergangen. Wenn ich den Gedanken weiterführe, dann wurden sie dafür zur Rechenschaft gezogen. Jean-Luc Navet recht bald, die beiden anderen erst jetzt. Dem einen stand's auf die Stirn geschrieben, dem anderen wurde sein bestes Stück abgeschnitten, und der Dritte ist in einem Kondom erstickt. Drei Tote mit einer Botschaft: Ich bin ein Schwein!«
»Und als Mörder käme für alle drei dieser Maxime in Betracht?«
Sie zögerte mit der Antwort. »Das wäre plausibel, vorausgesetzt, er ist wirklich Moniques leiblicher Vater.«
»Buh, das ist heftig.«

Sie schlug mit der Faust auf den Tisch. »Ich will nicht länger herumspekulieren«, sagte sie energisch. »Bevor sich das in mein Hirn einbrennt und vielleicht wieder als falsch herausstellt, müssen Fakten her. Erstens, wir brauchen Fotos von Dubois und Legrand von früher.«

»Oder wir zeigen das Gruppenfoto ihren Familien.«

»Ja, geht auch. Zweitens brauchen wir die DNA von Maxime, drittens den Abgleich mit Monique.« Sie überlegte. »Viertens könnte ich Monique fragen, sie müsste ihre Peiniger kennen.« Sie stützte den Kopf in die Hände. »Aber ich weiß nicht, ob das eine gute Idee ist«, sagte sie leise. »Wer weiß, wie sie darauf reagiert? Wenn sie von denen wirklich als junges Mädchen vergewaltigt wurde, dann könnte sie beim Anblick des Bildes völlig ausrasten. Ich möchte nicht für einen Nervenzusammenbruch verantwortlich sein.«

»Aber es wäre am einfachsten«, entgegnete Apollinaire.

»Nicht gesagt. Falls Monique posttraumatisch kollabiert, erfahren wir gar nichts.«

»Eigentlich schon, denn allein die Reaktion wäre eine Bestätigung.«

»Das ist wahr. Trotzdem glaube ich nicht, dass ich das Risiko eingehen werde. Na ja, mal sehen.«

»Dann mache ich mich an die Arbeit. Ich soll ja auch noch diesen Maxime genauer unter die Lupe nehmen.«

»Erst die DNA, das ist wichtiger. Maxime hat bei der Arbeit ein Glas auf der Theke stehen, bei dem er ab und zu vorbeigeht, um einen Schluck zu nehmen. Vielleicht können Sie es stibitzen?«

»Dazu müsste ich dort essen.«

»Kein Problem, nehmen Sie Shayana mit, sie wird sich freuen. Dic Rechnung zahlt die *Police nationale*.«

»Hört sich gut an. Und steht ganz oben auf der Prioritätenliste.« Er grinste. »Welchen Wein hat Leclerc bestellt?«
Isabelle drohte ihm mit dem Finger. »Es gibt einen offenen *vin en carafe*, der sollte es tun.«
»War ein Scherz.«
»Ich weiß.«
Während er zu seinem Schreibtisch ging, nahm Isabelle erneut das gerahmte Foto in die Hand.
»Und wer bist du?«, flüsterte sie, auf den vierten Mann blickend. »Hast du dich an der Schweinerei beteiligt? Wenn ja, solltest du auf dich aufpassen. Oder wir haben bald einen vierten Toten.«

40

Man merkt, dass du aus Paris kommst«, sagte Thierry, den Isabelle im Treppenhaus des *Hôtel de ville* getroffen hatte. »Die *Auberge* in der alten Autowerkstätte kennt hier jeder Feinschmecker. Da hätten wir auch mal hingehen können. Stattdessen nimmst du diesen Leclerc mit. Fast bin ich eifersüchtig.«
Sie lächelte. »Ihm hat's geschmeckt.«
»Das glaub ich. Bin froh, wenn er wieder abreist.«
»Ich auch. Obwohl, nett ist er schon.«
»Aber ich bin netter!«
»Du hast ein gesundes Selbstbewusstsein.«
»Natürlich, sonst wäre ich nicht Bürgermeister.«
»Kennst du den *patron* der *Auberge?*«
»Maxime? Natürlich kenne ich ihn. Vor allem kennt er mich, das ist viel wichtiger.«
»Was ist das für ein Mensch?«, fragte sie.
»Er ist Wirt mit Leib und Seele, immer freundlich, sehr charmant. Aber wie es hinter der Fassade ausschaut, weiß ich natürlich nicht. Spielt auch keine Rolle, Hauptsache, er hat für mich immer einen Tisch frei.«
»Hat er mal in Fragolin gelebt?«
»Nicht dass ich wüsste.« Thierry lachte. »Warum? Hat er jemanden umgebracht?«
Sie stimmte in sein Lachen ein, aber nicht so locker, irgendwie verkrampft. Thierry konnte ja nicht ahnen, dass er mit seinem Scherz womöglich ins Schwarze getroffen hatte.

Sie sah auf die Uhr. »Du entschuldigst mich, ich muss weiter.«
»Hast du heute Abend Zeit?«, fragte er. »Wir könnten ans Meer fahren und baden.«
»Geht leider nicht. Ich muss nach Cannes, bin dort in einem Club verabredet.«
»Du treibst es ja immer toller. Wie ist sein Name?«
Sie schmunzelte vieldeutig. »Ich bin mit einer jungen Frau verabredet. Sie ist hübsch und findet, dass ich gut rieche.«
Er runzelte die Stirn. »Du verwirrst mich. Ich glaube, wir müssen uns mal unterhalten.«
»Nein, müssen wir nicht, ist dienstlich.«
»Das habe ich meiner Frau auch immer gesagt. Irgendwann hat sie sich scheiden lassen.«

Es war bereits dunkel, als Isabelle in Cannes ihr Auto parkte. Sie hatte den Polizeiwagen genommen, da konnte sie das Halteverbot ignorieren. Und später würde es keine Alkoholkontrolle geben, obwohl sie nichts trinken wollte. Beim Aussteigen beeilte sie sich, denn sie erinnerte sich an ihr Badeabenteuer und war auf keine Wiederholung scharf. Sie entsprach nicht gerade dem Bild einer Polizeibeamtin. Sie hatte einen schwarzen, kurzen Rock an, ihr ebenfalls schwarzes T-Shirt war hauteng, um den Hals trug sie ein schweres Kreuz. Ihre Pistole hatte sie im abgesperrten Handschuhfach gelassen. Dort lag auch das Foto mit den vier Kumpanen. Sie könnte es ja immer noch holen, aber das hielt sie für nicht sehr wahrscheinlich.
Am Eingang des Clubs gab es einen kräftigen Türsteher mit gepiercter Oberlippe und tätowierten Armen. Er wies

gerade einige Gäste ab, die jünger waren als sie und viel schicker. Sie wollte ihm schon sagen, dass sie mit Monique verabredet war, aber das war nicht nötig.
»Salut, mon bijou«, sagte er, ganz so, als ob sie sich schon ewig kennen würden, und machte den Weg frei.
Innen erwartete sie szenige Musik und eine Atmosphäre, die sie aus Paris kannte. Wie erwartet sah sie fast nur Frauen, und die wenigen Männer waren offenbar vom anderen Ufer. Aber der Club hatte nichts Anrüchiges, er war auch nicht schummrig und schon gar nicht obszön, sah man mal davon ab, dass sich einige Damen sehr nahe kamen. Aber das taten in anderen Clubs auch heterosexuelle Paare. Wo war da der Unterschied?
Isabelle wurde plötzlich von hinten fest umarmt. Sie musste sich beherrschen, um nicht reflexartig mit dem Ellbogen auszuschlagen.
»Gut schaust du aus«, schnurrte ihr Monique ins Ohr. »Was magst du trinken? Du bist mein Gast.«

Später tanzten sie, mal jeder für sich alleine, dann wieder eng, aber nicht allzu sehr. Dennoch fühlte sich Isabelle, als ob sie in einem falschen Film mitspielen würde. Monique stellte sie einigen Freundinnen vor. Es wurde gelacht und gewitzelt. Männer kamen nicht gut weg dabei. Aber meistens wurden sie überhaupt nicht erwähnt.
Schließlich machten sie es sich in einer Ecke auf orientalischen Kissen bequem.
»Schön, dass du gekommen bist«, sagte Monique. Dabei streichelte sie wie selbstverständlich Isabelles nackten Oberschenkel. Das war zu ertragen. Aber wenn Moniques Hand weiter nach oben wandern würde oder ganz woandershin, würde sie dem Einhalt gebieten.

Isabelle überlegte, warum Monique so geworden war. Ein Wunder war es nicht, nach ihren Erfahrungen als junges Mädchen. Gerne hätte sie mit ihr darüber gesprochen, aber sie erinnerte sich an das gegebene Versprechen, nicht über früher zu reden.
Es war dann Monique selbst, die den Vorsatz brach. Erst fragte sie, ob Isabelle den Mörder ihres Vaters gefunden habe. Als Isabelle verneinte, begann sie stockend von ihrem Vater zu erzählen, den sie als kleines Kind geliebt und später gehasst habe. Er sei ja auch nicht ihr richtiger Vater gewesen, der hätte das nie getan.
»Was hätte er nie getan?«, fragte Isabelle.
Monique sah sie an. »Ich glaube, du weißt es.«
Isabelle nahm sie in den Arm. »Ich ahne es. Deshalb willst du von Männern nichts mehr wissen, stimmt's?«
»Achmed war nicht viel besser, dann habe ich es aufgegeben.«
»Kann ich verstehen«, sagte Isabelle. Und es war ihr voller Ernst.
Monique langte wieder an Isabelles Schenkel. Mit der anderen Hand glitt sie langsam unter ihr T-Shirt. Isabelle versuchte an ihre Masseurin zu denken, da war sie nackt und fand auch nichts dabei.
»Jean-Luc war nicht der Einzige«, sagte Isabelle, »habe ich recht?«
Monique begann zu zittern, ihre Hände verkrampften sich. Sie drückten so fest zu, dass es weh tat. Ihre Fingernägel bohrten sich in ihr Fleisch. Aber Isabelle verzog keine Miene.
»Wie viele waren es?«, fragte sie.
»Zu viele, viel zu viele«, schluchzte Monique.
»Jean-Luc, Raphaël, Jacques …«

Ihre Augen waren schreckensweit. »Bitte hör auf. Ich will nicht daran denken. Das war in meinem vorigen Leben, danach bin ich gestorben. Und jetzt bin ich wieder da. Aber ich bin eine andere Monique, ich hab nur zufällig denselben Namen.« Sie rang nach Luft.

Isabelle drückte Monique an ihre Brust und streichelte ihre Haare. »Ist ja gut, alles gut.«

Moniques Atem beruhigte sich. Isabelle hätte gerne weitergefragt, vor allem wollte sie die Namen bestätigt haben, aber sie traute sich nicht. Sie war schon an die Grenze gegangen. Noch ein Schritt weiter, und Monique würde zusammenbrechen. Damit war niemandem geholfen. Außerdem tat sie ihr leid. Sie kam sich vor wie eine ältere Schwester, die von Monique Unheil abwenden und Trost spenden musste.

»Alles ist gut«, wiederholte sie leise.

Monique wischte sich einige Tränen aus dem Gesicht. Dann gab sie Isabelle überfallartig einen Kuss, direkt auf den Mund. Sie spürte ihre Zunge. Ihre Hände waren dort, wo sie nicht hinsollten.

Behutsam versuchte Isabelle Monique wegzuschieben. Sie klammerte, ihre Lippen schienen sich festzusaugen. Sie war viel stärker, als Isabelle erwartet hätte. Sie wollte ihr nicht weh tun, weder körperlich noch seelisch, aber jetzt ging es ihr definitiv zu weit. Schließlich schaffte sie es, sich von ihr zu lösen.

Monique sah sie schwermütig an. »Was ist? Magst du mich nicht?«

»Doch, ich mag dich sehr«, sagte Isabelle, »aber nicht so, wenn du verstehst.«

»Das kannst du doch gar nicht wissen. Ich bin sicher, dass du es genießen würdest. Oben gibt es Zimmer. Wollen wir raufgehen?«

Isabelle lächelte und schüttelte verneinend den Kopf.
»Vielleicht solltest du vorher was rauchen, dann fällt es dir leichter.«
»Monique, ich bin bei der Polizei. Ich darf vieles, aber das ganz bestimmt nicht.«
»Oder wir trinken Champagner. Du kommst schon noch in Stimmung, wirst sehen.«
»Vielleicht, aber nicht heute Abend. Ist besser so, glaub mir.«
Isabelle wusste nicht, warum sie ihr Hoffnung machte.
»Schade. Du tust mir so gut.«
»Was ist, wenn deine Freundin von uns erfährt? Sie ist dir doch wichtig, oder?«
»Manon? Na klar ist sie mir wichtig, ich liebe sie. Aber sie würde es verstehen. So sind wir, das kannst du nicht wissen. Du bist ja kein Mann, da würde sie durchdrehen, aber eine Affäre mit einer anderen Frau würde sie akzeptieren. Solange ich sie nicht verlasse. Ich bin das Größte in ihrem Leben. Jedenfalls sagt sie das immer, und ich spüre, dass sie es auch so meint.«
Isabelle stand auf.
»Komm, lass uns tanzen!«
Monique ließ sich hochziehen. Dabei lächelte sie. Sie war ihr nicht böse. Sie schleuderte ihre Schuhe davon, fuhr sich durch die Haare, hob die Hände und drehte einige wilde Pirouetten. Isabelle musste sie auffangen, sonst wäre sie gestürzt. Dann hakten sie sich unter und gingen nach vorne, dort, wo ein DJ für Stimmung sorgte. Isabelle hatte jetzt richtig Lust, sich auf der Tanzfläche auszutoben. Dort ging gerade die Post ab. Die Mädels konnten feiern, das musste man ihnen lassen. Thierry und Leclerc würden staunen. Für eine gute Party waren sie überflüssig. Sie schmunzelte. Aber sonst nicht!

41

Auf dem Weg durch Fragolin wurde sie von Sergeant Albertin begrüßt, der Außendienst schob und nach verdächtigen Besuchern Ausschau hielt. Er fragte, ob sie neue Informationen zum Rauschgiftkartell habe. Isabelle war noch etwas benebelt vom gestrigen Abend, und so brauchte sie einige Sekunden, um ihn zu verstehen. Erst dann erinnerte sie sich an ihren Einfall mit den Drogen dealenden Schwarzafrikanern und daran, dass sie die Gendarmerie um Amtshilfe gebeten hatte. Sie verneinte bedauernd, versuchte aber mit ernstem Gesichtsausdruck der imaginären Bedrohungslage gerecht zu werden. Nun, es war ja auch kein Spaß, nur ganz anders, als es die Kollegen von der Gendarmerie glaubten – und im schlimmsten Fall auch gefährlicher. Albertin deutete einen militärischen Gruß an und konzentrierte sich wieder auf die Passanten. Gut so.

Isabelle warf im Vorbeigehen durch das Schaufenster einen Blick in Clodines Laden. Weil sich dort einige Kunden aufhielten, ging sie weiter. War vielleicht auch besser, denn sie war immer noch nicht richtig wach. Spät war es gestern Abend geworden oder, besser gesagt, früh und schon längst nicht mehr gestern. Aber irgendwann hatte sie den Absprung geschafft. Weil sie wenig getrunken und viel getanzt hatte, war ihr auch die Rückfahrt nicht allzu schwergefallen. Die Müdigkeit war ihr erst heute Morgen in die Glieder gefahren. Und in ihren Kopf, der erst langsam auf Touren kam.

Was hatte sie bei ihrem Rendezvous mit Monique herausbekommen? Nichts, was sie nicht schon vorher geahnt hätte. Dass nämlich Monique gleichgeschlechtlich orientiert und auf der Suche nach Zärtlichkeit war. Dass sie als junges Mädchen oder noch im Kindesalter von ihrem Vater missbraucht worden war, und zwar nicht nur von ihm, sondern auch von mutmaßlichen Freunden. Isabelle erinnerte sich an Moniques panische Reaktion, als sie die Namen genannt hatte – Raphaël und Jacques. Das war fast einer Bestätigung gleichgekommen. Raphaël Dubois und Jacques Legrand, die beiden Toten von Pampelonne und aus Grasse. Isabelle hatte kaum mehr einen Zweifel. Die Morde, sie hingen zusammen, und die Motive reichten weit zurück.

Das Foto mit den jungen Männern hatte sie ihr nicht mehr gezeigt. Was vielleicht ein Fehler war – aber besser so. Bei ihrem nächsten Zusammentreffen würde sie das nachholen.

»*Bonjour,* Isabelle!«

Sie lächelte und erwiderte den Gruß des alten Alain, der gerade einen Lehnstuhl vor sein Korkgeschäft stellte, um im Schatten der Hauswand auf Touristen zu warten.

Auf den letzten Metern zum *Hôtel de ville* gelang es ihr nicht mehr, den Faden aufzugreifen. Alain hatte sie aus ihren Gedanken gerissen. Raphaël, Jacques …

Im Kommissariat angekommen, wurde sie von einem überaktiven Apollinaire erwartet. Der wollte ihr gleich mehrere Sachen auf einmal erzählen, was ihre Auffassungsgabe zu dieser Stunde deutlich überforderte. Erst brauchte sie eine Tasse mit extrastarkem Kaffee, dann einige Minuten unkonzentriertes Lesen und Blättern in der

aktuellen Ausgabe des *Var-Matin.* Sie entdeckte nichts Neues zu den beiden Mordfällen.
Schließlich war sie so weit. Verbunden mit der Bitte, die verschiedenen Themen nicht synchron, sondern nacheinander abzuhandeln, gab sie ihm grünes Licht.
Apollinaire berichtete vom Abendessen in der *Auberge,* das im Übrigen vorzüglich gewesen sei und seine Shayana entzückt habe. Es sei ihm gelungen, ein gentaugliches Corpus Delicti zu entwenden. Selbiges befinde sich bereits auf dem Weg zum Labor in Marseille.
Isabelle überlegte, ob Apollinaire immer so umständlich formulierte oder ob das an ihrer getrübten Wahrnehmung lag.
Er fuhr fort, dass er zudem weisungsgemäß die Untersuchungsakten zu den beiden Morden angefordert habe.
Isabelle grübelte. An eine entsprechende Weisung konnte sie sich nicht erinnern. Sie hatte nur um Fotos der beiden Mordopfer aus früheren Zeiten gebeten. Na egal, die Akten konnten nicht schaden.
Apollinaire rapportierte, dass er mit den Familien von Dubois und Legrand telefoniert habe. Entsprechendes Bildmaterial sei zum Abgleich der Identitäten auf dem alten Gruppenfoto unterwegs.
Zum Abgleich der Identitäten? Isabelle nahm erneut einen Schluck Kaffee.
Dagegen sei er noch nicht dazu gekommen, die Vita des *patron* Maxime auszuforschen, aber das stehe heute ganz oben auf seiner Agenda.
Isabelle nickte. So eilig war das auch nicht. Aus dem Lebenslauf des Mannes würde kaum seine Vaterschaft hervorgehen. Und erst recht nicht, ob ihm die Mordtaten zuzutrauen waren. Oder vielleicht doch? Keine Ahnung.

Ihr *portable* summte und vibrierte. Sie erhielt eine Textnachricht. In dieser bedankte sich Monique für den bezaubernden Abend. *Merveilleux, fantastique* … Sie fragte, wann sie sich wiedersehen könnten. Außerdem müsse sie ihr dringend was anvertrauen – aber nur von Angesicht zu Angesicht. Zum Schluss der schon obligatorische rote Kussmund.

Isabelle lächelte. Monique war offenbar nicht böse, dass sie auf ihr erotisches Angebot nicht eingegangen war. Was sie ihr wohl anvertrauen wollte? Oder war das ein Köder? Nun, mit der Antwort würde sie sich in jedem Fall etwas Zeit lassen.

Sie dachte gerade darüber nach, was sie als Nächstes tun könnte, da steckte Thierry seinen Kopf ins Zimmer. Ob sie Zeit und Lust für ein schnelles Mittagessen habe, fragte er.

Überrascht stellte sie fest, dass es dafür durchaus nicht zu früh war. Wo war der Vormittag geblieben? Hatte sie so lange geschlafen? Wie auch immer, der Vorschlag war so schlecht nicht. Apollinaire hatte zu tun, konkrete Ergebnisse der Recherchen lagen noch nicht vor. Viel gegessen hatte sie gestern Abend auch nicht. Sie versuchte sich zu erinnern. Genau genommen hatte sie gar nichts gegessen. Sie hatte es schlicht vergessen. Sollte ihr das zu denken geben?

Wenig später standen Isabelle und Thierry vor Jacques' Bistro. Es war kein Tisch frei, selbst für den Bürgermeister nicht und für Madame le Commissaire. Plötzlich sahen sie Leclerc, der ihnen fröhlich zuwinkte und auf zwei freie Plätze an seinem Tisch deutete.

»Der hat mir noch gefehlt«, zischte Thierry.

»Warum?«
»Mit ihm gehst du großartig in die *Auberge,* mit mir reicht's gerade zu einem bescheidenen Essen in diesem Bistro. Da soll ich nicht eifersüchtig sein?«
Isabelle boxte ihm sanft in die Rippen. »Da stehst du doch drüber. Leclerc wird uns bald verlassen.«
»Wird auch Zeit«, sagte er leise, nur noch wenige Schritte vom Tisch entfernt. Dann trug er übergangslos ein breites Lächeln zur Schau. »Hallo, mein lieber Freund«, begrüßte er ihn. »Dürfen wir uns wirklich dazusetzen? Das ist eine große Freude.«
»Falsche Schlange«, flüsterte Isabelle.
Jacques kam mit einer Schiefertafel an den Tisch, auf der die *plats du jour* standen. Schnell entschieden sie sich für ein Tagesgericht. Alle drei, denn auch Leclerc hatte zuvor noch nicht bestellt. Insofern passte alles.
Thierry sah Isabelle schmunzelnd an. »Na, wie war's gestern bei deinem Rendezvous in Cannes?«, fragte er.
Leclerc pfiff durch die Zähne. »Ein Rendezvous? Na so was.«
Thierry griff Leclerc an die Schulter. »Wir Männer haben jämmerlich versagt«, erklärte er dramatisch. »Sie müssen wissen, unsere Isabelle hat sich für eine Frau entschieden.«
»Für eine Frau? Kann ich nicht glauben.«
Isabelle sah zwischen den beiden hin und her.
»Thierry, du bist ein Idiot«, stellte sie schließlich fest. »Und Pierre, du musst gar nicht so blöd grinsen.«
»Oh, jetzt wird's persönlich, das gefällt mir.«
»Ja, ich war mit einer Frau zusammen«, sagte Isabelle. »Und sie ist zudem recht jung und hübsch und anschmiegsam.«
»Und sie findet, dass du gut riechst, richtig?«

Isabelle lachte. »Nicht nur das. Sie wollte mir tatsächlich an die Wäsche, wenn ihr versteht, was ich meine.«

»Ist nicht so schwer zu verstehen.«

»Und?«

»Na ja, ich kann gut auf mich aufpassen. Aber der Abend war trotzdem nett. Ein Club ganz ohne heterosexuelle Männer. Eine so gute Stimmung habe ich noch selten erlebt. Das sollte euch Chauvis zu denken geben.«

»Tut es nicht«, erwiderte Leclerc. »Ich war schon auf Einladungen ganz ohne Frauen, da war die Stimmung ausgezeichnet.«

»Gut gekontert«, sagte Thierry, der sich plötzlich mit Leclerc einig schien.

»Aber ihr Männer habt nicht miteinander getanzt«, stellte Isabelle fest.

Leclerc sah sie entsetzt an: »Natürlich nicht.«

»Eben, das ist der Unterschied. Wir Frauen können das. Auch dafür brauchen wir keine Männer mehr.«

»Etwas gibt es noch, für das wir gut sind.«

Isabelle schmunzelte. »Nicht für die Mädels im Club.«

»Das ist eine traurige Welt, in der wir leben.«

»Finde ich nicht, ganz und gar nicht«, sagte Leclerc. »Durch die Emanzipation der Frau haben auch wir Männer mehr Freiheiten gewonnen und tragen weniger Verantwortung. Es gibt immer noch genug Damen, die sich gerne meiner Gesellschaft erfreuen.«

»Es geht nichts über ein gesundes Selbstbewusstsein.«

Leclerc lächelte vieldeutig. »Lebenserfahrung, meine liebe Isabelle, es geht nichts über eine gesunde Lebenserfahrung.«

»Die wollen wir jetzt nicht weiter vertiefen«, sagte Thierry. »Zu Isabelles Entschuldigung wäre anzuführen, dass

sie sich dienstlich mit dieser Frau getroffen hat. Stimmt doch, oder?«
Isabelle nickte. Ihr Lächeln wich einem ernsten Gesichtsausdruck. »Ja, stimmt. Und um ehrlich zu sein, das ist alles nicht so lustig, das dürft ihr mir glauben. Monique hatte ein schlimmes Schicksal, daran wären andere zerbrochen.«
Thierry sah sie fragend an. »Welche Monique?«
»Monique Navet, du weißt schon.«
»Monique Navet? Ach so, die Tochter deines Mordopfers. Ich denke, sie ist nach Marokko ausgewandert? Und inwiefern hatte sie ein schlimmes Schicksal?«
»Das ist noch Gegenstand meiner Ermittlungen«, antwortete sie, »deshalb kann ich nicht darüber sprechen. Jedenfalls lebt sie nicht mehr in Marokko, sondern hier ganz in der Nähe.«
Isabelle war froh, dass Jacques in diesem Augenblick als Gruß aus der Küche kleine Teller mit *tomates à la provençale* auf den Tisch stellte. Sie konnte und wollte nicht über Monique reden. Es war schon ein Fehler gewesen, überhaupt ihren Namen zu erwähnen.

Auf dem Rückweg ins Kommissariat schaute Isabelle bei Clodine in ihrem Laden vorbei. Diesmal waren keine Kunden da, und ihre Freundin freute sich. Sie quatschten unwichtiges Zeug, was aber entspannend war. Dass Clodine dann doch noch auf Isabelles Essensausflug mit Leclerc zu sprechen kam, amüsierte sie. Irgendwie hatte sie gerade Talent darin, ihre Mitmenschen zu irritieren. Dabei tat sie nichts Unrechtes. Und alles hatte einen Sinn.
Isabelle erklärte diffus, dass das Essen mit Leclerc einen professionellen Hintergrund gehabt habe und mit seiner Person nichts zu tun. Außerdem sei sie ja im weitesten

Sinne seine Gastgeberin. Weil Clodine keine Zeit gehabt habe, habe sie das eine mit dem anderen verbunden. Es gebe also keinen Grund zur Beunruhigung.
Clodine lachte und meinte, dass man ja nie wissen könne. Aber Isabelle habe ja eine Liaison mit Thierry, da könne sie sich Pierre Leclerc angeln.
Isabelle wusste nicht, was sie sagen sollte. Pierre Leclerc angeln? Vielleicht, aber eben keinen Rouven Mardrinac. Doch das konnte sie nicht wissen. Und die Wahrheit durfte sie nicht erfahren! Einmal mehr hatte Isabelle ein schlechtes Gewissen. Ihrer Freundin stand eine große Enttäuschung bevor, und sie konnte sie nicht davor bewahren. Falls sie mal die Wahrheit erfahren sollte, würde sie ihr bittere Vorwürfe machen.
Isabelle nahm Clodine in den Arm. Leclerc sei ein Schwerenöter, sagte sie, ohne zu wissen, inwieweit das der Wahrheit entsprach, ein Bruder Leichtfuß, in den man sich besser nicht verlieben sollte. Er habe schon viele Herzen gebrochen, fantasierte Isabelle, sie wolle Clodine diese Enttäuschung ersparen.
Clodine meinte, das liege wohl daran, weil er bislang noch nicht die richtige Frau gefunden habe.
Isabelle musste tief Luft holen. So ein dummes Klischee. Jede Sekunde glaubte irgendwo eine Frau daran, dass sie die richtige und damit einzige sei. Weil sie es unbedingt glauben wollte. Aber mehr konnte sie nicht tun. Clodine musste die Erfahrung selber machen, es blieb ihr nicht erspart.

42

Auf dem Tisch lagen die angeforderten Akten zu den beiden Mordfällen. Sie nahm sich vor, sie bei Gelegenheit genauer zu studieren. Vorläufig war sie nur an einem interessiert – am Lichtbild in einem uralten Führerschein von Jacques Legrand. Sie hielt es neben das Gruppenfoto im Silberrahmen.

»Wir hatten recht«, sagte Apollinaire, der sich die Fotos schon vor ihrem Kommen angeschaut hatte. »Der Mann neben Jean-Luc Navet, das ist Jacques Legrand, definitiv.«

»Ja, das ist er«, sprach sie leise, fast ergriffen.

Apollinaire deutete zu seiner Tafel, die er von allen Irrwegen befreit hatte. Keine Bilder mehr vom Vergewaltigungsopfer Valerie Fournier, kein kleiner Baptiste, auch kein gewaltbereiter Guy aus Marseille. Dafür war in die Mitte eine Kopie des Gruppenfotos vom Kaminsims gepinnt. Ein Pfeil ging nach links zum vergrößerten Lichtbild aus Legrands Führerschein. Ein weiterer Pfeil führte nach rechts zu einem Bild, das keine gute Qualität hatte. Isabelle trat näher. Aber worauf es ankam, das konnte man sehen. Es handelte sich um einen Ausschnitt aus einem Klassenfoto. Einen Kopf hatte Apollinaire eingekringelt. Daneben stand mit Filzstift ein Name: Raphaël Dubois!

»Seine Abschlussklasse in der *école supérieure*«, erklärte er. »Habe ich im Internet gefunden. Unter dem Bild stehen alle Namen, von links nach rechts. Das da ist Dubois. Er war früher tatsächlich schlanker.«

»Damit wäre das Trio komplett. Navet, Legrand, Dubois, alle tot.«
»So einen Zufall gibt es nicht«, stellte Apollinaire fest. »Alle drei auf ein und demselben Foto. *Quod erat demonstrandum.*«
»Wie bitte?«
»Was zu beweisen war. Ihre These hat sich bestätigt. Fragt sich nun, ob sich wirklich alle drei an Monique vergangen haben.«
Isabelle nickte. »Das haben sie, da bin ich mir ganz sicher, auch wenn wir keinen Beweis haben.«
Apollinaire zeigte auf das Gruppenbild. »Wer ist der vierte Mann? Vielleicht war er auch an der Vergewaltigung beteiligt?«
»Die Frage habe ich mir auch schon gestellt.«
»Wenn wir morgen seine Leiche finden, dann wissen wir es.«
»Was wir verhindern können, wenn wir seinen potenziellen Mörder vorher aus dem Verkehr ziehen«, stellte Isabelle fest.
»Maxime, Moniques möglicher Vater?«
»Was wir aber nicht wissen.«
»Der DNA-Nachweis dauert noch.«
Isabelle ballte die Hände zu Fäusten. »Verdammt, so lange will ich nicht warten.«
»Müssen wir aber.«
»Nein, müssen wir nicht.«
Isabelle ging zum Telefon, suchte die Nummer von Bernadettes Schwester Florence und rief sie an. Sie bedankte sich für die Restaurantempfehlung. Sie habe dort ausgezeichnet gegessen.
»Das freut mich«, erwiderte Florence.

»Wir wollen nicht lange um den heißen Brei herumreden«, sagte Isabelle mit entschiedener Stimme. »Sie haben mir geholfen, das rechne ich Ihnen hoch an. Aber wir ermitteln in einem Mordfall. Das ist ein Kapitalverbrechen, bei dem sich jeder strafbar macht, der den polizeilichen Ermittlungsbehörden sachdienliche Hinweise vorenthält. Ich verlange also von Ihnen, dass Sie mir hier und jetzt präzise Auskunft geben, ob Maxime Moniques leiblicher Vater ist. Ja oder nein?«

»Das werde ich nicht tun«, entgegnete Florence störrisch.

»Und ob Sie das tun werden.« Jetzt war Isabelle ganz leise, gefährlich leise. »Andernfalls lasse ich Sie festnehmen, so leid es mir tut. Es dauert keine zehn Minuten, dann klingelt es an Ihrer Tür. Mit dem Staatsanwalt habe ich bereits Rücksprache gehalten.«

»Der Staatsanwalt? Wegen eines Mordes, der zehn Jahre zurückliegt? Und was soll Maxime damit zu tun haben?«

»Ist er der Vater, oder ist er es nicht?«

»Ich sag es nicht.«

»Dann hätten Sie mir nicht den Tipp mit dem Lokal geben dürfen.«

»Das war ein Fehler.«

»Nein, das war richtig. Es geht um sehr viel mehr als um den Mord an Ihrem Schwager. Maxime könnte uns weiterhelfen, aber dafür muss ich wissen, ob er Moniques Vater ist.«

»Versteh ich nicht.«

»Das müssen Sie auch nicht verstehen. Sie haben noch genau zehn Sekunden, dann gebe ich den Haftbefehl raus. Sie werden darin nicht nur der Aussageverweigerung beschuldigt, sondern auch der Beihilfe zum Mord.«

»Der Beihilfe zum Mord? Sind Sie verrückt?«

»Fünf Sekunden!«
»Verdammt noch mal, ja, Maxime ist Moniques Vater. So, jetzt wissen Sie es! Habe ich jetzt meine Ruhe?«
»Natürlich haben Sie jetzt Ihre Ruhe. Vielen Dank für Ihre Unterstützung der polizeilichen Ermittlungsarbeit. *Merci et au revoir.*«
Isabelle legte auf.
»Das war heftig«, sagte Apollinaire mit einem breiten Grinsen. »Fehlte nur noch, dass Sie sie des Landesverrats und der Gründung einer kriminellen Vereinigung beschuldigt hätten.«
»Aber es hat funktioniert.«
»Er ist es, richtig?«
»Genau, und deshalb können wir gleich weitermachen und dem Herrn einen Besuch abstatten. Ich hab wirklich keine Lust auf eine vierte Leiche. Vor allem dann nicht, wenn wir es verhindern könnten.«
»Sie gehen also wirklich davon aus, dass er der Mörder ist?«
»Keine Ahnung. Aber er könnte es sein. Und wir haben gerade keinen anderen Kandidaten.«
»*D'accord.* Soll ich den Wagen vorfahren?«
»Rufen Sie vorher an, ob Maxime da ist.«

Sie saß auf dem Beifahrersitz. Beim Blick auf ihr *portable* fiel ihr ein, dass sie noch nicht auf Moniques Textnachricht geantwortet hatte. Sie bestätigte, dass ihr der Abend auch sehr gefallen habe. Allzu euphorisch wollte sie sich nicht äußern, um etwaigen Fehlinterpretationen vorzubeugen. Leider habe sie gerade zu tun und könne sich erst später oder morgen ausführlich melden. Dann könnten sie auch ein Treffen vereinbaren. Statt eines Kussmundes wählte sie

zum Abschluss ein unverfängliches Smiley mit Augenzwinkern.
Isabelle stellte erfreut fest, dass sich Apollinaires Fahrkünste deutlich verbessert hatten. Noch vor wenigen Monaten hatte er entweder Vollgas gegeben oder gebremst. Ein Dazwischen gab es nicht. Diese bemerkenswerte Technik war einem fast schon geschmeidigen Dahingleiten gewichen, wären da nicht die Kurven, die er mit ruckartigem Reißen am Lenkrad bewältigte. Es sprach für das Auto, dass es dabei nicht ins Schleudern kam. Sie fragte sich, wie er das in seinem privaten 2CV schaffte. Der 2CV schaukelte ja schon bei normaler Fahrweise wie eine Jolle kurz vor dem Kentern. Seine Freundin Shayana musste einen guten Magen haben.
Sie wollte gerade sein seltsames Lenkgebaren ansprechen, da läutete ihr *portable.* Nein, es war nicht Monique, die auf die gerade gesendete Nachricht reagierte. Auf dem Display entdeckte sie Maurice Balancourt.
»Hallo, chérie«, bellte es ihr entgegen. »Wie geht es im sonnigen Süden?«
»Hallo, Maurice«, begrüßte sie ihren Chef. »Mir geht's gut. *Tout va bien.*«
Apollinaire, der ahnte, wer dran war, nahm unwillkürlich Haltung an – soweit das hinter dem Steuer möglich war.
»Da bin ich aber froh. Ich hab mir schon Sorgen gemacht.«
»Wegen Rouven Mardrinac?«
»Du kennst seinen Namen, wie schön. Hat er sich verplaudert?«
»War nicht nötig. Jedenfalls weiß ich, wer er ist.«
»Na bravo. Wegen Rouven hab ich mir natürlich keine Sorgen gemacht, der ist doch bei dir in den besten Hän-

den. Ich hab mich nur gewundert, dass ich von dir so lange nichts gehört habe.«

»Ich wollte dich mal in Ruhe lassen«, sagte sie. »War auch besser so, denn als ich erfahren habe, wer Leclerc wirklich ist, war ich so wütend, dass ich dich gleich anrufen und Luft ablassen wollte. Ich hab's dann aber sein lassen.«

»Wütend? Das passt doch gar nicht zu dir. Mit Rouven habe ich dir einen besonders netten Gast ausgesucht.«

»Den irgendein schwarzafrikanischer Potentat umbringen will«, unterbrach sie ihn. »Wenn der mit einer Privatarmee anrückt, kann ich ihn nicht wirklich schützen, das ist dir doch klar? Dann gehen wir beide drauf.«

»Privatarmee? Du kannst einen erschrecken. Es weiß doch keiner, dass sich unser Sportsfreund bei dir versteckt hält. Was soll also passieren?«

»Ich rechne immer mit dem Schlimmsten.«

»Das, meine liebe Isabelle, ist definitiv die falsche Lebenseinstellung. Davon bekommt man ein Magengeschwür und chronische Kopfschmerzen. Ich dagegen rechne immer mit dem Besten. Deshalb bin ich fast immer guter Dinge und voller Zuversicht. Die Scheiße kommt sowieso und vor allem unerwartet, aber daran will ich so lange nicht denken, bis es passiert.«

»Wie am *Arc de Triomphe?*«

»Ja, zum Beispiel. Würde ich andauernd an die Folgen eines möglichen Bombenattentats denken, müsste ich mir die Kugel geben. Da trinke ich lieber ein Glas Wein und bestelle frische Austern aus Arcachon. Dann habe ich wenigstens was im Magen, wenn's kracht.«

»Ich mag keine Austern.«

»Dann eben *foie gras,* aber dazu muss ich einen anderen Wein aussuchen. Was macht dein Kriminalfall?«

»Er sorgt für Abwechslung«, antwortete sie.
»Das freut mich. Du weißt ja, dass ich Abwechslung für die beste Therapie halte. Falls ich irgendwas für dich tun kann, lass es mich wissen.«
»Aber klar.«
»Das ist nicht dahingeredet, das meine ich ernst«, sagte Balancourt. »Und noch etwas: Beim geringsten Anzeichen, dass Rouven in seinem Versteck entdeckt wurde, sag sofort Bescheid, dann schicke ich die Kavallerie.«

43

Die *Auberge* hatte noch nicht geöffnet. Sie saßen an einem Tisch am Eingang zur Küche. Dort wurden bereits die Speisen für den Abend vorbereitet. Durch die Pendeltür drangen verführerische Düfte an ihre Nase. Aber das Thema, über das sie zu sprechen hatten, war alles andere als verführerisch.

»Wir wissen, dass Sie Monique Navets Vater sind«, sagte Isabelle ohne Umschweife.

Maxime fuhr sich durch die langen Haare. »Monique Navet? Wer soll das sein?«

»Ihre Tochter, tun Sie doch nicht so.«

»Dann wissen Sie mehr als ich.«

»Natürlich wissen Sie es. Sie können es genauso gut zugeben.«

»Ich bin seit Jahrzehnten glücklich verheiratet, ich wüsste nicht, wie ich zu einer Tochter namens Monique kommen sollte. So war doch ihr Name, oder?«

»Soll ich Ihnen erklären, wie man zu einer Tochter kommt?«, sagte Isabelle.

Apollinaire verkniff sich ein Grinsen.

»Ich frage mich, was Sie das überhaupt angeht. Wir leben in einem freien Land. Sogar Mitterrand hatte eine uneheliche Tochter, von der niemand wusste. Die Achtung der Privatsphäre gilt für jeden Bürger. Nur weil Sie von der Polizei sind, haben Sie kein Recht, in meinem Privatleben herumzuschnüffeln.«

Isabelle lehnte sich zurück und verschränkte die Arme.
»Um das klarzustellen, wir schnüffeln nicht in Ihrem Privatleben herum. Dafür ist mir meine Zeit zu schade. Auch interessiert mich nicht, ob das Bekanntwerden eines Seitensprungs dazu geführt hätte, dass Ihre Schwiegereltern Ihnen das Lokal weggenommen und Sie rausgeschmissen hätten.«
Maxime zeigte einige nervöse Zuckungen.
»Es geht auch nicht um irgendeine Vaterschaftsklage«, fuhr sie fort, »oder um sonst einen Blödsinn. Wenn wir etwas leiser sprechen, bekommt keiner was mit, auch nicht Ihre Ehefrau in der Küche. Es wäre also alles ganz einfach. Sie müssen nur auf meine Fragen antworten.«
»Muss ich das?«
»Es wäre für Sie einfacher, sehr viel einfacher. Unterstellen wir mal, Sie wissen, dass Monique Ihre Tochter ist, wann haben Sie sie das letzte Mal gesehen?«
Maxime zögerte. Er spielte mit einer Serviette und dachte nach.
»Kurz nach ihrer Geburt«, sagte er schließlich so leise, dass er kaum zu verstehen war.
»Also, es geht doch. Was wissen Sie von Jean-Luc Navet?«
»Nicht viel«, antwortete Maxime. »Ich glaube, er war ein Arschloch.«
»Weil er sich an Monique vergangen hat?«, fragte sie ohne Umschweife.
Maxime riss die Augen auf. »Was sagten Sie gerade? Jean-Luc soll sich an Monique vergangen haben? Meinen Sie sexuell oder wie?«
»Man könnte auch von Vergewaltigung sprechen, das ist Ansichtssache.«
Er atmete kurz. »Haben Sie dafür Beweise?«

»Nein, nur Indizien. Aber ich dachte, Sie wüssten Genaueres.«
»Das Schwein, dafür könnte ich ihn umbringen.«
»Vielleicht haben Sie es schon getan, damals vor vielen Jahren?«
»Ach so, darum geht es? Sie verdächtigen mich allen Ernstes, Bernadettes Mann ermordet zu haben?«
»Um ihn dafür zur Rechenschaft zu ziehen, dass er Ihre Tochter vergewaltigt hat. Das haben Sie ihm dann auch auf die Stirn geschrieben: *Violeur!* So könnte es gewesen sein. Ein Motiv hätten Sie jedenfalls, ein sehr starkes sogar.«
Maxime zerriss die Papierserviette in kleine Fetzen. »Ja, ein Motiv hätte ich, vorausgesetzt, es stimmt, was Sie vermuten, und unterstellt, ich hätte davon gewusst.«
»Haben Sie?«
»Nein, habe ich nicht. Woher auch? Es gab keinen Kontakt. Sie waren nicht mal zum Essen hier, kein einziges Mal.«
»Kannten Sie Raphaël Dubois und Jacques Legrand?«, fragte Apollinaire. Sie hatten zuvor im Auto ausgemacht, dass er diese Frage stellen durfte.
Maxime erschrak. »Was soll denn diese Frage?«
»Kannten Sie die beiden?«, wiederholte Apollinaire.
»Raphaël ist tot. Ihn kannte ich natürlich, er war Stammgast. Schreckliche Geschichte. Von einem Jacques Legrand habe ich nie gehört.«
»Wussten Sie, dass das Freunde von Jean-Luc Navet waren?«
»Ihre Fragen werden immer verrückter. Wie oft soll ich es Ihnen noch sagen: Ich hatte und habe keinen Kontakt zu Bernadettes Familie, zu ihr selbst nicht, zu Monique nicht, zu ihrem Mann nicht. Das sind wildfremde Menschen für

mich. Was spielt es auch für eine Rolle, ob ich Raphaël und diesen anderen Typen gekannt habe? Ich kenne viele Leute, unsere *Auberge* ist fast immer bis zum letzten Platz belegt. Soll ich Ihnen vorrechnen, wie viele Gäste hier im Jahr ein und aus gehen?«
»Die Frage, ob Sie zum Zeitpunkt des Mordes an Jean-Luc Navet ein Alibi haben, erübrigt sich wahrscheinlich«, sagte Apollinaire. »Nach so langer Zeit werden Sie das nicht mehr wissen.«
»Sehr scharfsinnig, mein Kompliment. Die Frage erübrigt sich tatsächlich. Ganz abgesehen davon, dass Sie mir dafür freundlicherweise den Tag des Mordes mitteilen müssten.«
»Den Gefallen kann ich Ihnen tun«, erwiderte Apollinaire und nannte das Datum.
Maxime war anzusehen, dass er gar nicht den Versuch machte, sich zu erinnern.
»Wie Sie schon vermuteten, habe ich natürlich keinen Schimmer«, sagte er, »aber Sie sind sowieso auf dem Holzweg, deshalb ist es auch egal.«
Isabelle stand auf. »Vielen Dank für das Gespräch. Wir dürfen Sie bitten, vorläufig keine Reise anzutreten und sich zur Verfügung zu halten.«
Maxime sah kurz in Richtung Küche, dann wieder zu Isabelle und Apollinaire.
»Das mit Monique bleibt unter uns, das müssen Sie mir versprechen«, bat er fast flehentlich.
»Kommt auf den weiteren Verlauf der Ermittlungen an«, sagte sie, »und darauf, ob Sie mich angelogen haben.«
»Habe ich nicht.«

44

Apollinaire ärgerte sich.

»Wir haben vergessen, Maxime nach seinen Alibis für die beiden Morde an Dubois und Legrand zu fragen. Da hätte er sich die Ausrede sparen können, dass es schon so lange her ist.«

»Ich hab es nicht vergessen«, sagte Isabelle, »aber ich hatte meine Gründe. Außerdem sind wir mit dem Herrn noch nicht fertig. Wir fangen erst an. Jetzt wissen wir immerhin, dass er tatsächlich Moniques leiblicher Vater ist.«

»Und dass er Jean-Luc nicht mochte.«

»Da scheint er in bester Gesellschaft.« Isabelle dachte nach. »Leider war seine Reaktion auf den Missbrauch an seiner Tochter recht glaubwürdig«, stellte sie mit Bedauern fest.

»Oder die Reaktion war gut gespielt.«

»Tja, oder das. Schon Valeries Bruder Guy hat gesagt, dass er das Schwein am liebsten umbringen würde. Das ist also nicht sonderlich originell und scheint ein natürlicher Reflex zu sein. Da ist schon interessanter, dass Maxime mit Raphaël Dubois auch unser Mordopfer von Pampelonne kannte. Das ist ein bemerkenswerter Zufall.«

»Und wie ich weiß, glauben Sie nicht an Zufälle.«

Isabelle wiegte den Kopf. »Wie man's nimmt. Einerseits glaube ich, dass das Leben von Zufällen bestimmt wird, das schon. Andererseits machen mich Zufälle in Kriminalfällen immer stutzig. Oft gibt es eben doch einen kausalen

Zusammenhang, der sich hinter der scheinbaren Zufälligkeit versteckt.«

»In unserem Fall wäre die Erklärung, dass …«

Apollinaires Kausalitätsbetrachtung wurde von einem Telefonanruf unterbrochen.

Isabelle stöhnte, als sie auf dem Display den Namen des Anrufers las. »Der hat mir noch gefehlt.«

»Balancourt?«

»Nein, natürlich nicht.«

Sie überlegte, ob sie das Gespräch annehmen sollte. Aber es half nichts, irgendwann würde er sie doch an den Apparat kriegen, dann besser gleich.

Vorsichtshalber hielt sie den Hörer ein Stück vom Ohr entfernt. Commandant Bastian entsprach ihren Erwartungen – nicht nur hinsichtlich seiner Phonstärke.

»Was nehmen Sie sich heraus?«, schrie er sie an. »Sie denken wohl, Sie können tun und lassen, was Sie wollen. Aber da sind Sie schiefgewickelt.«

»Seien Sie gegrüßt, mein lieber Commandant«, erwiderte Isabelle mit übertriebener Höflichkeit. »Was kann ich für Sie tun?«

»Sie können sich aus Dingen raushalten, die Sie nichts angehen. Das können Sie nicht nur, das müssen Sie sogar. Meinetwegen können Sie in alten Mordfällen rumstochern, bis Ihnen die Spinnweben zu den Ohren herauskommen, aber aktuelle Fälle sind tabu. Da waren wir uns doch einig, oder haben Sie das nicht kapiert?«

Sie sah förmlich, wie Bastian nach Luft schnappte.

»Reden Sie weiter«, forderte sie ihn mit ruhiger Stimme auf.

»Sie müssen mir nicht das Wort erteilen, ich rede, wann ich will.«

»Also?«

»Sie haben die Untersuchungsakten in den Mordfällen Dubois und von diesem Dingsbums angefordert, wie heißt er doch gleich?«

»Legrand, Jacques Legrand«, half ihm Isabelle auf die Sprünge.

»Natürlich, Legrand, sag ich doch. Das sind zwei Mordfälle, die definitiv nicht in Ihren Zuständigkeitsbereich fallen und zudem kurz vor der Aufklärung stehen. Das alles geht Sie überhaupt nichts an, *rien, absolument rien, rien du tout.* Sie haben wieder einmal Ihre Kompetenzen überschritten, das wird ein Nachspiel haben.«

»Fragt sich, für wen?«, sagte Isabelle.

»Was soll das jetzt wieder heißen? Ich glaube, bei Ihnen sind einige Sicherungen durchgebrannt.«

»Das habe ich überhört. Nur so viel: Auf dem letzten Kongress der *Police nationale* ist gefordert worden, dass der Informationsaustausch zwischen den einzelnen Kommissariaten, Abteilungen und Dezernaten verbessert wird. Das Stichwort hieß *interconnexion,* Vernetzung, Sie erinnern sich?«

Isabelle freute sich über ihren Einfall. Sie hatte keine Ahnung, was auf diesem Kongress besprochen wurde.

»Kann ja sein, aber das tut hier nichts zur Sache.«

»Doch, tut es, denn gemäß dieser Devise halte ich es für meine Pflicht, in die Untersuchungsakten Einsicht zu nehmen. So einfach ist das.«

»Das ist doch völliger Schwachsinn. Was wollen Sie denn da vernetzen? Ihre vertrocknete Leiche aus dem Archiv mit einem Eifersuchtsdrama in Saint-Tropez? Dass ich nicht lache. Hahaha!«

»Ich würde das Telefonat gerne beenden«, sagte Isabelle, »ich fürchte, wir kommen nicht weiter.«

»Wann wir fertig sind, bestimme ich.«
»Mein lieber Commandant, da unterliegen Sie schon wieder einem Irrtum. Sie sind mir gegenüber weder weisungsbefugt noch disziplinarisch vorgesetzt.«
Isabelle nahm den Telefonhörer vom Ohr und hielt ihn lächelnd vor sich. Sie hörte Bastians aufgeregte Stimme, aber sie verstand nicht, was er sagte. Es interessierte sie auch nicht. Sie legte einfach auf.
Apollinaire spendete leisen Applaus. Er genoss es sichtlich, wenn sein früherer Chef ins Leere lief, wenn ihm Madame le Commissaire Kontra gab. Er sagte, dass es in Toulon niemanden gebe, der sich traue, gegen Bastian aufzubegehren. Schon beim ersten Versuch werde jeder Opponent einen Kopf kürzer gemacht. Nur Isabelle böte ihm die Stirn. Sie habe eben mehr Eier als alle männlichen Kollegen. Apollinaire räusperte sich verlegen und bat um Entschuldigung. Das sei ihm so herausgerutscht.

Minuten später las Isabelle eine neue Textnachricht von Monique. Sie schrieb, dass Manon über Nacht bei ihrer kranken Mutter in Nizza sei. Sie sei also alleine und treffe sich gerne, gerne, gerne mit Isabelle. Ob sie sich nicht doch Zeit nehmen könne. Es sei wichtig, wichtig, wichtig … *bisou.* Kussmund.
Isabelle schmunzelte. Monique war hartnäckig. Und irgendwie süß. Rein ermittlungstechnisch würde sie sich gerne mit ihr treffen. Da gab es ja noch das Bild. Es gäbe einiges zu besprechen – auch wenn fraglich war, ob sich Monique auf ihre Themen einlassen würde. Aber der Versuch wäre es wert. Was Isabelle zögern ließ, hatte denn auch nichts mit ihrer Polizeiarbeit zu tun. Sie war einfach noch nicht bereit, sich erneut Moniques Annäherungsver-

suchen auszusetzen. Einerseits wollte sie Monique nicht vor den Kopf stoßen, andererseits war es genau das, was sie tun sollte. Aber damit würde sie Monique verletzen, und verletzt war ihre Seele schon genug. Außerdem wäre das Spiel dann aus, sie würde nichts mehr von ihr erfahren. Was dann wiederum auch ermittlungstechnisch dumm war. Was auf sie zukam, glich also einem Tanz auf der Rasierklinge.

Was sie wohl mit »wichtig, wichtig, wichtig« meinte? Konnte es etwas geben, das keinen Aufschub duldete? Das war unwahrscheinlich. Vermutlich wollte Monique nur Manons Abwesenheit nutzen und Isabelle ködern. Sie lächelte. Monique war raffiniert und ein kleines Luder. Sie würde sich noch etwas gedulden müssen. Und dann würden sie nach Isabelles Regeln spielen, nicht nach ihren.

45

Nach einem Abend, den sie in Etappen erst mit einem mürrischen Leclerc auf seiner kleinen Terrasse verbracht hatte, danach mit einem unterhaltsamen Thierry beim Dinieren und schließlich mit ihrem kuscheligen Kopfkissen in ihrem Bett, fühlte sie sich am nächsten Tag ausgeruht und zu neuen Schandtaten bereit. Beim Frühstück überlegte sie, was alles zu tun war. Sie war voller Zuversicht und hoffte auf einen positiven Verlauf der Dinge.

Dann aber kam alles anders. Die Bürotür zum Kommissariat wurde aufgestoßen – und Maxime stürmte herein.

»Sie haben mir versprochen, dass alles unter uns bleibt«, rief er.

Isabelle nickte. »Daran halte ich mich. Vorausgesetzt, Sie haben mich nicht angelogen«, präzisierte sie.

»Deshalb bin ich ja hier.«

Er deutete zu Apollinaire, der an seinem Schreibtisch saß und Maximes Auftritt mit sichtbarer Überraschung verfolgte.

»Ihr Assistent war ja so freundlich, mir das Datum des Mordes an Jean-Luc zu nennen. Und ich habe gesagt, dass ich mich nach so langer Zeit natürlich an kein Alibi erinnern kann.«

»Sie hätten keinen Schimmer, haben Sie gesagt. Und dass wir auf dem Holzweg wären. Das genau war Ihr Wortlaut.«

»Nun, da habe ich mich getäuscht.«
»Mit dem Holzweg?«
Maxime lachte. »Das hätten Sie wohl gerne. Nein, mit dem nicht vorhandenen Alibi habe ich mich getäuscht. Ich hab nämlich doch eines, sogar ein sehr gutes.«
»Da sind wir aber gespannt.«
Maxime wedelte mit einer Mappe.
»Da ist alles drin. Zeitungsausschnitte, die meine Unschuld beweisen. Sie haben doch nicht wirklich geglaubt, dass ich Jean-Luc umgebracht habe, oder?«
Isabelle zuckte mit den Schultern.
»Jedenfalls haben Sie sich mit dieser irrwitzigen Unterstellung ganz schön blamiert.«
»Zeigen Sie mal her!«, forderte ihn Isabelle auf.
Maxime reichte ihr triumphierend die Mappe.
Apollinaire stand auf, um ihr über die Schulter zu sehen. Gemeinsam blickten sie auf verschiedene Presseartikel, die von einem spektakulären Autounfall berichteten. In einer Haarnadelkurve der Route de La Turbie war ein Sportwagen von der Straße abgekommen und in die Tiefe gestürzt. Die Fotos zeigten das Wrack, dem der Fahrzeugtyp nicht mehr anzusehen war. Groß wurde herausgestellt, dass sich der Unfall makabrerweise bei Cap-d'Ail unweit der Stelle zugetragen hatte, wo einst Gracia Patricia den Tod gefunden hatte. Nur hatte diesmal der Fahrer überlebt. Der Unglückslenker war kein anderer als Maxime. Fast zwei Monate hatte er danach in verschiedenen Hospitälern gelegen. Das ging aus weiteren Berichten hervor. Außerdem hatte Maxime einige Krankenhausabrechnungen beigelegt.
»Ich war von Ihrem Besuch und von Ihrem unglaublichen Verdacht so überrumpelt«, erklärte er, »dass mir nicht auf-

gefallen ist, dass der Mord genau zu der Zeit passiert ist, als ich halb tot im Krankenhaus lag.«

»Das ist wirklich ein ziemlich gutes Alibi«, gab Isabelle zu, »da muss ich Ihnen beipflichten. Wenn man die Fotos sieht, ist es ein Wunder, dass Sie überlebt haben.«

»Ich wurde aus dem Wagen geschleudert, das war mein Glück.«

»Gratuliere. Ja, damit ist wohl klar, dass Sie mich wirklich nicht angelogen haben, jedenfalls kommen Sie kaum als Mörder von Jean-Luc Navet in Betracht. Ich sehe also keinen Grund, Ihre Vaterschaft bekannt zu machen. Ach so, eine Frage hätte ich noch. Wo waren Sie, als Raphaël Dubois umgebracht wurde?«

»Sie lassen wohl nicht locker. Da war ich auf einer Weinmesse in Paris. Dafür gibt es viele Zeugen. Soll ich Ihnen Beweise heranschaffen?«

Isabelle winkte ab. »Nicht nötig, ich glaube Ihnen.«

Maxime deutete auf die Mappe. »Darf ich sie wiederhaben?«

Isabelle klappte sie zu und reichte sie ihm wortlos.

»Ich möchte Ihnen noch einen Rat geben«, sagte Maxime.

»Der wäre?«

»Vergessen Sie den Mord an Jean-Luc Navet!«

Sie legte den Kopf zur Seite und musterte ihn.

»Warum sollte ich?«

»Wenn es stimmt, was Sie sagen, hat es dieses Schwein nicht anders verdient. Schließen Sie den Fall ab. Lassen Sie es gut sein.«

»Sie sollten wissen, dass ich ganz selten auf Ratschläge höre. Ist eine Schwäche von mir. Aber ich kann Ihren Standpunkt verstehen, jedenfalls ein wenig.«

Sie stand auf und reichte ihm die Hand. »Vielen Dank für Ihren Besuch. Kommen Sie gut heim.«

»Ja, fahren Sie vorsichtig«, sagte Apollinaire. »Unsere Straßen sind fast so gefährlich wie die Grande Corniche bei Cap-d'Ail.«
Maxime antwortete mit einem Scherz. »Für heute brauche ich kein Alibi, da bleibe ich mit dem Auto auf der Straße.«

Einen Hüpfer nach vorne, zwei zur Seite, einen zurück, dann im Kreis. Wieder dachte sie an das blöde Kinderspiel, bei dem man nicht wirklich vorankam. Mit Valeries Bruder Guy war es ihr so ergangen. Jetzt erneut mit Moniques Erzeuger Maxime. Kaum hatte sie einen Verdächtigen an der Angel, bei dem alles zu passen schien, kam der Fisch wieder vom Haken. Einen Hüpfer nach vorne, einen zurück. Sie hatte vergessen, wie mühsam und frustrierend die stinknormale Polizeiarbeit sein konnte. Der Alltag in einem kleinen Kommissariat im Hinterland des Département Var unterschied sich dramatisch von ihrem vorangegangenen Job, in dem sie eine Spezialeinheit geleitet hatte und die Aufgaben klar definiert waren. Da hatte es Zielvorgaben gegeben, die so eindeutig waren, dass sie selbst der dümmste Mitarbeiter verstand. Zum Beispiel galt es zu verhindern, dass der Präsident der Republik erschossen oder in die Luft gesprengt wurde. Das war eine klare Ansage, Missverständnisse waren ausgeschlossen, Fehler nicht tolerierbar.
Und jetzt? Sie hatte sich selber eine Aufgabe gestellt, für die sich niemand interessierte. Ob sie Erfolg hatte oder nicht, war egal. Auch konnte sie so viele Fehler machen, wie sie wollte, es störte keinen. Nur durfte sie dabei niemandem auf die Füße treten, vor allem nicht Commandant Bastian in Toulon. Wenn sie das beherzigte, war alles gut. War es das? Natürlich nicht. Nur weil ihr Kriminalfall

klein war und unter dem Radar der öffentlichen Wahrnehmung, war er keine Bagatelle. Auch hier ging es um Menschenleben und um brutale Straftaten. Außerdem galt es zu verhindern, dass es ein weiteres Opfer gab. Was sein könnte, aber nicht sein musste. Hinterher würde man es wissen, aber dann war es im Zweifel zu spät.
Sie drehte sich auf dem Stuhl zu ihrem Mitarbeiter.
»Apollinaire, wir müssen dringend herausfinden, wer der vierte Mann auf dem Foto ist. Das hat jetzt absolute Priorität. Wenn wir schon keinen Täter haben, müssen wir sein potenzielles Opfer finden. Und zwar, bevor er es tut.«
»Wobei wir nicht wissen, ob der vierte Mann überhaupt an Moniques Vergewaltigung beteiligt war«, gab Apollinaire zu bedenken. »Nur dann käme er als Opfer in Betracht.«
»Natürlich wissen wir das nicht. Im Grunde wissen wir sowieso fast nichts, nur unwichtiges Zeug, was keinem weiterhilft.«
Isabelle musste sich beherrschen, um ihren Ärger nicht laut herauszuschreien. Aber Apollinaire konnte nichts dafür, dass sie nicht vorankamen. Und sich selbst anzuschreien machte keinen Sinn. Der Kaktus auf dem Fensterbrett wäre ein geeignetes Objekt für eine Schreitherapie. Er würde einen Wutausbruch stoisch ertragen. Doch erstens wollte sie sich vor ihrem Assistenten keine Blöße geben, und zweitens wäre er damit nicht einverstanden, denn nach seiner Überzeugung hatten auch botanische Gewächse eine Seele, selbst eine Stachelpflanze.

Auf Isabelles *portable* blinkte eine Erinnerung auf. Monique ließ nicht locker.
Monique, Monique …

Isabelle saß auf einer Bank im kleinen Friedhof von Fragolin, dort, wo ihre Eltern begraben waren. Aber sie war nicht hier, um an *papa et maman* zu denken. Sie hatte nur ein Plätzchen gesucht, wo sie ungestört nachdenken konnte.

Sie las Moniques Nachricht, die eine Kopie der vorigen war, und schloss die Augen. Sie dachte an die junge Frau, die in frühen Jahren so viel durchgemacht hatte. Wie viel, das würde sie wohl nie erfahren. Aber sie war sich sicher, dass es ausreichte, einen Menschen für ein ganzes Leben zu traumatisieren.

Monique, Monique …

Wenn sie mit ihrer Vermutung recht hatte, dann gab es da draußen einen großen Unbekannten, der die Schuldigen zur Verantwortung zog und in Moniques Namen Rache übte. Nein, natürlich nicht in ihrem Namen, das war Quatsch. Wie sollte man sagen? Quasi stellvertretend für sie. Nein, das auch nicht. Es war ja nicht ihr Wille, ganz im Gegenteil wollte sie das alles vergessen und nicht mehr an die schlimmsten Stunden in ihrem Leben erinnert werden. Blieb die hypothetische Frage, ob sie diesen Rachefeldzug gutheißen würde? Falls sie je davon erfahren würde. Isabelle erinnerte sich an den Abend in Cannes. Da hatte sich Monique von einer sanften und anschmiegsamen Seite gezeigt. Sie war keine Frau, die einer mörderischen Vergeltung zustimmen würde, nein, ganz bestimmt nicht. Dazu hatte Monique zu viel Gewalt am eigenen Leib erfahren. Wenn überhaupt, würde sie es nicht wissen wollen.

Isabelle stand auf und ging zwischen den Grabsteinen hin und her. Wenn man die Inschriften las, entdeckte man fast alle Nachnamen, die in Fragolin vertreten waren. Auch Jean-Luc Navet hatte hier seine letzte Ruhestätte gefun-

den. An seinem Grab lagen keine Blumen und brannte keine Kerze. Es sah so aus, als ob sich keiner darum kümmern würde.
Monique, Monique …
Was machte sie eigentlich so sicher, was Moniques Wesensart betraf? Vielleicht gab es noch eine andere Monique, von der sie nichts wusste? Was wäre, wenn? Nein, das war absurd. Warum eigentlich? Durfte man das Undenkbare denken? Das schon, aber brachte es einen weiter?
Isabelle setzte ihre Sonnenbrille auf, ging erneut zum Grab ihrer Eltern, um sich zu verabschieden, und verließ den Friedhof – mit Gedanken, die ihr nicht mehr aus dem Kopf gehen wollten.

46

Am nächsten Morgen passierte, womit sie nicht gerechnet hatte. Zwar schlug kein Kieselstein an ihre Scheibe, aber bei ihren Kniebeugen vor dem geöffneten Fenster winkte ihr plötzlich Marie-Claire über die Gasse zu. Isabelle nahm das gerne zum Anlass, ihre Übungen abzubrechen, ihr taten ohnehin die Knie weh.

»*Bonjour*, Marie-Claire, gut geschlafen?«

»Besser als du, mein Schatz. Bei dir war dreimal das Licht an.«

»Was du nur wissen kannst, wenn du selber wach warst«, erwiderte Isabelle lachend.

»Stimmt, du hast mich überführt. Was ich dir sagen wollte: Ich hab in meinen Krankenakten gestöbert. Also, da gab es tatsächlich eine Patientin, die hatte ähnliche Symptome wie unsere Monique, also Verletzungen in der Vagina, Hämatome an den Oberarmen, Striemen an den Handgelenken, du weißt schon. Sie war aber älter, um genau zu sein sechsundzwanzig. Und sie war auch nicht deshalb bei mir, sondern wegen einer Blasenentzündung. Als ich sie auf die Verletzungen angesprochen habe, hat sie gesagt, das gehe mich nichts an. Sie ist nie mehr in meine Praxis gekommen. Vielleicht hat sie in einem Nachbarort einen anderen Arzt gefunden.«

»Du hast ihren Namen?«

»Ja, natürlich, aber du wirst sie nicht befragen können.«

»Warum nicht?«

»Sie hat sich wenig später das Leben genommen.«
»Ist nicht wahr?«
»Doch, sie hat Tabletten eingeworfen und sich die Pulsadern aufgeschnitten.«
»Gibt es Verwandte, einen Ehemann, einen Bruder?«
»Keine Ahnung, nur dass ihre Eltern schon damals nicht mehr am Leben waren, das weiß ich. Aber es gibt noch ein Problem.«
»Inwiefern?«
»Nun, die Patientin war drei Monate zu spät in meiner Praxis. Jean-Luc Navet war da schon tot.«
»Dann gibt es keine Verbindung. Wäre zu schön gewesen. Langsam glaube ich, dass in diesem Fall alle Spuren im Sand verlaufen. Das ist ganz schön frustrierend.«
»Tut mir leid, aber ich dachte, du sollst es wissen.«
»Das ist lieb von dir.«
»Gib nicht auf. Ich lese wahnsinnig gerne Kriminalromane, jetzt gibt's endlich mal einen Fall im wahren Leben. Da möchte ich gerne wissen, wie die Geschichte ausgeht. Streng dich also an!«
»Mach ich, Marie-Claire, mach ich.«
Isabelle legte noch einige Kniebeugen nach, machte eine Serie Liegestütze, aber nicht allzu viele, dann blieb sie auf dem Bauch liegen und schnaufte. Was war aus der Isabelle geworden, die es mit den meisten ihrer männlichen Kollegen aufnehmen konnte? Mit ihrer Fitness war es nicht weit her. Aber sie machte Fortschritte. Wenigstens auf diesem Gebiet.

Im Kommissariat teilte ihr Apollinaire mit, dass es nichts mitzuteilen gab. Er habe keine neuen Erkenntnisse. Und der vierte Mann auf dem Foto bleibe weiterhin ein Phantom. Alle Onlinerecherchen seien bislang erfolglos geblieben.

»Was ist eigentlich aus unserer Anfrage in Marokko geworden?«, fragte sie. »Kann Gérard das Protokoll nicht finden?«

Apollinaire schlug sich gegen die Stirn.

»Verdammt noch mal, das habe ich vergessen. *Je m'excuse.*« Er fischte aus einem Stapel auf seinem Schreibtisch einen Umschlag.

»Der Bericht zum Unfalltod von Moniques Ehemann ist gestern angekommen. Ich hab ihn gelesen, das ist wirklich eine merkwürdige Geschichte.«

»Achmed ist vom Olivenbaum gefallen?«

»Ja, und dabei hat er sich das Genick gebrochen. Im Protokoll steht, dass es weitere Verletzungen gegeben hat, die nicht zum Unfallhergang passen. Deshalb habe es eine Untersuchung gegeben. Es bestand der Verdacht, dass Achmed in einem Nachbarschaftsstreit zu Tode gekommen war. Die Olivenbäume hätten gar nicht auf seinem Grund gestanden, er habe sie schon zum wiederholten Mal widerrechtlich abgeerntet.«

»Und deshalb wurde er von der Leiter gestoßen?«

»Das konnte nicht bewiesen werden, es gab keine Zeugen und keine verwertbaren Spuren. Die Untersuchung wurde eingestellt.«

Isabelle nahm das Protokoll aus dem Umschlag und las es mit großer Aufmerksamkeit. Schließlich legte sie es zur Seite.

»Das ist interessant, sehr interessant«, sagte sie.

»Warum? Was schert uns, wie Achmed ums Leben gekommen ist? Wir sollten erst mal versuchen den Mord an Jean-Luc Navet aufzuklären. Und sogar vielleicht die

Morde an Raphaël Dubois und Jacques Legrand. Das wäre ein Kracher. Dieser Achmed geht uns wirklich nichts an.«

»Da haben Sie recht«, murmelte sie.

»Soll ich Ihnen einen Kaffee machen?«, fragte Apollinaire. »Von Shayana habe ich eine neue arabische Sorte bekommen. Die würde jetzt gut passen. Mit ein wenig Kardamompulver und einem Hauch Muskat.«

»Klingt verlockend, sehr gerne.«

Er stand auf. »Ist schon in Arbeit.«

»In der Zeit kann ich meinen Psychotherapeuten anrufen«, sagte sie zu sich selbst, aber doch so laut, dass es Apollinaire hören konnte.

»*Mon Dieu,* haben Sie ein Problem? Sie dürfen sich das alles nicht so zu Herzen nehmen.«

Isabelle lachte. »Es ist alles gut, machen Sie sich um mich keine Sorgen.«

Eine Stunde später verabschiedete sie sich zunächst von Apollinaire, dann von Leclerc, der zähneknirschend versprach, sein Appartement bis auf weiteres nicht zu verlassen. Sie stieg in ihr Auto und fuhr los. Lange würde sie nicht brauchen. Sie hätte das auch am Telefon besprechen können, aber wie es der Zufall wollte, fand in Cavalaire-sur-Mer gerade ein internationaler Psychologenkongress statt, zu dem Prof. Cardochian als Referent eingeladen war. Cardochian hatte sie nach dem Bombenattentat, bei dem sie fast ums Leben gekommen war und einige ihrer Jungs, für die sie sich verantwortlich fühlte, den Tod gefunden hatten, psychologisch betreut. Er hatte bei ihr eine massive posttraumatische Belastungsstörung festgestellt. Seiner Meinung nach war es ein schwerer Fehler, dass sie die Behandlung nach wenigen Wochen abgebrochen hatte.

Sie vertraute ihrer eigenen Therapie, die auf der provenzalischen Sonne, auf dem Blick aufs Meer und dem Duft von Lavendel beruhte.
Im Tagungshotel angekommen, erwartete sie Cardochian in der Lobby. Der Mann entsprach so gar nicht dem Klischee eines Seelendoktors. Er war über zwei Meter groß und stämmig, trug weder eine Intellektuellenbrille noch eine Fliege. Und seine Stimme brummte so tief wie bei einem Grizzlybären. Vielleicht war er deshalb genau der Richtige für die *Police nationale* und die besonders schweren Fälle. Einem zartbesaiteten Typen mit teilnahmsvollem Blick und sanftem Flüsterton hätten sich traumatisierte Spezialkräfte nie im Leben anvertraut. Sie selbst hatte mit Cardochian als Person auch keine Probleme gehabt, sie bewunderte ihn, aber sie vertraute nun mal ihren Selbstheilungskräften.
Cardochian reichte ihr zur Begrüßung seine Pranke.
»Sie sehen gut aus«, sagte er und musterte sie dabei vom Scheitel bis zur Sohle. »Hoffentlich spiegelt der äußere Anschein ihre seelische Verfassung wider.«
»Das tut er zwar nicht immer, aber immer öfter.«
»Alles andere wäre ein Wunder, aber ich glaube, Sie sind auf dem richtigen Weg. Wollen wir uns setzen?«
Sie machten es sich auf zwei Sesseln bequem, die etwas abseits standen und für die nötige Privatsphäre sorgten.
Cardochian sah sie konzentriert an. »Gerade heute habe ich einen Vortrag über Resilienz gehalten. Sie wissen, was das ist?«
Isabelle nickte. »Ich habe davon gehört.«
»Um es einfach zu machen, es gibt resiliente Menschen, die kommen mit Katastrophen besser klar als andere, sie haben eine höhere psychische Widerstandsfähigkeit. Um-

gekehrt gibt es Menschen mit einer hohen Vulnerabilität, die tragen schwere, oft unüberwindbare seelische Wunden davon und kommen nie darüber hinweg. Schon bei unserer ersten Begegnung, da lagen Sie noch auf der Intensivstation, hatte ich das Gefühl, dass Sie eine resiliente Grunddisposition haben.«

»Kann sein, aber ich leide immer noch unter quälenden Alpträumen, ich habe Konzentrationsschwierigkeiten und bin reizbar.«

»Deshalb wollen Sie mit mir reden, ich verstehe. Grundsätzlich müssen Sie sich darüber keine Gedanken machen. Sie haben eine posttraumatische Belastungsstörung. Hätten Sie diese nicht, wäre das sehr ungewöhnlich. Sie reagieren also völlig normal. Da gehören die geschilderten Symptome dazu. Aber ich muss mehr von Ihnen wissen, erzählen Sie!«

Isabelle schüttelte den Kopf. »Nicht heute, vielleicht ein anderes Mal. Ich brauche Ihre Expertise in einem Fall.«

Er lächelte. »Ein fiktiver Fall, auf den Sie Ihre eigenen Erfahrungen projizieren? Das ist keine schlechte Methode. Das macht es leichter, darüber zu reden. Schießen Sie los!«

»Nein, es handelt sich wirklich um einen anderen Fall, der nichts mit mir zu tun hat. Ich versuche gerade einen Mord aufzuklären, der zehn Jahre zurückliegt, aber sehr wahrscheinlich mit zwei aktuellen Morden zusammenhängt.«

»Klingt spannend.«

Isabelle beugte sich nach vorne und gab eine kurze Zusammenfassung. Sie erzählte von Monique, vom Verdacht der Vergewaltigung durch ihren Stiefvater und seine Freunde, von ihrer Flucht nach Marokko, von ihrer Rückkehr, vom Toten am Strand von Pampelonne und von dem anderen Toten in Grasse und davon, was der Mörder ihnen angetan hatte.

Er sah sie nachdenklich an. »Sie sprachen gerade im Singular, also glauben Sie an ein und denselben Täter, der Moniques Vergewaltiger nacheinander zur Rechenschaft zieht, richtig?«

»Dafür spricht einiges. So was wäre doch denkbar, oder nicht?«

»Sicher ist das möglich. Müsste natürlich eine Person sein, die ihr emotional nahesteht, sehr nahe.«

»Ich hatte schon einen Verdacht, doch der hat sich leider nicht bestätigt. Jetzt spukt seit kurzem ein anderer Gedanke durch meinen Kopf. Darüber möchte ich mit Ihnen sprechen.«

»Nur zu.«

»Sie müssen wissen, Monique hat ein sehr angenehmes Wesen, sie ist ausgesprochen nett und sympathisch. Wenn man ihre Vorgeschichte kennt und weiß, was ihr als junges Mädchen angetan wurde, kann man sich nur freuen. Dass sie von Männern nichts mehr wissen will und sich von Frauen angezogen fühlt, ist wohl eine Folgeerscheinung ihrer traumatischen Erlebnisse in ihrer Jugend. Aber sonst scheint ihre Persönlichkeit keinen Schaden genommen zu haben.«

»Womit wir wieder beim Thema Resilienz wären. Ja, das gibt es. Aber jetzt bin ich auf Ihren Gedanken gespannt, der durch Ihren Kopf spukt.«

»Nun, ich weiß nicht, wie ich es sagen soll, die Idee ist völlig abwegig.«

»Dann sag ich es Ihnen. Sie wollen wissen, ob es vielleicht zwei Moniques gibt. In der Psychologie spricht man vom Jekyll-und-Hyde-Syndrom oder von einer dissoziativen

Persönlichkeitsstörung. Noch besser trifft es der Begriff einer multiplen Persönlichkeit. Die These wäre, dass in der sanften und ausgeglichen wirkenden Monique ein gewaltbereites und von Rachegedanken getriebenes Raubtier schlummert. Dann wäre sie es selbst, die die Täter von einst zur Rechenschaft zieht. Ist es das, was Ihnen durch den Kopf geht?«

Isabelle schluckte. »Ja, das meinte ich, obwohl ich es mir nicht vorstellen kann.«

»Menschen mit einer dissoziativen Identitätsstörung bilden mehrere Persönlichkeiten aus, die abwechselnd die Kontrolle übernehmen. Das könnte bei Monique durchaus der Fall sein, denn oft liegt diesem Krankheitsbild eine posttraumatische Belastungsstörung zugrunde, wobei in der Literatur vor allem Kindesmisshandlungen angeführt werden oder eben auch sexueller Missbrauch und Vergewaltigungen in jungen Jahren. Das würde passen.«

»Es wäre also möglich. Ich hatte gehofft, dass Sie meine Überlegungen ins Reich der Fantasie verdammen.«

»Nun, die Zahl dieser Fälle wird häufig überschätzt, die Wahrscheinlichkeit ist also nicht sehr hoch. Wobei diese Monique dafür geradezu klassisch in Frage käme.«

»Aber die Morde wurden mit großer Brutalität ausgeführt. Ich kann mir das rein physisch nicht vorstellen.«

»Das allerdings ist kein Gegenargument. Ich habe in meiner klinischen Tätigkeit schon alte, schwache Frauen erlebt, die kaum mehr selbst aus dem Bett gekommen sind, aber in einem Wutanfall ihren Pfleger grün und blau geschlagen haben.«

Isabelle sah starr vor sich hin. Sie konnte und wollte es nicht glauben. Und doch war es ganz offensichtlich eine reale Möglichkeit. Was hatte Cardochian eingangs gesagt?

Der Täter müsste dem Opfer emotional sehr nahestehen. Wer stand Monique näher als sie selbst?
»Würde sie es wissen?«, fragte Isabelle. »Mal unterstellt, es wäre so. Würde sich Monique an ihre Taten erinnern?«
»Nicht unbedingt. Bei einer multiplen Persönlichkeitsstörung sind die Erinnerungen an das Handeln der anderen Person oft sehr diffus, oder die Taten sind komplett aus dem Gedächtnis gelöscht, auch das gibt es.«
»Das würde erklären, warum Monique trotz allem einen ausgeglichenen Eindruck macht.«
Cardochian fuhr sich nachdenklich übers Kinn. »Unser Gespräch basiert auf Vermutungen und hat einen hypothetischen Charakter. Genauso wenig wie ein Arzt am Telefon eine bakterielle von einer viralen Infektion unterscheiden kann, lässt sich per Ferndiagnose eine dissoziative Persönlichkeitsstörung diagnostizieren. Ich müsste diese Monique kennenlernen und mit ihr sprechen, in aller Ruhe und unter vier Augen.«
»Das ist mir klar. Mir ging es zunächst nur darum, von Ihnen zu erfahren, ob so etwas überhaupt möglich ist.«
»Der römische Gott Janus hatte zwei Gesichter, vorwärts- und rückwärtsgewandt. Der Januskopf gilt seitdem als Symbol der Zwiespältigkeit. Etwas von dieser Zwiespältigkeit wohnt jedem Menschen inne. Bei den meisten fällt es nicht weiter auf, bei manchen ist es offensichtlicher, bei einigen wenigen führt es zu extremen Verhaltensweisen. Um Ihre Frage zu beantworten: Ja, es wäre möglich.«

Obwohl sie nach dem Gespräch mit Cardochian am liebsten sofort nach Antibes gefahren wäre, um mit Monique zu sprechen, hatte sie nach kurzem Zögern Thierrys telefonisches Angebot angenommen, sich mit ihm auf seinem alten Kutter zu treffen. Eine kurze Auszeit würde ihr guttun, sie musste Abstand gewinnen und alles erst in Ruhe verarbeiten. Es machte keinen Sinn, sich erneut in etwas hineinzusteigern – und dabei den Blick fürs Ganze und für mögliche Alternativen zu verlieren.

Sie lag mit geschlossenen Augen auf einer Matte, hörte das beruhigende Wummern des Dieselmotors und genoss das sanfte Schaukeln auf den Wellen. Einmal mehr dachte sie, dass es nicht viel brauchte, um glücklich zu sein. Thierry hatte mal gesagt, er beherrsche die Kunst des Lebens, des *savoir-vivre*. Dafür hatte er tatsächlich ein Talent, auch wenn es bei der Umsetzung oft haperte. Als Bürgermeister und Anwalt gab es Sachzwänge, denen er sich nicht entziehen konnte. Ein Leclerc alias Rouven Mardrinac war da in einer privilegierteren Situation. Nach allem, was sie wusste, hatte er in seinem Leben noch nie arbeiten müssen, da fiel es entschieden leichter, die Kunst des Müßiggangs zu pflegen.

Thierry kitzelte sie an den Fußsohlen. Das mochte sie überhaupt nicht. Aber das Glas mit einem kühlen Rosé, das er ihr reichte, machte es wieder gut.

»Du bist so still«, stellte er fest. »Bist du nur einfach müde, oder wälzt du mal wieder Gedanken?«

Sie lächelte. »Beides. Ich bin tatsächlich müde, und gleichzeitig geht mir so einiges durch den Kopf.«

»Du hast dich mit deinem Therapeuten getroffen?«

Sie schaute ihn überrascht an. »Hat Apollinaire geplaudert? Dafür bekommt er eine Abmahnung«, scherzte sie.

»Und? Was hat dein Therapeut gesagt? Dass wir uns trennen sollten?«

»Du hast einen seltsamen Humor. Ich hab mit ihm nicht über uns gesprochen, auch nicht über mich. Ich wollte seine Expertenmeinung zu meinem aktuellen Fall.«

»Ein psychologisches Gutachten?«

»In gewisser Weise. Nein, kein Gutachten, eher eine unverbindliche Einschätzung. Aber ich will jetzt nicht darüber reden. Lass uns den Wein trinken und die Sonne und das Meer genießen.«

Er brach etwas von einer Baguette ab und bestrich es mit *tapenade,* einer Paste aus Oliven, Sardellen, Kapern und Basilikum. Wortlos reichte er ihr das Stück. Dann setzte er sich wieder an die Ruderpinne.

Isabelle dachte, dass sie so ewig weiterfahren könnte, aber auch daran, dass das nicht möglich war. Sie hatte etwas zu erledigen. Denn wenn sich ihr Verdacht bestätigte, wenn also tatsächlich Monique ihre Vergewaltiger von einst zur Strecke brachte, dann könnte es bald ein weiteres Opfer geben. Sie dachte an den vierten Mann auf Jean-Lucs Foto.

Ihr *portable* summte. Sie fischte es unter dem Handtuch hervor und las eine neue Textnachricht von Monique. Heute gehe es nun leider doch nicht, schrieb sie. Manon sei wieder da. Doch morgen jederzeit.

Morgen? Durfte sie so lange warten? Wenn aber Monique mit Manon zusammen war, sollte nichts passieren. Ihre Freundin ließ sie erfahrungsgemäß nicht aus den Augen. Und vielleicht war ja alles ganz anders. Doch, doch, ganz anders … Isabelle legte das *portable* zur Seite. Dann schlummerte sie ein.

47

Am nächsten Tag hielt es Isabelle nicht länger aus. Nach einem kurzen Gespräch mit Apollinaire, der noch immer nach der Identität des vierten Mannes forschte, beschloss sie, aufzubrechen. Monique hatte ihr bereits bestätigt, dass sie in freudiger Erwartung sei. Manon sei zu ihrer kranken Mutter nach Nizza gefahren.

Isabelle verabschiedete sich von ihrem Assistenten, den sie nach reiflicher Überlegung über ihren aktuellen Verdacht im Unklaren gelassen hatte. Er musste nicht alles wissen, vor allem nicht, was so in ihrem Kopf vorging. Außerdem hatte er gegenüber Thierry ihren Termin beim Therapeuten gepetzt. Wahrscheinlich hatte er sich Sorgen gemacht und es gut gemeint. Trotzdem war es falsch gewesen. In erster Linie von ihr selbst, sie hätte es ihm nicht erzählen sollen.

Sie beließ es also bei der Information, dass sie nach Antibes fahren wolle, um sich mit Monique zu treffen. Dann verließ sie das *Hôtel de ville* und machte sich auf den Weg. Sie hatte den Schlüssel vom Polizeiwagen dabei. Vorher wollte sie noch auf einen Sprung bei Leclerc vorbeischauen. Nur zur Kontrolle.

Fragolin war so friedlich und beschaulich wie immer, wenn die Sonne am blauen Himmel stand und sich die Menschen träge durch die Gassen bewegten. Sie kam gerade bei Alain und seinem Korkgeschäft vorbei, da hörte sie plötzlich Schüsse. Isabelle fuhr zusammen. Sie hatte sich nach Fragolin zurückgezogen, weil sie genau das nie mehr hören wollte, keine Schüsse, keine Explosionen. Es schien ihr, als ob sie in Sekundenbruchteilen von der Vergangenheit eingeholt würde. Die Schüsse kamen aus der Richtung von Jacques' Bistro. Sie begann zu rennen. Ihr kam ein schreiendes Kind entgegen. Jetzt fiel noch ein Schuss. Sie registrierte ein anderes, größeres Kaliber. Was verdammt noch mal lief da gerade ab?

Als sie um die nächste Häuserecke kurvte, wäre sie fast über einen uniformierten Gendarm gestolpert, der regungslos auf dem Boden lag. Auf dem Kopfsteinpflaster unter ihm eine große Blutlache. Das sah nicht gut aus, gar nicht gut. Aus einem angrenzenden Gemüseladen wagte sich Marie-Claire hervor. Die Ärztin im Ruhestand eilte gebückt zum Getroffenen. Isabelle dachte, dass die alte Dame Mut hatte, dann rannte sie weiter. Hinter einem großen Terrakottatopf mit einem Olivenbaum entdeckte sie den Gendarm Albertin, der sich dort in Sicherheit gebracht hatte. In der zitternden Hand hielt er seine Dienstwaffe.

Isabelle kniete sich zu ihm. »Was ist passiert?«, fragte sie.

»Da waren zwei Schwarze, die haben wir kontrolliert. Sie wissen schon, wegen des afrikanischen Drogenrings. Da hat einer seine Knarre gezogen und Roger niedergeschossen. Den hat's übel erwischt.« Sergeant Albertin schnappte nach Luft. »Dann sind sie abgehauen. Ich hinterher. Sie haben wieder geschossen. Ich hab einen Warnschuss in die Luft abgefeuert. Jetzt hab ich sie aus den Augen verloren.«

»Haben Sie Verstärkung angefordert?«

»Natürlich. Die Kollegen sind unterwegs.«

Sie klopfte ihm beruhigend auf die Schulter. »Das haben Sie gut gemacht. Bleiben Sie in Deckung und riskieren Sie nichts.«

Sie richtete sich auf und lief in den nächsten Hauseingang. Dort nahm sie ihr *portable* und wählte die Nummer von Leclerc.

»Was ist denn das für eine Scheiße?«, meldete er sich. »Unten auf der Straße wird geschossen.«

»Keine Panik. Bleib unbedingt in deiner Wohnung. Verrammle die Eingangstür. Und strecke deinen Kopf nicht über das Geländer deiner Terrasse. Verstanden?«

»Klar habe ich das verstanden, aber das gefällt mir nicht.«

»Kein Widerspruch. Ich melde mich gleich wieder.«

Isabelle rannte über die Straße zurück zum Gemüseladen. Marie-Claire, die noch beim regungslosen Gendarm kniete, schüttelte den Kopf und deutete mit dem Daumen nach unten. Isabelle eilte in den Laden – um ihn nach hinten durch den Notausgang wieder zu verlassen. Nur noch ein kurzes Stück, dann hatte sie den Eingang von ihrem Haus erreicht. Sie rannte die Treppen hinauf zu ihrer Wohnung. Aus einer Schublade nahm sie das Holster mit ihrer Pistole und klemmte es an ihren Gürtel. Schon war sie draußen auf ihrer Terrasse. Sie zog die Schuhe aus, kletterte auf die Balustrade und von dort aufs Dach. Barfuß hatte sie auf der Schräge einen besseren Halt. Jetzt zahlte sich aus, dass sie den Weg schon mal ausgekundschaftet hatte. Sie hielt sich an einem Kamin fest, balancierte über einen Giebel, dann waren es nur noch einige Dächer, und sie hatte Leclercs Haus erreicht. Sie warf einen Blick hinunter auf die Gasse. Es war niemand zu sehen. Sie hielt sich an der Regenrinne fest und sprang auf seine Terrasse. Hinter der Scheibe sah sie Leclerc stehen, der eine Bratpfanne in der Hand hielt. Er schob die Terrassentür auf.

»Wo kommst du denn her?«

»Von oben. Alles Gute kommt von oben.«

»Was ist da unten los? Warum wird geschossen?«
»Keine Ahnung. Aber wenn wir Pech haben, hat es mit dir zu tun. Die Gendarmerie hat zwei Schwarzafrikaner kontrolliert, die haben daraufhin ihre Waffen gezogen. Ein Gendarm ist tot.«
»Merde, merde …«
Sie sah auf seine Füße, die in Badelatschen steckten.
»Zieh dir Schuhe mit Gummisohlen an, dann machen wir die Fliege.«
»Übers Dach?«
»Na klar.«
»Ich hab Höhenangst.«
»Können wir jetzt nicht brauchen. Andere Schuhe, und los geht's.«
»Merde, merde …«

Wenige Minuten später waren sie in Isabelles Wohnung. Leclerc hatte es auf den Dächern tapfer vermieden, in die Tiefe zu schauen.
»Schön hast du es hier. Hast du einen Champagner im Kühlschrank? Ich muss mich beruhigen.«
»Auf dem Geschirrschrank steht eine angebrochene Flasche Calvados. Aber nur einen Schluck. Wir müssen einen klaren Kopf behalten.«
»Du vielleicht, aber ich bin besser, wenn ich etwas Alkohol im Blut habe.«
Isabelle wählte Apollinaires Nummer. Wie sich herausstellte, hatte ihr Assistent unverzüglich reagiert. Er hatte sich das Schnellfeuergewehr geschnappt und war mittlerweile vor Leclercs Haus eingetroffen. Sie wollte ihm die Anweisung geben, das Polizeiauto zu holen und zu ihrer Wohnung zu kommen. Aber den einzigen Schlüssel hatte

sie in der Tasche. Ihr eigenes Auto stand noch weiter weg. Und Apollinaires 2CV schien ihr als Fluchtfahrzeug denkbar ungeeignet.
Nach kurzem Nachdenken beorderte sie ihn zurück zum Parkplatz vor dem *Hôtel de ville.* Dort würden sie sich in wenigen Minuten treffen. Leclerc sei bei ihr und in Sicherheit.
Sie zog sich ihre Joggingschuhe an. Auf ihrem *portable* blinkte eine Nachricht von Monique auf. Keine Zeit zum Lesen.
Irgendwo hörte sie eine dumpfe Explosion. Isabelle machte es nichts mehr aus. Ihr früheres Leben hatte sie eingeholt.
Auf der Straße sicherte sie die Lage, dann befahl sie Leclerc unmittelbar hinter ihr zu bleiben, so dicht wie möglich und mit eingezogenem Kopf. Sie entsicherte ihre Pistole und lief los.
Kurz vor der nächsten Ecke bekam sie einen Anruf vom Chef der örtlichen Gendarmerie. Capitaine Briand verlangte Aufklärung. Gerade habe jemand die Tür zur Wohnung ihres Feriengastes gesprengt. Sergeant Roger sei tot.
»Was für eine Scheiße läuft hier ab?«, fragte er.
»Ich kann's jetzt nicht erklären. Die sind hinter Leclerc her. Bin mit ihm auf der Flucht.«
»Wir müssen unsere Aktivitäten koordinieren.«
»Geht jetzt nicht. Sie machen Ihren Job, und ich bring Leclerc in Sicherheit.«
Sie beendete das Gespräch. Das war schroff. Briand hatte gerade einen Mitarbeiter verloren und wusste nicht, was gespielt wurde. Aber sie hatte keine andere Wahl.
Sie sprinteten gerade über den Bouleplatz, da wurde plötzlich auf sie gefeuert. Isabelle packte Leclerc, riss ihn zu Boden und begrub ihn unter sich.

Wie oft hatte sie das früher geübt? Die Reflexe funktionierten noch.
Sie sah Apollinaire, der sich mit dem Schnellfeuergewehr hinter dem Polizeiwagen verschanzt hatte. Und sie entdeckte einen Mann, der hinter einer Platane Deckung suchte. Die Schussrichtung stimmte.
Sie gab Apollinaire ein Zeichen und deutete zur Platane. Sie wusste nicht, ob er sie verstanden hatte.
»Bei drei rennst du los«, sagte sie zu Leclerc, »zum Polizeiwagen.«
Sie nahm den Mann ins Visier, der hinter dem Baum hervorschaute.
»Eins, zwei, drei …«
Leclerc sprang auf. Isabelle gab in rascher Folge Schüsse ab. Apollinaire hatte alles richtig verstanden. Sein Schnellfeuergewehr knatterte los. Von der Platane flogen die Fetzen, ein Ast kam herunter.
Isabelle rannte Leclerc hinterher.
»Auf den Rücksitz legen«, befahl sie. Apollinaire warf ihr das Schnellfeuergewehr zu. Dann dauerte es nur noch wenige Sekunden. Apollinaire rannte zum Rathaus. Isabelle legte den ersten Gang ein, unter den durchdrehenden Rädern spritzten die Kiesel. Das Auto schleuderte in die Fahrtrichtung. Mit einem schnellen Blick registrierte sie, dass der Mann hinter der Platane verschwunden war. Oder es hatte ihn erwischt, und er lag am Boden. Dann gab sie Vollgas.

Wenige Kilometer nach Fragolin traf sie auf einen Gendarmerieposten, der gerade eine Straßensperre aufbaute. Sie schaltete kurz die Sirene und das Blaulicht ein. Schnell wurde ein Hindernis zur Seite geräumt, damit sie durch-

kam. Dann wurde es ruhig. Isabelle drosselte das Tempo und fuhr ganz normal weiter.
»Du kannst dich hinsetzen und entspannen«, sagte sie. »Etwaige Verfolger bleiben bei der Straßensperre hängen. Wir sind außer Gefahr, jedenfalls vorläufig.«
Leclerc setzte sich auf und wischte sich den Schweiß von der Stirn.
»Boah, das war heftig. Wollten die mich wirklich umbringen?«
»Die haben nicht auf Vögel geschossen.«
Isabelle nahm ihr *portable* und las Moniques Zeilen. »Bitte, bitte, komm, es eilt sehr.«
Sie konnte es nicht erklären, aber sie hatte ein dummes Gefühl. Moniques Nachrichten klangen wie Hilfeschreie. Ihr ging es nicht darum, sie einfach wiedersehen zu wollen.
»Bin unterwegs«, tippte sie. »Hatte etwas Stress, tut mir leid.«
»Und jetzt?«, fragte Leclerc.
»Jetzt begleitest du mich bei meiner Ermittlungsarbeit«, antwortete sie. »Schließlich habe ich noch einen Nebenjob.«
»Und was ist mit mir?«
»Du bist bei mir in den besten Händen. Hast du doch gemerkt.«
»Stimmt. Aber dass du keinen Champagner im Kühlschrank hast, hat mich enttäuscht.«
Humor war in solchen Situationen ein gutes Zeichen.
»Wie kommst du da drauf? Natürlich habe ich einen Champagner im Kühlschrank. Aber den hebe ich mir für nette Gäste auf.«
»Du bist gemein. Aber ich räume ein, wir hatten wenig Zeit, und der Calvados war auch nicht schlecht.«

Sie bogen auf die A 57, dann auf die *Provençale,* die A 8, die sie über Fréjus und an Cannes vorbei nach Antibes brachte. Währenddessen führte Isabelle diverse Telefonate. Das mit Abstand wichtigste war jenes mit Balancourt. Sie erklärte ihm, dass der Zeugenschutz aufgeflogen sei, und schilderte ihm in knappen Worten die Situation, auch dass die Lage in Fragolin außer Kontrolle geraten sei. Sie bat ihn, Capitaine Briand von der Gendarmerie ins Bild zu setzen. Vor allem versicherte sie ihm, dass Leclerc für den Moment in Sicherheit sei. Sie sei mit ihm unterwegs nach Antibes, dort habe sie ein wichtiges Gespräch zu führen. Für Leclerc sei es so das Beste. In Antibes vermute ihn niemand. Trotzdem sei eine baldige Übergabe nötig. Jetzt müsse sich ein neues Team um ihn kümmern.

»Das ist aber schade«, kommentierte Leclerc, nachdem sie aufgelegt hatte. »Ich habe mich gerade an dich gewöhnt.«

»Tja, so ist das Leben. Aber einige Stunden haben wir noch, dann heißt es Abschied nehmen.«

»Ich komme wieder.«

»Glaube ich nicht.«

»Ich muss mit Clodine reden.« Er schmunzelte. »Und vielleicht machst du dann die Flasche Champagner auf.«

»Lassen wir uns überraschen.«

48

Isabelle kannte die Ausfahrt. Sie fand durch Antibes den direkten Weg zum Café. Davor gab es einen Stau. Sie sah Blaulicht, Polizei und einen Rettungswagen. Isabelle dachte, dass es beschissene Tage gab und solche, die noch beschissener waren. Heute war so ein Tag. Noch wusste sie nicht, was geschehen war, aber sie hatte einen flauen Magen. Sie machte das Blaulicht an und schob sich über den Bürgersteig an den blockierten Autos vorbei. Sie hatte es geahnt, der Rettungswagen stand genau vor dem Café.

»Du bleibst im Auto«, sagte Isabelle zu Leclerc. »Ich bin gleich wieder da.« Sie zeigte ihren Ausweis und drängte sich durch die Absperrung. »Was ist passiert?«, fragte sie.

»Ein Unfall. Eine Bedienung aus dem Café ist auf der Straße überfahren worden. Sie ist schwer verletzt.«

Isabelle ging zum Krankenwagen, dessen Türen noch offen standen. Innen kümmerten sich mehrere Sanitäter und ein Arzt um das Unfallopfer. Obwohl sie keinen freien Blick hatte, erübrigte sich die Frage nach der Identität. Die Frau, die überfahren wurde, war Monique. Isabelle hielt kurz die Hand vor ihre Augen. Das durfte doch nicht wahr sein.

»Wer hat sie überfahren?«, fragte sie einen Polizeibeamten.

»Wissen wir nicht. Der Fahrer hat Unfallflucht begangen. Es handelt sich um einen Geländewagen, das haben Zeugen ausgesagt. Vorne mit so einem Rammschutz, Sie wissen schon. Und es war ein Mann, da sind sich alle sicher.«

»Fahrzeugtyp, Kennzeichen?«
»Fehlanzeige. Aber die Fahndung läuft.«
»Danke.«
Isabelle drehte sich um und ging zum Café. Mit einem Blick vergewisserte sie sich, dass Leclerc brav im Auto saß. Na, immerhin. An der Theke stieß sie auf eine Bedienung, die sie noch nie gesehen hatte. Sie weinte.
»Haben Sie den Unfall beobachtet?«, fragte Isabelle.
»Monique wollte Zigaretten holen«, schluchzte die Bedienung. »Ich hab ihr zufällig hinterhergeschaut. Da kam aus einer Seitenstraße dieser Geländewagen mit aufheulendem Motor und ist direkt auf Monique zugeschossen. Sie hat sich noch umgedreht, aber da ist er schon über sie drüber.«
»Hat er danach gebremst?«
»Nein, er ist gleich mit Vollgas weiter.«
»Weiß Manon Bescheid? Sie ist doch in Nizza bei ihrer Mutter?«
»Ich hab sie angerufen. Sie ist schon unterwegs.«
Isabelle nahm die Bedienung in den Arm und drückte sie kurz. »Grüßen Sie Manon von mir. Mein Name ist Isabelle Bonnet.«
»Madame le Commissaire, ich weiß, Monique hat von Ihnen erzählt.«
Isabelle ging wieder hinaus und klopfte kurz an Leclercs Scheibe. »Noch eine Minute.«
Sie lief zum Krankenwagen, zeigte ihren Ausweis und verlangte nach dem Arzt. Ein Polizeibeamter versuchte sie davon abzuhalten. »Was haben Sie damit zu tun?«, fuhr er sie an. »Sie sind ja wohl kaum von der Verkehrspolizei.«
»Nein, sondern von der Mordkommission. Die Verletzte ist eine wichtige Zeugin. Lassen Sie mich durch.« Sie schob

ihn kurzerhand zur Seite. Der Arzt zog sich gerade die blutigen Latexhandschuhe aus. »Wie geht es ihr?«, fragte sie. »Wie schlimm sind ihre Verletzungen?«
Er legte die Stirn in Sorgenfalten. »Multiple Verletzungen vom Kopf bis zu den inneren Organen. Es schaut nicht gut aus.«
»Kann ich kurz mit ihr sprechen?«
»Sie können es versuchen, aber sie wird nicht antworten.«
Isabelle trat an die Krankentrage. Monique sah schrecklich aus, aber sie hatte die Augen geöffnet.
Sie nahm ihre Hand und streichelte sie. »Tut mir leid, dass ich mich verspätet habe.«
Moniques Augen flackerten. Sie wollte was sagen. Sie versuchte den Tubus und den Beatmungsschlauch aus dem Mund zu ziehen. Der Arzt hielt sie davon ab.
»Weißt du, wer dich überfahren hat?«, fragte Isabelle.
Monique riss panisch die Augen auf. Dann nickte sie.
»Jetzt reicht es«, erklärte der Arzt. »Wir müssen in die Notfallklinik.«
»Es wird alles gut«, sagte Isabelle und gab Monique zum Abschied einen Kuss auf die Stirn. Dabei dachte sie, dass das wahrscheinlich eine Lüge war.

Zurück im Auto, blieb sie erst eine Weile ruhig sitzen.
»Das war kein Unfall«, flüsterte sie.
»Du kennst das Opfer?«, fragte Leclerc.
»Ja, ich kenne sie. Es könnte sein, dass ich es hätte verhindern können, aber ich bin zu spät gekommen.«
»Da bin ich dran schuld, oder?«
Isabelle schüttelte den Kopf. »Das ist keine Frage der Schuld. Das ist Schicksal.«
Ihr *portable* klingelte. Balancourt war dran. »Übergabe in

sechzig Minuten«, sagte er kurz und knapp. Er nannte ihr den Ort, dann legte er auf.
»Zeit, Abschied zu nehmen«, sagte sie zu Leclerc. »Noch eine Stunde, die Uhr läuft rückwärts.«
Schon wieder bekam sie einen Anruf. Diesmal war es Apollinaire, der sich nach ihr erkundigte.
»Mir geht's gut«, sagte sie. »Auch Leclerc. Aber Monique hat es erwischt. Sie ist auf der Straße vor ihrem Café überfahren worden. Keine Ahnung, ob sie überlebt.«
»Oje, die arme Monique.«
»Was gibt's Neues aus Fragolin?«, fragte Isabelle.
»Sergeant Roger ist tot, aber das wissen Sie ja bereits. Die Attentäter, vermutlich handelt es sich um drei Personen, sind entkommen, bis auf jenen, der hinter der Platane gestanden hat. Den haben wir gleich mehrfach getroffen, einmal in den Kopf. Der kann uns nichts mehr sagen.«
»Der ist auch tot? Verdammt. Aber wir hatten keine andere Option, wir mussten uns wehren.«
»Es gibt noch was, aber das dürfte Sie in der aktuellen Situation nicht interessieren. Ich weiß, wer der vierte Mann auf dem Foto ist.«
»Wie bitte? Und ob mich das interessiert.«
»Thierry Blès hat ihn auf dem Foto erkannt. Haben Sie es ihm nie gezeigt?«
Isabelle überlegte. »Nein, habe ich wohl nicht. Der Mann war ja nicht aus Fragolin, so viel ist sicher. Wie sollte ihn ausgerechnet der Bürgermeister kennen?«
»Blès kennt ihn auch nicht aus Fragolin, sondern vom Studium in Lyon. Sein Name ist Robert Swarevski.«
»Wissen Sie, wo er wohnt?«
»Ja, Moment mal. Ach so, hier hab ich es. Er wohnt in einem Dorf in der Nähe von Cagnes.«

»Cagnes? Das ist doch nicht weit von hier.«
»Von Antibes? Nein, da ist es nicht weit.«
Isabelle ließ den Motor an. »Schicken Sie mir die genaue Adresse auf mein *portable.* Ich fahr schon los.«
»Zu Robert Swarevski? Warum denn das?«
»Ich hab meine Gründe.« Isabelle schaltete das Blaulicht ein und die Sirene. Sie drängte sich über den Bürgersteig, dann zurück auf die Straße. »Leclerc, mach das Navi an und gib schon mal Cagnes ein, damit wir hier möglichst schnell rausfinden. Die genaue Adresse folgt gleich.«
»Ist das der Ort meiner Übergabe?«
»Nein, ist es nicht.«
»Warum fahren wir dann dorthin. Ich denke, die Uhr läuft rückwärts?«
»Kleine Programmänderung«, sagte Isabelle und beschleunigte. Sie wählte die Nummer von Balancourt. »Maurice, tut mir leid, ich muss die Übergabe verschieben.«
»Sind sie euch wieder auf den Fersen?«
»Nein, keine Sorge, aber die Prioritäten haben sich gerade verschoben.«
»Was kann wichtiger sein als das Leben unseres Kronzeugen?«
»Erkläre ich dir ein anderes Mal. Gib uns zwei Stunden oder besser zwei Stunden dreißig. Bis dahin schaffe ich es ganz sicher.«
»Ich vertraue dir, einverstanden. Auf die Erklärung bin ich gespannt.«
Leclerc sah Isabelle von der Seite an und lächelte. »Du kannst dich nicht von mir trennen, gib es zu.«
Statt einer Antwort reichte sie ihm das *portable* mit der Adresse. »Kommst du mit dem Navi klar?«

»Ist schwierig, wenn du so schnell fährst. Ich muss mich ja mit beiden Händen festhalten.«
»Aber du schaffst es?«
»Natürlich, auch wenn ich ein prinzipieller Gegner aller Navigationsgeräte bin. Sie tragen zur Verblödung der Menschheit bei.«
Isabelle bretterte bei Rot über eine Kreuzung. Sie wusste selber nicht, warum sie so auf die Tube drückte. Aber sie wollte nicht schon wieder zu spät kommen.

49

Noch zwei Kilometer, dann muss es rechts eine Abzweigung geben«, sagte Leclerc mit Blick auf das Navigationssystem. »Dann sind es noch hundert Meter. Das Haus scheint etwas abgelegen im Wald zu liegen.«
Isabelle schaltete das Blaulicht aus. Sie hatte Leclerc nicht gesagt, weshalb sie so eilig zu dieser Adresse fuhren.
Nach der Abzweigung reduzierte sie das Tempo. Jetzt fuhr sie ganz langsam, in Schrittgeschwindigkeit. Ein rotes Schild mit der Aufschrift *accès interdit,* Zutritt verboten. Rechts und links Olivenbäume. Swarevskis Landhaus tauchte auf. Es sah idyllisch aus wie in einem Reiseprospekt. Aus Naturstein gemauert, mit blauen Fensterläden, mit Schilf davor und wildem Wein über der Terrasse. Sie lenkte den Wagen hinter einen dichten Ginsterbusch und machte den Motor aus.
»Leclerc, du bleibst im Auto sitzen.«
»Hab ich mir schon gedacht. Fehlen nur noch der Schnuller und eine Rassel zum Spielen.«
»Kannst dir ja mit dem Navi die Zeit vertreiben«, schlug sie vor.
»Da mache ich lieber ein Nickerchen.«
»Noch besser.«
Isabelle stieg aus und machte leise die Tür zu. Sie lief neben dem Weg durch die Olivenbäume. Es war keine Menschenseele zu sehen. Sie entdeckte eine offen stehende Garage. Darin stand ein Auto, sah aus wie ein Gelände-

wagen. Sie blickte sich vorsichtig um. Swarevski war wohl im Haus. Sie schlich zur Garage. Der Geländewagen war ein älteres Modell, die Nummernschilder waren so verdreckt, dass man nichts darauf erkennen konnte. Vorne hatte der Wagen einen großen Rammschutz. Deutlich waren darauf Blutspuren zu erkennen. Sie legte die Hand auf die Motorhaube. Das Blech war noch warm.

Na bitte, ihr Instinkt funktionierte noch. Sie zog ihre Pistole aus dem Holster und entsicherte sie. Während der Fahrt hatte sie ein neues Magazin eingelegt. Ob eine ihrer Kugeln den Angreifer hinter der Platane getötet hatte? Das war der falsche Gedanke, es gab gerade Wichtigeres. Sie sah eine offen stehende Terrassentür und ging langsam darauf zu. Die Hand mit der Waffe ließ sie unter ihrer Jacke verschwinden. Sie drehte sich kurz um. Der Polizeiwagen war von hier nicht zu sehen.

»Ohé! Il y a quelqu'un?«, rief sie mit betont fröhlicher Stimme. »Ist jemand da?«

»Wer will das wissen?«

Sie drehte sich um. Hinter ihr stand ein Mann, den sie nicht hatte kommen hören. Seit dem Sprengstoffattentat passierte ihr das immer wieder. Sie hörte nicht wirklich schlecht, aber auch nicht mehr so gut wie früher. Der Mann machte einen athletischen Eindruck. Er hatte ein weit aufgeknöpftes Hemd und lange Haare. Was ihr nicht gefiel, war die Tatsache, dass er mit einer Schrotflinte auf sie zielte.

»Mein Name ist Isabelle Bonnet«, sagte sie so entspannt wie möglich. »Ich suche Robert Swarevski. Wir haben was zu besprechen.«

»Worum geht es?«

Mit ihrer freien Hand deutete sie auf die Flinte. »Könnten Sie bitte das blöde Ding wegnehmen, das macht mich ganz nervös.«
»Sie haben unbefugt mein Grundstück betreten, da muss ich vorsichtig sein.«
Isabelle lächelte. «Sehe ich so gefährlich aus? Ich will doch nur mit Ihnen reden. Wollen wir uns auf Ihre Terrasse setzen?«
»Meinetwegen, aber Sie gehen voraus.«
Isabelle zog einen Korbstuhl heran und setzte sich.
»Was ist mit Ihrer rechten Hand?«, fragte er.
»Hab mir das Handgelenk gebrochen, darf ich nicht bewegen.«
Swarevski lehnte sich an einen Bistrotisch. Dabei zielte seine Waffe unablässig auf Isabelle.
»Was gibt es zu besprechen?«
Sie dachte, dass es in dieser Situation nicht klug wäre, gleich auf den Punkt zu kommen. Vielleicht sollte sie besser über das Wetter reden, über die Trockenheit oder den Reifegrad der Oliven.
»Ich war eine Freundin von Jacques Legrand«, log sie stattdessen, »eine sehr gute Freundin, wir hatten eine Affäre.«
Er runzelte die Stirn. «Was geht mich das an?«
»Kurz vor seinem Tod hat mir Jacques anvertraut, dass er sich bedroht fühlte. Nicht von Ihnen natürlich, sondern von jemand anders. Aber er hat Ihren Namen erwähnt und gesagt, dass er dringend mit Ihnen reden müsse, weil Sie vielleicht auch gefährdet seien.«
Isabelle dachte, dass sie da einen ziemlichen Blödsinn daherredete. Aber sie musste Zeit gewinnen und auf eine Unachtsamkeit von Swarevski hoffen. Sie würde nicht

lange brauchen, den Spieß umzudrehen. Aber der Mann tat ihr den Gefallen nicht. Vielleicht war das mit Jacques doch keine so gute Idee gewesen?

»Jacques? Wir haben nur wenig Kontakt. Wie hätte er auf die Idee kommen können, dass ich gefährdet sei? *C'est ridicule.*«

»Er hat einen Namen genannt – Monique. Aber er hat nicht gesagt, wer das ist.«

Isabelle registrierte, dass sie einen Treffer gelandet hatte. Swarevskis Atem beschleunigte sich, seine Hände begannen zu zittern – aber nur ganz leicht, jedenfalls nicht genug.

»Monique? Ich kenne keine Monique.«

Vielleicht verlor er die Contenance, wenn sie weitermachte? Das war riskant, sogar sehr riskant, aber ab und zu ritt Isabelle in Extremsituationen der Teufel.

»Natürlich kennen Sie Monique«, sagte sie. »Sie haben doch gerade versucht sie umzubringen. Aber sie ist nicht tot. Und sie hat Sie erkannt.«

Swarevskis Atem rasselte. Vielleicht war er Asthmatiker und bekam einen Anfall? Stattdessen hob er die Flinte und zielte auf ihren Kopf.

»Wer sind Sie?«, fragte er.

Isabelle sah ihm fest in die Augen. Die meisten Menschen hatten Hemmungen, jemanden zu erschießen, der sie aus nächster Nähe direkt anblickte. Aber es gab noch einen zweiten Grund. Swarevski durfte nicht merken, dass hinter ihm etwas ihre Aufmerksamkeit erregte.

Leclerc war nur noch wenige Meter entfernt. Er hielt das Schnellfeuergewehr wie einen Prügel verkehrt herum in den erhobenen Händen. Sein Fehler war, dass er auf einen kleinen Zweig trat, der auf der Terrasse lag.

Swarevski hörte das Knacken und drehte sich erschrocken um. Das wiederum war auch ein Fehler, und zwar ein größerer.
Isabelle zögerte keine Sekunde. Sie schnellte hoch, stieß mit dem Knie die Flinte zur Seite und knallte ihm fast gleichzeitig die Handkante gegen den Hals. Den Schlag hatte sie in ihrem früheren Leben tausendfach geübt. Sie hatte ihn nicht verlernt.
Swarevski ging zu Boden wie ein Sack Kartoffeln.
Leclerc sah sie mit offenem Mund an.
»Du kannst den Prügel runternehmen«, sagte sie.
Er schaute das Schnellfeuergewehr in seinen Händen hilflos an. »Tut mir leid, aber ich weiß nicht, wie man damit umgeht.«
»So war es perfekt«, sagte Isabelle. »Danke.«
»Nun ja, im Auto ist mir langweilig geworden.«
Isabelle hob Swarevskis Schrotflinte auf und legte sie außer Reichweite. Sie steckte ihre Pistole, die nicht zum Einsatz gekommen war, zurück in das Holster.
»In unserem Handschuhfach sind Handschellen«, sagte sie. »Würdest du sie mir bitte bringen.«
»Mit dem größten Vergnügen. Oder ist der Mann tot? Dann brauchen wir sie nicht.«
»Der ist nicht tot. Hat nur gerade einen Systemausfall. Wird aber nicht lange dauern.«
»Einen Systemausfall? Sehr charmant.«
Leclerc machte sich auf den Weg. Währenddessen nahm sie ihr *portable* und rief Apollinaire an. Sie setzte ihn kurz ins Bild und bat ihn, die zuständigen Kollegen der *Police nationale* zu verständigen und ihnen die Adresse durchzugeben.
Sie beugte sich zu Swarevski, hob seine Augenlider und fühlte ihm den Puls. Es gab keinen Grund zur Eile – aber auch nicht zur Sorge.

Als Swarevski schließlich ansprechbar war, fand er sich auf dem Boden sitzend wieder, mit dem Rücken gegen die Hauswand gelehnt und mit Handschellen an das schwere gusseiserne Gestell des Bistrotisches gefesselt.
Isabelle saß äußerlich entspannt in einem Korbstuhl, Leclerc hatte sich aus der Küche ein Glas Wein geholt.
»Ich fühle mich eingeladen«, sagte er. »Der Mann hat dich mit einer Waffe bedroht. Über den Schrecken muss ich erst hinwegkommen.«
Isabelle sah Swarevski an und schnippte mit den Fingern. »Na, wieder wach? Dann können wir unser Gespräch fortsetzen. Wo waren wir stehengeblieben? Ach ja, Sie haben Monique mit Ihrem Geländewagen über den Haufen gefahren, niederträchtig und kaltblütig. Warum?«
»Sie sind keine Freundin von Jacques, stimmt's?«
»Nein, ich bin Kommissarin bei der *Police nationale*. Ich habe Sie hiermit verhaftet. Das ganze Brimborium von wegen Recht auf Anwalt et cetera erzählen Ihnen später meine Kollegen. In der Zwischenzeit werden Sie ein Geständnis ablegen. Warum wollten Sie Monique umbringen?«
»Sie verwechseln mich. Ich bin unschuldig.«
Isabelle winkte ab. »Den Kram können Sie sich sparen. Allein die Blutspuren an Ihrem Auto reichen aus, Sie zu überführen.«
»Es war ein tragischer Unfall«, murmelte er.
»Sie langweilen mich. Sie haben Monique vorsätzlich überfahren. Es gibt genug Zeugen. Ich weiß sogar, warum, aber ich will es von Ihnen hören.«
Swarevski schüttelte energisch den Kopf. »Das können Sie gar nicht wissen.«
»Doch, ich kann. Soll ich Ihnen erzählen, wie Sie sich als junger Mann zusammen mit Ihren Freunden Jean-Luc

Navet, Raphaël Dubois und Jacques Legrand an Monique vergangen haben? Wie Sie sie gefesselt haben, wie Sie ...«

»Aufhören, aufhören!«, schrie Swarevski.

Leclerc sah ihn voller Abscheu an. Er leerte das Glas in einem Zug.

»Dann wurde Jean-Luc umgebracht. Das ist jetzt zehn Jahre her.«

»Diese Schlampe hat ihn brutal abgestochen. Dabei war er doch ihr Vater.«

»War er nicht, das wissen Sie. Er war nicht ihr Vater, sondern ein perverses Schwein, das sich an seiner minderjährigen Stieftochter wiederholt vergangen hat. Und Sie haben mitgemacht, Raphaël, Jacques und Sie.«

»Monique hat es nicht anders gewollt. Das kleine Ding war frühreif und geil.«

»Das glauben Sie doch selber nicht. Sie haben Sie brutal vergewaltigt. Das ist die Wahrheit.«

»Das gibt der kleinen Hure noch lange nicht das Recht, uns nacheinander umzubringen. Die ist ja verrückt, total durchgeknallt.«

»Sie hatten Angst, dass Sie der Nächste sind?«

»Als ich in der Zeitung vom Mord an Jacques gelesen habe, war mir alles klar. Auch dass nun ich an der Reihe war. Aber ich bin kein blödes Lamm, das sich freiwillig auf die Opferbank legt.«

»Sie hätten sich der Polizei anvertrauen können.«

»Na klar, das hätte ich tun können. Dann hätten sie die Irre aus dem Verkehr gezogen. Aber ich wäre wegen Vergewaltigung dran gewesen. Vielleicht wäre es verjährt, keine Ahnung. Aber meine Reputation als guter Bürger und Anwalt wäre hinüber gewesen. Alles, was ich mir in meinem Leben aufgebaut habe, hätte die Schlampe zerstört.«

»Da haben Sie sich gedacht, es wäre besser, Sie umzubringen?«
»Bevor sie mich umbringt. Na klar. Außerdem war sie eine Gefahr für die Menschheit, irgendjemand musste sie stoppen.«
»Sie war keine Gefahr für die Menschheit, nur noch für Sie, ganz allein für Sie.«
»Scheißegal, Monique hat es verdient. Hat sie wirklich überlebt? Hätte ich nicht gedacht, ich hab sie voll erwischt.«
»Wie konnten Sie sich eigentlich so sicher sein, dass Monique hinter den Morden steckt?«
»Ich bin doch nicht blöd. Außerdem hat Raphaël sie kurz vor seinem Tod gesehen, das hat er mir noch erzählt. Er hatte sich von ihr beobachtet gefühlt. Drei Tage später war er tot. Jacques erging es ähnlich. Er hat Monique auf Raphaëls Beerdigung entdeckt und auch gleich wiedererkannt. Er ist ihr hinterhergefahren. Er hat mir verraten, wo sie wohnt und arbeitet. Dann war auch er tot.«
»Waren Sie auch auf der Beerdigung?«
»Nein. Das war mein Glück.«
Isabelle hörte Sirenen, die näher kamen. Im heraufziehenden Abend waren Blaulichter zu sehen. Sie war froh und erleichtert, dass sie Swarevski gleich Kollegen übergeben konnte. In den letzten Minuten war es ihr schwergefallen, sich zu beherrschen. Natürlich gab es keine Rechtfertigung für Moniques Taten. Aber warum war sie so geworden? Warum hatte sie jene dissoziative Identitätsstörung entwickelt, von der Prof. Cardochian gesprochen hatte? Warum war sie zum Racheengel geworden? Die Antwort war einfach: weil es perverse Schweine wie Swarevski gab, die sich an kleinen Mädchen und jungen Frauen vergin-

gen, die ihre Seele zerstörten und ihnen die Möglichkeit nahmen, ein normales und unbeschwertes Leben zu führen. Wären Monique diese traumatischen Erlebnisse erspart geblieben, hätte es jene zweite Seite ihrer Persönlichkeit nie gegeben, dann wäre sie wahrscheinlich immer so sanft und warmherzig gewesen, wie sie Isabelle kennengelernt hatte. Um diese Monique tat es ihr leid, unendlich leid.

50

Gleich mehrere Polizeiwagen parkten kreuz und quer vor dem Landhaus, manche noch mit laufendem Blaulicht. Der Leiter der Aktion, ein mürrisch dreinblickender Mann mit Stirnglatze und gestutztem Oberlippenbart, kam auf sie zu, warf einen Blick auf Swarevski, musterte kurz Leclerc, um sich schließlich Isabelle zuzuwenden.

»Ihr Name ist Bonnet, richtig?«

»Commissaire Bonnet«, präzisierte sie.

»Capitaine Lesseps«, stellte er sich vor. »Können Sie mir erklären, was das hier soll?«

»Sous-Brigadier Eustache hat Sie benachrichtigt?«

»Natürlich, sonst wären wir ja nicht hier«, bemerkte er spitz. »Aber es war mir nicht möglich, ihn wirklich zu verstehen. Ihr Sous-Brigadier hat eine verwirrende Ausdrucksweise.«

Isabelle schmunzelte.

»Immerhin war die Angabe der Adresse korrekt«, fuhr er fort. Er deutete auf Swarevski. »Ist das der Unfallfahrer von Antibes?«

Na bitte, so missverständlich hatte sich Apollinaire wohl doch nicht ausgedrückt.

»Sein Name ist Robert Swarevski«, sagte sie. »Er ist übrigens kein Unfallfahrer, sondern hat die junge Frau vorsätzlich überfahren, mit der Absicht, sie umzubringen.«

Der Capitaine wandte sich an Swarevski. »Stimmt das?«, fragte er mit scharfer Stimme.

Swarevski reagierte nicht. Er sah starr auf den Boden und wirkte völlig apathisch.
Lesseps drehte mit dem Finger neben seinem Ohr eine Spirale. »Ist der taub, oder was ist mit ihm?«
Isabelle nahm den Capitaine am Arm. »Lassen Sie uns um die Ecke gehen, da können wir besser reden.«
Zögernd folgte er ihr. »Sie behaupten, das war kein Unfall, sondern ein Mordversuch? Woher wollen Sie das wissen?«
»Weil er ein Geständnis abgelegt hat«, sagte Isabelle. Sie zeigte auf Leclerc, der sie begleitet hatte. »Dafür habe ich sogar einen Zeugen.«
Lesseps sah ihn skeptisch an. »Und wer zum Teufel sind Sie?«
Isabelle hatte die Frage erwartet. »Ein Zivilfahnder aus Paris«, antwortete sie.
Leclerc grinste.
»Ein Zivilfahnder? Was wird hier gespielt? Ich verlange sofort umfassende Aufklärung.«
»Sie haben die Spurensicherung dabei?«
»Natürlich, auf Wunsch Ihres Sous-Brigadiers. Die Jungs stehen jetzt dumm rum und wissen nicht, was sie tun sollen.«
»Das ist ja wohl nicht so schwer zu erraten. Die sollen den Geländewagen in der Garage unter die Lupe nehmen. Er hat vorne einen Rammschutz, der ist blutverschmiert. Sicher finden sich auch Haarreste und Hautpartikel. Sie stammen von Monique Fayyad, was nachzuweisen wäre.«
Lesseps rief die Spusi zu sich und gab den Männern eine entsprechende Anweisung. Dann wandte er sich erneut Isabelle zu.
»Ich warte noch auf Ihre Erklärung.«

»Die Geschichte ist kompliziert. Bitte nehmen Sie für den Augenblick einfach zur Kenntnis, dass Robert Swarevski einen Mordversuch begangen und die Tat gestanden hat. Lesen Sie ihm seine Rechte vor und nehmen ihn in Untersuchungshaft. Morgen komme ich um elf in Ihr Kommissariat und lege Ihnen den Fall im Detail dar. Am besten kommt gleich der Staatsanwalt dazu.«
»Warum morgen? Warum nicht gleich? Wie haben Sie den flüchtigen Fahrer so schnell gefunden?«
»Das werde ich Ihnen morgen erklären.«
»Liebe Kollegin, ich bin nicht Ihr Erfüllungsgehilfe. Außerdem weiß ich sehr genau, dass Sie es waren, die die Untersuchungsakten von Raphaël Dubois und Jacques Legrand angefordert haben. Dafür haben Sie schon einen Anschiss von Commandant Bastian bekommen.«
Sie lächelte. »Einen Anschiss? So würde ich das nicht nennen. Sie können davon ausgehen, dass ich genau weiß, was ich tue. Außerdem hat Bastian mir nichts zu sagen.«
»Ich hoffe für Sie, dass Sie sich da nicht täuschen.«
»Ich täusche mich selten, und in diesem Punkt schon gar nicht.«
Jetzt musste sogar Lesseps grinsen.
»Ich mag Bastian auch nicht«, sagte er. »Na egal, aber Sie spucken gerne in fremde Suppen. Sie verfolgen einen Unfallfahrer, der in meinen Zuständigkeitsbereich fällt …«
»Seien Sie doch froh. Ich präsentiere Ihnen den Mann auf dem silbernen Tablett.«
»Und Sie mischen sich bei zwei Mordfällen ein«, fuhr er ungerührt fort, »die Sie definitiv nichts angehen. Zudem stehen die Fälle kurz vor der Aufklärung.«
Isabelle sah auf die Uhr. Die Zeit wurde knapp.

»Noch habe ich mich gar nicht eingemischt. Aber ich werde es tun, denn ich weiß, wer die Morde in Wahrheit begangen hat.«
Lesseps sah sie skeptisch an. »Doch nicht etwa dieser Swarevski?«
Sie schüttelte den Kopf. »Nein, der war es nicht. Aber die Fälle hängen zusammen. Leider muss ich Sie wirklich auf morgen vertrösten. Monsieur Leclerc und ich haben noch einen wichtigen Termin, der keinen Aufschub duldet.«
»Wer entscheidet denn so was?«
Bevor Isabelle antworten konnte, mischte sich Leclerc ein. »Ich entscheide so was«, sagte er frech. »Capitaine, ich kann Ihnen meine Position nicht offenlegen, aber ich bekomme meine Anweisungen von ganz oben, und zwar direkt von Balancourt. Wenn Madame le Commissaire sagt, dass wir einen wichtigen Termin haben, dann ist das so. Machen Sie Ihre Arbeit, und wir machen unsere. Schluss der Unterredung! Madame Bonnet, wir brechen auf, und zwar *tout de suite.*«
Erstaunt nahm Isabelle zur Kenntnis, dass sich der Capitaine von Leclercs forschem Auftreten beeindrucken ließ. Gleichzeitig registrierte sie, dass es um Leclercs Mundwinkel zuckte. Der schien sich köstlich zu amüsieren.
»Nun gut, dann morgen bis elf Uhr. Und ich verständige den Staatsanwalt.«
Isabelle deutete nach hinten. »Falls Swarevski sein Schweigen brechen sollte, gebe ich Ihnen einen Rat: Glauben Sie ihm nicht alles und ziehen Sie keine voreiligen Schlüsse. Die ganze Wahrheit erfahren Sie morgen von mir.«

51

Isabelle fuhr langsam. Das Navi hatte die genaue Ankunftszeit berechnet. Sie wollte nicht zu früh eintreffen. aber auch keine Sekunde zu spät. Am sichersten waren solche Übergaben, wenn sie exakt nach Zeitplan abliefen. Kurz, schnell und präzise.

»Du hast einen aufregenden Job«, sagte Leclerc. »Jedenfalls ist er viel spannender, als ich mir das vorgestellt hätte.«

»Er ist sogar entschieden spannender, als ich mir das selber vorgestellt habe«, erwiderte sie. »Das war so nicht geplant.«

»Ein bisschen bin auch ich dran schuld, tut mir leid.«

»Kannst ja nichts dafür.«

»Soll nicht wieder vorkommen.«

Isabelle justierte den Innenspiegel. »Eigentlich hatte ich gehofft, hier unten eine ruhige Kugel zu schieben.«

»Boule?«

Sie lächelte. »Ja, meinetwegen auch das. Aber vor allem wollte ich die provenzalische Stille genießen, die gute Luft einatmen, über blühende Lavendelfelder hinaus aufs Meer blicken, mal ein Gläschen Rosé trinken und dazu landestypische Spezialitäten essen, mit dem Duft von Thymian, Rosmarin, Oregano und Basilikum.«

»Eine romantische Vorstellung«, stellte er fest. »Diese Provence gibt es nur in Reiseführern und auf Kitschpostkarten. Wäre außerdem auf Dauer ganz schön langweilig.

Dazu hast du zu lange in Paris gelebt. Deine Uhr tickt schneller.«

»Aber man kann sie dazu bringen, langsamer zu ticken, daran glaube ich.«

»Das halte ich für eine Illusion. Jede innere Uhr hat ihren eigenen Rhythmus, der ist genetisch festgelegt und lässt sich nur ganz schwer nachjustieren.«

»Aber man kann es versuchen.«

»Der Versuch ist legitim«, sagte Leclerc, »doch in den meisten Fällen zum Scheitern verurteilt. Von all den Aussteigern, die dem Alltag den Rücken kehren und sich irgendwo am Ziel ihrer Träume niederlassen, werden die wenigsten glücklich. Stattdessen trinken sie zu viel Alkohol, haben die falschen Freunde, und irgendwann geht ihnen das Geld aus.«

»Letzteres kann dir nicht passieren, oder?«

»Das ist in der Tat unwahrscheinlich«, konstatierte Leclerc. »Ich habe die Gnade der reichen Geburt. Aber die falschen Freunde hatte auch ich. Deshalb bin ich jetzt in diesem blöden Zeugenschutzprogramm.«

»Nicht mehr lange.«

»Wegen mir hat in Fragolin ein Gendarm sterben müssen. Das wird mir erst so langsam bewusst. Weißt du, ob er Familie hatte, eine Frau, Kinder?«

»Roger? Keine Ahnung, aber ich werde es in Erfahrung bringen.«

»Dann sagst du mir bitte Bescheid. Ich möchte gerne helfen, insoweit das mit Geld möglich ist.«

Isabelle dachte, dass dieser Leclerc, der eigentlich Rouven Mardrinac hieß, längst nicht so oberflächlich war, wie sie zunächst geglaubt hatte.

»Mach ich«, versprach sie. »Um auf meine Arbeit zurück-

zukommen. Durch meine berufliche Tätigkeit unterscheide ich mich von romantischen Aussteigern deiner Beschreibung. Außerdem beziehe ich ein Einkommen, laufe also auch nicht Gefahr, vollends zu verarmen. Noch hab ich kaum Freunde in Fragolin, aber die wenigen sind schwer in Ordnung. Was war der dritte Punkt? Ach so, der Alkohol. Ich trinke oft tagelang überhaupt nichts Alkoholisches. Unter dem Strich bestimmt weniger als du.«
»*Touché*, das war hart. Aber ich bin kein Maßstab, in keinerlei Hinsicht.«
»Das glaube ich auch. So, jetzt muss ich einige Telefonate führen.«

Isabelle wählte die Nummer von Apollinaire. Sie bedankte sich bei ihm für die Benachrichtigung der Kollegen. Es habe alles geklappt, und besagter Robert Swarevski sei in Gewahrsam. Er habe gestanden, Monique in Tötungsabsicht überfahren zu haben.
»Warum denn das? Ich dachte, er sei das mögliche vierte Opfer?«
»Damit lagen wir schon richtig. Er hätte es werden können, aber nun ist es anders gelaufen. Erkläre ich Ihnen alles morgen. Eine andere Frage: Was ist aus den Angreifern in Fragolin geworden? Sind weitere Menschen verletzt worden?«
»Die Typen sind weg, wie vom Erdboden verschluckt. Verletzte gab es keine, Gott sei Dank. Aber wir trauern um Roger. Bürgermeister Blès hat alle Fahnen auf halbmast setzen lassen.«
»Tragisch, tragisch. Roger ist tot, außerdem einer der Angreifer, Monique kämpft um ihr Leben, irgendwas läuft gerade richtig falsch«, stellte sie resigniert fest.

»Aber jetzt ist alles vorbei, oder?«
»Noch wenige Minuten, dann ist Leclerc in Sicherheit. Swarevski ist in Polizeigewahrsam, Monique auf der Intensivstation. Ja, es ist alles vorbei. Gehen Sie nach Hause, *bonsoir.*«
Zum wiederholten Mal blickte Isabelle in den Rückspiegel. Hinter ihnen fuhr schon seit geraumer Zeit ein Auto, immer im gleichen Abstand. Sie sah nur die Scheinwerfer, wobei einer falsch eingestellt war und blendete. Es ist alles vorbei? War sie da gerade zu optimistisch gewesen? Warum sollte jemand so langsam fahren? Warum überholte er nicht?
»Werden wir verfolgt?«, fragte Leclerc.
»Kann eigentlich nicht sein«, sagte sie.
Isabelle überlegte, ob sie rechts ranfahren sollte, um zu sehen, was der andere Wagen machte. Aber im Fall des Falles war das die schlechtere Option. Sie schaltete herunter und gab Vollgas. In der nächsten Kurve schleuderte der Wagen. Leclerc umklammerte mit beiden Händen den Haltegriff. Sie fing den Wagen ab und drückte wieder aufs Gas. Die nächste Kurve. Dasselbe Manöver. Die Lichter im Rückspiegel waren weg. Isabelle trat voll auf die Bremse, die Räder blockierten. Sie brachte den Wagen zum Stehen, legte den Rückwärtsgang ein, fuhr in einen Feldweg und machte gleichzeitig die Scheinwerfer aus. Dann warteten sie.
Schließlich tauchte der Wagen mit dem falsch eingestellten Scheinwerfer auf. Er fuhr nicht schneller als zuvor. Es handelte sich um einen alten Peugeot mit einem rostigen Anhänger für Viehtransporte. Leclerc blies erleichtert durch die Lippen. Isabelle lächelte beruhigt. Das waren ganz sicher keine Verfolger. Falscher Alarm.

Ihr *portable* läutete. »Hallo, chérie«, meldete sich Balancourt. »Wie ist das werte Befinden?«
»Alles gut.« Und mit einem Blick auf das Navi: »Wir treffen pünktlich ein.«
»*Très bien,* die Kavallerie ist im Anmarsch. Das Codewort heißt Château Margaux. So wie der Wein.«
»Château Margaux? Sehr originell.«
»Ist ein Lieblingswein deines Fahrgastes.«
Leclerc schnalzte mit der Zunge. »Stimmt. Der 45er ist zum Niederknien.«
»Was ist mit deiner sogenannten Priorität passiert?«, fragte Balancourt. »Alles zu deiner Zufriedenheit erledigt?«
»Zufrieden bin ich nicht, aber es ist erledigt.«
»Gut so, bin auf deine Erklärung gespannt. *Au revoir et bonne chance.*«

Die Zieladresse war ein freies Feld, das gelegentlich für Sportveranstaltungen oder Wochenmärkte genutzt wurde, jedenfalls ging das aus einigen Plakaten und einem großen Schild hervor – *Marché hebdomadaire.* Zu dieser späten Stunde war alles menschenleer und verlassen.
»Das ist irgendwie unheimlich«, sagte Leclerc. »Ist das wirklich unser Übergabeort? Ich komme mir vor wie in einem schlechten Spionagefilm.«
»Der Ort stimmt, definitiv. Noch sechzig Sekunden.«
»Das klappt nicht. Die Kavallerie hat Verspätung, oder sie lässt uns im Stich.«
»Noch fünfzig Sekunden. Ich sag schon mal *adieu.* Rouvi, pass auf dich auf und bleib am Leben. War nett, dich kennengelernt zu haben. Obwohl die Umstände nicht so günstig waren.«

»Du hast gerade Rouvi zu mir gesagt? Wie meine besten Freunde. Das war lieb von dir. Wir sehen uns wieder, ganz bestimmt.«
»Da bin ich skeptisch. Noch dreißig Sekunden.«
Plötzlich waren Rotorengeräusche zu hören. Von oben leuchtete ein starker Scheinwerfer. Ein Hubschrauber der Spezialeinheiten der *Police nationale* setzte zur Landung an.«
Isabelle schmunzelte. »Habe ich mir doch gedacht.«
»Ganz schöner Aufwand«, sagte Leclerc, »da bekomme ich fast ein schlechtes Gewissen.«
»Dafür ist keine Zeit. Aussteigen!«
Beim Helikopter öffnete sich eine Schiebetür, Männer mit schusssicheren Westen sprangen heraus und sicherten das Gelände.
Isabelle und Leclerc rannten auf sie zu. Ein Mann mit rotem Barett nahm sie in Empfang. Leclerc nahm er kaum zur Kenntnis. Er sah Isabelle an und lächelte.
»*Bonsoir, Madame le Commandant,* schön, Sie wiederzusehen.« Dann nahm er Haltung an und salutierte.
Leclerc sah irritiert zwischen den beiden hin und her. »*Madame le Commandant?*«
Isabelle erwiderte das Lächeln. »Hallo, Jean, ich freu mich auch. Na, wie macht sich die Truppe?«
»Ist nicht mehr so wie mit Ihnen.«
Sie hob die Schultern. »*C'est passé!*« Und auf Leclerc deutend: »Dieser Herr hat einen Lieblingswein.«
Jean grinste. »Immer diese alten Spielchen. Wie wäre es mit Château Margaux?«
»Okay, ihr könnt ihn haben.«
Leclerc schüttelte in gespielter Verzweiflung den Kopf. »Ich bin doch kein Paket, das man einfach ausliefert.«

»Doch, genau das bist du, ein Paket mit zerbrechlichem Inhalt, *très fragile.*« Sie zeigte zum Helikopter. »Immerhin wirst du per Luftfracht befördert. So, los geht's. Das hier ist kein Kaffeekränzchen. *Allez-y!*«
Die Männer in den schusssicheren Westen nahmen Leclerc in ihre Mitte und führten ihn zum Helikopter. Ihr Anführer mit dem roten Barett blieb noch einen Moment stehen, um sich von Isabelle zu verabschieden. Dann rannte auch er zum Helikopter, der schon einen halben Meter in der Luft schwebte.
Er sprang hinein, die Schiebetür wurde geschlossen, die Turbinen heulten auf, Blätter und kleine Äste wurden durch die Luft gewirbelt, der Landescheinwerfer erlosch. Isabelle versuchte dem Helikopter im dunklen Nachthimmel zu folgen, aber schon nach wenigen Sekunden hatte sie ihn aus den Augen verloren, und die Rotorengeräusche verebbten.
Jetzt stand sie allein auf der finsteren Wiese. Sie fühlte sich einsam und verlassen. Als ob ihr altes Leben gerade davongeflogen wäre. Irgendwie war es ja auch so. Isabelle verdrängte die sentimentale Regung und ging langsamen Schrittes zurück zu ihrem Auto. Es war vorbei, alles war vorbei. Das Leben, das sie früher geführt hatte, ebenso wie ihr aktueller Fall. Auch er war so gut wie abgeschlossen. Der Ausgang stimmte sie traurig. Sie musste an Monique denken und hatte ein flaues Gefühl im Magen. Wie wohl ihr Zustand war? Würde sie überleben? Und wenn ja, welche Monique würde ins Leben zurückkehren? Die nette und warmherzige Monique? Oder die andere Monique, die nicht vergessen konnte, die von späten Rachegelüsten getrieben wurde und keine Gnade kannte? Welcher Teil ihrer gespaltenen Persönlichkeit? Isabelle atmete tief

durch. Wahrscheinlich beide Moniques – oder keine von beiden.
Isabelle drehte den Zündschlüssel. Sie könnte jetzt zurück nach Fragolin fahren. Der Tag war lang genug gewesen und voller Ereignisse. Aber das würde sie nicht tun, jedenfalls nicht sofort.

52

Zu dieser späten Stunde war der Parkplatz vor dem *Centre Hospitalier d'Antibes Juan-les-Pins* verwaist. Isabelle machte den Motor aus, blieb aber noch im Auto sitzen und führte ein Gespräch mit Thierry zu Ende. Der hatte sie angerufen, um sich nach ihrem Wohlergehen zu erkundigen, nach dem Schicksal von Leclerc – und überhaupt. Er tat dies mit einer ruhigen, unaufgeregten Stimme. Das mochte sie an ihm. Unter anderem. Es war ihm nicht anzumerken, dass er als Bürgermeister von Fragolin gerade einen rabenschwarzen Tag erlebt hatte. In seinen Straßen hatte es eine wilde Schießerei gegeben, ein Gendarm war ums Leben gekommen, auch einer der Täter, und es hatte in einem Treppenhaus eine Explosion gegeben. Auf Isabelle war geschossen worden und auf Leclerc. Später hatte er auf dem Foto seinen Studienkollegen Robert Swarevski erkannt – und von Apollinaire erfahren, dass sie nach dem Mann schon lange suchten.

Dank Isabelle wusste er jetzt noch mehr, nämlich dass sich Leclerc in Sicherheit befand, Swarevski in Polizeigewahrsam und des versuchten Mordes verdächtig, und auch dass die in Fragolin gebürtige Monique schwer verletzt auf der Intensivstation lag.

Ganz schön viel für einen Tag.

Er berichtete, dass die Straßensperren abgebaut waren und dass in den Häusern und Wohnungen Fragolins langsam

die Lichter ausgingen, ganz friedlich, so als ob nichts passiert wäre.
Thierry sagte fast beiläufig, dass er sich um Isabelle Sorgen gemacht habe. Darum sei es schön, jetzt ihre Stimme zu hören. Wie lange sie noch brauche bis zu ihrer Rückkehr, wollte er wissen. Sie solle direkt zu ihm kommen, er bereite eine Kleinigkeit zum Essen vor und mache eine Flasche Wein auf. Nach einem solchen Tag brauche es einen entspannten Ausklang.
Sie vertröstete ihn. Es könne noch etwas dauern, aber sobald sie auf dem Weg sei, melde sie sich.

Wenige Minuten später stand Isabelle im Flur vor der mattgläsernen Schiebetür, hinter der sich die *service des soins intensifs* befand, die Intensivstation. Sie wollte gerade läuten, da öffnete sich die Tür, und ein Arzt kam heraus – mit einer verheulten Manon am Arm, die kaum aufrecht gehen konnte.
Isabelle zeigte ihren Ausweis. »Wie geht es Monique Fayyad?«, fragte sie. Dabei hatte sie eine Vorahnung, die sich sogleich aufs schlimmste bestätigte.
Der Arzt schüttelte langsam den Kopf. »Sie hat es nicht geschafft«, sagte er leise.
Isabelle war geschockt. Monique war tot, das durfte nicht wahr sein.
Manon bekam einen Schüttelkrampf. Isabelle nahm sie in die Arme.
»Mein Beileid«, flüsterte sie. Dann führte sie Manon zu einer Reihe mit Plastikstühlen.
»Bleiben Sie für die nächsten Minuten bei ihr?«, fragte der Arzt.
Isabelle nickte.

»Sie sollte jetzt nicht alleine sein«, stellte er fest. Dann verschwand er hinter der Schiebetür.

Isabelle und Manon saßen schweigend nebeneinander. Moniques Freundin schluchzte und zitterte. Isabelle hatte einen Arm um sie gelegt. Langsam schien sich Manon zu beruhigen. Sie wischte sich die Tränen von den Wangen und warf Isabelle einen unsicheren Blick zu.

»Sie erinnern sich an mich?«, fragte Isabelle.

»Sie sind von der Polizei, ich weiß. Und Sie haben sich mit Monique in Cannes getroffen, das weiß ich auch.«

»Sie war ein bisschen verrückt«, sagte Isabelle mit einem leisen Lächeln. »Dafür konnte man sie gernhaben.«

»Ich habe sie geliebt. Sie war mein Leben. Und jetzt? Jetzt ist sie tot. Mein Leben ist vorbei.«

»Das fühlt sich im Augenblick so an. Aber das Leben geht weiter, Sie werden sehen.«

»Ich habe ihr die Hand gehalten, bis zum letzten Atemzug. Meine Monique. Nun hat sie mich verlassen.«

»Schön, dass Sie zum Abschied bei ihr sein konnten«, sagte Isabelle eher hilflos. Sie hatte keine Übung darin, Hinterbliebenen Trost zu spenden. Ihr fielen keine klugen Sprüche ein, die weiterhelfen könnten. Nur aus der Schulzeit ein Zitat von Honoré de Balzac: »Man lebt zweimal, das erste Mal in der Wirklichkeit, das zweite Mal in der Erinnerung.« Aber sie wagte nicht, es auszusprechen. Im Moment würde diese Weisheit nicht weiterhelfen. Kam hinzu, dass die Erinnerung an Monique eine zwiespältige sein würde, genauso zwiespältig wie ihre Persönlichkeit.

Isabelle überlegte, inwieweit Manon davon wusste. Die Frage war, wie gut sie ihre Freundin wirklich kannte, nicht nur die eine Monique, sondern auch die andere.

»Hat man den Fahrer des Autos gefasst?«, fragte Manon.
»Ja, hat man. Er wird morgen dem Staatsanwalt vorgeführt.«
Manon schob Isabelles Arm von ihrer Schulter und sah sie mit geröteten Augen an.
»Wer war es? Das war kein Unfall, oder?«
»Es spricht alles dafür, dass der Mann Monique vorsätzlich überfahren hat. Er wollte sie umbringen.«
»Dieser Hurensohn«, flüsterte sie.
Isabelle zögerte und überlegte, ob es richtig war, es auszusprechen. »Es war der vierte Mann«, sagte sie schließlich. Sie war auf die Reaktion gespannt.
Manon wich erschrocken zurück. »Der vierte Mann?«
Isabelle nickte. »Ich kenne die Geschichte, die ganze Geschichte, von Anfang an.«
»Wirklich?«
»Sie kennen sie doch auch, oder?«
»Natürlich kenne ich sie«, sagte Manon nach einer kurzen Pause. »Es gibt nichts, was ich von Monique nicht wusste, gar nichts.«
»Dann wissen Sie, was Monique als junges Mädchen widerfahren ist. Und Sie wissen auch, dass sie nie darüber hinweggekommen ist.«
»Nein, das ist sie nicht. Wie sollte sie auch?«
»Dennoch fällt es schwer, sich Monique als Rächerin vorzustellen«, sagte Isabelle – mehr zu sich selbst als zu Manon.
Manon kniff die Augen zusammen. Wieder begann sie zu zittern. Sie schien völlig aufgewühlt, noch mehr, als sie es schon vorher war. Sie wollte was sagen, brachte aber kein Wort über die Lippen. Endlich schaffte sie es.
»Der vierte Mann, jetzt verstehe ich«, sagte sie.

»Er hatte Angst, dass er der Nächste sein könnte. Deshalb hat er Monique überfahren.«
»Deshalb? So ein jämmerlicher Wichser. Ganz bestimmt wäre er der Nächste gewesen«, empörte sie sich. »Doch, doch, ganz sicher.«
»Wenn Sie von Moniques Rachefeldzug wussten, warum haben Sie sie nicht davon abgehalten?«
Manon stockte. »Fragen Sie als Polizistin oder privat?«
»Was macht das für einen Unterschied?«
Manon überlegte. »Weil ich mich wahrscheinlich strafbar mache, wenn ich zugebe, davon gewusst zu haben. Stimmt doch, oder?«
Isabelle zuckte mit den Schultern. »Kommt darauf an. Wenn Sie es nur geahnt haben, dann wahrscheinlich nicht. Ahnungen sind nicht justiziabel.«
»Warum ich Monique nicht davon abgehalten habe? Weil ich sie gut verstanden habe, deshalb. Ihr Drecksack von Stiefvater, seine versauten Freunde Dubois und Legrand. Und der Vierte im Bunde, von dem sie den Namen nicht kannte. Sie haben es nicht anders verdient.«
»Da kann ich Ihnen natürlich nicht zustimmen.«
»Natürlich nicht, Sie sind ja eine Polizistin. Aber als Frau, in Ihrem tiefsten Inneren, da werden Sie mir recht geben.«
»Nein, auch da nicht«, widersprach Isabelle. »Ich bin sehr dafür, dass Kinderschänder und Vergewaltiger unnachsichtig verfolgt und streng bestraft werden. Aber nicht in Selbstjustiz, sondern auf Grundlage der Gesetze und nach einem ordentlichen Gerichtsverfahren.«
Manon fuhr sich über die Augen. »Haben Sie eine Zigarette?«, fragte sie unvermittelt.
Isabelle schüttelte den Kopf.

»Meine Freundin ist gerade gestorben«, sagte Manon leise. »Ich bin noch unter Schock und kann keinen klaren Gedanken fassen. Wir sollten um Monique trauern und nicht über sie urteilen. Das ist weder der richtige Ort noch der richtige Zeitpunkt für solche Gespräche.«

Isabelle schluckte. Sie musste Manon recht geben. Sie war zu weit gegangen. Irgendwo hinter dieser matten Glastür lag die verstorbene Monique. Wahrscheinlich war ihr Körper noch warm. Und sie selbst war so pietätlos, über die dunkle Seite ihrer Seele zu sprechen – und Manon zu fragen, warum sie ihre Freundin nicht davon abgehalten hatte, ihre Peiniger umzubringen. Es war spät am Abend, sie war nach einem ereignisreichen Tag müde und unkonzentriert. Sie sollte Manon trösten und nicht mit Fragen löchern, die zudem ohne Belang waren, weil sie am Ausgang dieser Tragödie nichts änderten.

»Wie kommen Sie nach Hause?«, fragte sie. »Soll ich Sie heimfahren?«

»Vielen Dank, aber ich schaff das. Ist ja nicht so weit. Unsere Wohnung ist gleich über dem Café.« Manon lächelte gequält. »Und in meinem Auto hab ich Zigaretten.«

»Wir können zusammen rausgehen.«

»Ich möchte gerne noch einen Moment alleine sitzen bleiben, das verstehen Sie doch, oder?«

Isabelle stand auf und gab ihr die Hand.

»Natürlich verstehe ich das. Passen Sie auf sich auf!«

Zum Abschied hauchte ihr Manon einen traurigen Kuss zu.

53

Thierry stellte eine *tarte provençale* auf den Terrassentisch, eine südfranzösische Variante der aus Lothringen stammenden Quiche Lorraine, mit Tomaten, Zucchini, Auberginen, Rosmarin und Oliven. Im Ofen goldbraun und knusprig gebacken. Dazu ein Glas Rotwein. In den Windlichtern brannten Kerzen. Über ihnen der funkelnde Nachthimmel. Irgendwo zirpten Grillen. Der Kontrast zum sterilen Krankenhaus in Antibes und zu den Erlebnissen der letzten Stunden hätte nicht größer sein können. Wie aus einer anderen Welt. Isabelle zog die Schuhe aus und versuchte sich zu entspannen. Das gelang ihr besser als erwartet. Oder war sie einfach nur müde, todmüde?

»Lass uns darauf anstoßen, dass alles vorbei ist«, sagte Thierry. »Und dass wir so einen Tag hoffentlich nie wieder erleben.«

»Ja, hoffentlich, *santé!*«

Thierry sah sie nachdenklich an. »Alles hätte noch viel schlimmer ausgehen können, vor allem für dich.«

»Für Roger und Monique ist der Tag schlimm genug ausgegangen, sie sind beide tot.«

»Schrecklich. Ich habe lange mit Rogers junger Frau gesprochen, sie ist völlig verzweifelt. Jetzt muss sie alleine für ihren kleinen Sohn sorgen. Ich habe versprochen, dass ich ihr eine Arbeitsstelle im Bürgermeisteramt besorge.«

»Leclerc wird ihr finanziell unter die Arme greifen«, sagte Isabelle, sich an ihr Gespräch mit ihm erinnernd. »Er fühlt

sich irgendwie schuldig, weil seinetwegen jemand sterben musste. Auch wenn er nichts dafür kann.«
»Hoffentlich erinnert er sich daran, jetzt, da er weg ist.«
»Doch, da bin ich mir sicher. Dieser Rouven Mardrinac ist kein schlechter Kerl.«
»Rouven Mardrinac? Das ist also sein richtiger Name. Doch nicht etwa dieser Rouven Mardrinac?«
»Du kennst ihn?«
Er lachte. »Nein, natürlich nicht, ich kenne nur einen Pierre Leclerc. Aber Monsieur Mardrinac ist in Kunstkreisen eine Berühmtheit. Und wenn du die Klatschpresse lesen würdest, dann wüsstest du auch über seine Liebschaften und sein feudales Leben Bescheid.«
»Ist wohl besser, wenn Clodine seinen richtigen Namen nie erfährt.«
»Mag sein. Aber zurück zu Roger und Monique. Dass die kleine Navet hat sterben müssen, ist ja auch eine Tragödie.«
Isabelle drehte versonnen am Weinglas. »Ja, das ist es. Vielleicht hätte ich ihren Tod verhindern können.«
Thierry sah sie fragend an. »Wie das?«
»Monique hat mir mehrere Kurznachrichten geschickt und dringend darum gebeten, mich mit ihr zu treffen. Es sei wichtig, hat sie geschrieben. Womöglich hat sie geahnt, dass sie in Gefahr schwebte? Aber ich hatte keine Zeit, wegen Leclerc, du weißt schon.«
»Da darfst du dir nichts einreden. Monique hat ihr Schicksal selbst heraufbeschworen.«
Isabelle, die Thierry zuvor über das Ergebnis ihrer Ermittlungen ins Bild gesetzt hatte und über Moniques einsamen Rachefeldzug, konnte seine Meinung nicht teilen. Ihre Aufgabe war es nicht nur, Verbrechen aufzuklären, son-

dern auch, Menschenleben zu schützen – auch das Menschenleben einer geschundenen Seele, die selbst zur Mörderin geworden war.

»Du könntest eigentlich eine positive Bilanz ziehen«, sagte Thierry. »Du hast nach über zehn Jahren den Mord an Jean-Luc Navet aufgeklärt, du hast herausgefunden, wer in Wahrheit Raphaël Dubois und Jacques Legrand umgebracht hat, du hast den Mörder von Monique dingfest gemacht. Zudem hast du Leclerc sicher durch das Zeugenschutzprogramm geschleust und ihm seinen Hintern gerettet. Madame le Commissaire, ich ziehe meinen Hut. *Chapeau!*«

Sie lächelte. »Du hast überhaupt keinen Hut, trotzdem danke. Kann ich noch etwas von der *tarte* haben?«

»*Avec plaisir.*«

»Danach muss ich mich verabschieden. Ich bin völlig platt.«

»Magst du nicht über Nacht hierbleiben?«

»Ist lieb, aber nach Hause schaffe ich es noch. Ich will nur noch in mein Bett.«

54

Am nächsten Morgen wurde Isabelle von ihrem Wecker aus dem Schlaf gerissen. Mit geschlossenen Augen tastete sie nach ihm und stellte ihn ab. Sie brauchte eine kleine Ewigkeit, um sich zu orientieren. Sie konnte kaum glauben, dass sie so tief und fest geschlafen hatte – nach allem, was gestern vorgefallen war. Langsam nur setzte sie die Mosaiksteinchen ihrer Erinnerung zusammen. Mit dem Ergebnis, dass sie am Ende hellwach war. Sie sah auf die Uhr. Sie musste dringend aufstehen. Um elf Uhr hatte sie in Antibes einen Termin mit Capitaine Lesseps und mit dem Staatsanwalt. Und zuvor musste sie noch einiges erledigen. Elf Uhr? Das war nicht zu schaffen. Sie würde Apollinaire bitten, das Treffen auf dreizehn Uhr zu verschieben. Dann ging sie ins Bad und nahm eine kalte Dusche.

Eine halbe Stunde später traf sie im Rathaus ein, genauer gesagt in ihrem Kommissariat, wo schon Apollinaire auf sie wartete. Heute hatte er rechts einen gelben und links einen roten Socken an – mit blauen Streifen, das war neu. Sofort machte er sich an der frisch erworbenen Kaffeemaschine zu schaffen. Die Croissants hatte sie selber mitgebracht. Auch die Tageszeitung *Var-Matin.* Während er versuchte die Milch zu erhitzen, was nach ihrem Eindruck gründlich misslang, informierte sie ihn über die Geschehnisse des gestrigen Tages und Abends, wobei sie sich auf jene Details konzentrierte, die er noch nicht kannte. Und sie sprach ihm ihren Dank aus für seinen mutigen Einsatz am Bouleplatz vor dem *Hôtel de ville,* für den Namen des vierten Mannes und für alles andere. Sie dachte, dass ein wenig Lob nicht schaden konnte. Aber der *Café au Lait* schmeckte trotzdem erbärmlich.

Während er mit Capitaine Lesseps telefonierte und ihren Termin verschob, warf sie einen kurzen Blick in die Zeitung. Auf der Titelseite und den ersten Seiten gab es nur ein Thema – die Schießerei in Fragolin und der tragische Tod des Sergeant Roger Levèvre. In einem Interview erläuterte Capitaine Briand von der Gendarmerie die Hintergründe. In einer gemeinsamen Aktion mit der *Police nationale* sei man einem internationalen Rauschgiftring auf die Spur gekommen. Noch sei nicht genau geklärt, was die Verbrecher nach Fragolin geführt habe. Jedenfalls sei es dann dort zu den dramatischen Ereignissen gekommen. Dank des mutigen und professionellen Einsatzes der Gendarmerie konnte die Lage unter Kontrolle gebracht werden. Dabei sei ausdrücklich auch Madame le Commissaire Isabelle Bonnet und dem Sous-Brigadier Apollinaire Eustache gedankt, die einen der Attentäter zur Strecke bringen konnten.

Isabelle dachte, dass dieses Interview Seltenheitswert hatte. Es kam ausgesprochen selten vor, dass jemand von der *Police nationale* von der Gendarmerie gelobt wurde. Auch hatte sich Briand ganz offensichtlich mit Paris abgestimmt und die Version mit den Rauschgifthändlern aufrechterhalten, obwohl er es mittlerweile besser wusste.

Apollinaire legte auf. »Lesseps ist stinkesauer, aber er nimmt die Terminverschiebung zur Kenntnis und informiert den Staatsanwalt.«

»Hat er was zu Swarevski gesagt?«
»Nein, nur dass der Mann jede Aussage verweigert.«
Isabelle nickte. »Das ist gut so.«
»Warum?«
»Ach, nur so.«
Sie stand auf, den Kaffee ließ sie stehen. Auf dem Weg zur Tür drehte sie sich um.
»Weiß man eigentlich, wer von uns beiden den Mann hinter der Platane erschossen hat?«, fragte sie. »Gibt's schon eine Rückmeldung von der Gerichtsmedizin?«
Apollinaire schaute sie verlegen an. »Ich sagte ja, ich bin ein lausiger Schütze, selbst mit einem Schnellfeuergewehr.«
»Demnach kam die tödliche Kugel aus meiner Waffe, richtig?«
»Ja, Sie haben ihn gleich mit drei Kugeln getroffen.«
Sie sah ihn nachdenklich an. »Für Sie ist es besser so. Es ist kein so gutes Gefühl, jemanden erschossen zu haben. Da bleiben Ihnen einige Alpträume erspart.«
»Was ist mit Ihnen?«
Isabelle zuckte mit den Schultern. »Alpträume habe ich sowieso, da kommt es auf einen mehr oder weniger nicht an.«
»Ich vermute, das war nicht der erste Mann, den Sie erschossen haben?«
Sie zögerte mit der Antwort. »Da haben Sie leider recht«, sagte sie schließlich.
Dann ging sie hinaus und zog die Tür hinter sich ins Schloss.

Isabelle saß im Polizeiwagen, fuhr aber noch nicht los. Sie hatte die Hände über dem Lenkrad verschränkt und den Kopf daraufgelegt. Sie dachte nach. Dabei hätte sie gar nicht sagen können, was sie konkret beschäftigte. Ihre Gedanken wanderten gleichzeitig in alle Richtungen, sie überschlugen sich, fuhren aneinander vorbei und kamen sich entgegen. Den Zustand kannte sie. Davon bekam man Kopfschmerzen, aber es brachte einen nicht voran.

Sie sah auf die Uhr. Jetzt war sie zu früh dran, den Termin bei Capitaine Lesseps und dem *procureur* hätte sie überhaupt nicht verschieben müssen. Was hatte sie vorher erledigen wollen? Sie hatte es vergessen.

Sie ließ den Motor an und machte sich auf den Weg. Aber nicht auf der Straße, die nach Antibes führte, sondern durch den Ort hinauf zum Wald, wo man vor zehn Jahren die Leiche von Jean-Luc Navet gefunden hatte. Sie stellte den Wagen ab und lief los. Die genaue Stelle kannte sie nicht, aber irgendwo hier musste es sich zugetragen haben. Sie setzte sich auf einen Baumstumpf und dachte an *le vieux Georges,* der von einem Menschen mordenden Monster fabuliert hatte, das hier hause. Nun, da hatte er sich getäuscht.

Sie stellte sich Jean-Luc Navet vor, so wie sie ihn vom Foto kannte. Der Mann kam durch den Wald auf sie zu. Dann Monique mit der Mistgabel.

Merde, merde, merde. Warum hatte das alles geschehen müssen? Aus dem Leid, das Jean-Luc seiner Stieftochter in jungen Jahren zugefügt hatte, war so viel neues Leid entstanden. Erst hier im Wald, sehr viel später an der Plage de Pampelonne, dann in Grasse und in Antibes. Erst gestern Abend hatte das Drama sein trauriges Ende gefunden.

Isabelle atmete tief durch. Es roch gut hier. Im Schatten der alten Korkeichen konnte die Fantasie auf Wanderschaft gehen. Isabelle ließ es zu. Noch hatte sie Zeit.

Plötzlich hielt sie inne. Sie hatte auf einmal ganz andere Bilder vor Augen. Sie spürte, wie es hinter ihren Schläfen zu pochen begann. Sie massierte sich mit den Zeigefingern, dann mit den Daumen, immer fester. Irgendwann wurde es besser. Aber die Bilder blieben.
Isabelle sah auf die Uhr. Sie stand auf und ging durch den Wald zurück zum Auto. Sie war immer noch zu früh. Aber wer konnte das wissen? Vielleicht auch nicht.

Auf der Straße nach Antibes ereilte sie ein Anruf aus Paris. Erst war Jacqueline dran, die ihr eröffnete, im nächsten Monat auf Besuch zu kommen. Sie wolle endlich wissen, ob es da unten wirklich so schön sei. Außerdem wolle sie diesen Bürgermeister kennenlernen, der es Isabelle offenbar angetan habe. Und nackt im Meer schwimmen. Sie lachte. Dann stellte sie zu Balancourt durch.
»Hallo, chérie«, begrüßte er sie in gewohnter Manier. »Bist du auf dem Weg nach Antibes? Du wirst dort sehnsüchtig von einem Capitaine erwartet, der so heißt wie der Erbauer des Suezkanals.«
»Lesseps.«
»Richtig, und vom zuständigen Staatsanwalt. Du hast ja mal wieder mächtig für Wirbel gesorgt. Kompliment, das gefällt mir.«
»Das lag nicht in meiner Absicht.«
»Das sagst du immer, und dann fliegen die Fetzen.« Balancourts Lachen klang wie eine verrostete Schiffssirene. »Hab übrigens Dank für den Château Margaux, die Übergabe hat zur vollen Zufriedenheit geklappt. Er ist in Sicherheit. Ach so, du wolltest mir noch erzählen, was so wichtig war, dass sich die Prioritäten verschoben haben?«
»Das weißt du doch schon längst«, spekulierte sie.

»Ach so, stimmt auch wieder. Man hat es mir zugetragen. Da gibt es den Mann, der deine Freundin überfahren hat, den hast du verhaftet. Und jetzt sind alle gespannt, wen du als Mörder in jenen beiden Fällen aus dem Hut zauberst, für die du nicht zuständig bist.« Erneut musste Balancourt lachen. Dabei verschluckte er sich. Es folgte eine Hustenattacke, dann war er wieder bei Stimme. »Entschuldige, was wollte ich gerade so richtig sagen?«

»Dass ich nicht zuständig bin.«

»Ah ja, dieser Meinung sind jedenfalls dieser Suezkanal und Bastian in Toulon, aber da täuschen sich die Herren. Wenn sie für ihre Arbeit zu blöd sind, muss sie halt jemand anders machen. *C'est la vie!*«

»So würde ich das nicht ausdrücken.«

»Natürlich nicht, du bist ja wohlerzogen. Ich bin dagegen in einer Position, wo Erziehung keine Rolle mehr spielt.« Das erwartete Lachen blieb aus. Wahrscheinlich hatte er Angst, sich erneut zu verschlucken. »Mir kannst du es ja sagen«, fuhr er fort. »Wer war es?«

»Interessiert dich das wirklich?«

»Nun ja, eigentlich nicht so sehr, ich gebe es zu. Hauptsache, du drehst den schlafmützigen Kollegen eine lange Nase. Aber du solltest keinen Fehler machen, das ist dir klar, oder?«

Isabelle ließ kurz das Lenkrad los, lenkte mit den Knien und massierte sich die Schläfen.

»Keinen Fehler? Na klar. Sonst werde ich den Piranhas zum Fraß vorgeworfen.«

»Wirst du nicht. Aber dann habe ich dich am Haken, und du musst zurück nach Paris.« Jetzt erlaubte er sich doch wieder einen kontrollierten Lachanfall. »So gesehen wäre es mir sogar recht, wenn du auf den Bauch fällst. Dann

habe ich dich wieder in meinem Team. Ich korrigiere meine Auffassung. Tu mir einen Gefallen und mach doch einen Fehler. Präsentiere einen Mörder, der es nicht gewesen sein kann. Dann lösen wir dein Kommissariat auf, die Madame le Commissaire gehört der Vergangenheit an, und du übernimmst wieder deinen alten Job. Doch, das wäre gut.«
Isabelle wartete mit ihrer Antwort. »Mich ehrt dein Wunsch, mich wieder zurückhaben zu wollen«, sagte sie. »Aber den Gefallen werde ich dir nicht tun. Hoffe ich jedenfalls. *On verra!*«

Sie wählte diesmal eine andere Strecke. Bei Cannes fuhr sie hinunter ans Meer und am Golfe-Juan vorbei Richtung Antibes. An einem längeren Strandabschnitt blieb sie stehen. Sie stieg aus und sah aufs Wasser. Wieder geisterten die Bilder aus dem Wald durch ihren Kopf. Keinen Fehler machen, keinen Fehler …
Sie lief etwas hin und her, dann setzte sie sich ans Steuer und fuhr weiter. Wie von selbst fand sie den Weg in die Altstadt von Antibes. Sie parkte ganz in der Nähe vom Café. Die letzten Meter ging sie zu Fuß. Alles sah aus wie immer. Die Markise, die Terrakottatöpfe mit dem weißen Oleander, die kleinen Bistrotische und die Rattanstühle – nur dass keine Gäste da waren und die Stühle umgedreht auf den Tischen standen. Das Café hatte geschlossen.
Sie trat ans große Fenster, schirmte die Augen mit den Händen ab und sah hinein. Der Raum war dunkel, viel konnte sie nicht erkennen, aber sie hatte den Eindruck, dass an der Theke eine einsame Gestalt saß. Isabelle klopfte gegen die Scheibe.

Es dauerte, dann drehte sich die Gestalt langsam um, rutschte vom Barhocker und kam schleppend nach vorne. Der Schlüssel wurde umgedreht und die Tür geöffnet.

Manon sah schrecklich aus. Sie hatte dicke Augenringe und eine aschfahle Haut.

»Ich habe Sie erwartet«, sagte sie mit dünner Stimme. »Kommen Sie herein.«

Isabelle setzte sich zu Manon an die Theke. Ihr *portable* legte sie vor sich auf den Tresen.

»Auch einen Schluck?«, fragte Manon, auf eine fast leere Cognacflasche deutend.

»Nein danke. Aber ich hätte gerne eine Ihrer Zigaretten.«

»Bedienen Sie sich!«

Neben der Zigarettenschachtel lagen auf der Marmorplatte die beiden schweren Ringe, die Manon und Monique getragen hatten.

»Die haben wir uns zur Verlobung machen lassen«, erklärte sie, »damals, in Marrakesch.«

Isabelle zündete sich die Zigarette an.

»Warum haben Sie mich erwartet?«, fragte sie.

»Na ja, einfach so.«

»Es tut mir unendlich leid.«

»Das glaube ich Ihnen. Aber es hilft mir nicht weiter. Monique ist tot, mein Leben hat keinen Sinn mehr.«

»Sie sagten, dass die Ringe aus Marrakesch stammen. So lange kennen Sie sich also schon?«

»O ja, so lange schon. Ich hab damals in einem Lokal gearbeitet, am Djemaa-el-Fna, dem Platz der Gaukler und Märchenerzähler. Dort habe ich Monique kennengelernt. Ich habe mich sofort in sie verliebt. Sozusagen unsterblich.«

Manon nahm einen Schluck aus dem Cognacglas.

»Dann sind Sie ein Liebespaar geworden?«

Manon sah Isabelle an und lächelte. »Das hat ein bisschen gedauert. Sie verstehen? Ich musste ja Monique erst davon überzeugen, es mal mit einer Frau zu versuchen. War aber nicht so schwierig.«

»Weil sie in ihrem bisherigen Leben mit Männern nur schlechte Erfahrungen gemacht hat?«

»Ganz genau. Erst ihr perverser Stiefvater, dann seine Freunde, und Achmed war auch nicht besser.«

»Immerhin hat sie ihn geheiratet.«

»Das hätte sie mal besser sein lassen. Andererseits hatte es auch was Gutes, so ist sie wenigstens von zu Hause weggekommen. Aber Achmed war ein blödes Schwein. Er hat sie behandelt wie eine Sklavin. Die Typen kenne ich, erst tun sie ganz lieb, später zeigen sie ihr wahres Gesicht.«

»Bei Ihnen hat Monique Zuflucht gefunden, hat sie die Liebe, Wärme und Zuneigung erfahren, die ihr im Leben zuvor versagt geblieben sind.«

Manon legte den Kopf zur Seite. »Das haben Sie schön gesagt«, entgegnete sie.

Isabelle zog an der Zigarette und dachte nach. Sie beschloss, direkt auf den Punkt zu kommen.

»Und dann haben Sie Achmed umgebracht«, fuhr sie mit ruhiger Stimme fort. »Um Monique von diesem blöden Schwein zu befreien.«

Manon zeigte keine Reaktion. Schließlich nickte sie. »Ja, das habe ich«, sagte sie gleichmütig.

Isabelle nahm ein Glas. »Jetzt brauche ich doch einen Cognac.«

»Es sind genug Flaschen da. Bedienen Sie sich.«

»Sie haben Achmed beim Olivenpflücken von der Leiter gestoßen?«

»Nein, ich habe ihm die Leiter unter den Füßen weggezogen. Dann hat er sich noch kurz wie ein Affe an einen Zweig geklammert. Dann hat er losgelassen. Weil er nicht gleich tot war, hab ich noch etwas nachgeholfen.«

»Und Monique?«

»Getrauert hat sie nicht, das dürfen Sie mir glauben. Sie ist bald danach zu mir in meine Wohnung gezogen. Ich hab ihr einen Job in der Bar besorgt. Wir hatten eine wunderbare Zeit.«

»Sie hat Ihnen von ihrem Stiefvater erzählt, wie er sich an ihr vergangen hat, und dass er dann noch seine Freunde rangelassen hat?«

»Ja, das hat sie. Armes Ding. Diese Dreckskerle haben Monique fast umgebracht. Können Sie sich das vorstellen? Der eigene Vater, auch wenn er nicht der leibliche war, und seine geilen Kumpane. Monique hat das nie verwunden. Das hat sie fürs Leben gezeichnet. Sie war ein seelischer Krüppel.«

Isabelle machte eine Pause, nahm einen Schluck vom Cognac und schwieg. Dabei gingen ihr die Bilder aus dem Wald durch den Kopf. Und ihr Gespräch mit Manon im Hospital. Es wurde ihr immer klarer, dass alles ganz anders gewesen war. Nein, sie würde keinen Fehler machen. Fast hätte sie einen gemacht, aber eben nur fast.

»Monique war eine erotische Frau«, sagte Manon. »Das haben auch Sie gemerkt, obwohl Sie eine Hetero sind, stimmt doch? Geben Sie es zu!«

»Erotisch? Das kann ich nicht beurteilen. Aber sie war anziehend, sie konnte sich toll bewegen, sie war anschmiegsam, zärtlich und melancholisch.«

»Sag ich's doch: Sie war erotisch!«

»Vor ungefähr zehn Jahren haben Sie Monique für einige Tage allein gelassen und sind nach Frankreich gereist«, fuhr Isabelle fort.
»Um meine Mutter in Nizza zu besuchen.«
»Aber nicht nur. Sie waren auch in Fragolin.«
Manon rührte mit dem Finger im Cognacglas, schleckte ihn ab, um dann mit den Verlobungsringen am Tresen zu spielen.
»Madame Bonnet, Sie sind eine besondere Frau. In einem anderen Leben hätte aus uns was werden können.«
»Das ganz sicher nicht.«
»Aber in diesem Leben habe ich alles verloren, was mir wichtig war. Monique war meine große Liebe. Für sie hätte ich alles getan.«
»Deshalb sind Sie nach Fragolin gefahren«, insistierte Isabelle.
»Ohne Monique bin ich so gut wie tot«, flüsterte Manon, »es ist alles egal.«
»Dann spielt es keine Rolle mehr. Sie können es genauso gut zugeben.«
»Dass ich dieses Schwein von Stiefvater mit der Mistgabel abgestochen habe? Ja, das gebe ich gerne zu. Darauf bin ich sogar stolz.«
Isabelle sah auf Manons Hand mit dem Cognacglas. »Sie sind Linkshänderin«, stellte sie fest. »Das ist mir schon im Krankenhaus aufgefallen, aber ich habe es erst nicht realisiert.«
Manon machte eine Faust. »Ja, links habe ich Kraft. Links, da sitzt auch mein Herz.«
»Sie haben es Monique nie gesagt, richtig?«
»Natürlich nicht. Ich wollte ja ihre Seele befreien, sie nicht im Gegenteil damit belasten. Aber dass der alte Sack tot war, das hat ihr gefallen.«

»Sie haben für Monique den Racheengel gespielt?«
»*Un ange vengeur*, ganz genau, aber das war kein Spiel, sondern mein bitterer Ernst.«
Isabelle sah auf die Uhr. Capitaine Lesseps und der Staatsanwalt würden etwas warten müssen. Sie würde sich verspäten, aber nur ein wenig. Doch die Verspätung lohnte sich. Sie war froh, dass ihr im Wald plötzlich Zweifel gekommen waren. Eigentlich hatte sie nie an Moniques Schuld glauben können. Natürlich, Prof. Cardochian war überzeugend gewesen. Eine posttraumatische Belastungsstörung und daraus resultierend eine dissoziative Störung, eine multiple Persönlichkeit, Jekyll und Hyde. Im Kopf war alles nachvollziehbar, aber ihr Bauch hatte dagegen argumentiert – leider so leise, dass sie es anfangs nicht bemerkt hatte.
»Warum haben Sie dann zehn Jahre gewartet, bis Sie Raphaël Dubois zur Rechenschaft gezogen haben?«
»Warum? Ganz einfach, weil sich Monique nicht an seinen Namen erinnert hat, deshalb. Aber dann sind wir eines Tages an der Plage de Pampelonne beim Baden gewesen. Da hat sie ihn an einer Strandbude gesehen und sofort wiedererkannt. Sie ist zu Tode erschrocken und hat einen Heulkrampf bekommen. Wir haben dann den ganzen Tag am Strand verbracht und dieses fett gewordene Ferkel beobachtet. Der Mann lief lachend herum, begrüßte neue Gäste mit Küsschen, baute Liegestühle auf, brachte Handtücher und servierte kichernd Getränke. Raphaël Dubois schien seine Arbeit zu genießen und war allgemein beliebt. Sicherlich hatte er längst vergessen, was er Monique einst angetan hatte. Es war unerträglich. In der kommenden Nacht hat Monique kein Auge zugemacht. Sie hat viel geweint. Ich habe sie ganz fest in den Arm ge-

nommen und versucht, sie die Erinnerungen vergessen zu lassen.«
Manon stockte. Sie blickte starr geradeaus. Isabelle fürchtete, dass sie gleich vom Barhocker kippen könnte. Aber zuvor wollte sie die ganze Geschichte erfahren. Dazu brauchte es offenbar eines erneuten Anstoßes.
»In jener Nacht haben Sie einen Entschluss gefasst, richtig?«
»In jener Nacht? Nein, schon sehr viel früher. Aber jetzt wusste ich endlich, an wen ich mich halten musste.«
»So wie der Tote ausgesehen hat, waren Sie ziemlich wütend.«
»Wundert Sie das? Außerdem war Mistral, da kann ich mich ohnehin schlecht beherrschen.«
»Genau wie damals bei Jean-Luc, da wehte auch der Mistralwind.«
»Das wissen Sie? Ja, Sie haben recht. Aber das war Zufall.«
»Mit Dubois' Verunstaltung haben Sie eine Botschaft hinterlassen.«
»Ganz genau. Jeder sollte erfahren, dass Raphaël Dubois ein perverses Schwein war. Außerdem hat es mir Spaß gemacht. Die Männer bilden sich so viel auf ihre Schwänze ein. Dabei sind diese völlig überflüssig. Am besten schneidet man sie ab.«
»Moniques Stiefvater haben Sie auf die Stirn geschrieben, dass er ein Vergewaltiger war.«
»Leider hat davon nichts in den Zeitungen gestanden, schade.«
Isabelle sah erneut auf die Uhr. Die Zeit wurde knapp.
»Wie sind Sie auf Jacques Legrand gekommen?«
»Wir waren auf Dubois' Beerdigung. Da befand sich Legrand unter den Trauergästen. Auch ihn hat Monique sofort wiedererkannt.«

»Warum waren Sie auf seiner Beerdigung?«, wollte Isabelle verwundert wissen.
»Na ja, genau aus diesem Grund. Ich habe gehofft, dass die beiden anderen Schweine ihrem alten Kumpel die letzte Ehre erweisen würden. Leider war nur der eine da. Ich habe mir auf dem Parkplatz sein Autokennzeichen notiert. Der Rest war einfach.« Manon nahm wieder einen Schluck aus dem Cognacglas. »Außerdem dachte ich, dass es für Monique schön sein müsste, zu sehen, wie ihr Peiniger unter die Erde kommt. Asche zu Asche, Staub zu Staub.«
»Monique hat Sie nie im Verdacht gehabt?«
Manon schüttelte den Kopf. »Sie hat an eine höhere Gerechtigkeit geglaubt. Sie war ab und zu etwas naiv, meine liebe Monique.«
»Warum wollte sie dann so dringend mit mir sprechen?«, fragte Isabelle. »Sie hat mir mehrfach Kurznachrichten geschickt. Im Nachhinein lesen sie sich wie Hilferufe.«
»Kurznachrichten? Davon weiß ich nichts. Ja, warum? Vielleicht hat sie sich von dem vierten Schwein bedroht gefühlt? Wie hieß er doch gleich?«
»Robert Swarevski. Aber das glaube ich nicht. Dann hätte sie mit Ihnen darüber gesprochen. Vielleicht hatte sie doch plötzlich eine Ahnung, dass Sie der Racheengel sein könnten. Darüber wollte sie mit mir sprechen.«
Manon fing leise an zu weinen. »Nur noch dieses vierte Schwein hat gefehlt. Dann hätte Monique ihren Frieden gefunden. Aber wie sollte ich ihn aufspüren? Monique kannte seinen Namen nicht. Jetzt ist alles zu spät.«
Isabelle nahm Manons Hand. Sie fühlte sich kalt an. Und kraftlos.
»Ich bin schuld«, sagte Manon. »Hätte ich Gnade walten lassen und keine Vergeltung geübt, wäre Swarevski nie auf

Monique aufmerksam geworden. Er hat sie der Morde an seinen alten Freunden verdächtigt, er hatte Angst um sein Leben – und hat sie deshalb umgebracht. Ich bin schuld, ich alleine.«

Isabelle drehte nachdenklich am Cognacglas. Natürlich hatte Manon recht. Sie war schuld. Sie hatte sich des mehrfachen Mordes schuldig gemacht. Und sie hatte letztlich den Tod ihrer Freundin provoziert. Manon hatte kein Mitleid verdient. Vielleicht mildernde Umstände? Nein, auch das nicht. Aber das hatten andere zu entscheiden. Trug jemand eine Mitschuld? In gewisser Weise traf das auf die Opfer zu, auf Jean-Luc Navet, auf Raphaël Dubois und Jacques Legrand. Sie hatten Monique als junges Mädchen grausam vergewaltigt. Sie hatten damit große Schuld auf sich geladen – und einen hohen Preis dafür bezahlt. Der Vierte im Bunde, Robert Swarevski, würde im Gefängnis dafür büßen. Das alles machte Monique nicht mehr lebendig. Sie war die tragische Figur in diesem Spiel. Stellte sich die Frage, ob sie noch leben würde, wenn Isabelle auf ihre Kurznachrichten reagiert hätte. Wenn sie gleich zu ihr gefahren wäre, um sich anzuhören, was so wichtig war.

Isabelle wollte den Gedanken nicht zu Ende führen, denn dann würde auch sie eine Mitschuld an Moniques Tod tragen. Einfach deshalb, weil sie ihn hätte verhindern können. Gleichzeitig wusste sie, dass sie keine Alternative hatte. Sie war damit beschäftigt gewesen, Leclercs Leben zu retten. Es gab keinen Grund, sich Vorwürfe zu machen. Und doch würde sie der Gedanke in schlaflosen Nächten verfolgen, das wusste sie, so gut kannte sie sich. Aber das war nicht zu ändern.

Sie gab sich einen Ruck und sah zu Manon. Die versuchte gerade sich die beiden Ringe anzustecken. Dann deutete sie auf Isabelles *portable,* das die ganze Zeit vor ihnen auf dem Tresen gelegen hatte.

»Ich nehme an, Sie haben unser Gespräch aufgezeichnet«, sagte sie.

Isabelle nickte. »Ja, das habe ich. Sie sind damit einverstanden?«

»Natürlich bin ich das. Hoffentlich ist alles gut zu verstehen. Ich habe keine Lust, die ganze Geschichte noch mal zu erzählen.« Manon beugte sich zum *portable* und sagte laut und deutlich: »Hiermit autorisiere ich die Aufzeichnung. Sie kann als Beweismittel gegen mich verwendet werden.«

Isabelle dachte, dass diese Manon eine taffe Person war. Kein Wunder, dass sich Monique bei ihr gut aufgehoben fühlte.

»Das wäre nicht nötig gewesen«, sagte Isabelle.

»Kann nicht schaden, oder? Sind wir fertig? Können wir jetzt gehen?«

Isabelle stand auf. »Ja, das können wir. Ein Capitaine der Polizei und der Staatsanwalt warten schon. Wollen Sie was mitnehmen?«

»Eine zweite Cognacflasche wäre nicht schlecht.« Sie lachte schräg. »Aber das wird nicht gehen.«

Manon rutschte vom Barhocker. Dabei musste sie sich am Tresen festhalten. Bevor ihre Beine nachgaben, griff ihr Isabelle helfend unter die Arme.

»Es wäre besser gewesen, Sie wären nicht gekommen«, erklärte Manon mit belegter Stimme. »Dann hätte ich mich nämlich umgebracht. Ich war gerade dabei, mir Mut anzutrinken.«

»Tut mir leid«, sagte Isabelle.

Seltsamerweise meinte sie es ernst. Aber nur in einer spontanen Gefühlsregung. Dann wurde ihr klar, dass Manon bei einem Selbstmord die Wahrheit mit ins Grab genommen hätte. Nein, es tat ihr nicht leid. Ganz im Gegenteil.

Épilogue

Am späten Nachmittag saß Isabelle auf ihrer kleinen Dachterrasse im Schatten des Schirms, den ihr Thierry vor einigen Wochen geschenkt hatte. Der Schirm war gelb und blau, aber das störte sie nicht. Genauso wenig wie der Werbeaufdruck einer Spirituosenfirma aus Marseille. Ihre Beine hatte sie auf einen Hocker gelegt. Die giftgrüne *menthe à l'eau* im Glas war eiskalt. Aus einer Blechdose naschte sie von den *calissons,* die ihr Marie-Claire empfohlen hatte. Die schiffförmigen Plätzchen aus Aix-en-Provence schmeckten köstlich. Kandierte Melonen, Mandeln, Orangen, Zitronen ... Ihre Nachbarin hatte erzählt, dass die *calissons* im 15. Jahrhundert entstanden seien, um eine traurig dreinblickende Herzogin zu erfreuen. Nun denn, das passte doch. Auch sie konnte dringend einen Stimmungsaufheller gebrauchen. Dabei hatte sich alles zum Guten gewendet. Jedenfalls auf dem Papier und in den Augen der meisten Beteiligten.

Capitaine Lesseps war nach anfänglich schlechter Laune hocherfreut gewesen, vor allem, als es ihm Isabelle ganz alleine überließ, auf der eilig anberaumten Pressekonferenz die aktuellen Ermittlungserfolge zu präsentieren.

Derweil hatte sie sich ins Auto gesetzt und war zurück nach Fragolin gefahren.
Zuvor hatte sich Manon von ihr verabschiedet wie von einer alten Freundin. Nur umarmen konnte sie sie nicht – daran hinderten sie die Handschellen. Die Situation war so schon befremdlich genug. Lesseps hatte irritiert geschaut. Ihr selbst erging es nicht anders.
Robert Swarevski hatte sein Schweigen beendet und zugegeben, dass er Monique vorsätzlich überfahren hatte. Da wusste er noch nicht, dass sie ihren Verletzungen erlegen war. Als er schließlich erfuhr, dass er sich zudem geirrt hatte, weil von Monique keine Gefahr ausging, hatte er einen Nervenzusammenbruch erlitten.
Mit Apollinaire hatte sie sich nach ihrer Rückkehr im Kommissariat getroffen. Er war gerade dabei gewesen, vor dem Büro ein zweites Messingschild anzuschrauben: *Commission spéciale.* Der provisorische Pappkarton habe definitiv nicht zur hochoffiziellen *Police nationale* gepasst. Da hatte er freilich recht. Sie hatte ihm gesagt, dass er sich nächste Woche freinehmen könne. Sie hätten morgen noch einige Formalitäten zu erledigen, dann sei eh nichts mehr zu tun. Aber die *Commission spéciale* bleibe bestehen. Sein Arbeitsplatz in Fragolin sei bis auf weiteres gesichert. Jedenfalls müsse er nicht zurück nach Toulon. Zum Dank war er ihr um den Hals gefallen. Dabei wäre er fast gestürzt. Isabelle musste schmunzeln. Der Mann blieb eine Gefahr – vor allem für sich selbst.
Gerade hatte sie mit Jacqueline in Paris telefoniert. Balancourt war in irgendeiner Sitzung. Isabelle hatte gebeten, ihm auszurichten, dass das mit dem erhofften Fehler leider nicht geklappt habe. Die Piranhas würden sie vorläufig am Leben lassen. Deshalb bleibe sie in Fragolin. Und an die

Adresse von Jacqueline: Sie sei herzlich willkommen, sie freue sich schon auf ihren Besuch.
Isabelle steckte sich noch einen *calisson* in den Mund. Sie versuchte, nicht mehr an Monique zu denken. Für den Augenblick klappte das ganz gut.
Auf ihrem *portable* erreichte sie eine Kurznachricht. Der Absender teilte ihr mit, dass es ihm gutgehe. Das Gleiche wünsche er seiner »Lebensretterin«. *Bonne journée. Rouvi.* Sie schüttelte leise lächelnd den Kopf. Leclerc, der eigentlich Rouven Mardrinac hieß, hielt sich einfach nicht an Anweisungen. Gewiss hatte man ihm untersagt, irgendwelche Nachrichten zu verschicken. Aber sie hatte ihren Gefallen daran.
Morgen würde sie mit ihrer Freundin Clodine sprechen. Die Arme kannte sich überhaupt nicht mehr aus. Der Eingang zu Leclercs Wohnung war gesprengt – und er selbst vom Erdboden verschwunden. Sie wusste nur, dass ihm nichts passiert war. Sie wartete auf eine Erklärung. Isabelle würde sich eine glaubhafte Geschichte ausdenken müssen. Für die Wahrheit war es noch zu früh.
Des Weiteren nahm sie sich vor, Bernadette Navet einen Blumenstrauß vorbeizubringen. Vielleicht freute sie sich darüber. Oder die alte Dame warf mit dem Kochtopf nach ihr. Das Risiko würde sie eingehen.
Viel wichtiger war es, sich mit der Frau des erschossenen Gendarmen zu treffen. Wenn irgend möglich, würde sie ihr helfen, ihr und ihrem Sohn. Und sie würde bei nächster Gelegenheit Leclerc alias Rouvi an sein Versprechen erinnern.
Hatte sie jemanden vergessen? Sie könnte mal nach Cabasson fahren und Valerie Fournier besuchen. Baptiste hätte bestimmt Spaß an einer Runde im Polizeiwagen. Sie

könnte behutsam ausloten, was Valerie von einer Anklage ihres Vergewaltigers hielt. Immerhin kannte Isabelle aufgrund des DNA-Abgleichs seinen Namen – Clément Nemours. Der Mann saß im Gefängnis. Isabelle ahnte, wie Valeries Reaktion ausfallen würde. Eigentlich könnte sie sich die Frage sparen.

War da noch jemand? Ach so, der Bürgermeister, fast hätte sie ihn vergessen. Isabelle lächelte. Aber nicht wirklich. Thierry Blès würde später vorbeikommen. Sie freute sich auf ihn. Am Wochenende wollten sie mit seinem Fischerboot an der Küste entlangtuckern. Auch darauf freute sie sich. Den Strand von Pampelonne würde sie bei der Gelegenheit nur von der Ferne sehen. Wenn überhaupt. Die Wettervorhersage war gut. Mit Mistral war nicht zu rechnen!

MICHAEL BÖCKLER

Sterben wie Gott in Frankreich

EIN WEIN-ROMAN

In der Provence wird ein Weinhändler mit einer Flasche Lafite-Rothschild erschlagen, und das Mitglied einer exklusiven Weinbruderschaft ertrinkt in einem Teich. Als sich die mysteriösen Vorfälle häufen, ist es aus mit dem faulen Leben, das der Weinkenner und Psychologe Hippolyt Hermanus doch so liebt. Begleitet von Valérie, die sich Hals über Kopf in ihn verliebt hat, macht er sich auf die Jagd nach den Schuldigen – quer durch Frankreich …

»Süffig wie ein guter Tropfen.« *Frau im Spiegel*

KNAUR

Mord à la Provençale

PIERRE MARTIN

Madame le Commissaire

und der verschwundene Engländer

KRIMINALROMAN

Isabelle Bonnet, hochdekorierte Leiterin einer geheimen Spezialeinheit in Paris, wäre bei einem Sprengstoffattentat fast ums Leben gekommen. Um sich zu erholen, reist sie in ihren beschaulichen Geburtsort Fragolin im Hinterland der Côte d'Azur. Doch aus der ersehnten Ruhe wird nichts: In einer Villa wird eine halbnackte Frauenleiche gefunden, und der Hausherr, ein mysteriöser Engländer, ist spurlos verschwunden. Isabelle Bonnet lässt sich überreden, den Fall zu übernehmen – was bei den Kollegen vor Ort nicht gerade Begeisterung auslöst …

KNAUR